알퐁스 도데

29 **세계문학 단편선**

알퐁스 도데

임희근 옮김

차례

풍차 방앗간 편지

일러두기

1. 본문에서 고딕체로 표시된 부분은 프로방스를 비롯한 남프랑스, 코르시카 등의 방언입니다.
2. 단편 내의 주석은 옮긴이의 주이며, 원저자의 주석은 (원주)로 표시했습니다.
3. 각 해제 내의 주석은 해제를 쓴 필자의 주석입니다. 해제에서 옮긴이의 주석은 (옮긴이)로 표시했습니다.

풍차 방앗간 편지

Lettres de mon moulin

서문

Avant – propos

팡페리구스트*에 주소지를 둔 공증인 오노라 그라파지 씨 앞에 비베트 코르니유의 남편 가스파르 미티피오 씨—시갈리에르라는 곳의 자작농이자 상기 장소에 거주하는 상기 본인—가 출두하였음.

그는 이 문서에 의거하여 법적 근거와 사실을 보장하면서 본 계약을 체결함으로써 일절 채무나 특권이나 저당 없이, 본 계약에 동의한 파리 거주 시인 알퐁스 도데 씨에게 프로방스 중심부, 론강 유역에 위치한 풍차 방앗간을 매도, 이양하였음.

풍력으로 밀가루를 생산하는 이 풍차 방앗간은 소나무와 떡갈나무가 우거진 언덕에 위치하며, 20년 이상 버려진 상태로 야생 포도나무

* 남프랑스에 널리 퍼져 있는 상상 속의 지명으로, 다양한 이름으로 변형되어 나타난다.

와 이끼, 로즈메리 외에도 온갖 잡초가 풍차 날개 끝까지 뒤덮을 정도로 우거져 있는 것이 명백한 만큼, 곡식 빻는 방앗간 기능을 할 수가 없음.

이러함에도, 즉 현재 상태—큰 도르래는 부러지고 바닥은 벽돌 틈에 잡초가 무성하게 자라는 상태—에도 불구하고 도데 씨는 상기 풍차 방앗간에 만족함과 그의 시작詩作 활동에 도움이 된다는 점을 확실히 표명했으며, 건물의 파손 위험을 감안하고 매수에 동의했고, 여기서 발생할 수 있는 수리 비용을 매도자에게 전혀 청구하지 않을 것에도 동의하였음.

본 거래는 일괄 거래로 이루어져, 시인 도데 씨는 합의된 금액을 본 공증인 사무소에 현금으로 위탁 지불하였고, 이 돈은 즉시 미티피오 씨가 직접 수령하였음. 거래 과정 전체는 아래 서명한 공증인과 증인들의 입회하에 이루어졌으며 동 영수증은 확인할 것.

팡페리구스트의 오노라 공증인 사무소에서 피리 부는 프랑세 마마이와 흰 두건 참회 재속 수도회의 십자가 거양擧揚 담당 회원 루이제(일명 키크)의 입회하에 계약이 성사됨.

위 증인들은 계약서를 읽은 후 매도인, 매수인, 공증인과 함께 이에 서명함.

자리 잡기

Installation

놀란 것은 토끼들이었습니다! 닫힌 풍차 방앗간 문, 잡초가 마구잡이로 자라난 벽과 바닥을 하도 오래 보다 보니 토끼들은 마침내 '밀 빻는 방앗간 주인'의 씨가 말라 버린 거라고 생각하게 되었고, 마음에 든 이곳을 저희들의 사령부, 전략 추진 중심 기지 같은 곳으로 만들어 버린 거죠. 토끼들의 제마프 풍차*라고나 할까요. 내가 도착하던 날 밤만 해도, 거짓말 안 보태고 스무 마리쯤 바닥에 동그랗게 둘러앉아서 달빛에 발을 쬐고 있더군요…… 공중으로 난 창을 살짝 열자마자, 후다닥! 야영하던 토끼 떼가 하얗고 조그만 엉덩이를 보이며 꼬리를 공중에 추켜올린 채 덤불숲으로 줄행랑쳤습니다. 저놈들이 다시 돌아왔

* 프랑스의 장군 샤를 뒤무리에는 제마프 전투에서 오스트리아로부터 승리를 거두었으며, 발미 풍차 전투에서 프로이센으로부터 승리를 거두었다.

으면 참 좋겠군요.

또 나를 보고 매우 놀란 놈으론 2층에 사는 음산한 늙은 부엉이도 있는데, 짐짓 생각에 잠긴 꼬락서니를 한 그 녀석은 20여 년 전부터 풍차 방앗간에 살고 있었습니다. 나는 위층 방에서 녀석을 보았는데, 석회와 떨어진 기왓장 틈바구니에서, 풍차의 주축* 위에 꼼짝 않고 꼿꼿이 앉아 있더랬지요.

그 녀석이 잠시 동그란 눈으로 나를 쳐다보더군요. 그러더니 생판 모르는 사람이니까 화들짝 놀라 '부엉! 부엉!' 하고 울부짖고, 먼지로 잿빛이 된 날개를 힘겹게 퍼덕이기 시작했습니다. 이 망할 놈의, 생각만 많은 녀석들! 이놈들은 자기 몸을 털고 가꾸고 하는 짓은 절대 안 하죠…… 아무러면 어떻겠어요! 눈을 떴다 감았다 깜박거리고 오만상을 찌푸린 모습 그대로, 소리 없는 이 풍차 방앗간 세입자는 다른 놈보다 훨씬 더 내 맘에 들었던지라, 나는 서둘러 그놈의 세입 계약을 갱신해 주었습니다. 놈은 예전에 그랬듯이 풍차 방앗간 맨 위층 방—지붕으로 입구가 난 방—을 차지하고, 나는 아래층 방, 석회가 하얗게 발리고 수도원 공동 식당처럼 천장이 낮고 아치형으로 굽은 작은 방을 쓰기로 합니다.

바로 그 방에서 나는 문을 활짝 열어 놓고 쨍쨍한 햇빛을 받으며 여러분에게 이 편지를 쓰고 있습니다.

햇빛에 반짝거리는 아름다운 솔숲이 내 앞으로 쏟아져 내리듯 펼쳐져 언덕 기슭까지 이어집니다.

* 풍차 날개의 운동 에너지를 밀 빻는 맷돌에 전하는 역할을 하는 부분.

지평선에는 알피유산맥의 섬세한 능선들이 선명하게 보입니다…… 아무 소리도 나지 않고…… 기껏해야 점점 더 멀리 피리 소리, 라벤더 틈에서 마도요새 우짖는 소리, 길가에는 노새 방울 짤랑대는 소리…… 프로방스의 이 모든 아름다운 정경은 오직 빛을 통해서만 살아납니다.

이제, 시끄럽고 거무칙칙한 여러분의 파리가 내 어찌 그립겠습니까? 내 풍차 방앗간에서 이렇게 잘 있는데 말이죠! 그동안 찾던 호젓한 이 구석은 너무나 좋아요, 향기롭고 훈훈한 작은 구석이죠. 일간지, 합승 마차들, 자욱한 안개, 이런 것으로부터 천리만리 떨어진 이곳! ……또 주위엔 얼마나 예쁜 것들이 많은지! 여기에 자리 잡은 지 겨우 일주일 됐는데 벌써 머릿속이 느낌과 추억으로 가득하네요…… 보세요! 바로 어제저녁만 해도 나는 산 위에 올라갔던 양 떼가 언덕 기슭의 **마스***로 돌아오는 모습을 직접 보았답니다. 장담컨대, 여러분이 이번 주에 파리에서 관람한 모든 초연初演들을 다 보여 준대도 난 이 장관壯觀과 맞바꾸지 않을 겁니다. 어디 한번 판단해 보시지요.

프로방스에서는 더위가 시작되면 으레 그간 치던 가축들을 알프스 산지로 올려 보낸다는 걸 여기서 알려 드려야겠네요. 양들과 양치기들은 대여섯 달을 저 산 위의 배腹까지 웃자란 풀밭에서 노숙하며 보내지요. 그러다 가을 들어 처음으로 날이 쌀쌀해지면 농가로 다시 내려와 로즈메리 향내 풍기는 나지막한 잿빛 언덕에서 여유롭게 풀을 뜯게 된답니다…… 그래서 어제저녁, 양 떼들이 돌아왔어요. 아침부터 농가의 대문은 양옆으로 활짝 열린 채 양들을 기다리고 있고, 우리 속

* '농가' 또는 '농장'을 의미하는 남프랑스 말.

엔 싱싱한 짚이 가득 차 있었죠. 사람들은 모두 시시각각 이렇게 혼잣말을 해 댔지요. "지금쯤 에기에르까지 왔을 거야, 이젠 파라두쯤 왔겠지." 그러다 저녁 무렵, 갑자기 "왔다!" 하고 외치는 함성이 들리고 저만치 멀리 양 떼가 자욱한 먼지의 영광 속을 행진해 오는 것이 보입니다. 길 전체가 양 떼와 함께 앞으로 나아가는 것만 같다니까요. 먼저 늙은 숫양들이 뿔을 내밀며 야생적인 모습으로 걸어오고, 그 뒤를 양들이 따라오는데, 어미 양들은 다리 사이로 졸졸 따르는 젖먹이 새끼들을 데리고 오느라 조금 지친 모습이지요. 빨간 방울 술 장식을 단 노새들이 등에 진 바구니엔 태어난 지 하루 된 새끼 양들이 있는데, 노새의 걸음에 바구니가 흔들려 잠이 들죠. 그 뒤로 개들이 땀을 뻘뻘 흘리며 혀를 땅에 닿을 만큼 길게 빼문 채 오고, 덩치 큰 양치기 두 녀석은 제의祭衣처럼 발꿈치까지 치렁치렁 내려오는 두터운 적갈색 모직 외투를 둘러쓰고 걸어옵니다.

이 행렬은 우리들 앞으로 명랑하게 죽 행진하다가 대문 아래로 쑤욱 빨려 들어가듯 입장하고, 그러면 소나기 쏟아지는 것처럼 우두두두 발 구르는 소리가 납니다…… 집 안이 얼마나 난리 법석인지, 여러분이 직접 봐야 하는데…… 초록색과 황금색의 살찐 공작새들은 얇은 망사 같은 볏을 세우고 횃대에 높이 앉아서, 막 쏟아져 들어오는 양 떼를 요란뻑적지근한 나팔 소리를 내며 맞이합니다. 막 잠들려 하던 가금류들은 푸드득 깨어나고요. 모두들 잔뜩 긴장해 있네요. 집비둘기, 오리, 칠면조, 뿔닭들, 가금류 우리 속은 정신 나간 것만 같군요. 암탉들은 오늘 밤은 꼴딱 새워야겠다는 둥 얘기를 하네요! ……양 한 마리 한 마리가 각각 제 몸의 털 속에 야생의 알프스 산 내음을, 맡았다 하면 취해서 춤추게 되는 신선한 산중의 공기를 조금씩 지니고 온 듯하다니까요.

이 난리통 속에 양 떼는 제 보금자리에 도착하죠. 이렇게 자리 잡는 모습만큼 마음을 끄는 것도 없답니다. 늙은 숫양들은 예전에 살던 이곳의 구유를 다시 보고는 감격스러워합니다. 어린 양들, 여행 중에 태어나 농가라고는 생전 처음 보는 이놈들은 놀라서 주변을 연방 두리번거리고요.

하지만 뭐니 뭐니 해도 가장 감동적인 것은 개들, 든든한 양치기 개들이죠. 이들은 양 꽁무니를 따라다니느라 여념이 없고 농가에 들어가서도 오로지 양 떼만 지켜봅니다. 집 지키는 개가 제집에 들어앉아 이들을 부르며 컹컹 짖어 대도 소용이 없습니다. 우물의 두레박이 시원한 물을 찰랑찰랑 채우고서 추파를 던져도 소용이 없고요. 개들은 양 떼가 제자리에 들어가고 작은 울타리 문에 묵직한 걸쇠가 채워지고 양치기들이 천장 낮은 방의 식탁에 죽 둘러앉기 전에는 아무것도 보려고도 들으려고도 안 합니다. 그렇게 마무리가 되고서야 비로소 그들은 순순히 개집에 들어가 앉아 개죽 한 사발을 홀짝홀짝 핥으며, 농가를 지키던 동료 개들에게 저 산꼭대기, 늑대들이 출몰하고 꽃잎 가장자리까지 이슬을 함빡 머금은 커다란 자줏빛 디기탈리스가 피어 있는 어둑한 고장에서 무얼 했는지 들려주는 겁니다.

보케르발 합승 마차
La Diligence de Beaucaire

여기 도착하던 날이었습니다. 나는 보케르에서 오는 합승 마차를 탔습니다. 낡아 빠진 공용 마차로, 대단히 먼 거리를 운행하는 것도 아니건만 큰길 따라 살살 달리다 보면 저녁에는 아주 멀리서 온 듯한 꼴이 되어 버리는 이 마차에는 마부 말고 손님으로만 우리 다섯 사람이 타고 있었습니다.

우선 카마르그의 말치기가 있었는데, 그는 작고 다부진 체격에 털북숭이에다 지독한 냄새를 푹푹 풍겼으며, 커다란 두 눈은 벌겋고 귀에는 은귀고리를 달고 있었습니다. 또 보케르 남자 둘—빵집 주인과 그 집 빵 반죽하는 직원—이 탔는데, 둘 다 얼굴이 아주 불콰하고 가쁜 숨을 쉬고 있었지만, 잘생긴 옆모습이 동전에 새겨진 비텔리우스* 황제의 초상 같았습니다.

마지막으로 앞자리, 마부 옆에 한 사람이 앉아 있었는데…… 아니! 모자, 엄청나게 커다란 토끼 가죽 모자만 있는 듯한 이 사람은 별말이 없고 서글픈 표정으로 큰길만 바라보고 있었습니다.

이들은 모두 서로 잘 아는지 큰 소리로, 아주 거리낌 없이 자기 얘기를 하더군요. 카마르그 사람은 님에 갔다 오는 길인데, 어느 양치기를 쇠스랑으로 한 방 쳤다가 판사의 소환을 받고 다녀오는 길이라고 했습니다. 카마르그 사람들이 워낙 다혈질이잖아요…… 보케르 사람들은 또 어떻고요! 여기 탄 보케르 사람 둘도 성모 마리아 때문에 티격태격하다가 급기야 서로 잡아 죽일 듯 싸우지 않겠어요? 둘 중 빵집 주인 남자가 다니는 본당이 오래전부터 동정녀 마리아에게 봉헌된 성당인가 봅디다. 프로방스 사람들이 '좋으신 어머니'라 부르는, 아기 예수를 품에 안고 계신 그분 말이죠. 한편 그 빵집 직원은 '성모의 원죄 없으신 잉태'** ―양팔을 좌우로 늘어뜨리고 두 손 가득 빛을 받는 상태로 표현되는 미소 띤 아름다운 성모상―에 봉헌된, 새로 지은 성당의 성가대원이었습니다. 다툼은 그래서 시작된 것이었지요. 독실한 가톨릭 신자라는 두 사람이 서로를, 그리고 상대방이 섬기는 성모님을 어떻게 대했는지, 그걸 여러분이 직접 보셨어야 하는 건데……

"너네 원죄 없으신 성모 마리아, 참 예쁘데!"

"그럼 그 성당의 좋으신 어머니나 모시고 저리 꺼져요!"

"너희 성모님은 팔레스타인에서 행실이 그렇고 그러셨다며!"

"그럼 그쪽 성당 성모님은, 으이그! 못생겨서는! 안 해 본 게 뭐래

* 로마의 황제(15~69). 고대의 초상화와 글을 보면, 덩치가 매우 크고, 살찐 얼굴에 불쾌한 모습이었던 것처럼 보인다.

** 성모 마리아가 모태에 들 때 이미 보통 사람과 달리 원죄 없이 무구한 상태였다는 가톨릭의 교리.

요? ……차라리 성 요셉한테 물어보시지 그래요."

칼날만 번득인다면 가히 여기가 나폴리 항구라 해도 믿을 지경이었죠. 그리고 정말이지, 마부가 끼어들지 않았더라면 이 멋진 신학적 한판 승부는 결국 그런 지경이 되어야 끝났을 겁니다.

"당신들 성모 마리아 얘기 같은 건 그만하고, 거 조용히 좀 하쇼." 마부가 두 보케르 남자에게 웃으면서 말했습니다. "그런 건 말짱 여자들 이야기 아닙니까. 사내들은 그런 데 끼는 법이 아니죠."

이 말을 하면서 마부는 신이고 뭐고 안 믿는다는 표정을 살짝 내비치며 채찍으로 말을 찰싹 때렸는데, 그래선지 승객들은 모두 마부 생각에 동의하고 말았습니다.

입씨름은 끝났습니다. 그렇지만 일단 발동이 걸린 김에 빵집 주인은 다 못 푼 입담을 한껏 쏟아 내야 해서, 한구석에 아무 말 없이 서글프게 처박혀 있던 운 나쁜 모자 사내 쪽으로 몸을 돌리며 빈정대는 투로 말했습니다.

"그런데, 어이 칼갈이, 당신 마누라는? ……당신 마누라는 어느 본당 소속이지?"

이 말 속에는 매우 희극적인 의도가 들어 있었나 봅니다. 마차에 탄 사람 모두가 크게 웃어 대기 시작했으니까요…… 칼갈이 사내, 그는 웃지 않았습니다. 못 들은 척하고 있었죠. 그걸 보더니 빵집 주인은 내 쪽으로 몸을 돌렸습니다.

"선생, 당신은 저 사람 마누라를 모르시나요? 에구! 웃기는 여자라니까요! 보케르에 둘도 없는 여자죠."

웃음소리는 한층 더 커졌습니다. 칼갈이 사내는 꿈쩍도 하지 않았죠. 고개도 안 들고 그는 아주 작게 그저 이 말만 했습니다.

"입 닥쳐, 빵장수."

그러나 망할 놈의 빵장수는 입 닥칠 마음이 없었고, 외려 한술 더 떴습니다.

"**베다즈**!* 저 동지는 그런 마누라를 둔 걸 불평할 일이 아니지…… 그 마누라하고 살면 잠시도 지루할 틈이 없다니까…… 글쎄 생각 좀 해 보시오! 반년에 한 번씩 남의 손에 채여 가는 미인, 항상 뭔가 이야깃거리를 갖고 돌아오죠…… 하여튼, 참 웃기는 부부라니까요…… 선생, 생각 좀 해 보세요. 결혼한 지 1년도 안 되어 사달이 났어요! 뺑! 마누라가 초콜릿 장수하고 눈 맞아서 스페인으로 달아났다니까요.

남편은 집에 혼자 남아 질질 짜고 술만 마시고…… 꼭 미친 사람 같았지요. 얼마 안 가 그 미인이 고향으로 돌아왔는데, 스페인 여자같이 옷을 입고 방울 달린 작은 북을 갖고 온 거예요. 우린 모두 그녀에게 말했죠.

'꼭꼭 숨어. 서방 손에 죽을지 몰라.'

아! 그래, 죽이긴요…… 웬걸, 아주 태연히 둘이 다시 같이 잘 살던걸요. 그 마누라가 남편한테 바스크 북 치는 법까지 가르쳐 줘 가면서요."

다시금 폭소가 터졌습니다. 칼갈이는 구석에 푹 파묻힌 채 고개도 안 들고 여전히 이렇게 웅얼거렸습니다.

"입 닥쳐, 빵장수."

빵장수는 아랑곳하지 않고 계속 말했어요.

* 프로방스 사람들이 흔히 쓰는 표현으로, 때로는 모욕적인 표현이기도 하다. '가지', '가치 없는 것'이란 뜻으로 쓰이거나 여기서처럼 간투사로도 쓰인다.

"선생, 그 미인 마누라가 스페인에서 돌아와 조신하게 잘 지냈다고 생각하실지도 모르겠는데! 아…… 절대 아니올시다! ……그 남편이 이 일을 아주 잘 받아들였거든요! 그러니까 또 그 짓을 할 마음이 든 거죠…… 스페인 남자 다음엔 장교, 그다음엔 론강 뱃사공, 그다음은 음악 하는 남자, 그다음은 또…… 누가 알겠소이까? ……좋은 점은, 매번 얘기가 똑같이 흘러간다는 거지요. 마누라가 떠나면 남편은 질질 짜고, 돌아오면 안심하고. 항상 누군가가 마누라를 채 가고, 또 항상 남편은 마누라를 다시 받아 주고…… 그 남편 참 무던도 한 것 같지 않나요! 또 여자가 워낙 죽여주게 이쁘긴 하죠. 칼갈이의 쬐그만 부인 말입니다…… 진짜 홍방울새같이 그냥…… 생기발랄하지, 귀엽지, 몸매 좋지, 게다가 살결은 뽀얘 가지고, 항상 살살 웃으며 남자들을 바라보는 그 개암 빛깔 눈은 또…… 아무렴! 파리 양반, 혹시라도 보케르에 다시 갈 일이 있거들랑……"

"오! 닥쳐, 빵장수, 제발 좀……" 가엾은 칼갈이 남자가 가슴이 찢어지는 듯한 소리를 내며 다시 한 번 말했습니다.

바로 그 순간, 마차가 섰습니다. 목적지인 앙글로르 농장에 다 온 거죠. 거기서 그 보케르 남자 둘이 내렸는데, 정말이지 잡고 싶지 않은 사람들이었죠…… 입심 좋은 빵장수 같으니! 그가 이미 내려서 농가 마당에 있는데도 여전히 그 웃음소리가 귀에 쟁쟁하더군요.

그 사람들이 내리고 나니, 마차가 텅 빈 것만 같았습니다. 카마르그 남자는 이미 아를에서 내린 뒤였지요. 마부는 마차에서 내려 말들 곁에서 길을 따라 걷고 있었습니다…… 이제 마차에 탄 사람은 칼갈이 사내와 나뿐이었고, 우린 각자 말없이, 앉았던 구석에 그대로 파묻혀 있었습니다. 날씨는 더웠어요. 마차의 가죽 덮개가 아주 타오를 듯 뜨끈뜨끈했습니다. 가끔씩 두 눈이 저절로 감기고 머리가 무거워지는 게 느껴졌지만, 잠이 드는 것은 불가능했습니다. 내 귀에는 여전히 그토록 비통하면서도 순하디 순한 "닥쳐, 제발……"이라는 말이 쟁쟁하게 울렸습니다. 그 사람도 잠들지 못하고 있더군요. 가엾은 남자! 내가 몰래 훔쳐보니 그 떡 벌어진 어깨가 바르르 떨리고, 좌석 등받이 위에 걸쳐진 한 손—창백하고 어리석은 기다란 손—도 마치 노인의 손처럼 떨리고 있었습니다. 울고 있었던 겁니다……

"자, 이제 다 왔습니다. 파리 양반!" 갑자기 마부가 내게 외쳤습니다. 그리고 손에 든 채찍 끝으로 내가 살게 될 푸른 언덕과 그 언덕 위로 커다란 나비처럼 솟은 풍차를 가리켜 보였지요.

나는 서둘러 마차에서 내리려 했습니다…… 내리면서 칼갈이 남자 옆을 스칠 때, 그가 눌러쓴 모자 밑을 보려고 애썼지요. 다 내리기 전에 그의 얼굴을 봤으면 싶었던 겁니다. 그 불행한 사람은 마치 내 마음을 알아채기라도 한 듯, 불쑥 고개를 치켜들었고, 나하고 오래 눈길을 마주치며 말하더군요.

"잘 봐 두시오. 친구. 조만간 보케르에서 불상사가 생겼다는 소식이 들리면, 당신은 일 저지른 당사자를 안다고 할 수 있을 테니." 그가 들릴 듯 말 듯한 소리로 내게 말했습니다.

풀 죽고 슬픈 얼굴에, 작은 두 눈은 생기라곤 없었습니다. 눈에는 눈물이 그렁그렁했지만, 목소리엔 증오가 서려 있었습니다. 증오, 그건 약자들의 분노죠! ……만약 내가 칼갈이 마누라라면, 몸조심 좀 할 텐데 말입니다.

코르니유 영감의 비밀

Le Secret de maître Cornille

피리쟁이 노인 프랑세 마마이는 가끔 나 사는 이곳까지 찾아와서 뱅퀴*를 마시며 같이 밤을 지새우곤 하는데, 어느 날 저녁인가 이 마을에서 있었던 일화를 들려주었습니다. 바로 내가 사는 이 풍차 방앗간에서 20년 전에 일어난 일이죠. 영감이 들려준 이야기가 내 마음을 울려서, 들었던 그대로 여러분께 다시 이야기해 보려고 합니다.

친애하는 독자 여러분, 잠시 향내가 물씬 풍기는 포도주 단지를 앞에 두고 앉아 있다고, 그리고 피리쟁이 할아버지가 지금 이야기를 들려주고 있다고 상상해 보시지요.

* 포도를 으깨어 가열한 것에 향료를 첨가하여 빚은 술.

파리 양반, 우리 고장이 늘 지금처럼 활기 없고 이름 없는 곳이었던 건 아니랍니다. 옛날에는 여기 밀 빻는 방앗간이 번창했었고, 이 근방 100리 안에 사는 농가 사람들이 빻을 밀을 이리로 가져오곤 했지요…… 마을을 빙 둘러싸고 이 언덕 저 언덕에 풍차들이 빼곡히 서 있었어요. 이쪽저쪽 눈에 보이는 것이라고는 솔밭 위로 미스트랄 바람에 빙빙 돌아가는 풍차 날개, 밀 포대를 잔뜩 짊어지고 길 따라 줄지어 오르내리는 작은 당나귀들뿐이었고, 한 주 내내 언덕 위에선 방앗간 일을 돕는 조수들의 채찍 소리, 밀가루 포대가 뽀시락대는 소리, 삐걱삐걱 풍차 돌아가는 소리, '이랴!' 당나귀 모는 소리…… 그런 소리를 듣는 것이 낙이었다니까요…… 일요일이면 우리들은 떼 지어 풍차 방앗간까지 가곤 했지요. 언덕 위 풍차 방앗간 주인은 사향 포도주를 사서 대접했지요. 방앗간 안주인들은 레이스로 뜬 삼각 숄을 두르고 십자가 모양 금목걸이를 걸고, 왕비들처럼 아리따웠어요. 난 내 피리를 갖고 올라가곤 했고, 거기서 밤이 이슥하도록 파랑돌 춤*을 추고 놀았죠. 그 풍차 방앗간들은 우리 고장의 기쁨이자 재산이었습니다.

불행히도, 파리에서 온 프랑스 사람들**이 타라스콩 가는 길에다 증기로 돌아가는 제분소를 세울 생각을 했죠. 아주 멋지고 새로운 제분소를요! 그러자 사람들이 수확한 밀을 으레 그런 제분소에 갖고 가서 빻게 되었고, 불쌍한 풍차 방앗간들은 일거리가 떨어지게 된 겁니다. 얼마 동안이야 투쟁도 해 보았지만, 증기 제분소가 워낙 센지라 쯧쯧, 풍차 방앗간은 하나씩 둘씩 문을 닫지 않을 수 없었어요…… 작달막한 당나귀들이 풍차 방앗간까지 올라가는 모습도 더는 볼 수 없게 됐

* 여럿이 둥글게 빙빙 돌며 추는, 프로방스의 대표적인 전통 춤.
** 당시에는 프로방스가 프랑스에서 독립된 하나의 공동체였다.

지요…… 아리따운 안주인들은 금목걸이를 내다 팔았고…… 사향 포도주도, 파랑돌 춤도 더는 볼 수 없었답니다! ……미스트랄이 쌩쌩 불면 뭘 하나요, 풍차 날개는 꼼짝도 안 하는데…… 그러던 어느 날, 마을에서는 이 풍차 방앗간들을 모조리 헐어 버리고 그 자리에 포도나무와 올리브 나무를 심었지요.

하지만 그렇게 망조가 들어가는 와중에도, 풍차 방앗간 한 곳만은 증기 제분소 바로 앞에서도 굴하지 않고 꿋꿋하게 언덕 위의 그 자리를 지키며 계속 돌아가고 있었답니다. 그게 코르니유 영감의 풍차 방앗간, 바로 우리가 지금 이렇게 앉아서 밤새 이야기 나누고 있는 이곳이지요.

코르니유 영감은 늙은 방앗간 주인으로, 60년째 밀가루에 푹 파묻혀 살면서 오직 이 일밖에 모르는 사람이었지요. 증기 제분소가 들어서자 그는 꼭 미친 사람 같아졌어요. 일주일 내내 마을을 이리저리 뛰어다니며 주변 사람들을 불러 모아서는 있는 힘을 다해, 저놈들이 증기 제분소에서 빻은 밀가루로 프로방스 사람들을 독살하려 한다고 외쳤지요. "거기 가지 말아요. 그 날강도 같은 놈들은 증기로 빵을 만드는데, 증기는 악마가 만들어 낸 거라고요. 하지만 나는 하느님이 보내시는 자연의 바람 미스트랄과 트라몽탄으로 풍차를 돌리잖소……" 그는 이처럼 풍차 방앗간을 칭송하는 미사여구를 엄청나게 많이도 찾아냈지만, 아무도 그 말에 귀 기울이지 않았지요.

그러자 초주검이 된 영감은 자기 풍차 방앗간에 틀어박혀 마치 야생 동물처럼 홀로 살아갔습니다. 심지어 부모가 죽은 뒤 세상천지 기댈 데라고는 할아버지밖에 없던 손녀 비베트조차 곁에 두고 거둘 생각을 하지 않고 말이죠. 가엾은 손녀는 제 앞가림을 하지 않을 수 없으니, 여기저기 농가에 가서 추수 일, 누에치기, 올리브 수확…… 아무튼 닥치는 대로 품팔이를 해야 했지요. 그래도 비베트의 할아버지는 손녀를 극진히 사랑하는 것 같긴 했어요. 땡볕 속에 40리 길을 걸어 그 애가 일하는 농가까지 가서 보고 오는 적도 많았거든요. 그리고 손녀 곁에 가면 몇 시간이건 울면서 그 애를 바라보곤 했다니까요……

이 고장 사람들은, 방앗간 영감이 비베트를 내보낸 것이 인색해서 그런 거라고 생각들을 했지요. 손녀를 그렇게 이 집 저 집 내돌리며 거친 노동판 십장들에게 시달리게 하고 남의집살이하는 젊은이로 산전수전 다 겪게 한다는 것은 영감 입장에서도 명예에 금이 가는 일이었지요. 코르니유 영감처럼 유명하고 존경받던 인물이 이제는 그야말로 떠돌이처럼 맨발에다 구멍 난 모자를 뒤집어쓰고 해진 허리띠를 매고 길거리를 돌아다니는 것도 사람들은 매우 안 좋게 보았죠. ……사실 말이죠, 일요일 성당 미사에 그가 들어오는 것을 보면 우리 나이 먹은 사람들은 창피했다니까요. 코르니유 영감도 그걸 느끼고는, 감히 사목위원들이 있는 좌석 가까이 와서 앉을 생각을 못 했죠. 항상 성당 맨 끝, 성수반 옆에 가난한 사람들과 같이 착석하곤 했어요.

코르니유 영감이 살아가는 모습에는 뭔가 석연찮은 점이 있었지요. 오래전부터 마을에서는 아무도 그에게 밀을 빻으러 가지 않았는데, 그의 방앗간 풍차 날개는 예전처럼 돌아가고 있었단 말이죠…… 또 저녁이면 커다란 밀 포대를 여러 개 지운 당나귀를 몰고 가는 영감과 마주치곤 했고요.

"안녕하세요, 코르니유 영감님! 방앗간은 여전히 잘되나 보죠?"

농부들이 큰 소리로 이렇게 물으면,

"여전하지, 이 사람들아. 다행히도 일거리가 늘 있다네."

영감은 정정한 모습으로 대답했지요.

만약 사람들이 그 많은 일거리가 대체 어디서 나느냐고 물으면, 그는 입술에 한 손가락을 갖다 대며 심각한 투로 대답했어요. "쉿! 암말 말게. 다른 곳으로 내다 팔 밀을 빻는다니까." 그 이상은 아무도 알아낼 수가 없었지요.

그의 풍차 방앗간에 들어가 볼 생각은 아예 할 수도 없었답니다. 손녀 비베트조차 못 들어갔으니까요……

그 풍차 방앗간 앞을 지나가면서 보면 문은 늘 닫혀 있고, 커다란 풍차 날개는 항상 돌아갔으며, 늙은 당나귀는 바닥에 난 풀을 뜯어 먹고, 말라빠진 고양이는 창가에 앉아 햇볕을 쬐면서 심술궂게 우리를 쳐다보았지요.

모든 게 아리송하기만 했고, 그래서 사람들은 이러쿵저러쿵 떠들어댔어요. 코르니유 영감의 비밀에 대해 각자 나름대로 설명들을 했지만, 가장 널리 퍼진 소문인즉, 그 풍차 방앗간 속에는 밀 포대보다 돈 보따리가 훨씬 더 많다는 것이었죠.

하지만 결국 모든 게 탄로 나고야 말았지요. 자, 들어 보시라니까요.

젊은이들이 춤출 때 피리를 불어 주러 다니다 보니 어느 날인가, 난 우리 집 큰놈과 영감 손녀 비베트가 서로 좋아하는 사이가 됐다는 걸 눈치챘지요. 내심 싫지는 않더군요. 어쨌든 코르니유라는 성은 우리 고장에서는 명예로운 이름이었고, 작고 예쁜 참새 같은 비베트가 우리 집에서 왔다 갔다 하는 걸 보게 되면 나도 마음이 흐뭇할 테니까요. 단 한 가지, 서로 사귀는 두 아이들이 함께 있을 기회가 많다 보니 혹시 사고라도 칠까 걱정되어 당장 결혼 문제를 매듭짓고 싶었던 거죠. 그래서 난 비베트의 할아버지에게 몇 마디 건네 보려고 풍차 방앗간으로 올라갔죠…… 아! 그 마술사 같은 영감! 기껏 찾아간 나를 그런 식으로 맞다니! 풍차 방앗간 문을 열게 하는 건 불가능했어요. 잠금 장치에 난 구멍으로 내가 찾아간 이유를 이렇게 저렇게 설명했지요. 내가 얘기하는 동안 내내 그 못된 말라깽이 고양이가 내 머리 위에서 마치 악마처럼 가르릉 가르릉 숨을 내쉬고 있더군요.

영감은 내가 채 말을 끝낼 겨를도 주지 않고 아주 무례하게, 돌아가서 피리나 불라고 고함을 지르더군요. 아들을 장가보내고 싶어 안달이 났다면 증기 제분소에 가서 거기 여자들이나 찾아보라고…… 그런 악담을 들으니 피가 거꾸로 솟는 것 같지 않겠어요. 그래도 어쨌든 나나 되니까 꾹 참고 그 정신 나간 노인네를 방앗간에 내버려 두고 돌아와서 아이들에게, 내가 크게 실망했다고 알렸지요…… 가여운 어린 양 같은 그 아이들은 내 말을 믿을 수 없어 하며 애원하기를, 둘이 같이 풍차 방앗간에 올라가 할아버지께 말씀드리겠으니 부디 허락해 달라고…… 난 안 된다고 할 만큼 모질지를 못해서 그러라 했고, 두 아이들은 부랴부랴 그리로 올라갔죠.

아이들이 거기 도착할 무렵, 코르니유 영감은 막 외출을 했던가 봐요. 방앗간 문은 이중으로 잠겨 있었지만, 영감이 나가면서 사다리를 바깥에 그냥 둔 채였죠. 그래서 아이들이 당장 사다리를 타고 창문으로 들어가서, 도대체 문제의 그 방앗간 안에 뭐가 있나 좀 보자는 생각을 할 수 있었던 겁니다요……

희한한 일도 다 있죠! 밀을 빻는 회전 숫돌 방은 텅 비어 있더라네요…… 포대 자루 하나, 밀알 한 톨 없었고, 벽에나 심지어 거미줄에조차 밀가루 흔적도 없더라는 겁니다…… 풍차 방앗간에 들어가면 으레 밀이 으깨지면서 나는 훈훈하고 좋은 냄새가 풍기게 마련인데, 그런 냄새도 나지 않았고…… 방아의 주축엔 먼지만 뽀얗게 덮여 있었고, 그 위에서 말라빠진 커다란 고양이가 잠들어 있었지요.

아래층도 마찬가지로 지지리 궁상에다, 쓰지 않아 버려진 꼴이었다지요. 형편없는 침대, 남루한 옷가지, 계단 위에 굴러다니는 빵 한 조각, 한구석에는 뜯어진 포대 자루가 서너 개 있고, 거기서 석회 부스러기와 허연 흙이 쏟아져 나와 있더래요.

바로 그게 코르니유 영감의 비밀이었던 거죠! 풍차 방앗간의 체면을 살리려고 이 석회 부스러기를 포대에 채워서는, 저녁이면 큰길로 이리저리 다니고, 짐짓 밀가루를 빻는 척했던 거죠…… 불쌍한 풍차 방앗간! 가엾은 코르니유 영감! 벌써 한참 전부터 증기 제분소에 마지막 일거리조차 다 빼앗겨 버린 겁니다. 풍차 날개는 여전히 돌아갔지만, 회전 숫돌은 빈 채로 헛돌고 있었던 거죠.

아이들은 눈물을 흘리며 돌아와 거기서 본 것을 내게 얘기해 주더군요. 그 이야기를 들으니 가슴이 찢어지는 것 같더구먼요…… 난 한시도 지체 않고 이웃들에게 달려가서 이 사실을 간단히 이야기해 주었고, 당장 집집마다 남은 밀은 모두 코르니유 영감네 풍차 방앗간에 갖다 주자고 이야기가 되었지요…… 쇠뿔도 단김에 빼랬다고, 말이 나오자마자 모두가 실행에 옮겼죠. 온 마을 사람들이 길로 나서서 밀을 잔뜩 실은 당나귀들을 줄줄이 언덕 위 풍차까지 끌고 갔지요. 이때 밀은 진짜 밀이었고요!

풍차 방앗간 문은 활짝 열려 있었어요…… 문 앞에는 코르니유 영감이 석회가 든 포대 자루 위에 앉아 머리를 두 손으로 싸쥐고 훌쩍훌쩍 울고 있더군요. 외출했다 돌아와 보니 주인이 없는 사이에 누군가 안으로 들어가 서글픈 비밀을 목도했다는 걸 알아 버린 거죠.

"불쌍한 내 신세야! 이젠 죽어야지…… 풍차 방앗간의 명예가 더럽혀졌어." 영감은 이렇게 말하고 있었어요.

그러면서 풍차 방앗간을 온갖 이름으로 불러 대고, 마치 진짜 사람에게 하듯이 방앗간을 상대로 말을 걸면서 보는 사람 가슴이 엘 만큼 구슬프게 통곡을 하는 겁니다.

이때 당나귀들이 도착했고, 우리는 모두 방앗간이 잘 돌아가던 호시절처럼 아주 크게 소리치기 시작했지요.

"어이! 풍차 방앗간! ……여기 보세요! 코르니유 영감님!"

그러자 문 앞에 밀 포대들이 첩첩이 쌓였고, 보기 좋은 다갈색 밀알이 바닥에 사방으로 튀며 좌르륵 깔렸어요……

코르니유 영감은 눈을 크게 떴습니다. 그는 늙어 주름진 손을 오므려 밀알을 움켜쥐고는 울다 웃다 했어요.

"이거 밀이네! ……아이고 하느님! ……진짜 밀이야! ……어디 자세히 좀 보자!"

그러더니 우리 쪽으로 돌아서며,

"아! 나한테 돌아올 줄 알았어…… 저 제분소 놈들은 말짱 도둑놈들이라니까."

우리는 영감을 개선장군처럼 마을로 모셔 가려 했지요.

"아닐세, 아니야, 이보게들. 우선 가서 풍차 방앗간에 먹이를 줘야지…… 생각 좀 해 보라고! 풍차가 아무것도 못 먹은 지 아주 오래됐거든!"

가엾은 노인이 밀 포대를 칼로 찢어 열랴, 난알이 빻아져 뽀얀 밀가루 먼지가 천장까지 휘휘 날아다니는 동안 회전 숫돌을 살피랴, 이리 뛰고 저리 뛰는 모습을 보며 우린 모두 눈에 눈물이 그렁그렁했지요.

우린 그래도 하느라고 했죠. 바로 그날부터, 우리는 이 방앗간 노인네에게 일감이 떨어지는 일은 절대 없게 했으니까요. 그러던 어느 날 아침, 코르니유 영감이 세상을 떠났고, 우리 마을 마지막 풍차 날개는 더 이상 돌지 않게 되었지요. 이번에는 영원히…… 코르니유 영감이 죽고는 아무도 그 뒤를 잇는 사람이 없었죠. 어쩌겠어요! ……세상만사 끝이 있는 법, 론강의 거룻배나, 옛날식 지방 의회나, 큼지막이 꽃을 수놓은 전통식 윗도리, 이런 것들이 다 없어졌듯이 풍차 방앗간의 시대도 이제 가 버린 것을.

스갱 씨네 염소

La Chèvre de M. Seguin

파리의 서정시인 피에르 그랭구아르*에게,

나의 가엾은 그랭구아르, 자네는 예나 지금이나 늘 똑같겠지!

뭐라고! 파리의 유수 일간지에서 고정 칼럼 자리를 내주었는데, 간크게도 그걸 거절했다고…… 아니 자네 눈으로 자기 꼴을 좀 보게나, 이 한심한 친구야! 구멍 난 윗도리, 너덜너덜해져 가는 반바지, 배고프다 아우성이 절로 나오는 듯한 말라빠진 얼굴. 멋진 각운脚韻을 짓겠다는 열정이 자네를 그 꼴로 만든 것 아닌가! 아폴론 신을 섬기는 시동侍童들 틈에서 충성을 바친 10년의 대가가 고작 그거란 말이지…… 결국은 부끄럽지 않은가?

* Pierre Gringoire(1475~1538). 서정시인. 희곡 작가. 빅토르 위고의 소설 『파리의 노트르담』에 가난하고 천하태평인 문인으로 등장한다.

그러니 이 바보 같은 인간아, 고정 칼럼을 맡아. 고정 집필자가 되란 말이야! 그래야 장미 무늬가 찍힌 멋진 쇠푼을 벌 것 아니겠나. 브레방 식당*에 자네 전용 식기가 마련될 테고, 연주회나 연극 초연 날이면 테 없는 납작 모자에다 새 깃털 장식을 달고 나타날 수도 있잖은가.

아니라고? 그런 것 원치 않는다고? 자네는 끝까지 마음대로 자유롭게 산다고 우기네그려…… 그럼, '스갱 씨네 염소' 이야기 좀 들어 보게나. 자유롭게 살려다 어떤 꼴 나는지 보게 될 테니.

스갱 씨는 기르는 염소들 때문에 도무지 행복할 날이 없었다네.

염소들을 전부 똑같은 방식으로 잃어버렸던 거야. 어느 날 아침, 염소들이 줄을 끊고 산으로 도망쳐 버린 다음 산 위에서 늑대 밥이 되곤 했지. 주인이 쓰다듬으며 귀여워해 주는 것도, 늑대에 대한 두려움도, 무엇도 그들을 붙들어 놓지는 못했어. 이놈들은 독립심 강한 염소들이라서, 나중에야 어떤 대가를 치르건 당장 그저 탁 트인 곳의 공기와 자유를 원하는 것 같았어.

이 짐승들의 본성을 전혀 이해 못 한 선량한 스갱 씨는 경악을 금치 못하며 이렇게 말했지.

"다 끝장났어. 염소들은 내 집에서 사는 게 지루한 거야. 한 마리도 건질 수 없겠구나."

그런데도 그는 낙담하지 않았고, 똑같은 방식으로 염소 여섯 마리를 잃고 나서 다시 일곱 번째 염소를 사들였어. 다만 이번에는 신경 써서, 집에 붙어사는 쪽으로 좀 더 잘 길들일 수 있게끔 아주 어린놈으로 골

* 생트뵈브, 플로베르, 도데, 공쿠르 형제, 졸라, 모파상 등의 문인과 예술가들이 드나들던 파리의 식당.

랐지.

아! 그랭구아르, 스갱 씨네 어린 염소는 얼마나 예뻤는지 몰라! 순한 두 눈, 하사관 같은 수염, 반짝이는 까만 발굽, 얼룩말같이 무늬 진 두 뿔 그리고 긴 외투처럼 온몸에 덮어쓴 길고 새하얀 털! 거의 에스메랄다의 새끼 염소만큼이나 매력적이었지, 그 새끼 염소 기억하나, 그랭구아르?* 게다가 어리광도 잘 부리지, 젖 짤 때 움직이지도 않지, 젖 담는 사발 속에 발을 집어넣지도 않지. 정말 사랑스러운 새끼 염소였다네……

스갱 씨는 집 뒤에 산사나무로 둘러싸인 밭을 갖고 있었어. 그는 새로 기르게 된 염소를 거기에 두었지. 풀밭에서 가장 좋은 장소에 말뚝을 박아 염소를 붙들어 매고, 신경 써서 줄 길이도 넉넉히 잡고, 틈틈이 염소가 잘 있나 보러 가곤 했지. 염소는 아주 행복하게 잘 있었고 기분 좋게 풀을 뜯어 먹어서 스갱 씨는 기뻤지.

가엾은 그는 이렇게 생각했어. '드디어, 우리 집에 살면서 싫증 내지 않는 염소가 생겼다!'

스갱 씨가 잘못 생각했어. 염소는 싫증을 내고 있었거든.

어느 날, 염소는 산을 보며 속으로 말했지.

'저 위에 올라가면 얼마나 좋을까! 목살이 쓸려 벗겨질 지경인 이 빌어먹을 끈 없이 히스 풀 속을 겅중겅중 뛰어다니면 얼마나 즐거울까! ……혹 당나귀나 소 같으면 울타리 안에서 풀을 뜯는 것도 괜찮겠지! ……하지만 염소에겐 역시 넓은 공간이 있어야 해.'

* 여기서는 실재하는 인물인 그랭구아르의 이름이 위고의 소설 『파리의 노트르담』에 중요 인물로 등장하고 있음을 감안하고 하는 말이다.

이 순간부터 울타리 쳐진 경작지에 돋아난 풀은 염소에게 아무 맛없이 느껴졌어. 지겨움이 밀려들었지. 염소는 야위었고, 젖의 양도 많이 줄었어. 하루 종일 염소가 산 쪽으로 머리를 돌리고 콧구멍을 벌린 채…… 서글프게 '음매!' 소리를 내면서 목에 매인 줄을 당기는 모습을 보는 건 가슴 아픈 일이었어.

스갱 씨는 염소에게 무슨 일이 있다는 것까지는 눈치챘지만, 그게 무슨 일인지는 알지 못했지…… 어느 날 아침 그가 염소젖을 다 짜고 나니 염소가 뒤돌아서서 저만 쓰는 말로 그에게 이렇게 말하는 거야.

"제 말 좀 들어 보세요, 스갱 아저씨. 아저씨 집에서 난 심심해요. 산으로 가게 해 주세요."

"아! 맙소사! ……이 염소마저!"

화들짝 놀란 스갱 씨가 소리치는 바람에, 막 젖을 짜서 담은 사발이 뚝 떨어졌지. 그는 염소 곁 풀밭에 주저앉아 말했어.

"뭐라고 블랑케트, 너 내 곁을 떠나고 싶단 말이냐!"

그러자 블랑케트가 대답했어.

"네, 스갱 아저씨."

"여긴 풀이 모자라니?"

"오! 아녜요! 아저씨."

"그럼 너를 매어 놓은 줄이 너무 짧은가 보구나. 끈을 좀 늘여 주랴?"

"안 그러셔도 돼요. 아저씨."

"그럼, 뭐가 필요하단 말이냐! 네가 원하는 게 뭐냐?"

"산에 가고 싶어요. 아저씨."

"아니, 이 한심한 녀석아, 산에는 늑대가 있다는 걸 모르느냐…… 늑대가 오면 어떻게 하려고?"

"뿔로 확 받아 버리죠 뭐, 아저씨."

"늑대 앞에 네 뿔 같은 건 턱도 없어. 늑대는 네 뿔하곤 비교가 안 될 만큼 센 뿔이 달린 내 숫염소도 잡아먹어 버렸는 걸…… 작년에 여기 살던 가엾은 늙은 암염소 르노드, 너도 잘 알지? 당당하고 힘세고 숫양처럼 성질도 보통 아닌 암염소였는데. 밤새도록 늑대와 싸웠어…… 그러다 아침에 늑대가 잡아먹어 버렸지."

"저런! 가엾은 르노드! ……그래도 괜찮아요, 아저씨. 산으로 가게 해 주세요."

"아이고 하느님 맙소사!" 스갱 씨가 말했어.

"아니 도대체 내 염소들은 뭐에 씌어서 저러는 거야? 이러다 늑대가 잡아먹은 내 염소가 또 한 마리 늘어나겠구먼…… 아, 아니야…… 네가 아무리 그래도 난 네 목숨을 구할 거야, 못된 녀석 같으니! 네가 혹시라도 줄을 끊을까 겁이 나서 너를 외양간에 가둬 놓을 테니 항상 거기서 지내도록 하거라."

스갱 씨는 염소를 어두컴컴한 외양간으로 끌고 가, 문을 이중으로 잠가 버렸어. 그런데 불행히도 그는 창문을 깜빡하고 안 잠갔고, 그가 돌아서자마자 어린 염소는 뺑소니를 쳤지……

웃고 있나? 그랭구아르? 아무렴! 분명 자네는 염소 편이겠지. 그 사람 좋은 스갱 씨를 등지고 염소들 편을 들겠지…… 어디 조금 있다가도 과연 자네가 웃을지 어떨지 두고 보세.

하얀 염소 블랑케트가 산중에 들어가니, 산속의 모든 것들은 기뻐 어쩔 줄 몰랐지. 늙은 전나무들은 이렇게 이쁜 걸 이제껏 본 적이 없었지. 다들 염소를 작은 여왕마냥 맞아 주었어. 밤나무들은 땅바닥까지 몸을 굽혀 제 가지 끝으로 염소를 살살 쓰다듬어 주었고, 황금빛 금작화는 염소가 지나가면 활짝 피어 한껏 향기를 뿜어 주었지. 온 산이 그에게 축제를 베풀어 준 거야.

그랭구아르, 우리 염소가 얼마나 행복했을지, 생각 좀 해 보게나! 이젠 매였던 줄도 없지, 말뚝도 없지…… 제 마음대로 뛰어다니며 풀을 뜯어 먹어도 아무 거칠 것이 없었지…… 거기는 온갖 풀이 많았어. 뿔 닿는 곳 그 너머까지 말이야. 또 풀도 어디 보통 풀인가! 맛나고, 야들야들하고, 톱니처럼 끝이 들쭉날쭉한, 갖가지 식물들로 이뤄진 풀밭 아닌가! 경작지의 잔디하고는 완전히 다르다니까! 또 꽃들은 어떻고! ……커다랗고 파란 초롱꽃, 긴 꽃받침 달린 자줏빛 디기탈리스, 매혹적인 즙이 넉넉하게 나오는 야생화들이 자라는 숲이라니……!

하얀 염소는 반쯤 취해서 풀 속에 벌렁 드러누워 다리를 공중에 치켜들고 비탈을 따라 마구 뒹굴며, 떨어진 나뭇잎과 밤송이들과 섞인 채 데굴데굴 굴렀어…… 그러다 갑자기 벌떡 일어섰지. 얍! 머리를 쳐들고 숲과 덤불을 지나 앞으로 내달렸어. 때로는 산꼭대기에, 때로는 절벽 아래 골짜기에, 저 위로, 저 아래로, 사방으로…… 마치 이 산속에 스갱 씨네 염소가 열 마리는 되는 것 같았지.

블랑케트는 아무것도 두렵지 않았던 거야.

염소는 커다란 개울도 한달음에 성큼 뛰어 건넜고, 그러느라 튀어 오른 물보라와 물거품에 흠뻑 젖었어. 물이 뚝뚝 떨어지는 몸으로, 편편한 바위 위에 벌렁 드러누워 햇볕에 몸을 말렸어…… 그러다 금작화 한 송이를 입에 물고 고원 가장자리까지 나아가 저 아래쪽 들판을 내려다보니 스갱 씨네 집과 그 뒤편 울타리가 보이는 거야. 그걸 보고 염소는 눈물이 날 만큼 웃어 댔지.

"어이구, 작기도 해라! 내가 어떻게 저 속에서 견딜 수 있었을까?"

염소는 말했어.

가여운 것! 높은 곳에 올라가 있으니 자기가 세상만큼이나 큰 줄 아나 보지!

어쨌든, 스갱 씨네 염소에겐 좋은 하루였지. 한낮이 될 무렵, 좌우사방으로 뛰어다니다가 염소는 머루를 오독오독 씹어 먹고 있는 산양 떼 사이에 들어가게 되었어. 하얀 털을 자랑하는 우리의 어린 달리기 선수는 산양들 사이에서 단연 선풍을 일으켰지. 그들은 블랑케트에게 머루를 따 먹을 수 있는 가장 좋은 자리를 내주었고, 모든 수컷 산양들은 매우 정중했어…… 심지어—이건 우리끼리만 알고 있어야 할 일인데 말이지, 그랭구아르—털이 검은 젊은 수컷 산양 한 마리는 블랑케트의 환심을 사는 행운까지 얻었다네. 두 연인은 한두 시간이나 숲속을 헤매 다녔는데, 그들이 무슨 얘기를 나눴는지 알고 싶다면 이끼 사이로 숨어 흐르는 수다쟁이 시냇물한테 가서 물어보게나.

갑자기 바람이 서늘해졌어. 산은 보랏빛이 되었지. 저녁이 온 거야……

"아니 벌써!"

작은 염소는 깜짝 놀라 그 자리에 우뚝 멈춰 섰어.

산 아래 들판은 안개 속에 잠겨 있었지. 스갱 씨네 마당의 울타리는 안개에 싸여 보이지 않았고, 그 작은 집에서 보이는 것이라고는 모락모락 연기 나는 지붕뿐이었어. 염소는 스갱 씨가 바깥에서 집 쪽으로 몰아가는 양 떼의 방울 소리를 유심히 들으면서, 마음이 아주 서글퍼지는 걸 느꼈어…… 둥지로 돌아가던 큰 매 한 마리가 지나가며 그

날개가 염소를 쓰윽 스쳤어. 염소는 흠칫 떨었지. 이어 산속에서 "우! 우!" 하고 울부짖는 소리가 들렸어.

염소는 늑대구나 하고 생각했지. 이 정신 나간 녀석이 낮에는 진종일 그 생각을 못 한 거야…… 바로 그 순간 아주 멀리 골짜기에서 나팔 소리가 들려왔어. 착한 스갱 씨가 염소를 찾으려고 마지막 노력을 기울이는 소리였지.

"우! 우!" 늑대 소리가 났어.

"돌아와! 돌아와!" 나팔도 부르고.

집으로 돌아가고 싶기는 했지. 하지만 말뚝, 밧줄, 풀밭을 에워싼 울타리가 떠올랐을 때 이제 더는 그렇게 살 수 없으니 여기 그냥 있는 게 낫겠다는 생각이 들었어.

나팔 소리는 더 이상 나지 않았어……

그때 염소 뒤쪽에서 나뭇잎이 부스럭거리는 소리가 났어. 염소는 뒤돌아보았고, 그늘 속에 짤막하고 쫑긋 선 두 귀, 번들거리는 두 눈이 보였어…… 늑대였지.

엄청난 덩치에, 꼼짝하지 않고 엉덩이를 붙이고 앉은 채로 늑대는 작고 하얀 염소를 바라보며 미리 속으로 맛을 보고 있었던 거야. 곧 잡아먹을 것이기에 서두르지도 않았어. 단지 염소가 뒤를 돌아보자 심술궂게 웃기 시작했지.

"하! 하! 스갱 씨네 아기 염소!" 그러면서 두텁고 붉은 혀를 날름대며 부싯깃 같은 입술을 핥았어.

블랑케트는 이제 끝이구나 싶었지…… 밤새도록 싸우다 아침에 잡아먹혔다는 늙은 염소 르노드 이야기를 잠시 떠올리며, 어쩌면 지금 당장 먹히는 게 나을지도 모른다고 생각했어. 그러다가 마음을 바꾸어 먹고는, 머리를 낮추고 뿔을 앞으로 내민 자세로, 스갱 씨네 용감한 염소답게 방어 태세를 취했지…… 늑대를 죽이기를 감히 기대한 것은 아니고—염소가 늑대를 죽이는 법은 없다네—단지 르노드만큼 오래 버틸 수 있을지 보려고 그런 거야……

그러자 늑대는 앞으로 다가왔고, 염소의 작은 뿔은 춤추듯 이리저리 움직이기 시작했지.

아! 용감한 어린 염소, 얼마나 기꺼이 싸움에 임했던가! 그랭구아르, 내 거짓말 보태지 않고 정말 열 번 이상을 염소가 늑대를 몰아붙이는 바람에 늑대가 숨을 돌리려고 물러서야 했다네. 잠시 숨 돌리는 1분 동안 이 먹보 염소는 재빨리 그렇게도 좋아하는 풀을 한 무더기 뜯어 먹고는 한입 가득 풀을 문 채 다시 전투에 임하곤 했지…… 밤새도록 그랬다네. 가다가다 스갱 씨네 염소는 청명한 밤하늘의 별들이 오락가락 춤추는 것을 쳐다보면서, 속으로 말했지.

'오! 내가 새벽까지 버틸 수만 있다면……'

별들이 하나둘씩 새벽빛에 모습을 감추었어. 블랑케트는 더욱 열심히 뿔로 공격을 해 댔고, 늑대는 이빨로 물어뜯었어…… 희부연 여명이 지평선에 나타나고…… 꼬끼오 하고 목쉰 닭 울음소리가 소작지 농가에서 산 위로 울려 퍼졌어.

"드디어!" 이제 해가 뜬대도 죽을 일만 남은 가엾은 염소는 이렇게 말하며 하얀 털이 온통 피로 물든 어여쁜 몸을 땅바닥에 대고 쭉 뻗어 버렸어……

그러자 늑대가 작은 염소에게 달려들어 잡아먹어 버렸지.

잘 있게, 그랭구아르!

자네가 방금 들은 이야기는 내가 지어낸 게 아니라네. 혹시 프로방스에 온다면, 제 땅뙈기에 농사짓는 우리 고장 농부들에게서 종종 들을 수 있을 걸세. 밤새도록 늑대와 싸우다가, **아침에 늑대가 잡아먹은 스갱 씨네 염소** 이야기를 말일세.

잘 들어 두게, 그랭구아르,

그러다가 아침에 늑대가 잡아먹었다고.

별
—어느 프로방스 양치기의 이야기
Les Étoiles
— Récit d'un Berger Provençal

내가 뤼브롱산에서 양을 치던 시절 이야깁니다. 나는 몇 주 동안 내내 사람 하나 보지 못하고, 기르던 개 라브리와 양들과 함께 목초지에서 지냈지요. 어쩌다 약초를 따러 온 뤼르산의 은둔 수도자나 피에몽 지방 숯쟁이의 시커먼 얼굴이나 보는 정도였지요. 하지만 그런 사람들은 세상 물정 모르고, 외롭게 살다 보니 말도 없고, 말하고 싶다는 생각조차 없어져 버린 사람들인지라, 산 아래 마을이며 도시에서 요즘 화젯거리가 무엇인지 같은 건 도무지 몰랐답니다. 그래서 산꼭대기에 이르는 오르막길에 한 달에 두 번씩, 보름마다 먹을 것을 날라다 주는 우리 농장 노새의 방울 소리가 들리고, 꼬마 미아로(농장의 심부름꾼 아이)의 똘망똘망한 얼굴이나 노라드 할머니의 불그레한 머리쓰개가 조금씩 조금씩 모습을 드러내면 나는 정말이지 너무나 행복했습니다. 산 아래 마을 소식, 누가 영세하고 누가 결혼하는지 얘기해 달라고 부탁해서 듣곤 했지요. 그렇지만 뭐니 뭐니 해도 가장 관심 있었던 일은, 우리 주인댁 따님 스테파네트 아가씨, 근방 100리 안에서 가장 예쁜 그 아가씨 소식이었습니다. 그 얘기에 너무 관심 갖는 티는 내지 않으면서도 축제나 밤샘 파티에는 많이 가시는지, 여전히 구애하는 남자들이 새록새록 찾아오는지, 그런 것을 알아보았지요. 산에 사는 초라한 양치기 주제에 그런 게 무슨 상관이냐고 누가 묻는다면, 난 대답하겠어요. 그때 내 나이 갓 스물이었고, 스테파네트 아가씨는 그때까지 내가 본 가장 아름다운 사람이었다고.

그러던 어느 일요일, 보름마다 꼬박꼬박 오는 보급품을 기다리는데, 그날따라 꽤나 시간이 가도 안 오지 뭡니까. 아침나절엔 "오늘 큰 미사가 있어서 그럴 거야"라고 혼잣말을 했지요. 그런데 정오쯤 되니 거센 비바람이 몰아쳐서 '올라오는 길이 안 좋아져 노새가 길을 떠나지 못했겠구나'라고 생각했죠. 그러다 오후 3시쯤 되니, 하늘이 환해지면서 산은 물기와 햇빛으로 반질거렸고, 나뭇잎에서 뚝뚝 물 떨어지는 소리와 불어난 시냇물이 콸콸 흐르는 소리 틈새로 노새 방울 소리가 딸랑딸랑, 마치 부활절 날 커다랗게 울려 대는 종소리처럼 명랑하고 또렷하게 들려오더군요. 하지만 노새를 끌고 온 사람은 꼬마 미아로도 아니고, 노라드 할머니도 아니고, 바로 바로…… 누구였을까 맞춰 보세요! 바로 우리 아가씨였답니다! 우리 아가씨가 몸소, 버들고리 바구니들 사이에 꼿꼿이 앉아서 산바람과 한바탕 폭풍우로 서늘해진 공기에 얼굴이 발그레해 가지고……

꼬마 미아로는 아프고, 노라드 할머니는 휴가라서 자식들 집에 가셨답니다. 아름다운 스테파네트 아가씨가 노새 등에서 내리며 죄다 말해 주었고, 오다가 길을 잃어 늦었다고도 했지요. 하지만 꽃 모양 리본을 달고, 반짝거리는 치마와 레이스 장식으로 일요일답게 치장을 한 아가씨를 보니 덤불숲에서 길을 찾느라 늦었다기보다는 어디 잔치에서 춤이라도 추다가 늦은 것 같은 모양새였지요. 오, 귀여운 사람! 눈에 넣어도 아프지 않을 것만 같더군요. 아무리 보아도 지치지 않을 것만 같았죠. 내가 아가씨를 그렇게 가까이서 본 적은 그때까지 한 번도 없었답니다. 어쩌다 양 떼들이 평지로 내려가 있는 겨울철, 내가 저녁을 먹으러 농장 안집에 들어갈 때면 아가씨는 생기발랄하게 식당을 지나가긴 했어도 하인들에게 말을 건네는 법이라곤 없었고, 언제나 예쁘게 꾸미고 조금은 으스대는 모습이었거든요⋯⋯ 그런 아가씨가 지금 바로 내 앞에 와 있다니, 그것도 나만을 위해. 그야말로 정신 못 차릴 만한 일 아니었겠어요?

바구니에 담아 온 것들을 꺼내고 나자 스테파네트 아가씨는 신기한 듯이 주변을 두리번거리기 시작했어요. 일요일에만 입는 예쁜 치마가 행여 상할까 살짝 추켜올리며 아가씨는 목책을 쳐 놓은 울안으로 들어와 내가 자는 곳, 밀짚으로 엮고 양가죽을 덮어 잠자리로 쓰는 구유, 벽에 걸린 커다란 망토, 양 치는 지팡이, 부싯돌 등을 보려고 했어요. 그 모든 게 흥미로웠나 봅니다.

"그러니까 양치기는, 여기 사는 거야? 항상 혼자 지내니 얼마나 심심할까! 무얼 하지? 무슨 생각을 해?"

"아가씨, 당신 생각을 한답니다"라고 대답하고 싶었지요. 그렇다 해도 거짓말은 아니었을 겁니다. 하지만 어찌나 떨리던지 단 한 마디도 할 말을 찾을 수가 없었어요. 아가씨도 그걸 눈치챘던 것 같은데, 글쎄 이 장난꾸러기 아가씨는 짓궂게도 나를 한층 더 곤혹스럽게 만드는 일에 재미를 느끼고 있었지요.

"그럼 양치기 여자 친구는? 가끔 만나러 올라오나? ……그 여자 친구는 분명 황금 염소일 거야. 아니면 산봉우리만 타고 다닌다는 에스테렐 요정이거나."

내게 이런 말을 하면서 고개를 뒤로 젖히고 까르르 예쁘게도 웃으며 얼른 가려고 서두르는— 그래서 지금 찾아온 것이 마치 환영처럼 느껴지는—아가씨가 바로 그 에스테렐 요정 같기만 했습니다.

"잘 있어, 양치기!"

"안녕히 가세요, 아가씨."

그러고는 빈 바구니를 싣고 아가씨는 떠났습니다.

비탈진 오솔길로 아가씨가 사라지자, 노새 발굽이 땅을 차면서 이리저리 구르는 자갈돌 하나하나가 내 가슴에 툭툭 떨어지는 것만 같았지요. 그 소리가 귀에 오래오래 들려왔습니다. 날이 저물 때까지 나는 잠에 취한 사람처럼, 행여 내 꿈이 사라져 버릴까 봐 움직일 엄두도 못 내고 마치 잠에 취한 사람처럼 그렇게 서 있었지요. 저녁이 다 되어 골짜기 저 아래쪽까지 검푸른 빛깔로 변하기 시작하고 양들이 우리에 들어가려고 매에 매에 울어 대며 서로 몸을 부딪치면서 모여들 무렵, 내리막길에서 누가 나를 부르는 소리가 들리더니, 우리 아가씨가 나타나는 게 아니겠어요. 아까처럼 생글생글 웃는 모습이 아니라 춥고 두려워서 흠뻑 젖은 몸을 덜덜 떨고 있었지요. 소르그 강물이 저 아래 산기슭에서 쏟아진 비로 콸콸 넘치고 있는 모양이었습니다. 그래서 어떻게든 강을 건너려다 물에 빠질 뻔했던 거지요. 문제는, 한밤중이 시간은 이미 농장의 본채로 돌아갈 생각을 할 수 없는 시간이라는 것이었습니다. 왜냐하면 빨리 가는 지름길을 우리 아가씨 혼자서는 절대 알 턱이 없을 테고, 나는 양 떼를 떠날 수가 없었으니까요. 산에서 밤을 보내야 한다는 생각에 아가씨는 많이 당황스러워했지요. 특히 집에 있는 가족들이 걱정할까 봐서 그랬지요. 난 최선을 다해 아가씨를 안심시켰어요.

"7월은 밤이 짧답니다, 아가씨…… 불편해도 잠시만 참으시면 돼요."

그러면서 얼른 아가씨의 발과 소르그 강물로 흠뻑 젖은 치마를 말릴 수 있게 큰 불을 피웠지요. 그런 다음 아가씨 앞에 양젖과 크림치즈를 갖다 놓았어요. 하지만 가엾은 아가씨는 불을 쬘 생각도 먹을 생각도 하지 않았고, 그 두 눈에 그렁그렁 눈물이 차오르는 것을 보니 나도 울고 싶은 심정이었어요.

그러는 동안 깜깜한 밤이 되었죠. 산의 능선 위에 남은 것이라고는 먼지 같은 햇빛의 잔영 그리고 해가 떨어진 방향으로 어슴푸레 마치 한 줄기 김처럼 남은 잔광殘光뿐이었습니다. 난 우리 아가씨가 울안에 들어가서 좀 쉬었으면 했어요. 새로 깐 밀짚 위에 멋진 새 양가죽을 깔고는 아가씨에게 잘 주무시라고 말하고 밖으로 나와 문 앞에 앉았지요…… 하느님이 지켜보셨겠지만, 사랑의 불길이 활활 타올라 피가 끓었음에도 나쁜 생각이라고는 도무지 들지 않았습니다. 울안 한구석, 아가씨가 자는 모습을 신기하다는 듯 바라보는 양 떼 바로 곁에서 우리 주인댁 따님이, 다른 모든 양들보다 훨씬 더 소중하고 더 하얀 양 한 마리처럼 내가 지켜 주는 가운데 쉬고 있다고 생각하니 정말이지 자랑스러울 따름이었죠. 그때까지 하늘이 그렇게 깊어 보이고 별들이 그렇게 빛나 보인 적은 없었다니까요…… 갑자기, 양 우리의 울타리가 살풋 열리더니 어여쁜 스테파네트 아가씨가 나타났어요. 아가씨는 잠들 수가 없었던 거지요. 양들이 몸을 뒤척이면서 건초가 부스럭댔거나, 아니면 양들이 잠결에 매에 매에 소리를 냈던 것일 테죠. 아가씨는 불 옆으로 오는 편이 낫다고 생각했던 겁니다. 그걸 본 나는 어깨에 두르고 있던 암사슴 가죽을 아가씨에게 주고 불길을 더 돋우었고, 우리는 아무 말 없이 그렇게 나란히 앉아 있었어요. 만약 여러분이 한 번이라도 한데서 밤을 새워 보았다면 알 겁니다. 우리가 잠든 시간에 고독과 침묵 속에서 신비로운 세상이 깨어난다는 것을 말이죠. 그럴 때 샘물은 낮보다 한결 또랑또랑한 소리로 노래하듯 흐르고, 연못은 작은 불꽃들을 밝히지요. 산의 모든 정령들이 자유로이 왔다 갔다 하고요. 허공 중에는 뭔가 삭삭 스치는 듯한 소리, 알아들을 수 없는 소리들이, 마치 나뭇가지가 자라나고 풀들이 쑥쑥 커 오르는 소리처럼 들려온다니까요. 낮 시간은 존재들의 삶이지만, 밤은 사물들의 삶입니다. 이런 걸 익숙하게 접해 보지 않았다면 무섭게 마련이지요…… 그러니 우리 아가씨도 오들오들 떨면서 작은 소리만 들려도 나한테 꼭 달라붙었지요. 한번은 길고 우울한 어떤 울음소리 같은 것이 저 아래 번쩍이는 연못 쪽에서 우리가 있는 쪽까지 일렁이며 들려왔어요. 바로 그 순간 예쁜 별똥별 하나가 우리 머리 위에서 같은 방향으로 휙 스쳐 가는 겁니다. 마치 우리가 방금 들은 그 울음소리가 빛과 함께 움직인 것처럼 말이죠.

"저게 뭐지?" 스테파네트 아가씨가 작은 소리로 내게 물었어요.

"천국으로 들어가는 영혼이랍니다, 아가씨." 내가 대답하며 성호를 그었습니다.

아가씨도 덩달아 성호를 긋고는 잠시 아주 골똘히, 뭔가 생각에 깊이 빠진 사람처럼 앉아 있었어요. 그러더니 내게 말했지요.

"그럼 너희들 양치기가 마법사라는 게 정말이야?"

"무슨 말씀을요, 아가씨. 하지만 여기서는 아무래도 별들과 훨씬 가까이 생활하다 보니 하늘에서 일어나는 일을 평지에 사는 사람들보다 잘 알게 마련이죠."

아가씨는 한 손으로 얼굴을 받친 채, 천상의 작은 목동처럼 암사슴 가죽을 두르고 여전히 하늘을 올려다보고 있었습니다.

"어쩜 별이 많기도 하지! 아, 아름다워라! 이렇게 많은 별들은 본 적이 없어…… 양치기는 저 별들 이름을 알아?"

"알다마다요, 아가씨…… 자 보세요! 우리 머리 바로 위에 있는 저게 '성 자크의 길(은하수)'이에요. 프랑스에서 곧장 스페인까지 가지요. 갈리시아의 성 자크가 사라센 사람들과 전쟁을 할 때 용감한 샤를마뉴 왕에게 길을 알려 주느라 저걸 표시로 삼은 거랍니다.* 좀 더 멀리 보시면, '영혼들의 수레(큰곰자리)'가 있어요. 수레의 굴대 네 개가 반짝반짝 빛나고 있죠. 그 앞에 보이는 별 세 개는 '세 마리 짐승'이고요. 세 번째 별과 마주 보는 아주 작은 별은 '짐수레꾼'이죠. 그 별 주위로 별들이 잔뜩 비 오듯이 쏟아져 내리는 게 보이시나요? 저건 하느님이 하늘나라에 받고 싶지 않았던 영혼들이랍니다…… 좀 아래쪽에는 '갈퀴' 혹은 '세 왕들(오리온자리)'입니다. 우리 양치기들은 저 별자리를 시계처럼 이용하죠. 저 별자리를 보기만 해도 지금이 자정이 지난 시간이라는 것을 저는 알지요. 좀 더 아래쪽엔 '장 드 밀랑'이 '천체의 횃불(시리우스)'처럼 밝게 빛나고 있고요. 이 별을 두고 양치기들은 이렇게 말하죠. 어느 날 '장 드 밀랑'이 '세 왕들'과 '병아리장(황소자리

* 이 모든 천문학적 설명은 아비뇽에서 출간된 『프로방스 연감』에서 추린 것이다(원주).

의 여섯 별)'과 함께 친구 별의 결혼식에 초대를 받았대요. '병아리장'이 서둘러 제일 먼저 길을 떠나 위쪽 길로 갔지요. 저기 저 위, 하늘 저 끝을 보세요. '세 왕들'은 아래쪽 지름길로 가서 '병아리장'을 따라잡았어요. 이 게으른 '장 드 밀랑'은 늦잠을 자느라 꼴찌로 뒤처져 화가 나서 먼저 간 별들을 멈추게 하려고 그들에게 지팡이를 던졌어요. 그래서 '세 왕들'이 '장 드 밀랑의 지팡이'라고도 불리는 거랍니다…… 그렇지만 모든 별 중에 가장 아름다운 별은요, 아가씨, 그건 우리의 별이죠. '양치기의 별'이라고 하는데요, 새벽에 우리가 양 떼를 몰고 나갈 때 빛나고, 저녁에 다시 들어올 때도 빛나거든요. 우린 아직도 그 별을 '마글론'이라 불러요. '프로방스의 피에르(토성)'를 쫓아 달려가서 7년마다 한 번씩 그 별과 결혼하는 아름다운 별이죠."

"뭐라고! 양치기야, 그럼 별들도 결혼을 한단 말이야?"

"그럼요, 아가씨."

별들의 결혼이라는 게 무엇인지 설명하려는데, 뭔가 상큼하면서도 여릿한 것이 내 어깨에 살풋 기대는 느낌이 들었지요. 잠결에 무거워진 아가씨의 머리가, 예쁜 리본과 레이스와 곱슬곱슬한 머리칼이 부딪쳐 사각대는 소리를 내며 내게 기대어 온 것이었어요. 아가씨는 이렇게, 희부옇게 밝아 오는 새벽빛으로 하늘의 별빛이 바래어 마침내 안 보이게 될 때까지 꼼짝 않고 그대로 있었어요. 나는 아가씨가 자는 모습을 지켜보았지요. 내 존재의 깊은 곳에서는 조금 흔들리는 마음으로, 하지만 이제껏 오직 선한 생각만을 내게 전해 주었던 이 밝은 밤의 성스러운 보호를 받으면서 말입니다. 우리 주위에는 별들이 커다란 양 떼처럼 유순하게, 소리 없는 운행을 계속하고 있었습니다. 그렇게 앉은 채로 이따금 난 그려 보곤 했어요. 저 별들 중에 가장 여릿여릿하고 가장 반짝이는 별 하나가 가던 길을 잃고 내게 내려와서는 이 어깨에 기대어 잠든 것이라고요.

아를의 여인

L'Arlésienne

내가 사는 풍차 방앗간에서 내려가 마을로 가려면, 팽나무가 늘어선 커다란 뜰 저 끝에 난 큰길 옆 농가 앞을 지나게 됩니다. 전형적인 프로방스 지방 자작농의 집인데, 붉은 기와지붕에, 널찍한 갈색의 건물 앞면에는 불규칙하게 창문들이 나 있습니다. 꼭대기의 지붕 밑 방에는 바람개비와 건초 더미들을 끌어 올리는 도르래가 달려 있고, 건초 더미에서 갈색 건초 다발 몇 단이 삐져나와 있는 것이 보이지요……

어째서 이 집이 유달리 나를 사로잡은 것일까요? 그 집의 닫힌 대문을 보고 왜 내 가슴이 죄어들었을까요? 누가 물었다 해도 난 그 까닭을 말할 수 없었을 텐데, 아무튼 그 집만 보면 등골이 서늘했습니다. 집 주위가 너무도 고요했거든요…… 누가 지나가도 개 한 마리 짖지 않았고, 뿔닭들은 소리 없이 달아났습니다. ……집 안에서는 찍 소리

하나 나지 않았습니다! 아무 소리도, 심지어 노새 방울 소리 하나 들리지 않았지요…… 창문에 드리워진 하얀 커튼과 지붕 위로 피어오르는 연기만 아니었다면 다들 사람이 살지 않는 집인 줄로만 알았을 겁니다.

어제 정오를 알리는 종이 울릴 때 나는 마을에서 돌아오는 길이었고, 땡볕을 피하려고 그 농가의 담을 끼고 팽나무 그늘을 따라 걷고 있었습니다…… 큰길가, 농가 앞에서는 하인들이 묵묵히 건초를 짐수레에 싣는 작업을 마무리하고 있었고요…… 대문은 열려 있었습니다. 나는 지나가면서 거기를 한번 쳐다보았고, 뜰 안 저쪽 끝으로 널따란 돌 식탁에 팔을 괸 채 머리를 양손으로 싸쥐고 있는 키 큰 백발노인이 보였습니다. 그는 지나치게 짧은 윗도리에 너덜너덜 다 떨어진 바지를 입고 있었습니다…… 나는 걸음을 멈추었어요. 하인 한 사람이 내게 나지막이 말했습니다.

"쉿! 주인어른입니다…… 아드님이 불행한 일을 당한 뒤로 저러고 계시지요."

이 순간 검은 옷을 입은 한 여인과 어린 남자아이가 금박을 입힌 두꺼운 기도서를 들고 우리 옆을 지나 집으로 들어가더군요.

그 하인이 덧붙였습니다.

"……주인마님과 작은 도련님이 미사에 갔다 돌아오셨네요. 큰아드님께서 목숨을 끊은 뒤로 날마다 저렇게 미사에 가시지요…… 아! 얼마나 애통한지 모르겠어요! ……아버님은 아직도 먼저 간 아드님의 옷을 입고 계시죠. 아무리 벗으라 해도 벗질 않으시네요. ……이랴! 가자 이놈의 말!"

건초를 실은 짐수레가 흔들리더니 출발했습니다. 나는 좀 더 자세히 알고 싶어서 짐수레를 모는 하인에게 옆자리에 태워 달라고 했고, 그렇게 건초 더미 틈에서 이 슬픈 이야기의 전말을 알게 되었습니다.

그의 이름은 장이었답니다. 스무 살짜리 잘생긴 농촌 젊은이로, 아가씨처럼 얌전했고 건장한 체구에 얼굴이 밝았지요. 워낙 잘생겨서 여자들이 그를 유심히 쳐다보곤 했답니다. 하지만 그의 머릿속엔 오직 한 여자밖에 없었으니, 아를 성벽 아래 장터 길에서 우연히 한 번 마주친, 벨벳 옷과 레이스로 치장한 자그마한 아를 여인이었습니다. 그의 집에서는 처음부터 이 관계를 마땅찮게 여겼답니다. 그 아가씨는 바람기 많다고 소문이 파다했고, 그 부모도 이곳 사람이 아니었거든요. 그러나 장은 죽기 살기로 그 아를 여인을 원했답니다.

"그 여자와 맺어질 수 없다면 난 죽어 버릴 거야"라고 말하곤 했대요.

그 고집이 통했습니다. 추수가 끝나면 둘이 결혼하는 것으로 정해졌지요.

그러던 어느 일요일 저녁, 농가 뜰에서 가족들이 막 저녁 식사를 마칠 무렵이었어요. 저녁 식사는 거의 결혼 피로연 같은 분위기였답니다. 예비 신부는 그 자리에 없었지만, 사람들은 줄곧 그녀를 위해 축배를 들며 술을 마셨습니다. 대문간에 웬 남자가 나타나더니 떨리는 목소리로, 집주인 에스테브 씨와 따로 얘기 좀 하고 싶다고 청하더랍니다. 에스테브 영감은 자리에서 일어서서 큰길로 나갔죠.

찾아온 남자가 말했답니다. "영감님, 지금 아드님을 부정한 여자와 결혼시키려 하고 계십니다. 그 여자는 2년 동안 저와 내연 관계였습니다. 제가 주장하는 내용을 증명하죠. 여기 편지 좀 보십시오! ……그녀의 부모님이 모든 사실을 알게 되어, 딸을 주겠다고 제게 약속했던 편지입니다. 하지만 댁의 아드님이 그녀와 결혼하고 싶다고 한 다음부터는 그 부모도 당사자도 저를 더는 거들떠보지 않더군요…… 그래도 저는, 이렇게 살던 여자가 다른 사람의 아내가 될 수는 없다고 봅니다."

"좋아요! 안에 들어와 포도주나 한잔하시지." 에스테브 영감이 그 편지를 보고 나서 말했대요.

그 남자가 대답하기를,

"고맙습니다! 하지만 저는 지금 갈증보다는 슬픔이 커서, 됐습니다."

그러고는 가 버렸답니다.

영감은 아무렇지도 않은 듯 집으로 다시 들어가 제자리에 앉았고, 식사는 기분 좋게 끝났습니다……

그날 저녁, 에스테브 영감과 아들이 함께 들판으로 나갔지요. 둘이서 한참 밖에 있다가 집으로 들어오니 어머니가 그때까지 잠도 안 자고 기다리고 있었다네요.

영감이 아들을 아내에게 밀며 말했답니다. "여보, 얘 좀 안아 줘요! 가엾은 녀석……"

장은 아를 여인에 대해 더는 입에 올리지 않았습니다. 하지만 여전히 그녀를 사랑했고, 심지어 다른 사람 품에 안겼던 여자라는 것이 드러난 뒤로 그 어느 때보다 더욱더 사랑했답니다. 다만 자존심이 너무 강해 뭐라고 말을 못 했던 거죠. 그래서 죽음에 이르게 된 것이고요. 가엾은 청년……!

가끔씩 그는 하루 종일 방구석에서 꼼짝 않는 적도 있었답니다. 또 어떤 날은 밭일에 미친 듯 달라붙어서 날품팔이 열 사람 몫의 일을 혼자 다 해치우기도 했습니다…… 저녁이 되면 그는 아를로 가는 큰길을 터벅터벅 걸어, 해질 무렵 아를 시의 뾰족한 종탑이 보일 때까지 가곤 했대요. 그 종탑이 보이면 가던 길을 돌아서 오곤 했답니다. 그 이상 더 가는 일은 결코 없었죠.

이렇게 늘 서글프게 외톨이로 지내는 그를 보고 농가의 사람들은 어찌할 바를 몰랐습니다. 무슨 불상사가 나지나 않을지 다들 우려했지요…… 한번은 식사를 하다가 아들의 눈에 눈물이 그렁그렁 맺힌 것을 보고 어머니가 말했습니다.

"아! 그럼 장, 그래도 그 애가 좋다면 우린 이 결혼 허락하마……"

아버지는 창피한 마음에 얼굴이 벌게져서 고개를 숙였답니다……

장은 아니라는 몸짓을 하더니, 나가 버렸대요……

그날부터 그는 생활 방식을 싹 바꾸어, 항상 명랑한 척하며 부모를 안심시켰죠. 무도회, 춤추며 노는 술집, 낙인제* 같은 곳에서 다시 그의 모습을 볼 수 있었어요. 퐁비에유의 수호성인 축제에서 파랑돌 춤을 이끈 사람도 바로 장이었답니다.

아버지는 말하곤 했죠. "저 애는 이제 다 나았어." 하지만 어머니는 항상 걱정이었고, 자식을 그 어느 때보다 더 세심하게 지켰답니다. 장은 동생과 함께 양잠장養蠶場 바로 옆에서 잠을 잤고, 가여운 어머니는 아들이 자는 옆방에 침대를 갖다 놓게 했습니다. 밤중에 누에를 보살필 일이 생길 수도 있다면서요……

자영농들의 수호성인인 성 엘루아의 축일이 돌아왔습니다.

* 어린 황소에 달군 쇠로 번호를 매기는 행사가 중심이 된 민속 축제. 여러 민속 축제의 기원이 되었다.

농가는 매우 흥청거렸죠…… 누구나 마실 수 있을 만큼 샤토뇌프 포도주가 풍성했고 집에서 빚은 뱅쿼가 펑펑 넘쳐흘렀습니다. 폭죽이 터지고, 타작마당에는 모닥불이 타오르고, 팽나무에는 색색 전등이 빼곡히 달렸습니다…… 성 엘루아 만세! 사람들은 지쳐 쓰러질 때까지 파랑돌 춤을 추었죠. 장의 동생은 놀다가 새 셔츠를 태워 먹었고…… 장도 흡족한 기색이었습니다. 그는 춤추자고 어머니도 이끌었답니다. 그래서 가엾은 어머니는 다행이라며 눈물을 흘렸습니다.

자정이 되자, 모두 자러 갔습니다. 다들 잠을 자야 했으니까요…… 그런데 장, 그는 잠을 자지 않았답니다. 나중에 동생이 한 말로는, 밤새도록 흐느껴 울었답니다. 아! 홀려도 지독하게 홀린 거라 해야겠죠, 그 총각……

다음 날 새벽, 어머니는 누군가 침실을 가로질러 달려가는 소리를 들었습니다. 어떤 예감 같은 것이 들더랍니다.

"장, 너니?"

장은 대답하지 않았죠. 그는 이미 계단에 있었습니다.

어머니는 허겁지겁 자리를 박차고 일어났습니다.

"장, 어디 가니?"

그는 지붕 밑 방으로 올라갔고, 어머니는 뒤따라갔습니다.

"아들아! 제발!"

그는 문을 닫고 빗장을 잠갔습니다.

"장, 우리 장, 대답 좀 해 봐라. 무슨 짓을 하려는 거니?"

더듬더듬, 늙은 두 손을 덜덜 떨며 어머니는 걸쇠를 찾았습니다…… 창문이 열리더니, 뜰의 포석 위에 몸이 쿵 떨어지는 소리가 났고, 그게

다였습니다……

가엾은 아들은 혼잣말을 했답니다. "난 그녀를 너무나 사랑해…… 난 떠날래……" 아! 사람의 마음이라는 건 얼마나 가련한지요! 하지만 경멸로도 사랑을 끊을 수 없다는 건 참 지독한 일이죠……!

그날 아침, 마을 사람들은 저쪽, 에스테브네 농가 쪽에서 대체 누가 이렇게 섧게 우는 건지 이상하게 생각했답니다.

그건 겉옷도 못 걸친 채 농가 뜰 안, 이슬과 피로 범벅이 된 돌 앞에서 죽은 자식을 안아 올리고는 탄식하며 우는 어머니였습니다.

교황의 노새

La Mule du pape

온갖 멋진 속담, 미사여구, 그리고 프로방스 시골 사람들이 그럴듯하게 말하려고 간간이 섞어 넣는 격언이나 말 중에 난 이보다 더 희한하고 재미난 이야기는 모른답니다. 내 풍차 방앗간을 중심으로 반경 150리 주변에서는 마음속에 원한을 잘 품고 앙갚음 잘 하는 누군가를 이야기할 때면, 사람들은 으레 "그 사람 말이지! 조심해! ……마치 교황의 노새 같아서 발길질을 7년간이나 간직하고 있다니까" 하고 말하지요.

나는 아주 오랫동안 이 속담의 기원이 무엇인지, 이 교황의 노새와 그놈이 7년간 간직했다는 발길질이 무엇인지를 찾아보았습니다. 여기 사는 그 누구도 이 점에 대해 나에게 속 시원한 대답을 해 주지 못했고, 앞에 말한 피리쟁이 프랑세 마마이—프로방스의 갖가지 전설들을 속속들이 꿰고 있는 그—조차도 모르고 있었으니까요. 프랑세는 나처럼, 이 말에 감춰진 무슨 아비뇽 지방의 옛 고사故事 같은 게 있을 거라는 생각은 했지만, '교황의 노새'라는 속담 말고는 전혀 그것에 관해 들은 바가 없다는 것이었습니다……

"매미 도서관*에나 가야 찾을 수 있을까 몰라." 피리 부는 노인이 웃으며 말했지요.

좋은 생각인 것 같더군요. 매미 도서관은 내가 사는 곳 코앞이어서, 나는 거기 가서 일주일간 콕 박혀 있었습니다.

그곳은 감탄할 만한 도서관인데, 아주 잘 정리되었고, 밤이건 낮이건 시인들에게 개방되었으며, 챙챙 심벌즈 소리를 내는 조그만 도서관 사서들이 관리하면서 언제나 음악을 들려주는 곳이었습니다. 나는 거기서 맛깔스러운 며칠을 보냈고, 일주일간 연구—그것도 바닥에 벌렁 드러누워서 하는 연구—끝에 마침내 알고 싶던 것, 즉 이 노새 이야기와 7년간 간직한 발길질이라는 게 무엇인지를 알아내고야 말았습니다. 그건 좀 어리바리한 점은 있지만 아름다운 이야깁니다. 어제 아침 고색창연한 필사본—말린 라벤더 향내가 풍기고 커다란 거미줄이 책갈피처럼 군데군데 들어 있는 상태—에서 읽은 그대로 여러분께 들려 드리겠습니다.

교황들이 살던 시절의 아비뇽**을 보지 못한 사람은 아무것도 못 본 것이나 다름없습니다. 명랑하고, 생기 넘치고, 활기 가득하고, 곳곳에

* 풍차 방앗간 앞의 자연을 빗대어 말한 것이다.
** 로마 가톨릭 교회의 대분열 시대. 교황들이 로마에서 쫓겨나 1309년부터 1378년까지 아비뇽에 살았던 시기를 일컫는다.

축제가 벌어지고, 그 이전에 이런 도시는 다시없었지요. 아침부터 저녁까지 행렬에다, 순례단에다, 길에는 꽃이 뿌려지고, 높다란 울타리가 장식 융단처럼 측면에 둘러쳐지고, 론강으로는 깃발을 휘날리며 추기경들이 도착하고, 깃발을 잔뜩 달아 장식한 갤리선들이 늘어섰지요. 교황의 병사들은 이 광장 저 광장에서 라틴어 노래를 부르고, 헌금을 모금하는 수사들의 딱따기 소리, 마치 벌통을 둘러싸고 꿀벌들이 모여드는 것처럼 커다란 교황청 주위로 웅성대듯 밀집한 건물들에서 꼭대기부터 아래층까지 레이스 만드는 사람들의 톡톡톡 소리, 미사 때 사제가 입는 제의에 금박을 짜 넣는 베틀 북이 칙탁칙탁 이쪽에서 저쪽으로 오가는 소리, 미사용 포도주 병 만드는 세공사의 작은 망치 소리, 현악기 만드는 집에서 음향판을 조율하는 소리, 베틀에 날을 거는 직공들이 부르는 성가가 들려오고, 이 모든 것들 위로 뎅뎅 종소리가 울려 퍼지고, 저 아래쪽, 아비뇽 다리 쪽에서는 늘 둥둥 북소리가 들려왔답니다. 왜냐하면 우리 고장에선 사람들이 기분 좋으면 춤을 추어야 하고, 아무튼 춤을 추어야 하니까요. 그리고 당시는 이 도시의 길들이 파랑돌 춤을 추기에는 너무 좁았기에 피리쟁이와 북쟁이가 아비뇽 다리 위에 늘 상주하면서 론강의 시원한 바람을 맞았고, 거기에서 사람들은 밤낮으로 춤을 추고, 또 추었답니다……* 아! 행복한 시절! 행복한 도시! 미늘창은 휘두를 일이 없었고, 나라에서 세운 감옥은 포도주를 시원하게 보관하는 용도로나 썼지요. 부족한 것도 없고, 전쟁도 없고요…… 백작령하의 교황들은 이렇게 백성들을 다스릴 줄 알았답니다. 그래서 백성들은 그 시절 교황들을 그토록 그리워하는

* 전래 민요 〈아비뇽 다리 위에서〉에는 "아비뇽 다리 위에서, 사람들은 춤을 추지, 춤을 춰"라는 가사가 나온다.

것일 테고요……!

그중에서도, 보니파키우스*라는 착한 교황님이 계셨습니다…… 오! 그분이 돌아가셨을 때 아비뇽 사람들이 얼마나 많은 눈물을 흘렸던지요! 너무나 다정하고 사람 좋은 분이셨지요! 노새를 타고 다니며 씨익 웃음을 지으시곤 했지요! 꼭두서니 염료 짜는 일을 하는 보잘것없는 가난뱅이나, 아비뇽 시의 대재판관이나 상관없이 아주 예의를 갖춰 강복해 주시곤 했답니다! 그야말로 '이브토의 교황'**이신데, 단 프로방스의 이브토 말입니다. 그분의 웃음에는 뭔가 엽렵한 데가 있었고, 모자에는 꽃박하 한 줄기를 꽂고 다니셨으며, 잔느통*** 같은 것에는 전혀 관심이 없으셨지요…… 이 착한 교황님에게 유일한 낙이 있었다면, 그건 그분의 포도밭이었어요…… 몸소 재배하는 작은 포도밭, 아비뇽에서 30리 떨어진 곳, 샤토뇌프의 도금양 우거진 시골에 있는 포도밭이었지요.

일요일마다, 저녁 기도를 마치고 나오면 점잖은 이 교황님은 문안이라도 하듯 꼭 포도밭을 찾았지요. 그리고 그분이 언덕 위 포도밭에 햇볕을 쬐며 앉아 계시고 있노라면, 노새는 바로 곁에 서 있고, 수행하는 추기경들은 주변 나뭇등걸 아래 발을 쭉 뻗고 쉬었답니다. 그때 교황님은 이 지역 포도주—그 뒤로 '교황의 샤토뇌프'라는 이름으로 불리게 되는 루비 빛깔의 때깔 좋은 포도주—를 한 병 따게 하여 꼴깍꼴깍 조금씩 맛을 보았습니다. 포도밭을 애틋한 표정으로 바라보면서 말이

* 가상의 교황.

** 1813년 발표된 시인 베랑제의 유명한 노래가 "이브토의 왕이 있었다네……"로 시작하는데, 이 이브토의 왕은 아주 호인이고 절제력 있고 현명한 왕으로 표현된다.

*** 이브토의 왕에게는 잔느통이라는 애첩이 있었다고 한다.

죠. 한 병을 다 비우고 해가 저물면 즐거이 수행원들을 이끌고 도시로 돌아가셨는데, 아비뇽 다리를 지날 때 북소리와 파랑돌 춤이 한창 펼쳐지고 있으면, 교황의 노새가 음악 소리에 흥이 나서 깡충깡충 옆으로 뛰고 교황님 자신은 모자를 벗어 춤사위에 박자를 맞추었지요. 그걸 보고 추기경들은 펄쩍 뛰었지만 온 백성은 "아! 선하신 교황님! 아! 대단하신 교황님!"이라고 입을 모아 말했답니다.

샤토뇌프의 포도밭 다음으로 교황님이 좋아하신 것은 바로 자신이 타고 다니는 노새였습니다. 교황님은 그 노새를 미칠 듯 좋아하셨지요. 밤마다 잠자리에 들기 전에 노새가 있는 마구간이 잘 닫혔는지, 여물통에 뭐 부족한 것은 없는지 점검하러 가셨고, 식사를 마치고 일어서기 전에는 반드시 자신이 보는 앞에서 프랑스식으로 포도주를 큰 사발에 한 사발 따르고 거기에 설탕과 향료를 듬뿍 넣게 한 다음 추기경들이 말려도 아랑곳하지 않고 직접 그것을 노새에게 갖다 주곤 하셨습니다⋯⋯ 여기에서 노새도 그만한 대접을 받을 만했다는 것을 밝혀 둬야겠어요. 검은 몸에 붉은 얼룩이 있는 멋진 노새는 네 발로 든든히 땅을 딛고 서고, 털은 자르르 윤기가 흐르고, 궁둥이는 너부죽하고 탐스러우며, 방울 술 장식, 매듭, 은방울, 작고 불룩한 리본 매듭 등을 잔뜩 달아 놓은 자그맣고 물기 없는 머리를 자랑스럽다는 듯 빳빳이 쳐들고 있었죠. 게다가 천사처럼 유순하고, 티 없이 해맑은 눈에, 기다란 두 귀를 늘 쫑긋쫑긋 움직이는 모습이 퍽이나 천진스러워 보였습니다. 아비뇽 사람들 모두가 이 노새를 존중했고, 노새가 길에 나오면 온갖 예절을 갖추어 대했습니다. 그것이 교황님의 총애를 받을 수 있는 최선의 방법이라는 것 그리고 비록 티 없는 외양을 하고 있지만 이 노새 덕에 출세한 사람이 하나둘이 아니라는 것을 다들 알았기 때문이죠. 그 증거로 티스테 베덴과 그 놀라운 성공담을 들어보시죠.

이 티스테 베덴이라는 자는 원래 뻔뻔한 건달로, 아버지 기 베덴은 금세공사였는데 아들 녀석을 집에서 내쫓을 수밖에 없었습니다. 아들이라는 놈이 아무 일도 하려 들지 않는 데다 견습생들을 꾀어서 딴짓이나 하게 만들었기 때문이죠. 여섯 달 동안 그가 아비뇽의 이 냇물 저 냇물마다 돌아다니는 모습이 눈에 띄었지만, 그의 주요 활동 무대는 교황청 쪽이었습니다. 이 맹랑한 녀석은 오래전부터 교황의 노새에 뭔가 생각을 품고 있었던 것입니다. 무슨 얄궂은 짓을 하게 되는데, 그게 뭔지 이제부터 보십시다.

하루는 교황 성하가 혼자 노새를 타고 성벽 아래를 산책하는데, 티스테가 다가가서 짐짓 경탄조로 두 손을 모으며 교황에게 말했습니다.

"원 세상에! 거룩하신 교황 성하! 지금 타고 계신 그 노새, 얼마나 훌륭한지요! 잠시 좀 자세히 봐도 되겠습니까? 아! 성하, 참으로 훌륭한 노새입니다! ……독일 황제도 이런 노새는 갖지 못했을 겁니다."

그러면서 노새를 쓰다듬으며, 아가씨에게 하듯이 부드럽게 말을 걸었답니다.

"이리 와 보렴, 우리 보석, 우리 보물, 우리 진주 같은 녀석……"

그러자 착한 교황은 매우 흐뭇해하며 이렇게 생각했죠.

'거참 착한 녀석이로고! ……내 노새에게 이리 잘해 주다니!'

그래서 다음 날 어떻게 됐는지 아세요? 티스테 베덴은 낡은 누런 재킷*을 벗어 버리고 레이스 달린 흰 제복에 보라색 비단 어깨 망토를 두르고, 고리 달린 신발을 신고, 교황 전속 성가대원 자리에 들어갔는데, 예전에는 귀족의 아들과 추기경의 조카들이나 들어갈 수 있던 자리였습니다. 그의 속셈은 바로 이거였던 겁니다! ……하지만 티스테는 거기서 그치지 않았습니다……

일단 교황을 시봉하는 자리에 들어가자, 맹랑한 이 녀석은 멋진 성공을 가져다준 예의 수작질을 계속 부렸습니다. 모든 사람에게 시건방을 떨면서도 오로지 노새에게만은 주의를 기울이고 세심하게 배려했지요. 귀리 한 줌, 잠두 한 다발을 들고 교황청 뜰을 오가는 그의 모습이 늘 눈에 띄었는데, 교황님이 내다보는 발코니 쪽을 바라보며 분홍색 잠두 다발을 살살 흔들어 대는 품이 마치 이렇게 말하는 듯했지요. "보시라고요! ……누구 주려고 이러게요?" 그러다 보니 마음 착한 교황은 스스로 노쇠해 가는 것을 느끼던 차에 마침내 티스테에게 노새가 사는 마구간을 돌보는 일과 노새에게 포도주 한 사발을 갖다 주는 일을 맡기게 되었습니다. 비록 추기경들은 이를 달가워하지 않았지만 말입니다.

노새도 그가 자기를 맡게 된 것이 달갑지 않았습니다……이제 포도주 마실 시간이면, 항상 교황님 전속 꼬마 성가대원 대여섯 명이 노새가 있는 곳까지 와서는 어깨 망토와 레이스 달린 단복을 그대로 걸친 채 짚 더미 속까지 재빨리 기어들곤 했습니다. 잠시 후면 캐러멜과 향료의 따스하고 좋은 냄새가 마구간 가득 퍼지고, 티스테 베덴이 조심스레 프랑스식 포도주 한 사발을 들고 나타났습니다. 그러면 가엾은 노새의 고통이 시작되었습니다.

* 당시 젊은 남자들이 입고 다니던 윗도리가 달린 치마 모양의 옷.

노새가 그렇게도 좋아하고 몸을 따뜻하게 해 주며 날개를 달아 주는 이 향기로운 포도주를 이들은 잔인하게도 그곳 여물통까지만 갖다 주고 냄새를 맡게 한 다음, 노새가 콧구멍을 벌름대며 그 냄새를 잔뜩 들이마시면 "그만, 넌 이걸로 됐어!" 하면서 장밋빛 불꽃같은 그 아름다운 액체를 모조리 자기들의 못된 목구멍에 들이부어 버리는 것이었습니다…… 그나마 노새가 마실 포도주를 훔쳐 마시는 걸로 끝이라면 또 모르겠는데, 이 성가대 꼬마 성직자들은 술만 들어갔다 하면 그만 악마가 되어 버렸답니다! ……어떤 놈은 노새의 두 귀를 잡아당기고 또 어떤 놈은 꼬리를 잡아당기질 않나, 등에 올라타는 놈이 없나, 제 모자를 벗어 씌우는 놈이 없나, 그런데 노새가 허리를 한 번 휙 뒤틀거나 뒷발질 한 번만 하면 그들 모두를 북극성까지, 아니 더 멀리까지도 한방에 보내 버릴 수 있지만, 이런 생각을 하는 놈은 한 놈도 없었습니다…… 아니 그럴 수야 없지요! 교황님의 노새, 축복의 노새, 관면寬免의 노새가 괜히 이름만 그런 줄 아나요…… 아이 녀석들이 아무리 짓궂게 굴어도 노새는 성내지 않았습니다. 노새가 벼르는 상대는 오직 티스테 베덴 한 놈뿐이었습니다…… 이놈은 그냥…… 뒤에 있는 기척이 느껴지기만 해도 냅다 차 버리고 싶어 발굽이 근질근질했는데, 정말이지 그럴 만도 했지요. 이 건달 같은 티스테라는 놈이 노새에게 못된 짓거리를 좀 많이 했게요! 술을 마시고는 그렇게도 잔인한 짓을 일부러 만들어서 하곤 했는데……!

어느 날인가는 노새를 몰고 종탑 꼭대기, 교황청에서 제일 높은 그곳까지 올라가게 할 궁리를 했다지요! 내가 지금 말하는 것은 지어낸 이야기가 아니라, 20만 프로방스 사람들이 똑똑히 본 사실이랍니다. 운 나쁜 이 노새가 얼마나 무서웠을지 생각 좀 해 보세요. 노새는 한 시간 동안 눈가리개를 한 채 나선형 층계를 빙빙 돌아 몇 개인지도 모를 계단을 올라간 다음 갑자기 눈부신 햇빛이 내리쬐는 평평한 종탑 꼭대기에 있게 되었지요. 300미터 아래로 아비뇽 시 전체의 장관이 내려다보였으니, 시장 바닥의 너절한 집들이 호두알만 하게 보이고, 교황 휘하의 병사들은 붉은 개미들처럼 막사 앞에 서 있고, 저기 저쪽, 은실같이 보이는 강물 위에는 작디작은 다리가 있어 거기에서 사람들이 춤을 추고, 또 춤을 추어 대고 있었답니다…… 아! 가엾은 노새! 얼마나 겁을 먹었을까요! 노새가 힝힝 내지르는 고함 소리에 교황청의 모든 유리창이 붕붕 떨렸습니다.

"무슨 일인가? 노새에게 무슨 일이 생긴 건가?" 착한 교황은 허둥지둥 발코니로 가면서 큰 소리로 물었습니다.

티스테 베덴은 이미 교황청 뜰에 내려가 짐짓 울상을 지으며 제 머리카락을 쥐어뜯고 있었습니다.

"아! 교황 성하! 이를 어쩐답니까! 글쎄 성하의 노새가…… 맙소사! 어쩌면 좋습니까? 성하의 노새가…… 글쎄 종탑에 올라갔지 뭡니까……"

"노새 혼자 올라갔단 말인가?"

"그렇습니다. 교황 성하. 혼자 올라갔답니다…… 자! 저 꼭대기에 노새 좀 보십시오…… 노새의 두 귀 끝이 종루에서 비죽 튀어나온 게 보이십니까? ……마치 두 마리 제비같이 말입니다."

"저런, 야단났군!" 가엾은 교황이 그쪽을 올려다보며 말했습니다.

"아니 그럼 저 노새가 정신이 나갔단 말인가! 저러다 죽겠구먼! ……제발 내려오렴, 이 한심한 것아!"

이런 이런! 노새라고 왜 내려가고 싶지 않았겠습니까…… 하지만 어디로요? 계단으로 내려간다는 건 어림도 없는 일이었습니다. 이 계단이라는 물건은 차라리 계속 올라가면 올라갔지, 내려갔다가는 다리가 백번쯤은 부러질 일만 생길 테니까요…… 가엾은 노새는 질망하여 커다란 두 눈에 어지럼증이 가득한 채 종탑 꼭대기 평평한 공간에서 갈팡질팡 헤매면서 티스테 베덴을 생각했습니다.

'아! 이 못된 놈, 내 여기서 빠져나가기만 해 봐라…… 내일 아침 이 발굽으로 그냥 확!'

이렇게 발길질을 한다 생각하니 그래도 조금 뱃심이 생겼습니다. 그마저도 아니었더라면 노새는 정말 못 견뎠을 겁니다…… 마침내 사람들이 그 꼭대기에서 노새를 끌어 내리는 데 성공했지요. 하지만 일대 법석을 피우고서야 그럴 수 있었습니다. 기중기, 밧줄, 들것을 동원해서 끌어 내려야만 했던 겁니다. 명색이 교황의 노새인데, 그 높은 곳에 대롱대롱 매달려 끈에 달린 풍뎅이처럼 공중에서 네 다리로 버둥거리는 제 꼴이 얼마나 망신스러웠을지 생각을 좀 해 보시죠. 온 아비뇽 사람들이 그 꼴을 쳐다보고 있었으니 말입니다.

가엾은 노새는 이 일로 밤에 잠도 오지 않았습니다. 여전히 그 망할 놈의 종탑 꼭대기에서 뱅뱅 도는 것만 같았고, 밑에서는 아비뇽 사람들 모두가 웃어 대는 것만 같았지요. 노새는 그 망할 놈의 티스테 베덴을 생각하고, 다음 날 아침 오지게 발길질로 한 방 먹이겠다는 생각을 했지요! 아! 여러분, 발길질도 보통 발길질이 아니고요! 그 때문에 풀썩 피어오른 흙먼지를 팡페리구스트에서까지 볼 수 있을 만큼 세차게요…… 그런데 마구간에서 노새가 이리 멋지게 그를 맞이할 준비를 하는 동안, 정작 그 티스테 베덴은 뭘 하고 있었을까요? 그는 아비뇽 시에서 외교와 예법을 익히게 할 목적으로 해마다 잔느 여왕*의 왕국으로 파견하는 귀족 자제 한 무리와 함께 교황 전용 갤리선을 타고 노래를 부르며 론강을 따라 나폴리 궁정으로 가고 있었습니다. 티스테는 귀족이 아니었지만, 교황은 노새를 돌보는 데 기울인 그의 정성, 특히 노새를 구해 내던 날 보인 혁혁한 공로에 보답하고자 했던 겁니다.

그러니 다음 날 노새의 실망이 얼마나 컸을까요!

'아! 못된 놈! 뭔가 눈치챘군……!' 노새는 성이 나서 방울을 마구 흔들어 대며 생각했습니다. '하지만 좋다, 어디 두고 보자. 이 나쁜 놈아! 네 몫의 발길질은 네가 돌아오면 받고야 말게 해 주지…… 네놈을 위해 내 잘 간직해 두마!'

그리고 노새는 말 그대로 발길질을 잘 간직해 두었습니다.

티스테가 떠난 뒤 교황의 노새는 평온한 일상과 평소의 모습을 되찾았습니다. 마구간에는 이제 그 못된 키케도 벨뤼게도 없었습니다. 프랑스식으로 포도주를 한 사발씩 들이키던 호시절이 다시 돌아왔고, 그러면서 기분도 좋아졌고, 낮잠도 오래 자게 되었고, 아비뇽 다리 위를 지나갈 때 가보트 춤을 추듯 종종걸음 치는 짓도 다시 하게 되었죠. 하지만 지난번 그 사건 이후 아비뇽 시민들은 노새에게 언제나 조금 냉랭한 기색을 보였습니다. 노새가 지나가는 길에는 사람들이 수군대는 소리가 들렸고요. 노인들은 머리를 절레절레 흔들었고, 아이들은 종탑을 손가락으로 가리키며 키득거렸습니다. 심지어 착한 교황조차도 아끼던 노새를 더 이상 예전만큼은 믿지 않았습니다. 일요일에 포도밭에 다녀올 때 노새에 타고 앉아 잠시 깜박 졸기라도 할라치면 내심 늘 이런 생각이 들곤 했던 것입니다. '혹시 이렇게 졸다 깨면, 나도

* 잔느 1세. 1343년부터 1382년까지 나폴리를 통치했다. 1348년 자신의 소유였던 아비뇽에 피난을 왔다가, 클레멘스 6세에게 아비뇽을 팔아넘겼다.

모르게 저 종탑 꼭대기에 가 있는 것 아니야?' 노새도 이걸 알았고, 그래서 겉으로 표현은 안 했지만 괴로웠습니다. 누가 노새 앞에서 티스테 베덴이라는 이름만 입 밖에 냈다 하면 노새는 기다란 두 귀를 부르르 떨고, 작은 소리로 히힝 하면서 쇠로 된 발굽을 땅바닥 포석에 날카롭게 갈곤 했습니다……

이렇게 7년이 흘러갔지요. 7년이 지나 티스테 베덴은 나폴리 궁정에서 돌아왔습니다. 거기 있기로 한 기간은 아직 끝나지 않았지만 교황의 겨자 심부름을 하던 수석 시종이 급사했다는 소식을 듣고, 그 자리가 탐나 다음 후보로 줄을 서려고 서둘러 돌아온 것이었습니다.

이 천하의 모사꾼 베덴이 교황청 집무실로 들어왔을 때 교황 성하는 그를 잘 알아보지 못했습니다. 그만큼 그 사이에 베덴이 키도 크고 몸집도 불어났던 겁니다. 뿐만 아니라 교황도 그새 많이 늙어 이젠 안경을 쓰지 않으면 앞이 잘 보이지 않기도 했고요.

티스테는 전혀 주눅 들지 않았습니다.

"아니! 교황 성하! 저를 못 알아보시겠습니까? ……접니다. 티스테 베덴!"

"베덴?"

"그렇다마다요. 잘 아시잖습니까…… 교황님 노새에게 프랑스 포도주를 갖다 주던 베덴입니다."

"아! 그래…… 그래…… 생각나네…… 그 작고 착한 소년 티스테 베덴! ……그런데 지금은, 자네에게 뭘 해 주면 좋겠나?"

"오? 교황 성하, 해 주실 것은 없습니다…… 성하께 여쭤 보려고 왔는데요…… 말이 나왔으니 말씀이지만, 성하의 그 노새가 아직도 그대로 있는지요? 잘 있습니까? ……아! 잘됐군요! ……얼마 전 죽음으로 공석이 된 그 겨자 담당 수석 시종 자리를 제게 맡겨 주십사고 부탁드리러 왔습지요."

"겨자 담당 수석 시종을 자네가 맡는다고! ……자네는 나이가 너무 어려. 지금 몇 살인고?"

"스무 살하고도 2개월입니다, 존경하올 교황님. 교황님의 노새보다 딱 다섯 살 위인걸요…… 아! 정말이지, 그 대단한 노새! ……제가 얼마나 그 노새를 좋아했는지 아십니까! ……이탈리아에 있는 동안 얼마나 그 녀석이 보고 싶던지요! ……좀 볼 수 있을까요?"

"볼 수 있다마다, 이 사람아, 보여 주지." 착한 교황이 감동하여 말했습니다. "노새를 그리 아낀다 하니 이제 자네가 노새와 멀리 떨어져 살면 안 되겠군. 당장 오늘부터 내 겨자 담당 수석 시종으로 임명하겠네…… 추기경들은 뭐라고 불평하겠지만, 그러라지! 그들이 그러는 거야 이골이 났으니까…… 우리 내일 다시 만나세. 저녁 기도가 끝나면, 우리 참사회 성직자들 입회하에 자네 직책에 해당하는 복장을 하사하겠네. 그리고…… 데리고 가서 노새도 보여 주지. 나하고 노새하고 같이 포도밭에도 가자고. ……헤! 헤! 자! 그렇게 하자고……"

티스테 베덴이 교황 집무실에서 나오면서 얼마나 기뻤을지, 다음 날 있을 임명식을 얼마나 조바심하며 기다렸을지는 말할 필요도 없겠지요. 그렇지만 교황청 안에는 베덴보다 한층 더 행복해하고 내일이 오기를 한층 더 조바심하며 기다리는 누군가가 있었으니, 그건 바로 노새였습니다. 베덴이 돌아온 다음부터 다음 날 저녁 기도 시간까지, 이 깜찍한 노새는 끊임없이 귀리를 아귀아귀 먹어 대고 벽에다 뒷발질을 해 댔습니다. 노새도 나름대로 의식을 준비하고 있었던 거죠……

드디어 다음 날, 저녁 기도가 끝난 후 티스테 베덴이 교황청 마당에 입장했습니다. 고위 성직자들 모두가 그 자리에 와 있었습니다. 붉은 수단을 떨쳐입은 추기경들, 검은 벨벳 복장을 한 인선위원회 위원들* 작은 관을 쓴 수도원장들, 성 아그리콜라 성당의 본당 재정 담당 성직자들, 보라색 어깨 망토를 뒤집어쓴 성가대, 하위 성직자들, 정복을 갖춰 입은 교황의 호위병들, 세 군데의 고행 단체에 속한 재속평신도 회원들, 방투산에서 온 비사교적인 얼굴을 한 은둔 수도자들, 종을 들고 그 뒤를 따르는 어린 복사들, 웃통을 다 벗은 채찍 고행 수도사들, 예복을 떨쳐입은 혈색 좋은 성당 관리인들, 성수聖水 담당자들, 성당 불 켜는 사람, 불 끄는 사람까지 모두 모두…… 한 사람도 빠짐없이 모여 있었습니다…… 아! 참 대단한 임명식이군요! 종, 폭죽, 햇빛, 음악 그리고 여전히 저 아래쪽 아비뇽 다리 위에서 춤을 이끄는 열정적인 북소리까지……

베덴이 회중 한복판에 등장하자, 그 당당한 풍채와 준수한 용모에 한바탕 탄성이 술렁이며 휩쓸고 지나갔습니다. 그는 훌륭한 프로방스 남자였지요. 그렇지만 끝부분만 곱슬곱슬한 숱 많은 금발과 턱에서 살짝 삐져나온 수염은 마치 금세공사인 아버지의 끌에서 떨어져 나온 황금 부스러기로 만들어 붙인 것 같았습니다. 이 금빛 수염을 잔느 여왕도 손가락으로 가끔씩 만지작거렸다는 소문이 퍼졌습니다. 베덴 경卿은 아닌 게 아니라 여왕의 총애를 받은 사나이답게 영예로운 풍모와 함께 어딘지 모르게 시선이 산만했습니다…… 그날, 모국에 경의를 표하는 뜻에서 베덴은 예전에 입던 나폴리식 의상 대신 프로방스식으로 가장자리에 장미꽃을 수놓은 재킷을 입고 왔고, 그의 두건에는 카

* 성인품에 올릴 후보자 결정에 이의를 제기하는 성직자들을 말한다.

마르그에 서식하는 따오기의 커다란 깃털이 바람에 파르르 떨리고 있었습니다.

입장하자마자, 교황의 겨자 담당 수석 시종 베덴은 예를 갖추어 절을 하고 높은 층계를 향해 나아갔습니다. 층계 위에는 교황이 앉아 베덴의 직책에 걸맞은 복식—겨자색 회양목으로 만든 겨자 뜨는 수저와 샛노란 사프란색 제복—을 하사하려고 기다리고 있었지요. 노새는 잔뜩 치장을 마치고 언제든 포도밭으로 출발할 준비를 갖추고 계단 밑에 있었습니다…… 티스테 베덴은 그 옆을 지나가면서 사람 좋은 미소를 지으며 잠시 걸음을 멈추더니, 교황이 보고 있나 슬쩍 곁눈질하며 노새 등을 다정하게 두세 번 토닥거렸습니다. 딱 좋은 위치였죠…… 노새는 휙 발길질을 날렸습니다.

"옜다! 받아라, 나쁜 놈아! 7년간 참고 벼른 발길질이다!"

노새가 그에게 어찌나 호되게 발길질을 했던지 심지어 그 멀고 먼 팡페리구스트에까지 먼지바람이 일고 금색 회오리바람이 몰아치는 중에 오직 하나, 따오기 깃털만 뱅글뱅글 떠돌고 있었다죠. 불운한 티스테 베덴의 몸에서 남은 거라고는 그 깃털뿐이었던 겁니다……!

노새의 발길질이 보통 이렇게 무섭지는 않지요. 그러나 이 노새는 교황의 노새 아닙니까. 그리고, 생각 좀 해 보세요! 7년간이나 참고 벼른 발길질 아니던가요…… 교회 내에서 쌓인 원한을 이처럼 제대로 보여 주는 사례도 없을 겁니다.

상기네르의 등대

Le Phare des Sanguinaires

그날 밤, 나는 잠을 이룰 수가 없었습니다. 미스트랄이 잔뜩 성이 나서 불어제치는 통에 나는 그 커다란 윙윙 소리에 붙들려 아침까지 깨어 있었습니다. 풍차 방앗간 전체가 마치 배의 선구船具처럼, 부러진 날개가 무겁게 돌아가면서 바람에 휭휭 소리를 내고, 무너질 듯 삐걱댔습니다. 지붕이 바람에 무너지면서 기왓장이 날아다녔습니다. 멀리, 언덕을 덮듯 울창하게 우거진 소나무들도 그늘 속에서 마구 흔들리며 웅웅 소리를 냅디다. 마치 바다 한가운데를 떠돌고 있는 듯했지요……

이러니 3년 전, 상기네르의 등대—코르시카섬 해변, 아작시오만 입구에 있는 등대—에 살던 때 잠 못 이루며 밤을 새우던 일들이 그대로 생각나는 것이었습니다.

그곳도 여기처럼, 내가 혼자서만 몽상에 잠기려고 찾아낸 좋은 장소였지요.

불그스름하고 험한 모습의 섬을 상상해 보시죠. 섬 한쪽 끝에는 등대가, 다른 쪽 끝에는 제노바의 오래된 탑*이 있었는데 당시에는 거기 독수리 한 마리가 살고 있었습니다. 아래쪽 해안에는 폐허가 된 나병 요양소가 온통 잡초로 뒤덮여 있었습니다. 그리고 절벽, 마키 숲**, 거대한 바위들, 야생 염소 몇 마리가 있었고, 작달막한 코르시카의 말들이 바람에 갈기를 휘날리며 껑중껑중 뛰어다니고 있었습니다. 그리고 저 위쪽 끝으로는 바닷새들이 회오리를 이루며 날아다니는 가운데 등대 건물이 있었는데, 바닥의 흰 석재로 된 평평한 부분은 등대지기들이 이리저리 걸어 다니고, 녹색 아치형 문에 주철로 된 작은 탑이 있고, 그 위의 다면多面 전조등은 햇빛에 번쩍번쩍하는 것이 마치 낮에도 불을 밝힌 것처럼 보였습니다…… 내가 그날 밤 풍차 방앗간 부근의 소나무들이 바람에 웅웅대는 소리를 들으며 떠올린 상기네르섬의 모습은 그랬습니다. 이 풍차 방앗간이 생기기 전에 난 가끔씩, 탁 트인 공기와 고독이 필요할 때면 그 마법의 섬에 가서 틀어박히곤 했었지요.

무얼 했느냐고요?

지금 여기 풍차 방앗간에서처럼 있었지요. 오히려 하는 일은 여기서보다 적었죠. 미스트랄이나 트라몽탄이 너무 심하게 불지 않을 때는 바닷물에 찰랑찰랑 잠긴 두 바위 사이, 갈매기, 티티새, 제비들이 날아다니는 틈에 자리 잡고 거의 하루 종일 바다를 가만히 바라보면서 멍

* 코르시카섬은 1347년부터 1768년까지 제노바 공화국의 지배를 받다가 1768년에 프랑스에 팔렸다.

** 코르시카 특유의 수풀.

하고 뭔가 감미롭게 내리누르는 듯한 분위기 속에 있곤 했어요. 영혼이 도취해 버린 듯한 그 멋진 상태를 여러분은 아시나요? 생각을 하는 것도, 꿈을 꾸는 것도 아니죠. 존재 전체가 몸에서 스르르 빠져나가 허공으로 올라갔다가 이리저리 흩어져 버리는 그런 상태. 그러면 바닷속으로 풍덩 내리꽂히는 갈매기도 되었다가, 파도 사이로 햇빛에 부서지는 물보라도 되었다가, 멀어져 가는 저 증기선의 흰 연기도 되었다가, 붉은 베일을 쓰고 산호 따는 사람도 되었다가, 바다의 진주알도 되었다가, 자욱한 안개의 입자도 되었다가…… 아무튼 자기 자신만 빼고 뭐든지 되어 보는 거지요…… 오! 그 섬에서 비몽사몽에 잠기고 존재가 온 천지에 흩어지는, 얼마나 멋진 시간을 보냈던지요……!

거센 바람이 몰아치는 날이면, 바닷가는 도저히 감당이 안 되니 나병 치료소 뜰에 틀어박혀 있었지요. 쓸쓸한 느낌이 나는 작은 뜰은 로즈메리와 야생 압생트 풀 향기가 가득한 곳이었지요. 거기서 나는 오래된 담벼락에 딱 달라붙어 쪼그리고 앉아, 마치 옛 무덤처럼 주변에 널려 있는 문 열린 작은 돌집들 속을 햇살과 함께 떠도는 아련한 체념과 슬픔의 향내가 가만히 내 안에 스며들도록 놔두었답니다. 가끔씩 문이 덜컹거리는 소리, 잡초들 틈으로 무언가 가볍게 폴짝 뛰는 소리…… 그건 바닷바람을 피해 풀을 뜯어 먹으러 온 한 마리 염소였지요. 긴 뿔이 달린 염소는 나를 보고는 풀을 뜯다 말고 그 자리에 멈춰 서서 바로 앞에 못 박힌 듯 꼼짝도 않고 생기발랄한 표정과 어린애 같은 눈으로 쳐다보며 서 있곤 했지요……

5시쯤 되면 등대지기가 확성기로, 저녁 먹으라고 나를 찾았지요. 그러면 나는 바다가 내려다보이는 마키 숲으로 난 좁고 가파른 오솔길을 따라 식사하러 갔다가, 저녁 먹고 천천히 등대 쪽으로 돌아오면서 한 걸음 한 걸음 뗄 때마다 뒤로 돌아 물과 빛으로 이루어진 그 끝없는 수평선을, 내가 걸어 올라갈수록 차츰 더 넓어지는 듯한 수평선을 바라보곤 했습니다.

등대 위는 참 좋았지요. 널찍한 타일을 깔아 놓은 멋진 식당, 떡갈나무로 된 실내장식, 한가운데 김이 무럭무럭 나는 부야베스, 흰색 테라스 쪽으로 활짝 열린 문과 그리로 온통 쏟아져 들어오는 듯한 석양빛…… 아직도 눈에 선합니다. 등대지기들은 거기서 나를 기다렸다가 식사를 시작하곤 했죠. 등대지기는 셋이었는데, 하나는 마르세유 사람이고 둘은 코르시카 사람으로, 셋 다 땅딸막하고 턱수염이 북슬북슬한 데다 햇볕에 까맣게 타고 주름 깊은 얼굴에 똑같이 염소 털로 만든, 두건 달린 방수복을 입었지만 행동거지나 심성은 정반대였지요.

이들의 생활 방식을 보면 두 고장 사람들의 차이점을 금방 느낄 수 있었어요. 마르세유 남자는 부지런하고 활발해서, 늘 가만히 있는 법이 없이 아침부터 저녁까지 섬에서 동분서주하며 밭일하랴, 고기 잡으랴, 바닷새 과이유의 알을 주워 오랴, 마키 숲에 숨어 있다가 지나가는 야생 염소의 젖을 짜랴, 아무튼 바빴습니다. 아이올리*든 부야베스든 뭐든 항상 그의 손으로 마련되었지요.

한편 코르시카 남자들은, 등대 근무 시간 외에는 절대 아무 일에도 관여하지 않았습니다. 그들은 공무원을 자처하며 온종일 부엌에서 카드로 끝도 없이 스코파**를 하며 시간을 보냈고, 심각한 표정으로 파이프 담뱃불을 다시 붙이고 양손을 우묵하게 벌려 커다란 초록색 담뱃

* 잘게 다진 마늘에 올리브 기름을 부어서 만든 남프랑스식 음식으로, 일종의 마요네즈.
** 이탈리아에서 유래한 카드놀이.

잎을 가위로 잘게 자를 때에만 잠시 카드놀이를 중단했습니다……

마르세유 남자와 코르시카 남자들, 이 세 사람은 모두 호인에 단순하고 순진했고, 손님인 나를 아주 세심하게 배려했습니다. 내심 저 사람은 참 괴짜라고 생각했을 법도 한데 말이죠.

생각 좀 해 보세요! 저 좋아서 칩거하겠다고 등대에 오다니! ……그들은 하루가 지독히도 길다고 생각하고, 육지에 나갈 순번이 되면 그렇게도 좋아하는데 말이죠…… 날씨 좋은 철에는 육지로 나가는 이 큰 낙이 매달 찾아왔습니다. 열흘간 육지에 있다가 30일간은 등대에 있다가 하는 것이 규칙이었죠. 하지만 겨울철과 악천후 때는 규칙이고 뭐고 없었습니다. 바람이 세차게 불고 파도가 높아지면 상기네르는 하얗게 물거품으로 덮이고 근무 중인 등대지기들은 연이어 두세 달을 꼼짝 못 하고 그 안에 갇히게 되는데, 때로는 혹독한 조건에서 그렇게 있어야 했습니다. "나한테는 이런 일이 있었답니다"라고 어느 날 바르톨리 영감이 저녁 먹으면서 이야기해 주더군요. "5년 전 저한테 일어난 일입니다. 지금 우리가 둘러앉은 바로 이 식탁에서 어느 겨울 저녁, 지금 같은 저녁 시간이었죠. 그날 저녁, 등대에는 저하고 체코라는 이름의 동료 둘뿐이었어요…… 다른 사람들은 몸이 아프거나 휴가거나 아무튼 그런 이유로 육지에 가 있었고요…… 우리 둘이 별일 없이 저녁을 거의 다 먹어 가는데…… 갑자기 이 친구가 먹다 말고 이상한 눈으로 나를 잠시 쳐다보더니 픽! 두 팔을 앞으로 뻗으며 식탁에 엎어지는 거예요. 나는 그 친구를 흔들어 대고 부르고 했죠.

'어이! 체! ……이봐! 체!'

아무 반응도 없었죠! 죽은 거예요…… 얼마나 놀랐을지 생각 좀 해 보세요! 한 시간 넘게 그 시신 앞에서 멍하니 덜덜 떨고 있다가, 문득

한 가지 생각이 떠올랐어요. '그래, 등댓불!' 나는 간신히 전조등 있는 곳으로 올라가 등댓불을 켰죠. 벌써 밤이 되어 있었어요…… 어떤 밤이었을까요! 바다며, 바람이며, 평소 같은 소리가 아니었어요. 순간순간 마치 누군가 계단에서 부르는 것만 같았죠. ……게다가 열이 막 나고, 갈증도 나고! 그래도 내려가기는 싫더군요…… 시신이 너무 무서웠어요. 그렇지만 날이 밝아 올 무렵, 다시 조금 용기가 났지요. 그 친구를 그의 침대에 데려다 눕히고 시트를 덮어씌우고 기도를 몇 마디 하고, 그러고는 재빨리 구조 요청 신호를 보냈죠.

안타깝게도, 풍랑이 너무 심했어요. 그래서 신호를 보내도 보내도 소용이 없고 아무도 오지 않았어요…… 나 혼자 불쌍한 체코와 함께 등대에 있었죠. 얼마 동안 그렇게 있었는지는 하느님만 아시려나…… 배가 올 때까지만 그를 내 곁에 두고 지킬 수 있었으면 했지요! 하지만 사흘이 지나자, 배가 온다는 건 더 이상 불가능해 보였어요…… 어떻게 하겠어요? 시신을 밖으로 옮긴다? 땅에 파묻는다? 그러기엔 바위가 너무 단단했고, 섬에는 까마귀들이 숱하게 살고 있었죠. 이 선한 그리스도인을 까마귀 밥으로 방치한다는 건 너무 가엾은 일이었어요. 그래서 시신을 끌어 내려 나병 치료소의 작은 돌 오두막 중 한 곳으로 가야겠다는 생각을 했죠…… 그 서글픈 고역을 감당하느라 오후가 다 갔지요. 그리고 정말이지, 용기가 필요한 일이었다니까요…… 보세요! 지금도 아직 바람이 많이 부는 날 오후에 이 섬에서 그쪽으로 내려가려면, 여전히 어깨에 시신을 걸머지고 있는 기분이거든요……"

가엾은 바르톨리 영감! 그 생각을 하는 것만으로도 그의 이마에는 식은땀이 흐릅디다.

이렇게 한참을 등대, 바다, 조난 이야기, 코르시카 산적 이야기 등을 하느라 저녁 식사 시간이 흘러갔습니다. 그러다 해가 지자 앞 시간 당번을 맡은 등대지기는 자기 전용 작은 등불과 물병, 책 단면이 붉은색인 두꺼운 『플루타르코스 영웅전』—상기네르의 유일한 장서—을 들고 식당 저 끝으로 사라졌지요. 잠시 후 등대는 온통 쇠사슬, 도르래, 무거운 시계추 끌어 올리는 소리로 요란스러웠습니다.

그러는 동안 나는 바깥 테라스에 나가 앉았습니다. 이미 기울 대로 기운 태양이 점점 더 빨리 바닷물 속으로 내려가면서 마치 수평선 전체를 제 뒤로 끌고 가는 것만 같더군요. 바람이 서늘해지고, 섬은 보랏빛으로 변했습니다. 내가 앉은 자리에서 가까운 하늘에는 제노바 탑에 사는 독수리가 제 둥지를 찾아 돌아가는 중이었습니다…… 조금씩 조금씩 바다 안개가 피어올랐고요. 섬을 둘러싼 하얀 물거품 테두리도 금세 더는 보이지 않게 되었습니다. 문득 내 머리 위로 은은하게 큰 빛줄기가 뿜어졌습니다. 등대에 불이 켜진 것이었어요. 그 밝은 빛줄기는 섬 전체를 그늘 속에 묻어 둔 채 탁 트인 바다 위로 쏟아졌고, 지나가면서 내게 빛의 방울을 끼얹었어요. 그 환하고 거대한 파장 아래, 나는 한밤중에 휑뎅그렁 그곳에 내버려졌습니다. 그러나 바람은 더욱 더 서늘해졌습니다. 이제는 안으로 들어가야 했지요. 나는 더듬더듬 큰 출입문을 찾아 잠그고는, 걸쇠가 잘 채워졌는지 확인했습니다. 그런 다음, 여전히 손으로 더듬어 가며 걸음을 내디딜 때마다 덜덜 떨리며 삐걱대는 작은 주철 계단을 타고 올라가 등대 꼭대기에 이르렀습니다. 아, 여기는 빛투성이였습니다.

거대한 6촉짜리 카르셀 램프*를 상상해 보시지요. 심지 주위로 전조등의 내벽들이 천천히 빙빙 돌아가는데, 어떤 것은 엄청나게 큰 수정

렌즈로 채워져 있고, 또 어떤 것은 움직이지 않게 고정된 커다란 유리창—등잔의 불꽃이 바람에 꺼지지 않게 하는 것—쪽으로 열려 있습니다…… 그리로 들어가자 눈이 부셨습니다. 이 구리, 주석, 백색 금속으로 된 반사 장치, 푸르스름한 큰 원들과 함께 빙빙 돌아가는 수정의 둥근 벽들, 이 모든 번쩍거림, 빛을 내느라 조명 장치들이 덜컹거리는 소리에 잠시 현기증이 일더군요.

하지만 조금씩 조금씩, 눈이 빛에 익숙해졌고, 나는 바로 램프 밑, 잠들지 않으려고 커다란 소리로 『플루타르코스 영웅전』을 읽고 있는 등대지기 옆에 가서 앉았습니다.

바깥은 캄캄하고, 마치 심연 같았지요. 유리창 주위로 빙 둘러진 작은 발코니 위로 바람은 미친 듯이 웅웅 소리를 내며 불어제쳤습니다. 등대는 삐걱삐걱 소리를 냈고, 바다는 성난 듯 철썩댔습니다. 섬 귀퉁이 바위에 부딪치는 큰 파도는 마치 대포를 펑펑 쏘아 대는 것 같았습니다. 가끔씩 보이지 않는 손가락이 창유리를 툭툭 치는 소리가 났습니다. 불빛에 이끌려 날아든 밤새들이 등대의 수정에 부딪혀 머리가 깨지는 소리였습니다…… 뜨겁고 번쩍이는 전조등 속에는 불꽃이 타닥타닥거리는 소리와 등불의 기름이 뚝뚝 떨어지는 소리, 사슬이 감겨 돌아가는 소리뿐이었습니다. 그리고 단조로운 등대지기의 음성이 팔레룸의 데메트리우스**의 행장을 읊조리고 있고……

자정에, 등대지기가 일어나 마지막으로 등잔의 심지들을 살펴보고

* 내부에 장착된 시계가 작동되면서 작은 펌프를 움직이는 방식으로, 기름을 규칙적으로 심지 쪽으로 올라가게 만든 램프.

** 그리스의 정치가이자 웅변가(기원전 350~283경). 『플루타르코스 영웅전』에 여러 차례 등장하는데, 도데는 여기서 그를 데메트리우스 폴리오세투스와 혼동한 듯하다.

우리는 아래로 내려왔습니다. 내려오는 계단에서 눈을 비비며 올라오는 다음 당번 등대지기와 마주쳤습니다. 우리는 그에게 물병과 『플루타르코스 영웅전』을 건네주었지요…… 그리고 침대에 가서 눕기 전에 잠시 맨 끝 방에 들어갔습니다. 그 방에는 쇠사슬, 무거운 추, 주석 보관함, 밧줄 등속이 빼곡히 어질러져 있었는데, 거기서 작은 등잔불에 의지해 등대지기는 늘 펼쳐진 채로 있는 커다란 등대 관리 일지에 이렇게 씁니다.

"자정. 바다에 풍랑. 폭풍우. 선박은 먼바다에 정박 중."

세미양트호의 최후

L'Agonie de la Sémillante

간밤에 불어 대던 미스트랄이 우리를 코르시카섬 해안에 던져 놓았기에, 이제부터 그곳 어부들이 밤새울 때면 자주 하는 무서운 이야기를 들려 드릴 테니 들어 보세요. 이 사연에 대해 아주 희한한 정보를 듣게 된 건 우연이랍니다.

……지금부터 2, 3년 전 일입니다.

나는 세관 선원 일고여덟 명과 함께 사르데냐해를 항해하고 있었습니다. 신참에겐 참 힘든 항해였지요! 3월 한 달 내내 하루도 날씨 좋은 날이 없었으니까요. 동풍이 우리를 따라다니며 악착스레 불어왔고, 바다는 노여움을 가라앉힐 줄 몰랐습니다.

마주친 폭풍우를 피해 달아나듯 항해하던 어느 저녁, 우리 배는 보니파시오 해협 입구, 작은 섬들이 여럿 모여 있는 한복판으로 폭풍을 피해 들어갔습니다. 섬들의 모양새를 보아하니, 전혀 마음을 끄는 구석이 없습디다. 커다란 민둥 바위들은 새들로 빼곡히 뒤덮였고, 몇몇 압생트 덤불, 유향나무 숲들 그리고 여기저기 썩어 들어가는 나무토막들— 하지만 정말이지 밤을 지내려면 이 을씨년스러운 바위들이, 갑판이 반쪽만 남아 파도가 마음대로 들이치는 낡은 우리 배의 선실보다는 나았기에 우리는 그걸로 만족했지요.

배에서 뭍으로 내리자마자, 선원들이 부야베스를 끓이려고 불을 피우는 동안 선장이 나를 부르더니 섬 한쪽 끄트머리, 안개 속에 뎅그러니 버려져 있는 작고 하얀 흰색 석조 울타리를 가리키며 말했습니다.

"묘지에 가 보실래요?"

"리오네티 선장님, 묘지라니요! 대체 지금 여기가 어디죠?"

"라베치 군도지요. 세미양트호에 탔던 600명이 묻힌 곳이 여깁니다. 10년 전 그들의 전함이 난파한 바로 거기요…… 가엾은 사람들! 무덤을 찾는 사람도 많지 않지요. 이왕 여기까지 온 바에야 최소한 가서 인사라도 챙기는 게 도리가 아닐까 하여……"

"기꺼이 가지요, 선장님."

세미양트호의 묘지는 얼마나 쓸쓸하던지! ……지금도 눈앞에 삼삼합니다. 아직도 그 묘지의 나지막하고 작은 담장, 녹슬어 열기 힘든 철문, 적막하고 작은 부속 성당, 잡초에 덮여 숨어 있던 수백 개의 십자가들…… 이런 것들이 눈에 선해요. 묘지에 으레 놓여 있게 마련인 영혼 불멸을 기원하는 조화 화환도, 기념 장식물 같은 것도 하나 없었지요! 아무것도요…… 아! 버림받은 가여운 고인들, 대충 마련된 저 무덤 속에서 얼마나 추울까요!

우리는 거기 잠시 무릎을 꿇고 머물러 있었습니다. 선장은 큰 소리로 기도했습니다. 엄청나게 큰 갈매기들, 이 묘지의 유일한 지킴이인 그들만이 우리 머리 위를 빙빙 돌며 바다의 탄식에다가 깩깩 쉰 목소리를 섞어 넣고 있었습니다.

기도를 마치고 우리는 침울하게, 아까 배를 매어 둔 섬 모퉁이로 돌아갔습니다. 우리가 없는 동안 선원들은 시간을 허투루 보내지 않았더군요. 바위가 바람막이 노릇을 하는 곳에 커다란 모닥불이 활활 타오르고 냄비에선 김이 무럭무럭 오르고 있었습니다. 다들 둥그렇게 둘러앉아 불길에 발을 쬐었고, 곧 각자의 무릎 위에는 포도주에 흠뻑 적셔진 검은 빵 두 쪽이 담겨진 불그죽죽한 토기 사발이 놓였지요. 식사는 아무 말 없이 이루어졌습니다. 우리는 흠뻑 젖어 있었고, 배가 고팠고, 게다가 옆에 묘지까지 있었으니…… 하지만 사발에 담긴 음식을 비우고 나자, 우리는 담배 파이프에 불을 붙이고서 얘기를 좀 나누기 시작했죠. 당연히 세미양트호 얘기를 하게 되었습니다.

"그런데 참, 그 일은 어떻게 된 겁니까?" 내가 선장에게 물었고, 선장은 두 손으로 머리를 싸쥔 채 생각에 잠긴 모습으로 불길을 바라보았습니다.

"어떻게 된 거냐고요?" 사람 좋은 리오네티 선장이 한숨을 푹 내쉬었다. "아이고! 세상천지에 그걸 말해 줄 수 있는 사람은 없을 겁니다. 우리가 아는 건 오직, 크리미아로 향하는 군인들을 실은 세미양트호가 전날 저녁 악천후 속에 툴롱에서 출발했다는 것뿐이지요. 밤이 되자 날씨는 더 나빠졌지요. 바람이 불고, 비가 쏟아지고, 바다는 생전 처음 보는 모습으로 엄청나게 풍랑이 마구 일고…… 아침이 되자 바람은 조금 잦아들었지만, 바다는 여전히 요란하게 출렁대었고 게다가 망할 놈의 안개까지 끼어 코앞에 있는 등대 불빛조차 안 보일 지경이었지요…… 그 안개란 게 말이죠, 얼마나 사람을 속이는 흉악한 놈인지 사람들은 상상도 못 한다니까요…… 아무튼 간에, 그건 그래도 괜찮아요. 내 생각인데 세미양트호는 그날 오전 중에 틀림없이 키를 잃어버린 것 같아요. 아무리 지독한 안개라도 언제까지나 끼어 있는 법은 없으니까, 배가 부서진 게 아니고서야 그 배의 선장이 여기까지 떠내려와 납작 엎어질 일은 절대 없었을 테니 말입니다. 그는 아주 억센 뱃사람이었지요. 우리가 다 아는 그런 뱃사람요. 3년 동안 코르시카에서 정박소를 이끌었던 사람이니까, 다른 건 몰라도, 나만큼이나 이 해안이라면 속속들이 잘 알고 있었단 말입니다."

"그럼 세미양트호가 난파한 건 몇 시쯤이라고 생각되는 거죠?"

"정오쯤일 겁니다. 그렇죠, 딱 정오쯤…… 하지만 제기랄! 당시는 바다에 안개가 잔뜩 끼었으니 정오라 해도 늑대 아가리같이 캄캄한 밤보다 나을 게 전혀 없었지요…… 해안의 세관원이 말해 준 건데, 그날 11시 반쯤 자기 오두막집 덧문을 닫으러 밖으로 나왔다가 바람이 불어서 모자가 날려 갔는데, 자신도 큰 파도에 휩쓸려 날아갈 위험을 무릅쓰고 그 모자를 잡으러 해안을 따라 엉금엉금 네 발 자세로 달리기 시작했다는 겁니다.

그래요! 세관원은 워낙 형편이 넉넉지 않고 모자 하나 값도 비싸니까요. 그런데 한순간 이 세관원이 고개를 들어 보니 바로 가까이, 안개 속에 커다란 배 한 척이 돛을 팽팽히 단 채 라베치섬 쪽으로 바람에 떠밀려 가는 모습을 본 것 같았다는 거예요. 그 배가 아주 빨리, 어찌나 빨리 사라져 버렸던지 세관원이 제대로 배를 볼 겨를도 없었대요. 하지만 모든 상황으로 미뤄 볼 때 그 배가 세미양트호였던 것 같아요. 왜냐하면 반 시간 뒤 이 섬에 사는 양치기가 이 바위 위에서 소리를 들었다고…… 그 사람이 바로 여기 있네요. 저 사람이 그 일을 직접 얘기해 줄 겁니다. ……잘 있었소, 팔롱보! ……여기 와서 불 좀 쬐지. 무서워 말고."

두건을 쓴 남자가 얼마 전부터 우리가 피워 놓은 불 주위를 서성거리는 게 눈에 띄기에 나는 선원 중 하나인가 보다 했는데—이 섬에 양치기가 있다는 걸 몰랐으니까요—그가 두려워하면서 우리에게 다가왔습니다.

그는 나병에 걸린 늙은이였고, 괴혈병인지 뭔지 내가 잘 모르는 병에 걸려 퉁퉁 부은 입술이 툭 튀어나와 쳐다보기도 끔찍한, 거의 백치에 가까운 사람이었죠. 그에게 우리가 지금 무슨 얘기를 하고 있는지를 아주 힘들게 설명했습니다. 그러자 노인은 손가락으로 자신의 아픈 입술을 가리키며 말하기를, 사실은 바로 당일 정오쯤에 자기 거처인 양치기의 오막살이에서 꽝 하고 무언가가 바위에 부딪혀 무너지는 끔찍한 소리를 들었다는 것입니다. 섬에 온통 물이 들어차 그는 집에서 나올 수가 없었고, 겨우 다음 날에야 문을 열고 내다보니 바다에서 밀려온 배의 잔해와 시체들이 해변에 즐비하더라고요. 겁먹은 그는 자기 배가 있는 쪽으로 허겁지겁 달려가 보니파시오로 가서 사람들을 불렀답니다.

이렇게 말을 많이 하고 나니 기운이 다 빠져 양치기 노인은 바닥에 털썩 주저앉았고, 선장이 말을 이어받았습니다.

"그래요, 이 가엾은 노인이 우리에게 알려 주러 왔더란 말이죠. 겁에 질려 반미치광이 같았지요. 그리고 이 사건으로 아예 머리가 이상해져 버렸고요. 사실 그럴 만도 하지요…… 모래사장에 시신이 600구나 첩첩이 쌓여 목재 파편이며 산산이 부서진 돛 조각들과 마구 섞여 있다고 생각을 좀 해 보세요…… 가련한 세미양트호! ……바다가 그 배를 한번에 부숴 버렸고, 어찌나 산산조각이 났던지, 그 수많은 잔해 속에서 팔롱보 영감이 자기 오두막 주변에 기둥 삼을 만한 것 하나조차도 겨우겨우 찾아냈다니 말이지요…… 사람들로 말하자면, 거의 모두가 형체를 알아볼 수 없이 끔찍하게 훼손된 상태였고…… 서로를 꽉 부여잡고 매달려 있는 모습이 얼마나 딱하던지…… 우리는 제복 차림의 선장 그리고 영대를 목에 두른 군종신부를 찾아냈지요. 또 바위와 바위 사이에 어린 견습 선원이 눈을 번히 뜬 채로 누워 있더군요. 아직 목숨이 붙어 있나 싶을 정도였다니까요. 하지만 웬걸요! 단 한 사람도 살아남지 못했다고 전해지지요……"

여기서 선장은 말을 끊었습니다.

"조심해, 나르디!" 그가 소리쳤고 불이 꺼졌습니다. 나르디가 잉걸불 위에 타르 칠이 된 널판 조각 두세 개를 던져 넣자, 다시 불이 확 붙었습니다. 그러자 리오네티 선장은 하던 말을 계속했습니다.

"이 이야기에서 가장 슬픈 대목은 바로 이겁니다…… 사고 나기 3주 전, 세미양트호처럼 크리미아반도로 가던 작은 군함 한 척이 똑같은 방식으로, 거의 똑같은 장소에서 난파했는데, 다만 그때는 우리가 배에 탄 승무원들과 스무 명의 수송병들을 구조할 수 있었다는 점이 달랐죠…… 그 가엾은 수송병들은 바다를 잘 모르잖습니까.* 그렇지 않겠어요! 우리는 그들을 보니파시오로 데려가서 이틀 동안 항구

* 수송병들은 육군이라 바다에서 적응하는 훈련은 되어 있지 않았다는 말이다.

에서 우리와 함께 있었지요. ……젖었던 몸을 잘 말리고 회복이 되자 '안녕히 계십시오! 행운을 빕니다!' 하면서 그들은 툴롱으로 돌아갔고, 얼마 후 다시 크리미아로 가는 배를 타라는 명령을 받았지요…… 그게 어떤 배였겠는지 맞춰 보시오! ……바로 '세미양트'호였단 말입니다…… 그러니까 우리는 그 병사들 모두를 이 사고로 다시 보게 된 거죠. 스무 명이 전부 사망자들 틈에 누워서 바로 우리가 지금 앉은 이 자리에…… 내 손으로 직접, 그 섬세한 콧수염을 기른 예쁘장한 기병하고 파리 출신 금발 병사—우리 집에 재웠던 친구인데 항상 재미있는 이야기로 우리를 웃겼답니다—를 수습해서 일으켜 세웠지요. …… 그를 거기서 보게 되다니, 가슴이 찢어지더군요…… 아! **산타 마드레!***

이 말을 하면서 사람 좋은 리오네티 선장은 가슴이 꽉 메어, 피우던 파이프의 담뱃재를 들쑤시더니 내게 잘 자라고 인사하면서 두건 달린 긴 방수 외투를 그대로 걸친 채 몸을 웅크렸습니다. 그러고도 얼마 동안 선원들은 자기들끼리 나지막한 소리로 얘기를 나누더군요…… 그러더니만 하나둘씩 파이프의 담뱃불이 꺼졌습니다…… 아무도 말하는 사람이 없었고…… 양치기 노인도 가 버렸습니다…… 나만 혼자 남아 잠든 선원들 틈에서 몽상에 잠겼습니다.

방금 들은 으스스한 이야기의 충격에서 벗어나지 못한 채, 나는 머릿속에서 난파한 가련한 선박과 오직 갈매기들만이 지켜본 그 괴로운 최후의 이야기를 재구성하려 애쓰고 있었습니다. 충격적이었던 몇 가지 세부 사항 덕분에 제복을 갖춰 입은 선장, 신부의 목에 걸친 영대,

* '성모 마리아이시여!'라는 뜻의 코르시카 말.

수송병 스무 명, 이 극적인 사건의 갖은 곡절을 미루어 짐작할 수 있었지요…… 밤중에 툴롱을 출발한 그 배가 눈에 선했습니다. 배가 항구를 벗어납니다. 바다는 험하고, 바람은 무섭게 불어 댑니다. 그러나 배에는 용감한 선장이 있으니, 승선자들은 모두 태연합니다……

아침이 되자 바다에 안개가 자욱이 낍니다. 사람들은 걱정하기 시작하고요. 선원 모두가 갑판에 올라가 있습니다. 선장은 선미루船尾樓 갑판을 떠나지 않습니다…… 병사들이 틀어박혀 있는 3등 선실은 캄캄합니다. 공기는 후덥지근하고요. 몇몇 병사는 아파서 군장 배낭 위에 드러누워 있습니다. 배가 앞뒤로 무섭게 마구 흔들립니다. 서서 버틸 수가 없습니다. 사람들은 바닥에 삼삼오오 앉아 의자를 부여잡고 얘기들을 합니다. 소리소리 질러야 겨우 알아들을 수 있습니다. 슬슬 공포에 질리기 시작하는 사람들이 있습니다. ……자, 내 말 좀 들어 보라고! 이 해역에서는 난파가 흔한 일이야. 여기 수송병들이 증언할 수 있는데 그들이 하는 소리가 어째 안심되지를 않네. 특히 그중에 병참하사는 늘 농담을 하는 파리 친구인데, 그가 농담하는 소리를 들으면 닭살이 쫙 돋는다고.

"조난이오! ……그런데 조난은 아주 재밌지. 얼음장 같은 물에 한 번 푹 잠기면 그걸로 그만이고, 그다음에는 사람들이 우릴 보니파시오로 데려가고, 그럼 우리는 리오네티 선장 댁에서 티티새 고기를 먹는다니까 그러네."

그러면 수송병들이 깔깔 웃고……

갑자기 우지끈 소리가 납니다…… 뭐지? 무슨 일이야?

"방금 키가 떨어져 나갔어." 한 선원이 흠뻑 젖은 채 중갑판을 가로질러 뛰어가며 말합니다.

"잘 가라지 뭐!" 이 독한 병참 하사가 소리치지만 이젠 아무도 이 말에 웃지 않습니다.

갑판 위는 대소동이 벌어집니다. 안개 때문에 서로가 보이지 않습니다. 선원들은 겁에 질려 손으로 더듬거리며 갈팡질팡합니다…… 이젠 키가 없다니! 배를 조종할 수 없다는 소립니다…… 세미양트호는 표류하며, 바람 따라 흘러갑니다…… 바로 이 순간 그 세관원이 배가 지나가는 모습을 본 거죠. 11시 반. 배 앞부분에서 대포 쏘는 소리 같은 것이 들립니다…… 암초다! 암초! ……끝장났다. 이제 더 이상 희망은 없다. 배는 곧장 해변을 향해 갑니다…… 선장은 선장실로 내려갑니다…… 잠시 후 그는 선미루 갑판 위의 자기 자리로 돌아옵니다. 정장을 갖춰 입은 채로…… 제대로 죽고 싶었던 거죠. 중갑판에서는 병사들이 걱정스럽게, 아무 말 없이 서로를 쳐다봅니다…… 환자들은 몸을 일으키려 애를 씁니다…… 작달막한 그 병참 하사는 더 이상 웃지 않습니다…… 이때 문이 열리며 목에 영대를 두른 신부가 입구에 나타납니다.

"무릎을 꿇읍시다, 여러분!"

모두 신부 말에 따릅니다. 쩡쩡 울리는 음성으로 신부는 죽기 전 고통 속에 기도를 올리기 시작합니다.

갑자기 엄청난 충격, 고함 소리, 단 한 번의 고함 소리, 엄청나게 큰 고함 소리, 쭉 뻗은 두 팔, 뭔가를 움켜쥐는 손들, 죽음의 모습이 섬광처럼 스쳐 가는 혼비백산한 눈길들……

가여워라……!

이렇게 나는 몽상 속에 밤을 꼬박 새우며 그로부터 10년이 지난 지금, 주위에 잔해가 잔뜩 널린 그 불쌍한 배의 영혼을 불러내어 보고 있었습니다…… 멀리, 해협에는 폭풍우가 기승을 떨고 있었죠. 야영지의 모닥불이 돌풍을 맞아 한풀 꺾였고, 우리 배가 바위 아래서 춤추듯 출렁이며 배를 매어 놓은 밧줄에서 크게 삐걱대는 소리가 들려왔습니다.

세관 선원들
Les Douaniers

나는 포르토베키오항을 출발한 에밀리호를 타고 라베치 군도까지 을씨년스러운 항해를 했습니다. 세관의 낡아 빠진 소형 선박은 갑판이 배의 반쪽이나 차지하여, 바람과 파도와 비를 피해 의지할 것이라고는 타르 칠한 갑판 뒤쪽의 선실뿐이었는데, 그것도 탁자 한 개와 간이침대 두 개가 겨우 들어가는 크기였습니다. 그러니 악천후인 날 우리 선원들 모습이 어떤지는 직접 보아야 실감이 날 겁니다. 얼굴에서는 물이 뚝뚝 떨어지고, 흠뻑 젖은 작업복은 고온 건조실에 들어간 빨래처럼 김이 펄펄 납니다. 한겨울에 이 가엾은 사람들은 온종일을 이렇게 보내고 심지어 밤에도 젖은 의자에 쪼그리고 누워 이 해로운 습기 속에서 덜덜 떨며 지냅니다. 배 위에서는 불을 피울 수 없고, 해안으로 가서 배를 대기는 어려울 때가 많거든요…… 그런데도 불평하는 사람은 하나도 없습니다. 아무리 궂은 날씨에도 그들은 항상 똑같이 평온하고 기분 좋은 상태로 있더군요. 그렇지만 이 세관 선원의 삶이란 것이 어찌나 서글픈지요! 대부분 다 결혼한 몸인지라 처자식을 뭍에 두고 몇 달씩이나 바다로 떠나 와 무척이나 험난한 연안을 따라 항해를 합니다. 먹을 것이라고는 곰팡이 핀 빵이나 야생 양파밖에 없습니다. 포도주도, 고기도 일체 없지요. 고기와 포도주는 비싼데 이들은 1년에 겨우 500프랑밖에 못 벌거든요! 1년에 500프랑이라니! 저기 해변에 있는 그들의 오두막집이 왜 구저분할 수밖에 없는지, 아이들이 왜 맨발로 다녀야 하는지, 아시겠지요? 그래도 이들은 괜찮은가 봅니다! 모두 만족하는 것 같아 보였거든요. 갑판실 앞쪽에는 빗물을 가득 받아 놓는 커다란 물동이가 있는데, 선원들은 거기 가서 물을 마시곤 했지요. 내 기억에, 꿀꺽꿀꺽 물을 다 들이켜고 나면 이 가엾은 뱃사람들은 저마다 흡족하게 "캬!" 소리를 내면서 잔을 흔들어 댔는데, 나름 좋다는 표현인 이 "캬!" 소리가 우습기도 하고 좀 찡하기도 했답니다.

모든 뱃사람 중에 가장 쾌활하고 만족스러워하는 사람은 팔롱보라 불리는 키 작고 핼쑥하고 다부진 보니파시오 출신의 선원이었습니다. 그는 아무리 심한 폭풍우가 닥쳐와도 그저 노래만 흥얼거렸지요. 풍랑이 거세지며 낮게 내려앉은 컴컴한 하늘에서 우박이 쏟아지고, 모두 모여 앉아 하늘을 올려다보며 귀에 손을 대고 바람이 어디서 불어올지 살피고 있을 때도, 아무도 소리 내는 사람 없이 오직 근심만 가득한 배 위에서도, 팔롱보는 태평한 음성으로 이런 노래를 부르기 시작하는 것이었습니다.

아뇨, 주인님,
그건 너무 과분한걸요.
리제트는 얌전…… 해서
마을에서 기다리죠……

돌풍이 휭휭 불어와 선구船具에서 신음처럼 삐걱삐걱 소리가 나고 배가 흔들리고 물에 잠겨도 그의 노래는 계속되었고 파도 놀에서 오락가락하는 갈매기처럼 그대로 계속되었습니다. 때로는 바람의 반주 소리가 너무 커서 가사가 더 이상 들리지 않기도 했어요. 그러나 바다가 철썩거리는 틈에, 물이 뚝뚝 떨어지며 번질거리는 그 와중에도 짤막한 후렴구는 여전히 다시 들려왔습니다.

리제트는 얌전…… 해서
마을에서 기다리죠……

그렇지만 어느 날인가 비바람이 아주 심하게 몰아치던 날, 그의 목소리가 들리지 않더군요. 하도 특이한 일이라 선실에서 비죽 고개를 내밀어 봤죠.

"어이! 팔롱보, 노래 안 하나?"

팔롱보는 대답이 없었습니다. 그는 긴 의자에 누워 꼼짝도 하지 않았습니다. 나는 그의 곁으로 다가갔지요. 그는 이를 딱딱 부딪치고 있더군요. 열이 나서 온몸을 덜덜 떨면서요.

"푼투라에 걸렸어요." 동료들이 서글프게 말했습니다.

그들이 푼투라라고 부르는 병은 늑간 신경통, 그러니까 늑막염이지요. 휑한 납빛 하늘, 물에 젖어 번질거리는 배, 고열에 시달리며 마치 표범 가죽처럼 비를 맞아 번들대는 낡은 고무 망토에 둘둘 말린 환자, 그때까지 이보다 더 음울한 광경은 본 적이 없답니다. 얼마 안 가 추위, 바람 그리고 심한 파도에 부대껴 병세는 더 악화되었습니다. 그는 헛소리를 했습니다. 배를 뭍에 대야만 했습니다.

엄청난 시간과 노력을 들인 끝에 우리는 저녁 무렵 황량하고 괴괴한 어느 작은 항구에 배를 대었는데, 그곳에서 유일한 움직임이라고는 바닷새 구아유 몇 마리가 원을 그리며 날아다니는 것뿐이었습니다. 해변 주위에는 온통 가파르고 높은 바위들이 우뚝우뚝 서 있었고, 초록색 소관목들이 계절에 관계없이 얽히고설킨 검푸른 마키 숲이 우거져 있었습니다. 아래쪽 바닷가에 회색 덧창이 달린 희고 작은 집, 그 집이 세관 사무소더군요. 이 황막한 곳 한복판에 서 있는 그 국유 건물은, 마치 제복에 딸린 모자처럼 번호가 매겨진 것이 어딘지 음산한 데가 있었습니다. 우리는 팔롱보를 그곳에 내려놓았습니다. 환자가 요양하는 데라고 하기엔 참 처량한 곳이었죠! 세관원은 불을 피워 놓고 그 곁에서 아내와 아이들과 함께 식사를 하고 있었습니다. 식구들 모두 얼굴이 핼쑥하고 누리끼리한 것이 눈만 퀭하고 눈 주위엔 벌겋게 열기가 있었습니다. 아직 젊은 아이 엄마는 갓난아기를 팔에 안고, 우리에게 말을 하면서도 덜덜 떨고 있었죠.

"여긴 끔찍한 근무지예요. 2년마다 한 번씩 세관원을 다른 사람으로 바꿔야 하죠. 늪지대 특유의 열병에 견디질 못하거든요……" 세관원이 내게 나지막하게 말했습니다.

하지만 어쨌든 의사가 있어야 했지요. 한데 그곳에서 60~70리나 떨어진 사르텐에 가기 전에는 의사가 없다는 겁니다. 어떡하면 좋을지요? 우리 배의 선원들은 더 이상 속수무책이었습니다. 이 집 아이들 중 하나를 보내기엔 거리가 너무 멀었지요. 그때 세관원 부인이 창밖으로 몸을 구부정히 내밀더니 "세코! ……세코!" 하고 불렀습니다.

그러자 갈색 양모 모자를 쓰고 염소 털 외투를 걸친, 그야말로 전형적인 밀렵꾼 또는 **반디토***같이 생긴 키 크고 건장한 사내가 들어오는 모습이 보였습니다. 아까 배에서 내릴 때 눈여겨본 사람이었는데, 이 집 문 앞에서 붉은 파이프를 물고 양다리 사이에 총을 끼고서 앉아 있었습니다. 그러다가 이유는 모르겠지만 우리가 다가가자 휙 달아났었지요. 어쩌면 우리가 경관들을 데리고 왔다고 생각한 건지도 모르죠. 그가 들어올 때 세관원 부인은 약간 얼굴을 붉혔습니다.

"제 사촌이에요…… 쟤라면 마키 숲에서 길을 잃을 위험은 없죠." 그녀가 말했습니다.

그리고 그에게 아주 나지막이, 환자를 가리키며 얘기를 하더군요. 사내는 아무 대답 없이 굽신 인사만 하고는 밖으로 나가 휘파람을 휘익 불어 개를 부르더니, 어깨에 총을 메고 긴 다리로 이 바위 저 바위를 훌쩍훌쩍 건너뛰면서 출발했습니다.

그러는 동안 아이들은 아버지가 옆에 있으니 잔뜩 겁을 먹은 듯, 저녁으로 차려진 밤栗과 **브루초****를 후딱 다 먹어 버렸습니다. 식탁에는 오직 물밖에, 여전히 그것밖에 없습디다! 이 어린것들이 하다못해 포도주라도 조금 마셔 가며 식사를 했더라면 얼마나 좋았을까! 아! 가엾어라! 마침내 아이 엄마가 애들을 재우러 올라갔습니다. 아버지인 세관원은 등불을 켜고 해안 순찰을 나갔고, 우리는 여전히 불 곁에 남아,

* banditto. 코르시카 산적을 가리키는 이곳의 명칭.

** 코르시카산 흰 치즈.

초라한 침상에 누워 마치 아직도 격랑이 몰아치는 바다 한가운데 나가 있는 것처럼 이리 뒤척 저리 뒤척 하는 환자를 지키고 있었습니다. 그의 푼투라 증세를 좀 진정시키려고 우리는 자갈과 벽돌을 불에 데워 옆구리에 대 주었습니다. 한두 번, 내가 침상에 다가가니 불쌍한 팔롱보가 알아보고 고맙다는 표시를 하려고 힘겹게 한 손을 내밀었습니다. 커다란 그 손은 불에서 방금 꺼낸 그 벽돌만큼이나 꺼끌꺼끌하고 뜨겁더군요……

서글픈 밤샘이었습니다! 밖에는 해가 저물면서 다시 날씨가 나빠져 파도가 부서지는 소리, 우르릉 쾅쾅 하는 굉음, 쏴아 쏴아 물거품이 솟구치는 소리, 바위와 물이 격전을 벌이는 것 같은 소리가 들려왔습니다. 가끔씩 먼바다에서 일어난 바람이 만에까지 슬그머니 침입하여 우리가 있던 그 집을 둘러싸고 불어 댔고요. 갑자기 불길이 확 커지면서, 벽난로 주위에 모여 앉아 늘 망망대해와 끝없는 수평선을 보며 지내다 보니 익숙해져 덤덤한 표정으로 불을 바라보는 선원들의 침울한 얼굴이 불빛에 환히 드러나면 그제야 바람이 센 걸 느낄 수 있었습니다. 또 가끔씩 팔롱보가 가만히 끙끙 앓는 소리를 냈습니다. 그러면 모두의 눈길은 이 가엾은 동료가 가족과 멀리 떨어져 아무 도움도 못 받고 죽어 가는 어두컴컴한 구석으로 향했습니다. 사람들의 가슴이 들숨으로 한껏 부풀어 오르고 나면 땅이 꺼질 듯한 한숨 소리가 났습니다. 바다에서 일하는 이 일꾼들, 참을성 많고 온순한 그들, 자신이 생각해도 참 지지리 복도 없다 느껴져도 터져 나오는 것이라고는 고작이 한숨뿐이었지요. 저항도, 파업도 없었습니다. 그저 휴 하는 한숨뿐, 더는 아무것도……! 아차, 있기는 있었지요. 한 선원이 불에 나뭇단을 던져 넣으려고 내 앞을 지나면서 가슴 아픈 목소리로 아주 나지막이 한마디 하더군요.

"보셨죠, 파리 양반…… 이 노릇 하다 보면 가다가다 참 힘든 일이 많기도 하답니다……!"

퀴퀴냥의 신부
Le Curé de Cucugnan

해마다 성촉절聖燭節*이 되면, 프로방스의 시인들은 아비뇽에서 작고 명랑한 내용의 책을 한 권씩 내는데, 아름다운 시와 예쁜 이야기들이 가득 담긴 책이죠. 올해 나온 그 책이 방금 내게 도착했고, 그 책에서 매력적인 짧은 이야기를 하나 읽게 되어 여러분에게 조금 짧게 줄여 옮겨 드리려고 합니다…… 파리분들이여, 장바구니를 이리 내밀어 보시죠. 이번에는 프로방스에서 만든 보드라운 최고급 밀가루를 드릴 테니……

사제 마르탱은 그러니까…… 퀴퀴냥의 본당 신부였습니다.

* 그리스도 봉헌 축일인 2월 2일.

더없이 사람 좋고, 솔직하고 퀴퀴냥 사람들을 아버지처럼 사랑했습니다. 만약 퀴퀴냥 사람들이 그를 조금 더 만족시켜 주었더라면 그에게 퀴퀴냥은 지상 천국이 되었을 테죠. 하지만 오호라! 고해소에는 거미줄이 쳐지고, 날씨 좋은 부활절에도 성체로 나누어 줄 제병은 거룩한 성합聖盒 안에 그대로 담겨 있었답니다. 착한 사제는 그래서 가슴이 찢어지는 듯했고, 항상 하느님께 올리는 기도는, 부디 산지사방에 흩어진 양 떼를 다시 우리 안으로 데려오기 전에는 죽지 않게 해 주십사 하는 것이었지요.

그런데, 그 기도를 과연 하느님이 들어주셨는지 지금부터 하는 이야기를 들어 보시죠.

어느 일요일, 복음서 봉독을 마친 마르탱 신부는 강론대로 올라갔습니다.

그는 말했습니다.

"형제 여러분, 잘 믿기지 않으실 테지만, 어느 날 밤, 이 보잘것없는 죄인인 제가 천국 바로 문 앞까지 가지 않았겠습니까.

문을 똑똑 두드렸지요. 성 베드로가 문을 열어 주지 뭡니까!

'아! 오셨군요. 마르탱 신부님. 웬일로 여기까지……? 뭐 도와 드릴 일이 있나요?'

'아름다우신 성 베드로 님, 커다란 심판 명부와 열쇠를 지니신 당신은 제게 알려 주실 수 있겠지요? 제 호기심이 지나친 게 아니라면, 천국에 퀴퀴냥 사람이 몇 명이나 있나요?'

'마르탱 신부님, 신부님이 어떤 부탁을 하신대도 거절하지 않겠습니다. 여기 좀 앉으세요, 앉아서 같이 한번 보자고요.'

그러면서 성 베드로는 커다란 심판 명부를 꺼내어 펼치더니 안경을 쓰지 뭡니까.

'어디 보자…… 퀴퀴냥이라고 했지요. 퀴…… 퀴…… 퀴퀴냥. 여기 있군. 퀴퀴냥…… 마르탱 신부님, 퀴퀴냥이라 적힌 쪽에는 사람 이름이 하나도 없는데요. 한 맹꽁이도…… 칠면조에 가시가 없듯이, 천국에 퀴퀴냥 사람은 없네요.'

'뭐라고요! 여기 퀴퀴냥 사람이 아무도 없다고요? 한 사람도? 이럴 수가! 좀 더 잘 찾아보시죠……'

'신부님, 하나도 없습니다. 농담인 것 같으면 어디 직접 한번 보세요.'

'제가요, 원 세상에!' 나는 발을 동동 구르고, 두 손을 모으며 제발 불쌍히 여겨 달라고 외쳤지요. 그러자 성 베드로가 말씀하시기를,

'마르탱 신부님, 내 말 믿으세요. 그렇게 흥분하면 안 됩니다. 충격으로 뇌출혈이 올 수도 있어요. 어쨌든 이건 신부님 잘못이 아닙니다. 신부님 관할의 퀴퀴냥 주민들은요, 분명히 연옥에서 40일간 단련 기간을 보내야 할 겁니다.'

'아! 제발 자비를, 훌륭하신 성 베드로 님! 그들을 제가 만나 보고 위로라도 할 수 있게 해 주십시오.'

'해 드리다마다요…… 자, 얼른 이 샌들을 신으세요. 길 상태가 좋지 않으니까요…… 여기 멀쩡한 샌들이 있습니다…… 이제 앞으로 곧장 걸어가세요. 저기 저 끝에 돌아가는 길 보이나요? 거기 가면 검은 십자가가 촘촘히 박힌 은으로 된 문이 하나 있을 겁니다…… 오른손으로…… 문을 두드리면, 열릴 겁니다…… **아데시아스**!* 건강과 기운을

* 작별 인사 '아디외adieu'의 프로방스어.

잃지 마세요!'

그래서 난 걷고 또 걸었지요! 어찌나 힘들던지! 그 생각만 해도 소름이 쫙 끼칩니다. 가시투성이에 벌겋게 달아올라 번쩍대는 숯들과 쉭쉭거리는 뱀들로 가득한 작은 오솔길을 걸어가니 과연 은으로 된 문이 나오더군요.

쾅쾅!

'문 두드리는 사람 누구요?' 잔뜩 쉬고 언짢은 누군가의 목소리가 응답합디다.

'퀴퀴냥 마을의 신부입니다.'

'어디라고요?'

'퀴퀴냥요.'

'아! ……들어오세요.'

난 들어갔죠. 키 크고 아름다운 천사가 밤처럼 새까만 날개를 달고, 한낮처럼 빛나는 긴 옷을 입고, 허리띠에는 다이아몬드 열쇠를 달고서 성 베드로가 갖고 있던 것보다 더 두껍고 큰 장부책에 삭삭삭…… 뭔가를 적고 있습디다.

'그래서 원하시는 건 무엇이며, 부탁은 뭐죠?' 천사가 말했어요.

'하느님의 아름다운 천사시여, 제가 알고 싶은 건…… 어쩌면 제가 너무 호기심이 강한지도 모릅니다만…… 여기 퀴퀴냥 사람들이 있는지……'

'어디 사람이라고요?'

'퀴퀴냥 사람, 퀴퀴냥 주민들 말입니다. 그들의 본당 신부가 저라고요.'

'아! 마르탱 신부님 맞죠?'

'바로 그렇습니다, 천사님.'

'퀴퀴냥이라고 하셨죠……'

그러면서 천사는 커다란 장부책을 펼쳐 이리저리 뒤적였죠. 잘 넘어가게 손가락에 침을 묻혀 가면서요.

'퀴퀴냥이라.' 그가 긴 한숨을 내쉬며 말했어요.

'마르탱 신부님, 연옥에는 퀴퀴냥 사람은 하나도 없습니다.'

'예수! 마리아! 요셉! 연옥에 퀴퀴냥 사람이 하나도 없다고요! 오, 하느님 맙소사! 그럼 다들 어디 있는 거죠?'

'아! 신부님, 천국에 있겠죠. 있긴 어디 있겠어요?'

'아니 제가 지금 천국에서 오는 길입니다……'

'천국에서 오는 길이라고요! ……그런데요?'

'그런데! 천국에 없더란 말입니다! ……아! 천사들의 착한 어머니시여……!'

'신부님, 그럼 어쩝니까? 사람들이 천국에도 연옥에도 없다면, 천국과 연옥의 중간은 없으니, 그들이 있는 곳은……'

'이런! 다윗의 자손이신 예수님이시여! 아이쿠! 그럴 수가 있나요…… 위대하신 성 베드로 님이 거짓말을 하신 걸까요? ……하지만 말씀하시고 나서 닭 울음소리도 안 나던 걸요! ……아 이런! 불쌍한 우리들! 우리 퀴퀴냥 사람들이 천국에 없다면 저는 어떻게 천국에 갈까요.'

'제 말 잘 들으세요, 마르탱 신부님. 그렇게 무슨 수를 써서라도 확실히 알고 싶고, 어떻게 된 건지를 직접 눈으로 보고 싶으면, 이 길을 죽 따라가십시오. 뛸 수 있으면 뛰어서 빨리 가세요. 그럼 왼쪽에 커다란 문이 보일 겁니다. 거기서 뭐든지 물어보시면 됩니다. 그럼 잘해 보세요! 하느님이 답을 주실 겁니다!*'

그러면서 천사는 문을 닫았어요.

벌건 숯이 바닥에 좍 깔린 길고 좁은 오솔길이었죠. 난 술 마신 사람처럼 비틀거리면서 걸어갔어요. 한 걸음 한 걸음 내디딜 때마다 비척댔지요. 땀으로 흠뻑 젖었고, 몸의 털 한 올 한 올마다 땀방울이 맺힐 정도였죠. 그리고 목이 말라 헐떡거렸고…… 그래도 선하신 성 베드로 님께서 빌려주신 샌들 덕분에 발이 타는 건 면했지요.

비틀비틀하면서 헛걸음도 많이 내디디며 가다 보니 왼손 쪽에 문이 하나 있습디다…… 아니 그냥 문이 아니라 커다란 대문, 엄청나게 큰 대문이, 마치 커다란 화덕의 문처럼 활짝 열려 있더군요. 오! 여러분! 이런 광경이! 거기서는 내 이름도 묻지 않았고, 심판 명부 같은 것도 없었어요. 무리 지어, 문이 나 있는 공간을 가득 채우며, 형제 여러분, 글쎄 사람들이 꼭 일요일에 무도회장에 들어가듯이 그렇게 들어가고 있지 뭡니까.

난 땀을 뚝뚝 흘리면서도, 오싹 전율을 느꼈지요. 머리털이 쭈뼛 서더군요. 탄내가 나고, 불로 지지는 살 냄새, 꼭 우리 퀴퀴냥에서 대장장이 엘루아가 늙은 당나귀 발굽에 편자를 박으려고 달군 쇠로 지지직 지질 때 나는 냄새 같은…… 그런 냄새가 났어요. 그렇게 매캐한 탄내를 맡으니 숨도 쉴 수 없었죠. 끔찍한 아우성, 신음, 울부짖음, 욕설, 이런 소리가 들렸어요.

* Dieu vous le donne! 어려운 시도를 하는 사람에게 잘 성취하라는 기원을 담아 하는 말.

'아니! 너는 들어올 거야, 안 들어올 거야?' 뿔 달린 악마가 쇠스랑으로 나를 찍으며 말하더군요.

'저요? 저는 안 들어가죠. 저는 하느님과 친한데요.'

'네가 하느님과 친하다고? ……에! 재수 옴 붙은 놈 같으니! 여긴 뭐 하러 왔어……?'

'뭐 하러 왔냐고요…… 아! 말도 마세요. 더 이상 서서 버티기도 힘드네요…… 저는 말이죠…… 멀리서 왔는데…… 그저 혹시…… 혹시…… 우연히…… 여기 혹시…… 누구…… 퀴퀴냥에서 온 누구…… 없나 여쭤 보려고……'

'아! 하느님의 불을 받아라! 넌 퀴퀴냥 사람들이 전부 여기 와 있다는 걸 모르는 것처럼 바보 행세를 하고 있군! 못생긴 까마귀 같은 놈아, 자, 봐라, 네가 그렇게 찾는 퀴퀴냥 사람들을 우리가 여기서 어떻게 관리하고 있는지 보여 줄 테니……'

그래서 난 불길이 무시무시하게 회오리처럼 타오르는 한복판에서 보았답니다.

키다리 콕 갈린, 형제 여러분, 다들 아시지요? 늘 술 취해 있고, 가엾은 클레롱에게 그렇게도 자주 호통을 쳐 대던 콕 갈린요……

카타리네도 보이더군요…… 그 가엾은 작은 창녀 말입니다…… 코는 비죽 튀어나와 가지고…… 그 코를 앞으로 쑥 내밀고…… 헛간에서 혼자 누웠던 그 여자…… 기억나죠, 이 웃기는 양반들아! ……하지만 그냥 넘어갑시다, 내가 지겹게 많이 얘기한 거니까……

파스칼 두아드푸아도 봤어요. 그는 쥘리앵 씨의 올리브로 기름을 짜고 있더군요.

이삭 줍는 여인 바베도 있었는데, 이삭을 주우면서 남들보다 잽싸게 곡식단을 묶은 다음 낟가리에서 이삭을 한 움큼씩 꺼내어 따로 챙기곤 했지요.

그라파지 영감도 보이대요. 그 영감님은 끌고 다니던 손수레의 외바퀴를 아주 반질반질하게 기름칠하곤 했지요.

또 자기네 우물물을 비싸게 팔아먹던 도핀.

주님의 성체를 모시고 가는 나하고 마주치면 머리에 납작모자를 쓰고 입엔 파이프를 문 채로, 지나가는 개 한 마리 보듯…… 오만방자한 태도로 서둘러 제 갈 길 가던 토르티야르.

또 애인 제트하고 함께 있는 쿨로 그리고 자크, 피에르, 토니……"

듣고 있던 신자들은 가슴이 철렁하면서 두려움에 새하얗게 질려, 활짝 열린 지옥에서 누구는 아버지를, 누구는 어머니를, 누구는 할머니를, 누구는 누이동생의 모습을 떠올리며 끙 신음을 내뱉었습니다.

선한 마르탱 신부가 말을 이었습니다.

"형제 여러분, 이 상태가 오래갈 수 없다는 것을 잘 느끼고 계실 테고 전, 저는 모두가 머리부터 들이밀고 허우적대는 그 심연에서 여러분을 구해 내고 싶습니다. 내일, 당장 내일 그 일에 착수하겠습니다. 그리고 할 일은 많을 겁니다! 저는 이렇게 해 나갈 겁니다. 모든 일이 잘되려면 매사를 질서 있게 진행해야지요. 우리는 종키에르 마을에서 춤출 때 그랬던 것처럼 행렬을 지어 한 줄 한 줄 나아갈 겁니다.

내일, 월요일은 노인들의 고백을 받습니다. 그야 뭐 별일 아니죠.

화요일은 어린이들. 고해성사는 금방 끝나겠죠.

수요일은, 남녀 청년들. 이건 길어질 수 있겠네요.

목요일은, 어른 남자들. 짧게 끊을 겁니다.

금요일은, 여자분들. 전 말할 겁니다. '구구절절 긴 이야기는 사절!'이라고요.

토요일은, 방앗간 주인! ……그 한 사람에게만 하루를 온통 할애해도 모자라요!

만약 일요일에 고해성사가 다 끝난다면 우리는 아주 행복할 겁니다.

아시겠습니까? 여러분, 밀이 다 익으면 베어야지요. 포도주 병을 땄으면 마셔야지요. 더러운 빨랫감이 쌓이면 빨아야지요. 잘 빨아야지요.

여러분에게 주님의 은총이 내리기를, 아멘!"

말한 대로 실행되었습니다. 그들은 빨래를 세탁했습니다.

기억할 만한 그 일요일 이후로, 퀴퀴냥의 미덕이 내뿜는 향기는 근방 100리까지 풍겼습니다.

선한 목자 마르탱 신부는 행복하고 기쁨에 겨워 어느 날 밤 꿈을 꾸었는데, 자신의 양 떼들이 눈부신 행렬을 이루어 뒤따르는 가운데 수많은 촛불이 켜지고 향이 자욱이 피어오르고 어린이 합창단이 〈테 데움〉 성가를 부르는 중에 하느님의 도시로 가는 밝은 길로 자신이 올라가는 꿈이었답니다.

이것이 퀴퀴냥 마을 신부의 이야기, 커다란 건달 같은 루마니유*가 다른 친한 친구한테서 들었다면서 여러분에게 들려주라고 했던 그대로 전한 이야기랍니다.

* 조제프 루마니유(1818~1891). 평생 프로방스에 살며 프로방스어로 글을 쓰고 프로방스어 보존 운동을 한 작가.

노부부

Les Vieux

"아장 영감님, 편지 왔나요?"

"예, 선생님…… 파리에서 왔네요."

씩씩한 아장 영감은 파리에서 편지가 왔다며 한껏 으쓱해 있습디다…… 나는 그렇지 않더군요. 장자크 루소 거리가 발신지로 되어 있는, 그 파리에서 왔다는 편지, 이른 아침부터 느닷없이 식탁에 기습적으로 날아든 그 편지 때문에 아무래도 하루를 다 허비할 것 같은 예감이 들었습니다. 그 예감은 틀리지 않았어요. 들어 보시죠.

친구야, 나 한 번만 도와줘야겠네. 하루만 풍차 방앗간을 닫고 당장 에기에르로 가 주게나…… 에기에르는 자네 있는 곳에서 30~40리 떨어진 큰 마을이니 잠시 바람 쐬러 간다 생각하면 될 거야. 마을에 도착하거든, 고아 소녀들이 사는 수도원이 어디냐고 물어보게. 수도원 다음에 나오는 첫 번째 집은 나지막한 집인데, 회색 덧문이 달렸고 뒤쪽에 작은 뜰이 있네. 문은 안 두드리고 그냥 들어가면 돼. 항상 열려 있으니까 말이야. 들어가면서 아주 큰 소리로 외치게. "안녕하세요, 어르신들! 저는 모리스 친구입니다……" 그러면 키 작은 노인 두 분이 보일 걸세. 오! 노인, 노인도 아주 파파 노인, 그분들이 커다란 안락의자에 파묻혀 앉아서 자네를 향해 두 팔을 벌릴 걸세. 그러면 나 대신 노인들을 진심으로 껴안아 드리게나. 마치 자네 할아버지 할머니인 것처럼 말이야. 그러고서 얘기를 나누겠지. 그분들은 자네에게 내 얘기만, 오직 내 얘기만 할 거야. 오만 가지 우스꽝스러운 얘기를 하실 텐데, 웃지 말고 귀 기울여 들어 드리게. 웃으면 안 돼. 알겠지? 우리 할아버지 할머니인데, 이 두 분에겐 내가 인생의 전부라네. 그런데 10년째 나를 못 보셨지 뭔가. 10년, 긴 세월이야! 하지만 어쩌겠나? 난, 파리에 붙잡혀 있고, 그분들은 너무 연로하셔서…… 만약 나를 보러 오신대도 오는 길에 낙상하실 거야…… 다행히 자네가 그곳에 있지 않나. 내 사랑하는 풍차 방앗간 주인아, 가엾은 노인네들은 자네를 껴안으면 그래도 조금은 손자를 안는 것 같다고 느끼실 거야…… 내가 그분들께 우리 이야기를 자주 했지, 이 두터운 우정을……

빌어먹을 우정 같은 소리 하고 있네! 마침 그날 아침 날씨는 기가 막혔지만, 길을 떠나 걸어가기에 적당한 날씨는 아니었습니다. 미스트랄이 세게 불고, 햇볕은 너무 쨍쨍한, 전형적인 프로방스의 하루였던 겁니다. 그 망할 놈의 편지가 왔을 때, 나는 이미 바위 사이에 쉴 만한 곳을 골라 두었고, 거기서 온종일 도마뱀처럼 빈둥거리며 빛을 마시고, 솔숲의 노랫소리를 듣는 꿈을 꾸고 있었지요…… 그래도 아무튼, 어쩌겠어요? 툴툴대며 풍차 방앗간 문을 닫고 열쇠를 돌려 잠갔지요. 지팡이, 파이프를 챙기고, 길을 떠났습니다.

2시쯤 에기에르에 도착했습니다. 마을엔 인적이 없고, 모두들 밭에 나가 있더군요. 뽀얀 먼지가 날리는 마을 광장의 느릅나무에서는 매미들이 맴맴 울어 대고 있었습니다. 자갈 땅 한복판에서처럼 마을회관 앞 광장에는 당나귀 한 마리가 햇볕을 쬐고 있었고, 성당의 분수 위로 비둘기들이 날아올랐습니다. 하지만 고아원이 어딘지 알려 줄 사람은 아무도 없었지요. 다행히도 불현듯 연로한 요정 한 분이 내 앞에 나타났습니다. 자기 집 문간 한 모퉁이에 쭈그리고 앉아 실을 잣고 있던 할머니였습니다.

나는 그 노인에게 내가 뭘 찾는지 얘기했습니다. 그 요정 할머니의 힘은 매우 강력하여, 그분이 실 잣던 토리개를 조금 쳐들기만 했는데도 일이 해결되었습니다. 마치 마술처럼 고아원 딸린 수도원이 앞에 나타난 겁니다! 음산하고 거무칙칙한 커다란 건물은 고딕식 첨두형 현관문 위에 붉은 사암으로 만든 낡은 십자가가 달렸고, 그 주위로 라틴어 글로 뭐라 뭐라 쓰인 모습을 매우 자랑스레 뽐내는 듯했습니다. 그 집 옆에 그보다 작은 집이 또 한 채 보였습니다. 회색 덧문들, 집 뒤로 뜰이…… 나는 금세 그 집을 알아보았고 문도 두드리지 않고 들어갔습니다.

서늘하고 고요한 긴 복도, 분홍색으로 칠한 벽, 연한 색깔의 차양 틈새로 저 안쪽에 가볍게 떨리듯 내다보이는 작은 뜰 그리고 널판마다 놓인 시든 꽃들과 바이올린, 이런 것들이 일생 두고두고 눈에 밟힐 것 같았습니다. 마치 내가 스덴*이 살았던 시절 어느 노老대법관 댁에 들어간 것 같았지요…… 복도 저 끝 왼편에 살짝 열려 있던 문으로 커다란 벽시계가 똑딱거리는 소리가 들려오고, 어린아이 음성도 들렸는데, 옆에 있는 학교에서 어떤 아이가 한 음절 한 음절씩 책을 읽는 소리인가 했지요. "그…… 러…… 자…… 성…… 이…… 레…… 네…… 오…… 는…… 큰…… 소…… 리…… 로…… 말…… 했…… 습…… 니…… 다…… 나…… 는…… 주…… 님…… 의…… 밀…… 가…… 루…… 이…… 니…… 내…… 가…… 저…… 짐…… 승…… 들…… 의…… 이…… 빨…… 로…… 갈…… 아…… 져…… 야…… 만……" 나는 살며시 그 문으로 가서 들여다보았습니다.

작은 방의 고요하고 어슴푸레한 분위기 속에서 광대뼈 쪽이 발그레하고 손가락 끄트머리까지 주글주글 주름진 선해 보이는 노인이 1인용 안락의자에 몸을 푹 파묻고 입을 헤벌리고 두 손은 무릎에 놓은 채 잠을 자고 있었습니다. 노인의 발치에는 푸른 옷을 입은 어린 소녀가, 고아들의 복장인 커다란 케이프를 두르고 작은 베갱 모자**를 쓰고 제 몸보다 덩치가 큰 책에서 〈성 이레네오***의 생애〉를 읽고 있었습니다…… 기적과도 같은 이 낭독 소리가 온 집 안에 효과를 발휘했습니다. 할아버지는 안락의자에서 잠들어 있었고, 파리들은 천장에 붙어 있었고, 카나리아는 저쪽 창문 위의 새장 속에 있었습니다. 큰 벽시계의 똑딱똑딱 소리만 커다랗게 들렸습니다. 방 전체에서 깨어 있는 것이라고는 닫힌 덧문 사이로 똑바로 하얗게 내리비치며 생생한 광채와 미세한 원무圓舞로 가득한 큰 빛줄기뿐이었죠. 전체적으로 나

* 18세기 프랑스의 극작가.
** 턱 밑에서 여미게 되어 있는 옛날 베갱 수도자들이 착용하던 모자.
*** 2세기 로마 제국의 영토였던 갈리아 지방 루그두눔(오늘날의 리옹)의 가톨릭 주교로, 202년에 순교했다.

흔한 분위기 속에서 어린 소녀는 심각한 표정을 하고 계속 읽어 나갔습니다. 그…… 러…… 자…… 곧…… 사…… 자…… 두…… 마…… 리…… 가…… 그에게 달려들어 게걸스레 잡아먹었습니다…… 바로 이때 내가 방으로 들이닥친 겁니다. 아마 성 이레네오를 잡아먹은 사자들이 방으로 달려들었다 해도 이때 내가 들어간 것보다 더 사람을 놀라게 하지는 못했을 겁니다. 그야말로 연극 같은 충격 효과였죠! 소녀는 꺅 소리를 질렀고, 소녀가 읽고 있던 두꺼운 책은 바닥에 떨어졌고, 카나리아도 파리들도 잠에서 깨어났고, 시계의 괘종은 뎅뎅 울렸고, 노인은 소스라치게 놀라 벌떡 일어났고, 나 자신도 적이 마음이 흔들린 채로 문지방에 멈춰 서서 아주 커다랗게 소리쳤죠.

"안녕하십니까, 여러분! 저는 모리스의 친구랍니다."

오! 그러자 가엾은 그 노인이 두 팔을 벌리고 내게로 오더니 나를 껴안고 손을 꼭 잡고 어쩔 줄 모르며 방을 이리저리 돌아다니며 "세상에! 세상에!" 이러는 모습을 만약 여러분이 보셨다면……

노인 얼굴의 주름살 하나하나까지 모두 환히 웃고 있었습니다. 얼굴이 발그레했습니다. 노인이 더듬더듬 말했습니다.

"아! 이 양반아, 이런, 아! 이런……"

그러더니 방 저 끝으로 가며 불렀습니다.

"마메트!"

문이 열리고, 복도에 생쥐들이 후다닥 튀어 달아나는 소리가 나더니…… 그분이 마메트였습니다. 리본 매듭으로 장식한 보닛을 쓰고 카르멜 수녀복 같은 긴 옷에 옛날식으로 나를 존중하는 뜻에서 자수 손수건을 한 손에 꼭 쥔 이 자그마한 할머니보다 더 어여쁜 모습이 있을까요…… 가슴 뭉클해지는 일! 내외분은 서로 꼭 닮은 모습이었습니다. 할아버지도 머리를 둥글게 에워싼 가발 타래를 쓰고 노란 리본 매듭 장식만 단다면 마메트라 불러도 될 것 같았으니까요. 단 한 가지, 진짜 마메트 할머니는 일생 울 일이 많았던 것인지, 할아버지보다 주름이 훨씬 더 많았습니다. 할아버지처럼 할머니도 고아원의 소녀 하나를 곁에 두었는데, 푸른색 케이프를 두른 그 아이는 잠시도 할머니 옆을 떠나지 않고 지키고 있었습니다. 이렇게 두 고아 소녀의 보살핌을 받고 있는 노인들을 보는 것은 사람이 상상할 수 있는 일 중에 가장 마음을 울리는 것이었습니다.

마메트 할머니는 들어오면서 내게 정중히 절부터 했지만, 할아버지가 그 인사를 중간에 한마디로 중단시켰습니다.

"모리스 친구래……"

그러자 바로 할머니는 바르르 떨며 울고, 쥐었던 손수건을 떨어뜨리고, 얼굴이 빨갛게, 아주 빨갛게, 할아버지보다 더 빨갛게 상기되었습니다…… 이 노인네들! 핏줄 속에 피라고는 한 방울밖에 없으면서 조금만 감격했다 하면 그 피는 다 얼굴로 몰리니 말이죠.

"어서, 어서, 의자 좀……" 할머니가 자기 곁의 소녀에게 말했습니다.

"덧문 좀 열어 봐……" 할아버지가 자기 곁의 소녀에게 외쳤습니다.

그리고 각자 한 손으로 나를 붙든 채 두 노인은 종종걸음으로 나를 창문까지 데려갔는데, 나를 좀 더 잘 보려고 창문은 활짝 열어젖힌 상태였죠. 우리는 두 노인의 안락의자 가까이 가서, 나는 두 분 사이의 접이식 간이 의자에 앉았고, 푸른 케이프를 두른 두 소녀는 우리 뒤에 섰습니다. 질문 공세가 시작되었습니다.

"걔는 어떻게 지내나요? 무슨 일을 하지요? 여긴 왜 안 오나요? 만족스럽게 지내긴 하는지……?"

어쩌고저쩌고! 몇 시간 동안 이렇게 말이죠.

난 내 친구에 대해 알고 있던 시시콜콜한 것들까지 다 얘기하고, 내가 모르는 것들은 당돌하게 지어내기도 하면서, 특히나 그의 집 창문은 잘 닫히는지, 혹은 방의 벽지가 무슨 색인지 그런 걸 눈여겨본 적이 없다는 것을 사실대로 털어놓지 않으려고 조심하면서 모든 질문에 최선을 다해 대답했습니다.

"그 친구 방 벽지 말씀이죠! ……할머니, 파랑색요, 연파랑, 거기에 꽃줄무늬가 그려진……"

"정말?" 가슴이 뭉클해진 가엾은 할머니가 남편을 돌아보며 덧붙였습니다. "참 좋은 애라니까요!"

"오! 그럼. 참 좋은 애고말고!" 할아버지가 열심히 말을 받았습니다.

내가 말하는 내내 두 분은 고개를 끄덕이고, 살짝살짝 웃음을 보이고, 눈을 찡긋찡긋하고, 알았다는 표정을 띠고, 할아버지가 내게 가까이 와서 이렇게 말하기도 했습니다.

"좀 더 크게 말해 봐요…… 우리 할멈이 가는귀가 먹어서……"

그러면 할머니는 할머니대로,

"좀 더 큰 소리로 말해 줘요, 부탁해요! ……할아버지가 잘 듣질 못해서……"

그러면 나는 소리를 높였고, 두 노인 다 미소로 내게 고마움을 표시했습니다. 내 쪽으로 구부정하니 다가오며 내 두 눈 깊숙이 속속들이 손자 모리스의 모습을 찾고 있는 두 분의 생기 없는 미소 속에서 나는 마치 내 친구가 멀리 안개 속에서 나를 향해 미소 짓는 모습이 보이기나 하는 양, 흐릿하고 너울에 싸인 듯한, 이젠 거의 포착할 수 없는 그 모습을 다시 만나 보자니 정말 가슴 뭉클했습니다.

갑자기 노인이 앉았던 안락의자에서 벌떡 일어섰습니다.

"아니 나 좀 봐, 마메트…… 아직 점심 전일 거요!"

그러자 할머니가 화들짝 놀라 두 팔을 번쩍 쳐들었습니다.

"점심 전이라고요! ……세상에!"

나는 이것도 모리스 얘기려니 하고, 그 좋은 친구 모리스는 절대로 12시를 넘기지 않고 점심을 먹는다고 대답하려 했습니다. 하지만 웬걸, 그분들은 내 얘기를 한 것이었습니다. 사실은 아직 먹은 게 없다고 털어놓자 어찌나 난리가 났던지요!

"얼른 그릇을 차려라, 얘들아! 식탁은 방 한가운데 놓고, 일요일에 쓰는 냅킨과, 꽃무늬 접시들을 차려. 제발 그렇게 웃지 좀 말고, 얼른 서둘러……"

그들이 정말 서둘렀던가 봅니다. 접시 세 개가 깨지는 사이에 후딱 점심이 차려졌습니다.

"맛있고 간단한 점심이라오!" 마메트 할머니가 나를 식탁으로 이끌고 가면서 말했습니다. "다만 한 가지는, 젊은이 혼자서 식사를 할 거예요…… 우리는 아까 아침에 벌써 먹었거든."

가엾은 노인네들! 시간이 몇 시든, 그들은 늘 아까 먹었다고 한다니까요.

마메트 할머니가 말한 맛있고 간단한 점심, 그건 손가락 두 개 높이만큼 따른 우유, 대추들 그리고 작은 배船 모양의 바삭한 과자 하나, 에쇼데* 과자같이 생긴 것 하나였습니다. 할머니와 할머니가 기르는 카나리아들이 적어도 일주일은 먹을 만한 분량이겠죠…… 그런데 나

혼자서도 그들의 양식을 다 먹어 치우다니! ……그러니 식탁을 둘러 싼 존재들이 얼마나 분개했겠어요! 푸른 케이프를 두른 소녀 둘이 서로 팔꿈치를 툭툭 쳐 가며 얼마나 수군거렸겠으며, 저기, 새장 속에서 카나리아들은 얼마나 "오! 저 아저씨 좀 봐. 배 모양 과자 하나를 다 먹어 치우네!"라고 혼잣말하는 듯한 표정을 짓고 있었던지!

아닌게 아니라 나는 배 모양 과자 하나를 다 먹었는데, 옛날 물건들 냄새가 풍기는 이 밝고 평온한 방에서 주위를 두리번거리느라 정신이 팔려 거의 나도 모르게 먹어 치운 것이라니까요…… 무엇보다도 작은 침대가 둘 있었는데 거기서 눈을 뗄 수가 없었습니다. 거의 요람이라고 할 만한 이 침대들이 새벽 동이 틀 때쯤, 술 장식 달린 커다란 커튼 밑에 아직 가려져 있을 때 그 모습이 과연 어떨지 속으로 그려 보았습니다. 시계가 오전 3시를 칩니다. 노인들이 잠에서 깨어나는 시간이죠.

"당신 자요, 마메트?"

"아뇨, 여보."

"모리스 참 괜찮은 애 아니오?"

"오! 그래요. 참 괜찮은 애죠."

나란히 놓인 이 두 작은 침대를 본 것만으로도 난 이렇게 두 노인이 주고받는 얘기를 그대로 상상했지요.

그러는 사이 방 반대쪽, 찬장 앞에서는 두려운 사건이 벌어지고 있었습니다. 찬장 맨 위 칸, 버찌를 증류주에 담가 놓은 유리병, 10년째 모리스를 기다리고 있고 이분들이 내게 열어 맛보이고 싶어 하는 그 병을 끄집어 내려야 했던 겁니다. 마메트 할머니가 제발 그러지 말라

* 밀가루 반죽을 끓는 물에 넣었다가 오븐에서 구운, 매우 가벼운 과자.

고 말려도 할아버지는 부득부득 손수 그 버찌 술병을 꺼내겠다고 고집을 부렸습니다. 그리고 엄청나게 두려워하는 마나님 앞에서 의자에 올라선 할아버지는 손을 뻗어 그것에 닿으려 애썼습니다…… 그 광경을 그림처럼 그려 보시죠. 벌벌 떨면서 찬장 꼭대기에 손을 닿게 하려고 기를 쓰는 할아버지, 할아버지가 딛고 오른 의자를 꽉 잡고 있는 푸른 케이프의 소녀들, 할아버지 뒤에서 두 팔을 앞으로 내민 채 가쁜 숨을 내쉬는 마메트 할머니 그리고 이 모든 것 위쪽으로는 열린 찬장과 그 안에 차곡차곡 높이 쌓인 적갈색 냅킨들, 그 속 은은히 풍겨 나오는 베르가모트 향내…… 정겨웠습니다.

마침내 여러 차례 애를 쓴 끝에 그 술을 찬장에서 꺼내는 데 성공했습니다. 문제의 그 술병, 그 병과 함께 모리스가 어릴 때 쓰던, 돋을새김이 잔뜩 들어간 오래된 은잔도 나왔습니다. 노인들은 그 잔에 찰랑찰랑하게 버찌 술을 따라 주었습니다. 모리스가 버찌를 그렇게 좋아했는데! 내게 술을 따라 주며 노인은 식탐 많은 사람처럼 내 귀에 대고 말했습니다.

"젊은이가 이걸 먹을 수 있어서 정말 다행이지 뭐요! ……집사람이 담근 거라오. 이제 좋은 걸 맛보게 되리다."

오호라, 그분의 부인이 만든 건 맞는데, 설탕 넣는 걸 깜빡 잊으신 겁니다. 어쩌겠습니까? 나이 들면 워낙 정신이 없어지는 법이니까요. 가엾은 마메트 할머니, 할머니가 담근 버찌 술은 너무 시었어요…… 하지만 그래도 눈을 찌푸리지 않고 끝까지 마시기는 했답니다.

식사를 마치고는 나를 맞아 준 집주인들께 작별을 고하러 일어섰습니다. 그분들이야 나를 붙들어 두고 참 괜찮은 그 아이에 대해 좀 더 얘기를 나누었으면 하셨겠지만, 해가 설핏 기울고 있었고 풍차 방앗간까지는 먼 거리여서 출발해야 했으니까요.

할아버지가 나와 동시에 자리에서 일어났습니다.

"마메트, 내 윗도리 좀…… 이분을 광장까지 바래다 드리고 싶구려."

물론 내심 마메트 할머니는 나를 광장까지 바래다주기에는 날이 아직 다소 쌀쌀하다고 생각한 것이 분명했습니다. 그러나 그런 내색은 전혀 하지 않았죠. 다만 할아버지가 진주모 단추가 달린 스페인 담배 색깔의 멋진 외출복 상의 소매에 팔을 꿰어 넣는 동안, 사랑스러운 할머니가 가만가만 남편에게 말하는 소리가 들렸습니다.

"당신 너무 늦게 들어오면 안 돼요, 알았죠?"

그러자 할아버지는 조금 장난기 어린 표정으로,

"에! 에! ……나도 몰라…… 어쩌면……"

그러면서 두 분은 웃으며 서로 쳐다보았고 그들이 웃는 것을 보고 고아원 소녀들이 웃었고…… 카나리아들은 그들 나름대로 저희들이 있는 구석에서 웃었습니다…… 우리끼리 말이지만, 내 생각엔 버찌 술 냄새에 모두 조금은 취한 것 같았어요.

……할아버지와 내가 집을 나설 때는 어느새 밤이 오고 있었습니다. 푸른 케이프를 두른 소녀가 할아버지를 도로 집까지 모시고 가려고 우리 뒤를 멀찌감치 따르고 있었죠. 하지만 할아버지는 그 소녀를 보지 못했고, 내 팔짱을 끼고 어엿한 남자답게 걷는 것을 매우 자랑스러워했습니다. 환히 빛나는 얼굴로 마메트 할머니는 집 문 앞에서 이걸 보고 있었는데, 우리를 바라보며 어여쁘게 고개를 끄덕끄덕하는 할머니의 모습은 이렇게 말하는 듯했습니다. "어쨌든, 우리 집 양반! ……아직 걸어는 다닌다니까."

산문 발라드

Ballades en prose

오늘 아침 문을 여니, 우리 풍차 방앗간 주변에 새하얀 서리가 널따란 융단처럼 깔렸더군요. 풀은 유리처럼 반짝이며 바스락 부서졌습니다. 온 언덕이 덜덜 떨고 있었습니다…… 오늘 하루만큼은 내 소중한 프로방스가 북국北國으로 변한 겁니다. 서리가 그 새하얀 광채를 내게 내쏘는 동안, 그리고 저 위 맑은 하늘에 하인리히 하이네*의 나라에서 오는 황새들이 커다란 세모꼴을 이루며 카마르그 쪽으로 내려오면서 "춥다…… 추워…… 추워"라고 소리치는 동안, 서리로 테 두른 소나무들과 수정 꽃다발이 되어 흐드러진 라벤더 덤불 사이에서 나는 독일적 환상이 살짝 깃든 이 발라드 두 편을 썼습니다.

* 하이네의 시에는 '리트lied'와 '발라드ballad'들이 많은데, 이 단편의 제목 '산문 발라드'는 그것을 가리킨다.

1

왕세자의 죽음

어린 왕세자가 병이 났습니다. 어린 왕세자가 세상을 뜰 것 같습니다*…… 왕국의 모든 성당에서는 왕실 자제의 치유를 기원하며 밤낮으로 성체聖體를 성합 밖에 꺼내 두었고, 커다란 양초들을 켜 두고 있습니다. 오래된 주택가의 거리들은 쓸쓸하고 고요하며, 종도 더 이상 울리지 않고, 마차들은 사람 걸음 속도로 지나갑니다…… 궁전 부근, 호기심에 찬 시민들은 창살 너머로 금빛 제복 아래 배가 똥똥하게 튀어나온 근위병들이 뜰에서 심상찮은 표정으로 얘기 나누는 모습을 바라봅니다.

궁성 전체가 수런거립니다…… 시종들, 급사장들이 대리석 계단을 뛰어 오르락내리락하고요…… 회랑에는 이 무리에서 저 무리로 옮겨 다니며 나지막한 소리로 뭐 새로운 소식은 없는지 수소문하는 비단옷 차림의 시동들과 조신朝臣들이 가득합니다. 널찍한 중앙 계단에는 눈물에 젖은 시녀들이 예쁜 자수 손수건으로 눈을 닦으며 서로서로 절을 합니다.

왕세자가 있는 별채에는, 긴 옷을 떨쳐입은 의사들이 많이 모여 있습니다. 유리창 너머 그들이 길고 검은 소맷자락을 흔들어 대며 망치형 가발**를 젠체하며 수그립니다…… 어린 왕세자의 가정교사와 말 담당 시종은 문 앞을 걸어 다니며 의사단醫師團의 결정을 기다리는 중

* 보쉬에의 유명한 구절 "부인이 돌아가시려 합니다! 부인이 돌아가셨습니다!"를 떠올리게 하는 말.

** 리본 두 개 사이에 길게 땋은 머리가 있는 가발.

입니다. 심부름꾼들이 인사 한마디 없이 그 옆을 지나갑니다. 말 담당 시종은 이교도처럼 욕설을 내뱉습니다. 가정교사는 호라티우스의 시 구절을 읊조립니다…… 그러는 동안, 저만치 마구간 쪽에서는 말들이 길게 하소연하듯 히힝 울어 대는 소리가 들립니다. 왕세자의 밤색 말이 마부들이 깜빡 잊고 그대로 둔 텅 빈 먹이통 앞에서 서글프게 그들을 불러 대고 있는 겁니다.

그럼 왕은? 임금님께선 어디 계실까요? 혼자 궁성 끄트머리의 침실에 틀어박혀 계십니다…… 폐하라고 불리는 분들은 자신이 우는 모습을 남들에게 보이기 싫어하는 법이죠…… 왕비는 전혀 다릅니다…… 왕비는 어린 왕세자의 머리맡에 앉아서 그 아름다운 얼굴을 온통 눈물로 적시고 있는데, 만인이 보는 앞에서 마치 옷감장수 아낙네처럼 목 놓아 마구 흐느낍니다.

레이스로 장식된 작은 침대에서, 어린 왕세자는 등허리에 받친 쿠션보다 더 새하얀 낯빛으로 두 눈을 감은 채 누워 있습니다. 잠자는 듯하지만, 실은 아닙니다. 어린 왕세자는 잠들어 있는 게 아니고…… 그는 어머니 쪽으로 돌아누워 어머니가 우는 것을 보고 말합니다.

"어마마마, 어찌하여 우시옵니까? 진정 제가 죽을 거라 생각하시는 것이옵니까?"

왕비는 대답하려 합니다. 하지만 흐느낌에 말문이 막힙니다.

"울지 마시와요. 어마마마. 제가 왕세자라는 것, 왕세자들은 이렇게 죽을 리 없다는 것을 잊으셨나이까……"

왕비가 한층 더 큰 소리로 흐느껴 울자, 어린 왕세자는 더럭 겁이 나기 시작합니다.

그가 말합니다. "이런, 죽음이 닥쳐와 날 데려가게 하고 싶지 않아.

난 죽음이 여기까지 오지 못하게 하는 방법을 확실히 알아…… 당장 아주 힘센 독일 보병을 40명 불러서 내 침대 주위에 경비를 서게 하라! ……또 커다란 대포 100정을 심지에 불을 붙인 채 밤낮으로 창문 밑에서 지키게 하고. 만약 그래도 죽음이 감히 다가올 엄두를 낸다면 죽음에게 저주 있으라……!"

자식의 비위를 맞춰 주려고 왕비는 그렇게 하라고 손짓으로 명령을 합니다. 즉시 궁정에 커다란 대포가 굴러오는 소리가 들립니다. 그리고 건장한 독일 보병 40명도 미늘창을 꽉 쥔 채 대령하여 침실을 빙 둘러 정렬합니다. 콧수염이 희끗희끗한 늙은 용병들입니다. 어린 왕세자는 그들을 보고 손뼉을 쳐 댑니다. 그 용병 중 한 사람을 알아보고 이름을 부릅니다.

"로랭! 로랭!"

그 용병이 침대로 한 발자국 다가섭니다.

"난 당신이 참 좋아, 로랭 영감…… 차고 있는 큰 칼 좀 보여 줘…… 만약 죽음이 날 데려가고 싶어 한다면, 죽음을 죽여 버려야겠지?"

로랭이 대답합니다.

"그러하옵니다, 세자 저하……"

굵은 눈물이 두 방울, 용병의 검게 그을린 두 볼에 흘러내립니다.

이 순간, 교리 담당 신부가 어린 왕세자에게 다가가 십자가를 보여 주며 나지막한 소리로 오래도록 뭐라고 뭐라고 이야기를 합니다. 어린 왕세자는 깜짝 놀란 표정으로 귀담아듣다가 갑자기 중간에 말을 끊습니다.

"신부님 말씀은 잘 알겠는데요. 내 친구 베포에게 돈을 많이 주면, 걔가 나 대신 죽어 줄 수는 없는 건가요?"

신부는 계속 나지막한 소리로 왕세자에게 얘기를 하고, 왕세자는 점점 더 놀란 표정이 됩니다. 신부가 말을 마치자, 어린 왕세자는 한숨을 푹 내쉬며 말을 잇습니다.

"신부님, 지금 하시는 말씀마다 참 슬프군요. 하지만 단 한 가지가 위로가 됩니다. 하늘나라, 별들의 천국에 가도 난 거기서 여전히 왕세자일 거라는 거죠…… 좋으신 하느님이 내 사촌이시니 반드시 서열에 맞게 날 대해 주실 거라는 걸 알아요."

이어 어머니 쪽을 돌아다보며 덧붙입니다.

"제일 멋진 옷을 내게 갖다 달라고 하오소서. 흰 담비 가죽 윗도리와 벨벳 무도화를! 천사들을 만날 테니 멋지게 차려입고 왕세자의 복장으로 천국에 들어가고 싶사옵니다."

세 번째로 신부가 어린 왕세자 쪽으로 몸을 숙이고 나지막한 소리로 오랫동안 이야기를 했습니다…… 도중에 왕의 아들은 버럭 화를 내며 말을 끊습니다.

"아니 그럼, 왕세자라는 게 아무것도 아니란 말입니까!"

더 이상 아무 이야기도 듣고 싶지 않다며 어린 왕세자는 벽 쪽으로 돌아눕더니 애통 절통하게 웁니다.

2
들판의 군수님

군수님은 이동 중이십니다. 마부를 앞세우고, 하인들을 뒤따르게 하고, 군수님 전용 마차는 위풍도 당당하게 그를 콩보페의 지역공진회장까지 신고 가는 중입니다. 길이 기억될 만한 이날을 위해, 군수님은 멋진 자수 옷을 입고, 작은 오페라 모자를 쓰고, 은색 띠로 잡아맨 딱 붙는 바지를 입고, 진주모 손잡이가 달린 축제용 장검을 들고 길을 나섰습니다…… 무릎에는 울록불록한 커다란 염소 가죽 가방을 놓고, 서글픈 표정으로 들여다보고 있습니다.

군수님은 울록불록한 염소 가죽 가방을 서글프게 들여다봅니다. 잠시 후면 콩보페 주민들 앞에서 해야만 하는, 문제의 연설을 생각하고 있는 겁니다.

"내빈 여러분 그리고 친애하는 군민 여러분……"

그러나 비단 같은 금색 콧수염을 잡아 비비 꼬면서 연달아 스무 번이나 "내빈 여러분 그리고 친애하는 군민 여러분"을 되풀이해 봐야 소용이 없습니다. 그다음 말이 떠오르지 않습니다. 그다음 말이 떠오르지 않습니다…… 이 마차 안은 너무 덥습니다! ……시야가 미치지 않는 곳까지, 콩보페의 큰길은 남프랑스의 태양 아래 먼지를 풀풀 풍기고 있습니다…… 공기가 활활 타는 듯합니다…… 길 끝의 느릅나무는 하얗게 먼지를 뒤집어쓰고 있는데, 그 위에 매미들이 수천 마리 붙어서 이 나무에서 저 나무로 서로 화답하고 있습니다. 갑자기 군수님은 소스라칩니다. 방금 저만치, 언덕 기슭에 아담한 초록 떡갈나무 숲이 눈에 들어온 겁니다.

아담한 초록 떡갈나무 숲이 그를 손짓해 부르는 것만 같습니다.

"이리 오시라니까요. 군수님. 연설문을 작성하시기엔 나무 밑이 훨씬 나을 거예요."

군수님은 마음이 동했습니다. 그는 마차에서 성큼 뛰어내리며 아랫사람들에게 좀 기다리라고, 초록 떡갈나무 숲에 들어가서 연설문을 쓰겠다고 얘기합니다.

초록 떡갈나무 숲에는 여러 새들이며 제비꽃이 있고, 여릿여릿한 풀 아래 시냇물도 졸졸 흐르고 있습니다…… 멋진 바지에 올록볼록한 염소 가죽 가방을 든 군수님을 보자, 새들은 겁을 먹고 지저귐을 뚝 멈추었으며, 시냇물은 더 이상 감히 졸졸 소리를 못 내고, 제비꽃들은 잔디 속으로 쏙 숨어 버렸습니다…… 이 작은 세상의 존재들은 지금껏 군수라는 사람을 본 적이 없어서, 작은 소리로 서로 물어봅니다. 은색 바지를 입고 거니는 저 멋진 신사분이 누구냐고요.

작은 소리로, 우거진 잎새들 아래로, 다들 묻습니다. 은색 바지 입은 저 멋진 신사분은 누구냐고…… 그러는 동안, 군수님은 숲의 고요함과 산뜻함에 홀려서 늘어진 옷자락을 다 걷어붙이고, 모자는 풀 위에 내려놓고, 어린 떡갈나무 밑동의 이끼 위에 주저앉습니다. 앉아서는 무릎 위에 놓인 올록볼록한 염소 가죽 가방을 열고 커다란 공무 용지 한 장을 꺼냅니다.

"화가인가 봐!" 꾀꼬리가 말합니다.

"아니야, 화가는 아니야. 은색 바지를 입었잖아. 화가라기보다는 왕자인 것 같아." 피리새가 말합니다.

"그래 왕자야!" 피리새가 말합니다.

"화가도 왕자도 아니야. 난 누군지 알지롱. 군수님이야!"

여름 내내 군청 마당에서 지저귀던 나이 많은 꾀꼬리가 끼어듭니다.

그러자 작은 숲 전체가 속삭입니다.

"군수님이다! 군수님이다!"

"머리가 많이 벗겨졌네!" 커다란 도가머리를 한 종달새가 말합니다.

제비꽃들이 묻습니다.

"나쁜 사람인가?"

"나쁜 사람인가?" 제비꽃들이 묻습니다.

늙은 꾀꼬리가 대답합니다.

"아니 전혀!"

이렇게 안심을 시키니 새들은 다시 지저귀고, 시냇물은 다시 졸졸 흐르고, 제비꽃은 다시 향내를 뿜기 시작합니다. 마치 그 신사분이 없는 양…… 이 어여쁜 소동의 틈바구니에서 멍하니 퍼더버리고 있던 군수님은 마음속에 농업공진회의 뮤즈를 호출하고, 연필을 허공에 치켜든 채로 의식儀式에서나 낼 법한 목소리로 또박또박 말합니다.

"내빈 여러분 그리고 친애하는 군민 여러분……"

"내빈 여러분 그리고 친애하는 군민 여러분"이라고 군수는 의식에서나 낼 법한 목소리로 말을 합니다.

왁자한 웃음소리에 그의 말이 끊깁니다. 그는 홱 뒤돌아보지만, 보이는 것이라고는 모자 위에 오뚝 앉아 웃으며 그를 바라보는 커다란 청딱따구리 한 마리뿐입니다. 군수는 어깨를 으쓱하고는 연설을 계속하려 합니다. 그러나 청딱따구리가 이번에도 그의 말을 끊고 멀리서 크게 소리를 칩니다.

"무슨 소용 있나요?"

"뭐라고! 무슨 소용 있냐고?" 군수는 얼굴이 시뻘개져서 말합니다. 그리고 이 당돌한 새를 쫓아내는 시늉을 하며 더욱 낭랑한 소리로 다시 말합니다.

"내빈 여러분 그리고 친애하는 군민 여러분……"

"내빈 여러분 그리고 친애하는 군민 여러분……" 군수는 더욱 낭랑한 소리로 다시 말합니다.

이때 어린 제비꽃들 좀 보라지요. 줄기 끝에서 고개를 쭉 뽑아 올리며 군수를 향해 상냥하게 말합니다.

"군수님, 우리가 얼마나 좋은 향내를 뿜어내는지 느껴지시죠?"

그러자 시냇물은 이끼 아래서 천상의 음악을 들려줍니다. 그리고 군수님 머리 위로 드리운 나뭇가지 속에서 꾀꼬리들이 떼 지어 몰려와 그에게 더없이 아름다운 노래를 불러 줍니다. 작은 숲 전체가 공모하여 군수님이 연설문을 쓰지 못하게 방해하고 있습니다. 작은 숲 전체가 공모하여 군수님이 연설문을 쓰지 못하게 방해하고 있습니다…… 군수님은 향내에 취하고 음악에 취한 채 자기를 덮쳐 오는 이 새로운 매혹에 저항해 보려 기를 쓰지만 소용없습니다. 그는 풀밭에 팔꿈치를 괴고, 멋진 의상의 단추며 갈고리도 다 풀어헤치고, 여전히 두세 번 더듬더듬 말합니다.

"내빈 여러분 그리고 친애하는 군민 여러분…… 내빈 여러분 그리고 친애하는 군…… 내빈 여러분 그리고 친애……"

그러다가 군민 따위는 물 건너 보내 버립니다. 그러자 농업공진회의 뮤즈는 얼굴을 가리는 일밖에 남지 않습니다.

얼굴을 가려라, 오, 농업공진회의 뮤즈여! ……한 시간 뒤 군청 직원들이 군수님이 걱정되어 작은 숲으로 찾아왔을 때, 그들은 눈앞에 펼쳐진 광경에 깜짝 놀라 겁을 먹고 뒷걸음질 쳤습니다…… 군수님은 자유분방한 집시처럼 옷을 아무렇게나 흐트러트린 채로 풀밭에 배를 깔고 엎드려 있었습니다…… 제비꽃을 입에 물고 잘근잘근 씹으며 군수님은 시를 짓고 있었던 겁니다.

빅슈의 손가방

Le Portefeuille de Bixiou

10월 어느 날 아침, 내가 파리를 떠나기 며칠 전, 아침 식사를 하고 있는데 웬 늙은이가 누더기를 걸치고, 안짱다리에 너저분한 몰골을 하고는 허리는 구부정해서 깃털 빠진 두루미마냥 긴 다리로 허청허청 걸어 우리 집으로 들어오는 모습이 보이더군요. 그래요, 파리 사람들, 당신들이 아는 바로 그 빅슈 말이죠. 신랄하면서도 어딘가 정이 가는 빅슈, 15년간 직접 쓰고 그린 풍자 글과 캐리커처로 당신들을 그토록 즐겁게 해 주었던 엄청난 독설가 빅슈…… 아! 불쌍한 사람 같으니…… 얼마나 절망적인 모습이던지! 들어오면서 오만상을 찌푸리는 그 특유의 표정이 아니었더라면 나는 결코 그를 알아보지 못했을 겁니다.

어깨 위로 빳빳이 세웠던 고개를 푹 수그리고, 지팡이는 마치 클라리넷 부는 사람처럼 이빨 쪽에 갖다 댄 채, 이 유명하고도 음산한 만평가는 내 방 한복판까지 들어오더니 식탁에 몸을 내던지듯 부딪치며 청승맞은 음성으로 말하더군요.

"이 불쌍한 장님 좀 동정해 주쇼……!"

장님 흉내도 참 잘 낸다 싶어서 나는 터지는 웃음을 금할 길 없었지요. 하지만 그는 아주 냉정하게 말했습니다.

"지금 내가 농담하는 줄 아나 본데…… 내 눈 좀 보라고."

그러더니 시선이랄 것도 없는 커다랗고 허여멀건 두 눈동자를 내게로 돌립디다.

"이봐, 나는 장님이라고, 영영 눈이 멀어 버렸다니까…… 황산염으로 글씨를 쓰다 보니 결국 이렇게 됐구려. 그 잘난 일을 하다 보니 두 눈이 다 타 버렸지 뭐요. 타도 아주 제대로 타 버렸지…… 촛농받침에 해당하는 맨 밑부분까지 바싹 탔다고!"

정말로 속눈썹 그림자조차 안 보일 정도로 바싹 타 버린 눈두덩을 보여 주며 그가 덧붙였습니다.

나는 워낙 충격이 커서 무어라 건넬 말을 찾지 못했습니다. 내가 가만히 있으니 그는 걱정이 되는 모양이었습니다.

"지금 일하슈?"

"아니요, 빅슈. 지금 식사 중인데요. 같이 좀 드시렵니까?"

대답은 없었지만 콧구멍이 벌름벌름하는 것으로 보아 그러마고 하고 싶어 죽겠다는 것을 잘 알 수 있었지요. 나는 그의 한 손을 잡아끌어 옆에 앉혔습니다.

먹을 것을 차려 주는 사이에, 가엾은 악마 같은 이 사내는 슬쩍슬쩍 웃어 가며 식탁 위에 코를 대고 킁킁 냄새를 맡더군요.

"맛있겠구먼. 내 입이 호강하겠네. 아침을 제대로 못 먹고 다닌 지가 벌써 오래됐지! 정부 각 부처部處를 이리저리 뛰어다니느라 아침나절엔 한 푼어치 빵 한 조각으로 때우고…… 당신도 알겠지만, 지금은 이 부처 저 부처로 뛰어다니는 것, 그게 내 유일한 일거리니까. 담배 가게 하나 따내 보려고 애쓰는 중이지…… 어쩌겠소? 식구들 입에 풀칠은 해야 할 것 아뇨. 난 이제 그림도 못 그리고 글도 못 쓰니…… 구술하고 누가 받아쓰게 하면 안 되냐고? ……무슨 내용을? 내 머릿속엔 아무것도 없어요. 아무것도 못 지어내. 내가 하던 일이란 게, 파리 사람들 얼굴 찡그리는 걸 보고 나도 그렇게 찡그리는 것이었잖소. 이젠 아무런 방도가 없어…… 그러니 담배 가게라도 할 생각을 한 거지. 물론 큰길에 있는 버젓한 담배 가게 말고. 나야 뭐 유명 무용수의 어머니도 아니고 고위 장교 남편을 먼저 보낸 과부도 아니니 그런 후의야 바랄 권리가 있겠소.* 아니지! 그저 시골의 담배 가게, 꽤 멀리 떨어진 저 깡촌 어딘가, 보주 지방 한구석에 있는 그런 담배 가게 말이오. 난 도자기로 만든 튼튼한 파이프를 쥐고 피울 게요. 내 이름은 에르크만 샤트리앙** 소설에 나오는 것처럼 한스 아니면 제베데. 난 이 시대 작가들의 작품이 쓰인 종이로 담배를 말면서, 이제 더 이상 내가 작가가 아니라는 사실에 내심 위로를 받겠지.

내 부탁이래야 기껏 이런 거라오. 대단한 것도 아니지. 안 그렇소? ……그런데 그런 가게 하나 얻어걸리기란 하늘의 별따기니…… 하지

* 1674년부터 국가가 담배 전매 사업과 판매를 독점하면서, 국가 유공자 가족, 특히 퇴역 장교나 그 가족 혹은 공익에 헌신한 인물에게 담배 가게를 내게 해 주었다.

** 프랑스의 소설가이자 극작가인 에밀 에르크만과 알렉상드르 샤트리앙의 공동 필명. 제베데는 팔스부르크의 묘지 인부의 아들로 1813년 징집된 신병을 그린 소설과 그 후 워털루 전쟁을 그린 소설—두 편 다 에르크만 샤트리앙의 작품—에 나오는 주요 인물 중 하나이다.

만 이런저런 보훈도 아주 없진 않을 게요. 왕년에 난 아주 잘나갔지. 사령관들이며 왕자들, 장관들 자택에서 열리는 만찬에 참석하곤 했지. 그 사람들 모두 나를 접대하고 싶어 했고 말이오. 왜냐하면 내가 그들을 재미있게 해 주거나 아니면 그들이 나를 두려워했으니까. 이젠 아무도 날 두려워하지 않아요. 오 내 눈! 내 가엾은 두 눈! 이제는 오라는 데가 아무 데도 없소. 식사 자리에 장님 면상이 떡하니 버티고 있으면 얼마나 분위기가 깨지겠느냐고…… 부탁인데 빵 좀 집어 주겠소…… 에잇! 날강도 같은 놈들! 그 망할 놈의 담배 가게를 손에 넣기까지는 아주 힘이 들 것 같아. 반년 전부터, 청원서를 들고 부처란 부처는 전부 돌아다니고 있다니까. 아침이면 남들이 화덕에 불 지필 시간에, 장관이 타는 말들을 궁정 뜰 모래밭에 끌고 나와 산보시킬 이른 시간에 청사에 도착해, 저녁이면 사람들이 커다란 등불을 갖다가 켤 시간, 부엌에서 맛있는 냄새가 풍기기 시작할 시간에 집에 간다오……

나는 대기실의 등받이도 없는 나무 의자에 앉아서 세월을 다 보내고 있지. 그러니 집달관들이 나를 안다네, 참! 내무부에서는 나를 '그 착한 양반!'이라고 부르지. 그리고 나는 어떻게든 그들의 혜택을 받아 보려고 말장난을 하거나, 그들이 글씨 쓸 때 밑에 받치는 압지 모퉁이에다 짙은 콧수염을 쓱싹 그려 주는데, 아주 좋아서들 죽는다니까…… 20년간 요란뻑적지근한 성공을 거둔 내가 글쎄 이 모양 이 꼴이 된 게요! 예술가의 일생, 말로末路가 이렇다고! ……그런데도 글 쓰는 우리 직업에 군침을 흘리는 건달들이 프랑스에만 4만 명이나 된다니까! 그리고 쓸데없는 이야기와 활자화된 풍문에 게걸들린 바보 천치들을 떼거리로 태우고서 칙칙폭폭 김을 뿜으며 파리로 달려오는 기차가 각 도道에 매일 한 대씩은 있다니까! ……아! 시골서는 참 현실을 모른다고! 이 빅슈의 비참한 꼴이 타산지석이라도 된다면 얼마나 좋겠소만!"

이런 말을 하더니 그는 접시 위에 코를 박다시피 하고는 말 한 마디 없이 걸신들린 듯 먹기 시작했지요…… 그런 모습을 보자니 불쌍합디다. 집었던 빵과 포크를 놓치기 일쑤고 유리잔을 찾으려 더듬거리더군요…… 가엾은 사람! 아직도 눈이 먼 상태가 익숙하지 않았던 겁니다.

잠시 후 그가 말을 이었습니다.

"내게 더욱 끔찍한 것이 뭔지 아시오? 이젠 신문을 볼 수 없다는 거요. 이 바닥에 있어 본 사람은 무슨 말인지 알지…… 어떤 때는 저녁에 집에 들어가면서 신문을 한 부 산다오. 촉촉한 신문지 냄새와 따끈따끈한 새 소식 냄새를 맡아 보고 싶다는, 오직 그 이유 하나로…… 너무 좋아! 그런데 신문을 읽어 줄 사람이 아무도 없어! 집사람이 읽어 줄 수도 있으련만, 그 여잔 그럴 생각이 없다오. 아내의 주장인즉, 신문 사회면 기사에는 낯 뜨거운 일들만 나온다고…… 아! 과거에 음지에 있던 여자들이 일단 결혼만 했다 하면, 요조숙녀 저리 가라지. 내 덕에 빅슈 부인이 된 다음부터, 그 여잔 요조숙녀가 되는 게 마땅한 일이라고 생각하질 않겠소! 그것도 어느 정도인가 하면! ……오드살레트* 로 내 눈을 들입다 문지르려 하질 않나! 게다가 축복받은 빵이다, 모금 운동이다, 예수의 거룩한 유년회, 중국 어린이 후원에다, 또 뭐라

* 라살레트팔라보La Salette-Fallavaux는 그르노블 남동쪽에 있다. 1846년 9월 19일에 성모 마리아가 양치는 소녀 멜라니와 목자 막시맹에게 발현했다고 한다. 그 뒤로 그 인근의 한 샘물은 모든 병을 치유하는 기적의 샘물이 되었다. 그것이 '오드살레트(살레트의 물)'이다.

더라? ……하여튼 선행이라면 아주 신물이 날 정도라니까…… 선행이라면 자기 남편한테 신문 읽어 주는 게 선행 아니겠소…… 에잉, 그런데 그걸 해 주기 싫다고 하오…… 우리 딸이 집에 있다면, 그 아이는 읽어 줄 텐데…… 하지만 내가 앞을 못 보게 된 뒤로는, 입 하나라도 덜어 보려고 걔는 노트르담 데자르 수녀원에 들여보냈지 뭐요……

그년 때문에도 어찌나 힘들었는지 몰라! 세상에 나와 채 아홉 살도 안 됐을 때 벌써 병치레란 병치레는 다 했거든…… 게다가 뚱하지! 못생겼지! 나보다 더 못생겼다면 말 다했지…… 괴물!…… 그러니 어쩌겠소? 나는 여태껏 짐 덩어리 만들어 내는 재주밖에 없었다니까…… 아 거참, 아니 나 좀 봐, 어쩌다가 당신에게 우리 식구 이야기까지 하고 있지. 이런 얘기가 당신한테 무슨 상관이라고? ……자 내게 그 오드비 좀 더 따라 주오. 내가 말이야, 시동을 좀 걸어야 해. 여길 나서면 이제 교육부로 갈 건데, 그곳 집달관들을 웃기기란 쉽지가 않거든. 전부 왕년에 선생질 하던 인간들이라서."

나는 그의 잔에 오드비를 따라 주었지요. 그는 감동한 표정으로 몇 번에 걸쳐 조금씩 그 술을 맛보기 시작했고…… 갑자기 무슨 변덕인지 한 손에 술잔을 들고 벌떡 일어나더니, 눈먼 살모사 같은 얼굴에 금방이라도 무슨 말을 하려는 듯이 신사처럼 다정한 미소를 띤 채 잠시 주위를 빙 둘러보더니 날카로운 목소리로 마치 200명이 운집한 연회장에서 연설이나 하듯 외쳤습니다.

"예술을 위하여! 문학을 위하여! 언론을 위하여!"

그러더니 이 익살꾼의 머리에서 나온 것 중에도 가장 광적이고 경탄스러운 즉흥 연설, 10분짜리 건배사를 시작하는 것이었어요.

《186X년 문학판》이라는 제목의 잡지에 실린 연말 비평을 상상해 보시길…… 문인이라 자처하는 우리들의 모임, 우리의 객설, 괴짜들의 유치한 언행들, 잉크로 쌓은 두엄 더미, 위대함이라곤 없는 지옥, 거기서 사람들은 서로 목 조르고, 죽기 살기로 치고받고, 서로서로 베끼고, 있는 사람들보다 오히려 한술 더 떠 이익이며 떼돈이며 뭐 그런 얘기나 하고, 그러면서도 배곯아 죽을 지경인 사람도 다른 분야보다 훨씬 많지요. 우리의 모든 비열함, 모든 비참함, 연푸른색 정장을 차려입고는 튀일리궁까지 쪽박을 들고 가 어쩌고저쩌고 아쉬운 소리 하는 복권 회사의 늙은 T남작…… 그리고 올해 세상 뜬 문인들, 부고로 공지된 장례식들, 부조금 내는 사람 하나 없는 불행한 망자를 두고 "친애하는 고인! 가여운 분!" 이런 소리나 해 대는, 늘 똑같은 대표님의 추도사. 자살한 사람, 미쳐 버린 사람, 이 모든 사연을 인상 쓰는 데에 도가 튼 자가 얘기하고, 세세한 것까지 씹어 대고, 손짓 발짓까지 하는, 그런 모습을 상상해 보시지요. 그러면 빅슈의 즉흥 연설이라는 것이 어땠는지 감이 잡힐 테니까요.

건배를 마치고, 잔을 쭉 비운 다음 그는 몇 시냐고 묻더니 잘 있으라는 말도 없이 거칠게 팽 하니 가 버립디다…… 그날 아침 그가 찾아간 교육부 뒤뤼 장관 휘하의 집달관들이 어땠는지 나는 모르지요. 하지만 이 끔찍한 장님이 떠나고 난 뒤만큼 슬프고 찜찜했던 적은 내 일생 한 번도 없었다는 것은 잘 알겠더군요. 내 잉크병이 구역질 나게 느껴지고, 내 펜이 끔찍해졌습니다. 먼 곳으로 떠나서 마구 내달려 나무들을 보고, 좋은 냄새를 좀 맡고…… 그랬으면 싶었지요. 하느님 맙소사, 이 무슨 증오며, 이 얼마나 지독한 원한이란 말인가요! 모든 것에 침을 퉤퉤 뱉고 모든 걸 더럽히고 싶다는 마음이 얼마나 크던지요! 아!

딱한 사람 같으니라고……

그리고 나는 화가 치밀어 내 방을 이리저리 되는대로 걸어 다녔는데, 여전히 그가 딸 이야기를 하던 때의 정 떨어진다는 듯 빈정대는 소리가 귀에 쟁쟁했습니다.

문득, 눈먼 그가 앉았던 의자 옆에서 뭔가 발에 툭 차이는 것이 느껴지더군요. 몸을 숙여서 잘 보니 그의 손가방이었습니다. 반짝이는 두툼한 손가방, 귀퉁이는 찢어진, 그가 늘 떼어 놓지 않고 지니고 다니면서 자기 '독毒주머니'라 부르며 웃던 손가방이었습니다. 이 주머니는 이 바닥에서는 지라르댕 씨*의 그 유명한 가방만큼이나 잘 알려진 것이었지요. 그 속에는 끔찍한 것들이 들어 있다고 사람들은 말하곤 했습니다…… 진짜 그런지 확인해 볼 좋은 기회였죠. 지나치게 불룩 튀어나온 낡은 손가방은 바닥으로 떨어지면서 찢어져서, 그 속에 들었던 종이들이 전부 마룻바닥 융단 위에 뒹굴고 있었습니다. 나는 그 종이들을 한 장씩 한 장씩 주워 들었습니다……

꽃무늬 종이에 쓴 편지가 한 무더기나 있었는데, 모두 "사랑하는 아빠"로 시작하고 끝에는 "마리아의 자녀 수도회, 셀린 빅슈"라는 이름이 쓰여 있더군요.

또 위막성 후두염, 경련, 성홍열, 홍역 등 소아 질환에 대해 쓰인 오래된 처방전들이 있었습니다…… (가엾은 그의 딸은 이 중 어느 하나도 앓지 않은 병이 없었던 게지요!)

마지막으로 밀봉한 큰 봉투가 나왔는데, 그 속에서 나온 것은 마치

* 에밀 드 지라르댕(1806~1881). 공화주의자로, 여러 일간지를 운영한 근대 언론의 창시자이다. 그의 '유명한 가방'에는 서류, 편지, 재판 진행 보고서, 요주의 인물을 다룬 신문 기사 같은 것들이 가득 차 있었다고 한다.

소녀들이 쓰는 모자에서 뜯어낸 듯한 곱슬곱슬한 노란 털 두세 오라기와, 맹인의 덜덜 떨리는 글씨가 적힌 봉투였습니다.

"셀린의 머리카락. 5월 13일, 거기 들어가던 날 자른 것."

이것이 빅슈의 손가방에 들어 있던 내용물이었습니다.

자 어때요, 파리분들, 여러분도 다를 바 없지 않은가요. 혐오, 조롱, 사악한 웃음, 그악스러운 농담, 그리고 마지막엔 "……5월 13일 날 자른 셀린의 머리카락".

황금 뇌를 가진 사내의 전설
La Légende de L'Homme à la cervelle d'or

즐거운 이야기를 해 달라고 하시던 숙녀분께,

부인, 보내신 편지를 읽자니 일종의 회한 같은 것이 들더군요. 제가 들려 드린 짧은 이야기들이 좀 너무 칙칙한 색깔인 것 같아서, 왜 그렇게 썼던가 하고 나 자신을 원망했습니다. 그래서 오늘은 뭔가 명랑한, 정신 나갈 만큼 명랑한 이야기를 해 드리자고 나 자신과 약속했습니다.

그런데, 저는 왜 슬픈 것일까요? 파리의 안개에서 천 리나 멀리 떨어진 곳, 햇빛 쨍쨍한 언덕 위, 작은 북과 사향 포도주의 고장에 살고 있는데 말이지요. 제가 사는 곳 주위는 온통 햇살과 음악뿐이랍니다. 도요새 교향악단, 박새 악단들이 있죠. 아침이면 마도요가 "꾸룩! 꾸룩!" 우짖고, 정오엔 매미 소리가, 그다음엔 양치기의 피리 소리와 포도밭에서 까르르 웃어 대는 갈색 머리 예쁜 아가씨들 소리가…… 정말이지, 여긴 거무칙칙한 우울감을 곱씹을 만한 장소가 아니랍니다. 오히려 제가 숙녀분들께 장밋빛 시와 정중하고도 세련된 단편들을 한 바구니 가득 채워서 보내 드려야겠지요.

그런데, 그게 아닙니다! 저는 아직도 파리에서 너무 가까이 있는 걸요. 날이면 날마다, 파리는 제가 있는 이 솔숲까지 서글픔이 묻어난 흙탕물을 튀겨 보낸답니다. 지금 이 글을 쓰고 있는 시간에도, 가엾은 샤를 바르바라*의 비참한 죽음을 방금 알게 됐답니다. 그래서 제가 사는 풍차 방앗간은 완전히 초상집 분위기네요. 마도요새들아, 매미들아 잘 가거라! 이제는 전혀 마음이 즐겁지가 않네요…… 부인, 그래서 당신께 들려 드리기로 마음먹었던 가볍고 예쁜 이야기 대신, 오늘도 역시 우울한 전설만 들려 드리게 되겠네요.

옛날에 황금 뇌를 가진 사내가 있었답니다. 그래요, 부인, 뇌가 전부 금으로 되어 있었다니까요. 그가 태어날 때 의사들은 이 아이가 오래 살지 못할 거라고 생각했지요. 그만큼 그의 머리는 무거웠고 두개골은 엄청나게 컸지요. 하지만 그는 죽지 않고 멋진 한 그루 올리브 나무처럼 햇살 속에 쑥쑥 자라났습니다. 다만 커다란 머리가 언제나 버겁게 그를 따라다녔지요. 그래서 그가 걸어 다니며 온갖 가구에 부딪히는 걸 보면 참 딱했답니다…… 넘어지기도 잘 했지요. 어느 날은 층계 맨 꼭대기에서 굴러떨어져 대리석 계단에 이마를 쾅 부딪혔고, 그의 두개골에선 금덩어리처럼 쾅 소리가 났어요. 다들 그가 죽은 줄 알았죠. 하지만 일으켜 보니 가벼운 상처만 났을 뿐이고 그의 금발 머릿속

* 루이샤를 바르바라(1822~1866). 프랑스의 소설가로, 부인과 막내아들이 죽은 다음 신경증에 걸려 뒤부아 요양원에 들어갔다가 창문으로 뛰어내려 자살했다.

에는 금 두세 조각이 엉겨 붙어 있더랍니다. 이리하여 그의 부모는 아들이 황금 뇌를 가졌다는 걸 알게 되었지요.

이 사실은 비밀에 부쳐졌습니다. 가엾은 아이 자신은 아무것도 몰랐습니다. 가끔 아이는, 왜 길에서 다른 애들과 어울려 문 앞을 뛰어다니면 안 되느냐고 묻곤 했습니다.

"우리 보물 같은 아들아! 사람들이 너한테서 뭘 훔쳐 갈까 봐 그러지!" 어머니가 대답했습니다.

그러자 아이는 진짜로 남들이 뭘 훔쳐 갈까 봐 무척 겁을 먹었습니다. 그는 발길을 돌려 혼자서 소리 없이 놀다가는 이 방에서 저 방으로 무겁게 발걸음을 옮기곤 했지요.

열여덟 살이 되어서야 부모는 그에게 운명적으로 타고난 특이점을 알려 주었고, 그때까지 키워 주고 먹여 준 보답으로 뇌에 있는 금을 조금만 달라고 했습니다. 아이는 망설이지 않았어요. 부탁을 받자 냉큼 주었지요. 어떻게? 어떤 방법으로? 그런 건 전설에 들어 있지 않습니다. 그는 두개골에서 덩이진 황금 한 조각을, 호두알만큼 떼어 내어 자랑스럽게 어머니 무릎에 던져 주었습니다…… 그러고는 자기 머릿속에 부富를 지녔음에 무척이나 황홀해하며, 욕망에 정신이 나가고 자기 능력에 도취해서 아버지의 집을 떠나 제 보물을 펑펑 쓰며 세상을 돌아다녔지요.

헤아려 보지도 않고 금을 물 쓰듯이 뿌려 가며 왕처럼 살아간 그의 씀씀이로 말하자면, 마치 그 뇌가 화수분처럼 끝이 없는 것 같기만 했습니다…… 하지만 그런 뇌도 차츰 바닥나고 있었고, 눈빛이 점점 흐릿해지는 게 보이면서 그의 볼도 더 움푹 패 갔습니다. 마침내 어느 날, 미친 듯 방탕하게 밤을 지새우고 난 어느 새벽에 이 불행한 남자는 간밤 파티의 잔해가 낭자한 가운데 사위어 가는 샹들리에 불빛 아래 홀로 남아, 자기 뇌의 금덩이가 떨어져 나간 빈자리가 엄청나게 커진 것을 보자 덜컥 무서워졌어요. 이제 그만 멈춰야 할 때였던 거죠.

이때부터는 새로운 생활이 시작되었습니다. 황금 뇌를 가진 사내는 먼 곳으로 훌쩍 떠나 자기 손으로 일해서 벌어 먹고살며, 구두쇠처럼 남을 의심하고 두려워하면서 유혹의 손길을 멀리 피하고, 자기 자신도 더 이상 손대기 싫은 이 숙명적인 부를 잊어버리려 애썼지요…… 불행히도, 한 친구가 홀로 살아가는 그의 뒤를 밟았는데, 그는 이 사내의 비밀을 알고 있었습니다.

어느 날 밤, 가엾은 이 사내는 머리에 끔찍한 두통을 느끼고 소스라쳐 깨어났어요. 황망히 두 발로 바닥을 딛고 일어서 보니 그 친구가 외투에 뭔가를 감추고 달빛 속을 달아나는 모습이 보였습니다……

아직도 자기 뇌의 일부를 강탈해 가는 자가 있다니……!

그로부터 얼마 안 가, 황금 뇌를 지닌 사내는 사랑에 빠졌고, 이번에는 모든 게 끝장이었습니다…… 그는 자그마한 금발 여인을 지극히 사랑했고, 그 여자도 그를 무척 사랑했지만 그보다는 과도한 몸치장, 하얀 깃털 장식, 부츠에 세로로 죽 달린 예쁜 금갈색 계란 모양 장식끈, 그런 것들을 더 좋아했답니다.

반쯤은 새 같고 반쯤은 인형 같은 이 귀여운 여인의 손에 들어갔다 하면 황금 조각은 어느새 녹아 없어졌는데, 그것이 그의 낙이었지요. 그녀는 온갖 변덕이란 변덕은 다 부렸습니다. 그런데 그는 절대 안 된다고 말할 줄을 몰랐지요. 심지어 그녀를 힘들게 할까 봐서 자기 재산의 슬픈 비밀을 끝까지 감추었습니다.

"그러니까 우린 아주 부자인 거죠?" 그녀는 말하곤 했습니다.

가엾은 사내는 대답했지요.

"오! 그럼요…… 아주 부자고말고요!" 그러면서 순진무구하게 자기의 두개골을 갉아먹고 있는 이 작은 파랑새에게 다정하게 미소 지었답니다. 그렇지만 때때로 와락 두려움이 몰아닥쳤고, 인색하게 굴고 싶을 때도 많았습니다. 하지만 그러면 자그마한 그 여자가 폴짝폴짝 뛰어와서 이렇게 말하는 것이었습니다.

"이렇게 부자인 당신, 아주 비싼 것 좀 사 주세요……"

그러면 그는 그녀에게 아주 비싼 물건을 뭐든 사 주었습니다.

이런 일이 2년 동안 계속되었지요. 그러던 어느 날 아침, 조그만 그 여자가 마치 새처럼, 알지 못할 이유로 죽었습니다…… 황금은 거의 바닥났고요. 혼자가 된 그 남자는 아직 남은 금으로 사랑하는 고인을 위해 멋진 장례식을 치러 주었습니다. 조종弔鐘도 요란하게 울리고, 묵직한 사륜마차는 검은 휘장을 두르고, 말은 깃털로 있는 대로 화려하게 치장하고, 드리워진 벨벳 휘장에는 눈물 모양의 은장식을 박아 넣고, 아무리 멋지게 해도 그가 보기엔 성에 차지 않았습니다. 이제 머릿속의 금이 무슨 소용 있을까요? ……그는 그 금을 성당에 기부하고, 운구하는 사람들에게도 주고, 묘석에 놓을 조화를 파는 여인들에게도 주었습니다. 여기저기 흥정도 하지 않고 금을 퍼 주었지요. 그래서 묘지에서 나올 때는 그 놀라운 뇌에 거의 아무것도 남지 않았고, 두개골과 뇌 사이의 막에 금 부스러기가 몇 개 붙어 있는 것이 고작이었습니다.

이제 그가 정신 나간 사람 같은 몰골로 두 손을 앞으로 내밀고 술 취한 사람처럼 비틀거리며 길거리를 마냥 쏘다니는 모습이 사람들 눈에

띠었습니다. 저녁이면, 장터에 불이 켜질 무렵 그는 갖가지 별 모양과 장신구들이 불빛에 반짝이는 널따란 유리 진열장 앞에 걸음을 멈추었는데, 백조 깃털로 가장자리를 두른 파란 비단 구두 한 켤레를 들여다보며 오래오래 서 있었지요. "이 구두를 사면 아주 좋아할 사람을 아는데……" 그가 미소를 지으며 혼잣말을 했습니다. 그리고 그녀가 죽었다는 걸 벌써 잊고는, 그걸 사러 가게에 들어갔습니다.

가게 여주인의 귀에 매장 뒤편의 공간 저 끝에서 커다란 비명이 들렸습니다. 여주인은 얼른 달려갔다가 웬 사내가 서 있는 것을 보고는 두려움에 뒷걸음질 쳤습니다. 사내는 계산대에 다가서며 망연자실한 표정으로 고통스럽게 그녀를 바라보았습니다. 한 손에는 백조 깃털 장식이 달린 파란 구두가 들려 있었고, 다른 한 손은 피투성이에, 긁어낸 금 부스러기가 손톱 끝까지 묻어 있더랍니다.

부인, 이것이 황금 뇌를 가진 사내의 전설입니다.

이 전설은 상상 속에서 지어낸 이야기처럼 보이지만, 하나에서 열까지 다 실화랍니다…… 세상에는 머리를 쥐어짜서 살아갈 팔자를 타고난 불쌍한 사람들이 있지요. 그들은 인생에서 가장 하잘것없는 것을 구하기 위해 자기 뇌수와 그 원료를 짜내어 멋진 순금으로 값을 치르지요. 그들에게 이건 날마다 이어지는 고통이죠. 그러다가 고통받기에도 지치면……

시인 미스트랄

Le Poète Mistral

지난 일요일, 자다 일어난 나는 내가 포부르몽마르트르 거리의 우리 집에 있는 줄만 알았습니다. 비가 내렸고, 하늘은 잿빛이었고, 풍차 방앗간은 을씨년스러웠습니다. 이렇게 비 내리는 쌀쌀한 하루를 집에서 보낼 것이 두려웠고, 그래서 프레데리크 미스트랄—내가 사는 솔숲에서 30리 떨어진 작은 마을 마얀에 사는 대시인—곁에 가서 심신을 조금 따뜻하게 녹여 보자는 생각이 들었던 겁니다.

생각이 난 김에, 바로 떠났습니다. 도금양 나무로 만든 지팡이 하나, 읽고 있던 몽테뉴 책, 담요 한 장, 자 떠나자!

들판에는 아무도 없었습니다…… 가톨릭 신앙심이 돈독한 우리의 아름다운 프로방스는 일요일엔 땅도 쉬게 놓아둔답니다…… 집집마다 개들만 있고, 농가의 문은 닫혀 있었습니다…… 짐마차 한 대가 빗물에 젖어 덮개가 번들거리는 채로 시야에서 점점 멀어져 갔고, 낙엽색 외투를 머리까지 푹 뒤집어쓴 할머니 한 분이 있었고, 축제 때처럼 파란색과 흰색의 에스파르트 덮개를 뒤집어쓰고 끝이 방울처럼 말린 붉은 장식 술이며 은색 방울을 단 노새들이 대처에 미사드리러 가는 농가 주민들을 이륜마차에 한가득 태우고 종종걸음치고 있었습니다. 저만치 안개 너머로 관개용으로 파 놓은 운하에 배 한 척이 떠 있고 어부 한 사람이 서서 투망을 던지고……

이날은 가는 도중에 책을 읽을 도리가 없었습니다. 비가 억수같이 내리고, 계절풍 트라몽탄은 마치 양동이로 쏟아붓듯이 얼굴에 냅다 비를 끼얹어 댔습니다…… 나는 내친김에 쉬지 않고 길을 갔고, 마침내 세 시간을 걷고 나니 실편백나무들이 서 있는 작은 숲이 보였고, 그 숲 한가운데 마얀이라는 마을이 마치 바람을 두려워하는 듯 웅크리고 있었습니다.

마을 길엔 고양이 한 마리 보이지 않았죠. 모두들 대미사에 참석 중이었던 겁니다. 성당 앞을 지나갈 때 '뱀'이라 불리는 관악기* 소리가 붕붕 울렸고, 색유리창 너머로 촛불이 빛나는 것이 보였습니다.

시인의 집은 이 마을 끝에 있었습니다. 생레미 가는 길에서 왼편으로 마지막 집이었는데, 조그만 이층집이고 집 앞에는 뜰이 있었습니다…… 나는 살그머니 들어갔지요…… 아무도 없었습니다! 거실 문은 닫혀 있었지만 문 뒤로 누군가가 크게 말하며 걸어가는 소리가 들리더군요…… 내게 아주 익숙한 발소리며, 목소리였습니다…… 나는 잠시 회칠한 작은 복도에서, 문의 손잡이를 잡은 채로 가슴이 벅차 걸음

* 뱀 모양으로 생겨 이렇게 불리는 관악기로, 특히 성가 반주에 쓰인다.

을 멈추었습니다. 심장이 쿵쿵 뛰었고요. 그가 거기 있었습니다. 작업 중이었던 겁니다…… 시 한 구절을 다 쓸 때까지 기다려야 하나? …… 에라! 못 끝냈다 해도 뭐 어때. 들어가자.

아! 파리분들이여, 만약 마얀의 시인 미스트랄이 자신의 '미레유'*에게 파리를 보여 주러 여러분이 사는 도시에 왔다면 그리고 여러분의 살롱에서 그를 만났다면, 목의 깃을 빳빳이 세우고 자신이 영예만큼이나 거북스럽게 여기는 큰 모자를 쓴 정장 차림의 이 칵타**같이 생긴 사람을 보았다면, 여러분은 그가 미스트랄이라고 믿었겠지요…… 아니, 그건 그가 아닙니다. 세상에 미스트랄은 딱 한 사람뿐으로, 지난 일요일 내가 불현듯 그가 사는 마을로 찾아가 만났던 바로 그 사람, 어깨까지 내려오는 펠트 모자가 귀를 덮고, 안에 조끼도 받쳐 입지 않고, 재킷 위로 카탈루냐풍 붉은 양털 허리띠를 질끈 동여매고, 눈은 초롱초롱하며 광대뼈 부근에는 영감靈感의 불길이 활활 타오르고, 사람 좋은 미소를 띤 멋진 모습으로 그리스의 양치기처럼 우아하게 두 손을 호주머니에 넣고 성큼성큼 걸으며 시를 짓고 있는 그 사람……

"아니 이게 누구야! 자네 왔나?" 미스트랄이 내게 달려들며 큰 소리로 외쳤습니다. "여기 올 생각을 하다니, 거참 잘했네! 마침 바로 오늘이 마얀 마을 축제 날이라네. 아비뇽에서 악사들이 오고, 황소들도 있고, 행렬이며, 파랑돌 춤이며, 아주 멋질 거야! ……어머니가 곧 미사에서 돌아오실 테니 우리 점심 먹자고. 그다음엔 휙! 자, 예쁜 아가씨

* 미스트랄의 대표적 장시의 제목이자 주인공 이름.

** 샤토브리앙의 소설 『낫체즈*Natchez*』의 중심인물 중 한 사람. 갑자기 문명 세계를 접한 '착한 미개인'을 대변한다.

들 춤추는 것 보러 가세나……"

그가 말하는 동안, 나는 밝은 장식 융단이 벽에 걸린 이 작은 거실, 오랜만에 보는 그 방, 내가 이미 그렇게도 아름다운 시간을 보낸 적 있는 그 방을 감격스레 바라보았지요. 변한 건 아무것도 없었습니다. 노란 체크무늬 소파, 밀짚으로 엮은 의자 두 개, 벽난로 위엔 팔 없는 비너스상과 아를의 비너스상, 에베르*가 그린 미스트랄의 초상화, 에티엔 카르자**가 찍은 그의 사진 그리고 한쪽 구석 창문 옆에 낡은 책과 사전들이 가득 들어찬 책상—흔히 등록받을 때 쓰는 그런 작고 초라한 책상—이 있었습니다. 이 책상 한복판에 커다란 공책이 펼쳐진 게 보였습니다…… 그건 「칼랑달」, 즉 금년 말 성탄절에 처음 공개될 예정인 프레데리크 미스트랄의 신작 시였습니다. 미스트랄은 이 시를 7년 전에 시작했고, 드디어 6개월 전에 마지막 구절을 썼습니다. 그렇지만 그는 아직도 이 시에서 손 뗄 엄두를 내지 못했습니다. 여러분도 알겠지만, 다 써 놓고도 여전히 한 절을 잘 다듬어야 하고, 울림이 좀 더 좋은 각운 하나를 찾아내야 하는 법이니까요…… 미스트랄이 프로방스어로 글을 쓴다는 게 무슨 상관이겠습니까. 그는 시를 쓸 때 마치 모든 사람이 그걸 저마다의 언어로 읽고 열심히 공들인 그의 노력을 알아주기나 한다는 듯이, 그렇게 씁니다…… 오! 용기 있는 시인, 몽테뉴가 누구를 두고 이렇게 말할 수 있다면 그건 틀림없이 미스트랄일 겁니다. "알아주는 사람이 거의 없는 예술을 위해 왜 그리도 피땀 흘리는지 물었을 때 '알아주는 사람이 적어도 괜찮습니다. 단 한 사람이어

* 앙투안 오귀스트 에르네스트 에베르(1817~1908). 성모상과 이탈리아 여인들의 초상화로 당대에 유명했던 화가.

** 프랑스의 풍자화가이자 사진가.

도 됩니다. 한 사람도 없어도 됩니다'라고 대답한 그 사람을 기억하시오."

나는 양손 사이에 「칼랑달」을 적은 공책을 들고, 그걸 뒤적뒤적 넘겨보면서 가슴 벅찼습니다…… 갑자기 피리와 북이 연주하는 음악이 거리에서, 창문 바로 앞에서 커다랗게 울려 퍼졌고, 나의 미스트랄은 그릇을 넣어 둔 장으로 달려가더니 거기서 유리잔과 술병을 꺼내고 탁자를 거실로 끌고 가 악사들에게 문을 열어 주며 내게 말했습니다.

"웃지 말게…… 저 사람들은 우리 집 앞에서 연주를 들려주러 온 거라네…… 난 이 마을 의회 의원이야."

작은 거실에 사람이 가득 들어찼습니다. 사람들은 북을 의자에 놓고 낡은 깃발은 한구석에 두었습니다. 그리고 잘 익은 포도주가 한 순배 돌았습니다. 이어 프레데리크 미스트랄 님의 건강을 기원하며 몇 병을 비우고, 축제에 대해 진지하게, 파랑돌 춤이 작년만큼 멋지게 진행될지, 투우에 출전하는 황소들은 잘 움직일지, 그런 얘기들을 나누고 나서 악사들은 물러나 다른 의원 집에 주악을 들려주러 갔습니다. 바로 이때, 어머님이 돌아오셨습니다.

후다닥 식탁이 차려졌습니다. 멋진 새하얀 식탁보와 식기 두 벌. 나는 이 집안의 관례를 알고 있지요. 미스트랄을 찾아온 손님들이 있을 때는 어머니는 식탁에 같이 앉아 식사를 하시지 않는다는 것을요…… 가엾게도 노인은 프로방스어로만 말을 하니까 프랑스 사람들과 얘기를 나누는 것은 편치 않을 터입니다…… 게다가 부엌에 그분이 꼭 있어야 하기도 했고요.

세상에! 그날 낮에 내가 먹은 근사한 식사는 이랬습니다. 구운 새끼 염소 고기 한 조각, 산에서 나는 치즈, 포도즙으로 만든 잼, 무화과, 사향 포도. 이 모든 음식에 곁들여진 것은, 잔에 따르면 그토록 아름다운 장밋빛이 도는 맛 좋은 포도주 '샤토뇌프 데파프'였고요.

후식을 먹을 때 나는 시를 써 놓은 그 공책을 찾아다가 식탁 위, 미스트랄 앞에 갖다 놓았습니다.

"우리 아까, 밖에 나가자고 말하지 않았나?" 시인이 씩 웃으며 말했습니다.

"아뇨! 아닙니다!……「칼랑달」! 「칼랑달」!"

미스트랄은 어쩔 수 없이 내 제안을 받아들였고, 부드럽고 음악적인 목소리로, 한 손은 「칼랑달」에 박자를 맞춰 딱딱 쳐 가면서 첫 시구를 읊기 시작했습니다.

"열렬한 사랑에 빠진 한 아가씨 / 이제 내가 슬픈 모험 이야기를 했으니 / 나는 노래하리, 하느님이 원하신다면, 카시스의 한 아이를 / 가난한 멸치잡이 어린 어부를……"

바깥에서는 저녁 기도를 알리는 종이 뎅뎅 울렸고, 광장에서는 폭죽이 터졌고, 피리 부는 사람들이 북 치는 사람들과 함께 길거리를 이리저리 지나다녔습니다. 나중에 경주에 내보내려고 사람들이 몰고 다니며 달리게 하는 카마르그의 황소들이 음매 음매 울어 댔습니다.

나는, 냅킨에 팔꿈치를 괴고 눈물을 글썽이며, 프로방스의 어린 어부 이야기에 귀를 기울였습니다.

칼랑달은 일개 어부일 따름이었지만, 사랑이 그를 영웅으로 만듭니다…… 사랑하는 아가씨—아름다운 에스테렐—의 마음을 얻기 위해 그는 놀라운 일들을 도모했는데, 헤라클레스가 해낸 열두 가지 과업도 그가 한 일에 비하면 아무것도 아닐 정도였지요.

한번은, 부자가 되겠다는 마음을 먹고, 놀라운 낚시 도구를 발명해 그걸로 바다의 물고기란 물고기는 모조리 항구로 몰았습니다. 또 한번은, 올리울 협곡의 무시무시한 산적인 세베랑 백작이라는 자를 그의 소굴까지, 강도들과 정부들이 득실대는 그곳까지 쫓아갔지요…… 몸집은 작아도 칼랑달은 얼마나 당찼는지 몰라요! 어느 날 생트봄에서 그는 목수 자크—그 유명한 솔로몬 사원의 골조를 세운 프로방스 사람—의 무덤 위에서 끝장을 볼 때까지 마구 발길질을 해 가며 싸움질을 하러 온 친구들 두 패거리를 만나게 되었습니다.* 칼랑달은 살육의 현장 한복판에 뛰어들어 말로써 그 패거리들을 평정했습니다……

초인적인 위업! ……저 위쪽 뤼르산의 바위에는 사람이 범접할 수 없는 삼나무 숲이 있었는데 그곳은 나무꾼도 기어 오를 엄두를 내지 못하는 곳이었습니다. 칼랑달, 그는 거기 올라갔답니다. 그는 30일간 거기 혼자 자리를 잡았습니다. 30일간 그가 도끼로 나무둥치를 깊이 찍어 내는 쿵쿵 소리가 들렸지요. 숲은 함성을 토해 냈고, 오래된 거목들이 한 그루 한 그루씩 넘어져 깊은 골짜기 바닥에 굴렀고, 칼랑달이 거기서 내려올 때 산에는 삼나무가 한 그루도 남아 있지 않았답니다……

마침내 이토록 혁혁한 공적의 보답으로 멸치잡이 어부 칼랑달은 에

* 「칼랑달」의 제7번 주석. "자크 목수와 수비즈는 전설적인 두 인물이다. 이 패거리들의 말에 따르면 골(갈리아) 출신인 자크 목수는 솔로몬 사원을 건축한 사람이었다. 그 화려한 건물을 짓고 나서 그는 고향으로 돌아가 마르세유에서 배를 내려 생트봄의 숲속에 은거했다. 수비즈 영감은 골 북부 출신으로 그 사원의 골조를 지었으나 작업이 끝나자 자크 목수를 질투하여 그와 헤어져 보르도로 갔다. 얼마 후 그의 제자들이 자크 목수를 암살했다. 이는 아직도 우의적인 형태로 표현된 프랑스 북부와 남부의 대립을 말한다."

스테렐의 사랑을 얻어 내고, 카시스 주민들은 그를 집정관*으로 임명합니다. 이것이 칼랑달의 이야기입니다…… 그런데 칼랑달이 문제겠어요? 무엇보다 이 시에 들어 있는 것은 프로방스입니다…… 바다의 프로방스, 산의 프로방스, 자신만의 역사, 풍습, 전설, 풍경을 지닌 프로방스, 죽기 전에 자신의 위대한 시인을 찾아낸 순진하고 자유로운 프로방스 사람들…… 그런데 이제는, 철로를 놓고, 전봇대를 세우고, 학교에서 프로방스어를 일절 못 배우게 한다고요! 그래도 프로방스는 「미레유」와 「칼랑달」 속에서 영원히 그 생명을 잃지 않을 겁니다.

"시는 이제 그만!" 미스트랄이 공책을 덮으며 말했습니다. "나가서 축제 구경해야지."

우리는 밖으로 나갔지요. 마을 사람 전부가 거리에 나와 있었습니다. 북풍이 한차례 몰아쳐 하늘은 비로 쓸고 간 듯 말끔해졌고, 그래서 비에 젖은 붉은 지붕들 위로 하늘이 다시 화창하게 빛나고 있었습니다. 때마침 우리가 도착하자 축제 행렬이 마을에 들어왔지요. 한 시간 동안은 눈만 뚫린 두건을 덮어쓴 참회 수도회 회원들, 흰 두건 참회 수도회 회원들, 푸른 두건 참회 수도회 회원들, 회색 두건 참회 수도회 회원들의 끝없는 행렬, 베일 쓴 아가씨들로 구성된 재속 수도회, 금색 꽃을 수놓은 분홍색 깃발들, 둘씩 둘씩 서서 어깨로 떠받들고 가는 대성인목상, 손에 커다란 꽃다발을 들고 무슨 우상처럼 갖가지 채색을 한 도자기 성녀상, 예식 때 입는 제의, 거양 성체 도구, 초록 벨벳으로 만든 이동 닫집, 흰 비단 천을 두른 십자가, 이 모든 것이 시편 낭송,

* 12세기부터 프랑스 대혁명 시기까지 프랑스 남부 지방에서 지방 행정관을 이렇게 불렀다.

길게 이어지는 기도, 크게 울려 퍼지는 종소리 속에서 촛불 빛과 햇빛을 받으며 바람에 일렁이고 있었습니다.

행렬이 끝나자, 성인상들은 각기 원래 있던 경당에 도로 모셔졌고, 우리는 황소를 보러 갔다가 이어 타작마당에서 벌어지는 놀이들, 격투기, 세 번 공중제비 넘고 나서 넓이뛰기, 고양이 목 조르기, 가죽 부대 위로 세 번 뛰기 놀이* 그리고 프로방스 축제마다 꼭 다니는 아주 예쁜 기차…… 이런 것들을 보고 밤이 되어서야 마얀에 돌아왔습니다. 미스트랄이 저녁이면 친구 지도르와 함께 카드놀이를 하곤 하는 작은 카페 앞 마을 광장에는 커다란 불이 피워져 있었습니다…… 파랑돌 춤판이 벌어졌습니다. 종이 등불이 곳곳마다 그늘 속에 켜지고 젊은이들이 자리를 잡았습니다. 곧 북소리를 신호로 하여 불꽃을 둘러싸고 정열적인 원무가 시작되어 밤새도록 이어질 판이었습니다.

저녁을 먹고 나서, 계속 돌아다니기엔 너무 지친 우리는 미스트랄의 방으로 올라갔습니다. 농부답게 소박한 방이었는데, 커다란 침대가 두 개 있었습니다. 벽에는 벽지도 없었고, 천장의 들보를 이루는 나무가 그대로 드러나 보였습니다…… 4년 전 아카데미가 「미레유」를 쓴 미스트랄에게 상금 3,000프랑을 수여했을 때 시인의 어머니인 미스트랄 부인에게 한 가지 생각이 떠올랐답니다.

"네 침실 벽과 천장 좀 도배하면 어떨까?" 어머니가 아들에게 물었습니다.

"아뇨, 아뇨! 이건 시인들의 돈이니, 손대면 안 되죠." 이것이 미스트

* 그리스, 로마 시대부터 전해 내려오는 프로방스의 전통적 민속 놀이들.

랄의 답이었습니다.

그래서 방은 도배도 안 된 채로 남아 있었던 거죠. 그러나 '시인들의 돈'이 남아 있는 한, 미스트랄의 현관문을 두드리는 사람들은 언제나 그의 지갑이 열리는 것을 볼 수 있었습니다……

나는 「칼랑달」이 적힌 공책을 내 침실까지 가지고 왔고, 잠자기 전에 시인이 그 시를 한 부분 더 읽어 주는 소리를 듣고 싶었습니다. 미스트랄은 도자기 일화를 골랐습니다.

그 이야기의 배경은 나도 어딘지 모르는 거창한 식사 자리였습니다. 식탁에는 무스티에산 도자기로 된 훌륭한 식기 일습이 놓여 있었습니다. 접시마다 바닥에는 법랑에 푸른색으로 프로방스의 주제가 하나씩 그려져 있었습니다. 프로방스 지방의 모든 역사가 그릇 속에 담겨져 있었던 거죠. 그러니 이 아름다운 도자기들에 얼마나 큰 애정으로 이야기를 담아 놓았는지를 보아야 합니다. 접시 하나마다 한 구절씩, 티 없이 해맑으면서도 박식한 솜씨로 쓰인 짧은 시들, 마치 테오크리토스*의 작은 그림에서처럼 완결된 시편들이 접시 수만큼이나 많이 담겨 있었습니다.

미스트랄이 그 아름다운 프로방스어— 4분의 3 이상이 라틴어이고, 옛날에는 왕비들도 썼지만 이제는 이 지방 양치기들이나 알아듣는 언어—로 자신의 시를 낭송해 주는 동안, 나는 내심 이 인물에게 감탄하였고, 그가 발견한 자기 모어母語인 프로방스어가 사라져 가는 상황 그리고 그런 상황에 그가 어떻게 대처했는지를 생각하면서 레보의 대공大公들**이 살던 오래된 궁성 한 채—지금 알피유산맥에 가면 볼 수

* 기원전 3세기경 살았던 고대 그리스 시라쿠사 태생의 시인. 전원 생활을 주제로 양치기나 소몰이꾼을 노래한 짧은 시형의 전원시를 창시하고 완성했다.

있는 그런 모습—를 머릿속에 그려 보았습니다. 더 이상 지붕도 계단 딸린 난간도 없고, 창틀 속에 색유리도 없고, 둥근 아치형 천장의 클로버 모양 장식은 부서져 있고, 문들에 새겨진 문장紋章엔 이끼가 잔뜩 끼었고, 앞뜰에는 암탉들이 모이를 쪼고, 회랑의 섬세한 작은 기둥들 아래는 돼지들이 뒹굴고, 잡초가 웃자란 부속 성당 안에는 당나귀가 풀을 뜯고, 빗물이 가득 찬 커다란 성수반에는 비둘기들이 날아와 물을 마시고, 이 폐허의 틈바구니에 농부 가족 두세 집이 옛 궁성 귀퉁이에 오막살이를 짓고 삽니다.

그러던 어느 날 이 농부 중 한 사람의 아들이 이 장대한 폐허에 매혹되어, 옛 궁성 터가 이렇게 더럽혀진 꼴을 보고 분개합니다. 부랴부랴 그는 궁성 앞뜰에서 짐승들을 쫓아내고, 요정들의 도움을 받아 혼자 손으로 큰 계단을 새로 쌓아 올리고, 벽에는 나무 장식을 다시 붙이고, 창틀에 유리를 새로 끼우고, 무너진 탑들을 다시 세우고, 왕이 거하던 넓은 방도 다시 금색으로 칠하고, 그리하여 지난날의 장대한 궁성, 교황들과 황후들이 살았던 그곳을 일으켜 세웁니다.

복원된 이 궁성, 그것이 프로방스어입니다.

농부의 아들, 그는 미스트랄입니다.

** 프로방스 귀족 중 가장 유명한 가문의 하나로, 생레미 부근의 레보Les Baux de Provence라는 마을에 자리 잡아 레보 가문이라고 한다. 오랫동안 번성하다가 14세기에 몰락했다. 미스트랄의 시 「칼랑달」 첫 장의 제목은 '레보의 공公들'이다.

세 번의 독송 미사
—성탄절 이야기

Les Trois Messes basses
– Conte de Noël

1

"송로버섯을 채운 칠면조 두 마리라고 했지, 가리구?"

"예, 신부님, 송로버섯을 가득 넣은, 실한 칠면조 두 마리요. 제가 칠면조 속 채우는 일을 도운 적이 있어서 좀 알지요. 칠면조 껍질이 익으면서 바삭바삭 부서질 만큼 속이 꽉 차 아주 탱탱했는걸요……"

"예수 마리아! 내가 송로버섯을 얼마나 좋아하는데! ……얼른 수단 위에 걸칠 겉옷 좀 줘 봐, 가리구…… 그리고 칠면조랑, 또 부엌에서 본 게 뭐가 있지?"

"오! 갖가지 맛있는 것들이 있더라고요…… 정오부터 저희들은 꿩하고 오디새, 들꿩, 뇌조雷鳥 털 뽑는 일만 했는걸요. 새 깃털이 사방에 날아다녔죠. 또 저수지에선 장어, 금잉어, 송어, 또 뭐더라 이렇게 잡아 왔고요."

"송어는 크기가 얼마만 하던가, 가리구?"

"이따만 했어요. 신부님…… 엄청났어요!"

"오! 하느님! 눈앞에 선하구먼. ……병에 포도주는 따라 놨나?"

"예, 신부님. 병에 포도주 따라 놨습니다. 그런데 세상에! 조금 있다 신부님께서 자정 미사 끝나고 드실 포도주에 비하면 이건 아무것도 아니랍니다. 신부님이 성城의 식당에서 그 술병들을 보신다면 뭐라 하실지! 색색의 포도주가 가득 담겨 빛나는 그 술병들! 그리고 은식기들, 끌로 조각을 새겨 넣은 과일 그릇들, 꽃들, 커다란 촛대! ……이렇게 멋진 성탄 전야 만찬은 또 없을 겁니다! 후작님께서 이 근방 귀족들은 모두 초대하셨대요. 식사하실 분이 적어도 40명은 될 겁니다. 법관님이나 서기들은 빼고도 말이죠. ……아! 우리 신부님, 신부님이 그중 한 분이시라니 얼마나 좋으세요! ……그 실한 칠면조 구이 냄새만 맡았을 뿐인데도, 송로버섯 냄새가 어딜 가도 저를 따라다닌답니다…… 음냐!"

"자, 자, 얘야, 우리 탐식의 죄는 짓지 말자꾸나. 특히 성탄 전야에 말이지…… 어서 가서 초에 불 켜고 미사 시작을 알리는 종이나 울려. 자정이 얼마 안 남았는데 미사에 늦으면 안 되지……"

이 대화는 천육백 몇십 몇 년 성탄 전날 밤, 예전에 바르나비트 수도회의 수도원장을 역임했고 당시는 트랭클라주* 영주들의 전속 사제인 발라게르 신부와 그의 복사 노릇을 한 자그마한 가리구, 아니 적어

* 허구의 이름으로, 프로방스다운 발음이다.

도 신부가 작은 복사 가리구로 알고 있던 아무개—왜냐하면 그날 저녁 악마가 신부를 꼬드겨 탐식이라는 무서운 죄를 범하게 하려고 이 젊은 미사 도구 관리자의 둥그런 얼굴과 흐리멍덩한 이목구비로 나타난 것이었으니까요—사이에 주고받은 말이었습니다. 그러니 자칭 가리구(흠! 흠!)라는 작자가 영주 산하의 성당 종들을 팔 힘이 닿는 대로, 있는 힘껏 쳐서 뎅뎅 울리는 동안 신부는 성 안의 작은 제의실에서 미사용 제의를 떨쳐입었습니다. 그리고 가리구가 늘어놓은 음식 묘사에 이미 마음이 흔들린 그는 옷을 입으면서 속으로 이 말만 되풀이했지요. "칠면조 구이…… 금잉어…… 이따만 하게 큰 송어라……!"

밖에는 밤바람이 불어 종소리가 흩어지고 있었고, 바람이 불어 가면서 방투산 기슭의 어둠 속에 하나둘 불빛이 밝혀지고, 방투산 위에는 오래된 트랭클라주 탑들이 우뚝우뚝 서 있었습니다. 자정 미사에 참례하러 성으로 오는 것은 소작농의 가족들이었습니다. 그들은 대여섯 명씩 무리 지어 노래를 부르며 산비탈을 걸어 올라왔는데, 맨 앞에는 등불을 든 가장이 서고, 그 뒤로는 여인네들과 그들이 둘러쓴 커다란 갈색 망토 안에 아이들 여럿이 올망졸망 꼭 붙어 바람을 피하면서 왔지요. 늦은 시간이고 추운 날씨인데도 이 씩씩한 사람들은, 미사가 끝나면 해마다 그렇듯 저 아랫집 부엌에 자신들을 위한 식탁이 차려질 거라는 생각을 하면 신이 나서 즐거이 걸어왔던 겁니다. 가끔씩 가파른 오르막에서 횃불을 든 하인들이 앞장서고 그 뒤로 영주의 마차가 올라왔는데, 달빛에 마차의 거울들이 번쩍 빛나기도 하고, 노새가 방울을 흔들어 대며 총총히 올라오기도 하고, 안개에 싸인 등불 빛에 소작인들이 영주 밑에서 일하는 법관을 알아보고 지나는 길에 인사를 하기도 했답니다.

"안녕하세요. 안녕하세요. 아르노통 법관님!"

"안녕하신가, 안녕하신가, 자네들!"

밤 날씨가 맑았고, 별들은 추워서 더욱 쨍하니 빛났습니다. 칼바람이 매섭게 불어 대고 가느다란 싸락눈이 옷을 적시지는 않고 스치며 내려, 눈 내리는 성탄절의 전통을 충실히 지켜 주었지요. 산꼭대기에 성이 무슨 과녁처럼 모습을 드러내면서 탑들과 박공들의 우람한 덩치, 검푸른 하늘 위로 치솟은 성당의 종루 그리고 집집마다 창문에서 부산스러운 작은 불빛들이 깜빡거리면서, 건물의 어두운 배경 위로 보면 마치 불탄 종이의 재 속에 아직 살아서 날아다니는 불씨 같아 보였습니다. ……성당으로 가려면 도개교와 비밀 문을 지나 마차와 하인들과 가마들이 가득 들어차고 횃불들과 부엌에서 타오르는 불길로 환한 첫 번째 마당을 가로질러야 했습니다. 빙빙 돌아가는 고기 꼬치구이 도구가 챙강챙강 소리를 내고, 냄비들이 부딪히는 소리, 크리스털 잔과 은식기들이 달그락 달그락 부딪히는, 식사 차리는 소리들이 들렸습니다. 그 위로 구운 고기와 복잡한 소스의 진한 향초 냄새가 맛나게 풍기는 뜨뜻한 김이 무럭무럭 올라와 소작농이든 서기든 법관이든 누구라 할 것 없이 이렇게 말했습니다.

"미사가 끝나면 얼마나 맛있는 성탄 만찬을 먹게 될까!"

2

디링동 댕! 디링동 댕!

자정 미사가 시작됩니다. 성에 딸린 소성당은 대성당의 축소판으로,

교착된 궁륭형 천장에다 떡갈나무 장식이 벽 높이까지 올라가고 벽에는 장식용 융단이 붙어 있고 촛불이란 촛불은 모두 밝혀져 있었지요. 사람은 또 어찌나 많던지! 얼마나 멋지게들 차리고 왔던지요! 우선 합창대석을 둘러싼 조각된 성직자석에 앉은 사람은 트랭클라주의 영주인데, 연어색 타프타 정장을 차려입었고, 그 옆에는 초청받은 귀족들이 죄다 앉아 있었습니다. 그 맞은편, 벨벳으로 장식한 기도석에는 불 같은 색깔의 화려한 비단 드레스를 입은 늙은 후작 부인과 트랭클라주성의 젊은 영주 부인이 프랑스 궁정의 최신 유행대로 올록볼록한 레이스로 만든 높은 원뿔 모양의 장식을 머리에 얹은 채 앉아 있었습니다. 좀 더 아래쪽에는 끝이 뾰족하고 풍성한 가발에 면도를 잘 하고 검은 옷을 입은 법관 토마 아르노통과 서기 앙브루아가 앉아 있었는데, 이들은 속이 비쳐 보이는 비단 옷과 수놓은 비단으로 짠 다마 천 틈에서 마치 근엄한 두 개의 음표 같아 보였습니다. 그다음에 뚱뚱한 급사장과 시동들, 조마사調馬師들, 집사들, 열쇠가 가득한 은제 열쇠판을 옆구리에 단 바르브 부인이 보였고요. 저 끝, 구석의 긴 걸상에는 지체 낮은 사람들 그러니까 하녀들, 소작인과 그 가족들이 앉았고, 마지막으로 저쪽 문 반대편에서 요리사의 조수들이 문에 딱 붙어 가만히 문을 살짝 열었다 닫았다 하면서, 소스를 만드는 중간중간에 이렇게 미사 분위기도 조금 맛보고, 또 하도 많은 초가 켜져 공기가 텁텁해진 이 축제 분위기의 성당에 성탄 전야 만찬의 냄새를 전하기도 했습니다.

이들이 쓴 흰 모자들 때문에 미사 집전 신부의 집중력이 깨진 것일까요? 아니 그보다는 차라리 가리구가 미사 중에 울려 대는 작은 종소리, 제단 발치에서 지옥처럼 지독히도 서두르며 미친 듯 울려 대는 그 소리, 마치 계속 "얼른 합시다, 얼른 합시다…… 미사를 빨리 끝낼수록 맛있는 것도 빨리 먹게 됩니다"라고 말하는 듯한 그 소리 때문은 아니었을까요?

실은 그 악마의 종소리가 울릴 때마다 주임 신부는 자기가 드리고 있는 미사는 잊어버린 채 오직 성탄 전야 만찬만 생각했답니다. 그는 웅성대는 요리사들, 한창 불길이 활활 타오르는 화덕, 반쯤 열린 뚜껑에서 무럭무럭 오르는 김 그리고 이렇게 김을 뿜어내고 있는 기막힌 칠면조 두 마리, 송로버섯을 잔뜩 채워 탱탱하고 대리석 무늬가 진 칠면조를 마음속에 그려 보았죠.

아니면 시동들이 마음을 끌어당기는 훈김으로 뒤덮인 요리 접시들을 들고 나르는 모습을 그려 보며, 자기도 상상 속에서 그들과 함께 이미 상이 다 차려진 큰 연회장으로 들어가고 있었습니다. 오 산해진미여! 어마어마하게 큰 식탁은 휘황찬란하고 음식이 가득 차려졌습니다. 제 깃털로 장식된 공작새 요리, 금갈색 날개를 벌리고 있는 꿩들, 루비색 술병들, 초록색 잎이 붙은 나뭇가지 사이로 피라미드처럼 쌓여 반짝이는 과일들 그리고 가리구가 말하던 그 놀라운 생선들(아! 아무렴 그렇고말고, 가리구!)이 회향을 밑에 깔고 떡하니 놓였는데, 진주모 빛깔의 생선 비늘은 물에서 방금 나온 듯 싱싱했고, 괴물같이 큰 물고기의 콧구멍에는 향기로운 향초 다발이 물리어 있었습니다. 이 놀라운 요리들의 모습이 어찌나 눈에 선했던지 발라게르 신부에겐 이 굉장한 음식들 모두가, 곱게 수놓인 미사 제단용 수건을 받쳐 코앞에 진상해 놓은 음식 같기만 했습니다. 그래서 두세 번이나 "주께서 여러분과 함께!"를 해야 할 때에 자기도 모르게 "주의 이름으로 오시는 이여 찬미받으소서!"라고 말하고 있어 깜짝 놀랐습니다. 이런 대수롭지 않은 착각만 뺀다면 점잖은 신부는 아주 성실하게, 한 줄도 빼먹지 않고 무릎 꿇는 동작 한 번도 그냥 넘어가는 법 없이 미사를 집전했습니다. 첫 번째 미사를 마칠 때까지는 모든 게 꽤나 순조로웠습니다. 여러분도 아시다시피, 성탄절에는 집전 신부 한 사람이 연이어 세 번이나 미사를 거행해야 했던 겁니다.

"미사 한 번이야!" 신부는 안도의 한숨을 내쉬며 속으로 외쳤습니다. 그런 다음 1분도 쉬지 않고 복사—아니 복사라고 그가 믿고 있는 사람—에게 신호를 보냈습니다. 그러자……

디링동 댕! 디링동 댕!

두 번째 미사가 시작되었고, 그와 함께 발라게르 신부의 죄도 시작되었습니다.

"어서, 어서, 서두릅시다요." 가리구가 흔드는 작은 종의 날카로운 짤랑짤랑 소리가 신부에게 외치고 있었습니다. 불행한 신부는 이번엔 탐식의 악마에게 완전히 항복한 상태가 되어, 미사 경본을 후다닥 움켜쥐고 과도하게 흥분한 식욕이 당기는 만큼이나 게걸스럽게 거기 쓰인 내용들을 주워섬겼습니다. 미친 사람처럼 허리를 굽혔다가, 다시 똑바로 일어났다가, 대충대충 성호를 긋고, 무릎을 꿇고, 좀 더 일찍 끝내려고 모든 몸짓을 짧게 짧게 줄였지요. 복음을 읽을 때 두 팔을 앞으로 내뻗는 것도 대충대충, 고백의 기도에서 가슴을 치는 것도 대충대충 했지요. 그러다 보니 보조하는 가리구와 신부, 이 두 사람 사이에 누가 더 빨리 기도문을 웅얼거리는지 경쟁이 붙다시피 되었습니다. 사제가 선창하는 구절과 신자들이 그에 응답하는 부분이 급하게 휘몰아치고, 서로 꼬였습니다. 입을 벌리고 제대로 발음하면 시간을 너무 잡아먹으니까 입을 열지도 않고 단어를 절반쯤만 발음하여 알아들을 수 없는 버벅거림으로 끝을 맺었습니다.

기도합 신…… 신…… 신……

제 탓이요…… 젤…… 젤……

마치 포도 농사꾼들이 수확한 포도를 확에 넣고 발로 밟기 바쁜 것처럼, 사제와 복사는 둘 다 미사 때 쓰는 라틴어로 대충 우물대면서 사방에 침을 튀겨 댔습니다.

"주껫…… 열분 함ㄲ…………"* 발라게르 신부가 말했습니다.

"똔 사젬께!……"** 가리구가 답송을 했습니다. 그러는 동안 내내 그 망할 놈의 작은 종은 그들 귓전에서, 마치 우편 배달하는 말에게 전속력으로 달려가라고 달아 주는 방울처럼 짤랑짤랑 울리고 있었습니다. 이런 식으로 했으니 자정 미사가 얼마나 빨리 끝났겠습니까.

"두 번째 미사도 해치웠다!" 신부가 숨 가쁘게 말했습니다. 그러더니 숨 돌릴 여유도 없이 벌건 얼굴에 비지땀을 흘리며 제단의 층계를 구르듯이 내려갔습니다.

디링동 댕! ……디링동 댕!

세 번째 미사가 시작되었습니다. 이제 식당까지는 몇 걸음 남지 않았습니다. 하지만 오호라! 성탄 전야 만찬이 가까워 오는데, 이 한심한 발라게르 신부는 조급증과 식탐의 광기에 사로잡힌 겁니다. 황금 잉어와 칠면조 구이가 더욱더 눈앞에 삼삼하게 떠오르고, 바로 여기, 여기 이곳에 있는 듯했습니다! 그는 그 음식들을 만져 보고 있었습니다…… 그는 그 음식들을…… 오! 하느님! 요리 접시에서는 김이 무럭무럭 나고, 포도주는 향긋했습니다. 작은 종이 미칠 듯이 방울을 딸랑

* 주께서 여러분과 함께.

** 또한 사제와 함께.

대며 그에게 외쳤습니다.

"얼른, 얼른, 좀 더 빨리!"

하지만 더 이상 어떻게 빨리할 수가 있을까요? 그의 입술은 거의 달싹거리지도 않았습니다. 그는 더 이상 단어들을 발음하지도 않았습니다…… 하느님을 완전히 속이고 미사 집전 시늉만 한 게 아닌 한…… 그런데 그는 실제로 그렇게 했던 것이죠. 불행한 신부! 유혹이 점점 심해지면서 그는 한 줄을 건너뛰기 시작했고, 그다음에는 두 줄을 건너뛰었습니다. 이어지는 독서는 너무 길었는데, 그것조차 끝까지 읽지도 않았고, 복음은 수박 겉핥기로 읽었으며, 사도신경은 들어가지도 않은 채 그냥 넘어갔고, 주님의 기도는 건너뛰었고, 평화의 인사는 하는 둥 마는 둥 했고, 이런 식으로 팍팍 뛰어넘어 마침내는 영원한 겁벌을 향해 급히 달려 들어갔는데, 여전히 그 염치도 없는 인간 가리구(사탄아, 물러가라!)가 뒤를 따르며 신부와 놀랄 만큼 손발이 척척 맞아서는, 제의 위에 걸친 신부의 겉옷을 치켜들어 주고, 미사 경본의 종이를 두 장씩 두 장씩 마구 넘기고, 경본대를 마구 밀치고, 미사용 포도주 병을 엎고, 그러면서 끊임없이 작은 종을 점점 더 세게, 점점 더 빨리 흔들어 댔습니다.

미사에 참석한 모든 이들의 당혹스러운 얼굴을 직접 보셔야 하는 건데! 사제를 그대로 따라 한 마디도 알아들을 수 없는 이 미사를 진행할 수밖에 없는 신자들은, 누구는 무릎을 꿇을 때 누구는 자리에서 벌떡 일어서고, 몇몇이 일어서 있을 때 몇몇은 앉고 했습니다. 이 희한한 전례의 각 단계마다 갖가지 다양한 자세를 취한 사람들 때문에 신자석에는 일대 혼동이 벌어지고 있었습니다. 저기 하늘에서 길을 떠나 외양간 쪽으로 잘 가고 있던 성탄의 별도 이 혼란을 목격하고 두려워 하얗게 질려 버렸습니다.

"신부님이 너무 빨리 하시네…… 이거야 원 따라갈 수가 있어야지." 후작 미망인인 노부인이 어쩔 줄 모르고 머리쓰개를 쓴 채 고개를 절레절레 흔들어 댔습니다.

아르노통 법관은 커다란 쇠테 안경을 코에 건 채 자기 미사 책에서 도대체 지금 어디를 봐야 하는 건지 찾고 있었습니다. 하지만 이들도 하나같이 성탄 만찬을 먹을 생각뿐이었던지라, 미사가 이처럼 빨리 진행되어도 화가 나지는 않았지요. 발라게르 신부가 환히 빛나는 얼굴로 회중을 향해 돌아서서 있는 힘을 다해 "미사가 끝났습니다"라고 외칠 때, "주님께 감사합니다"라고 단 한 사람의 목소리만이 응답했는데, 그 음성이 어찌나 명랑하고 활기차던지 듣는 사람이 그걸 벌써 만찬 식탁에 앉아 첫 축배를 드는 소리인 줄 착각할 정도였습니다.

3

그러고 나서 5분 후, 한 무리의 영주들이 커다란 연회실에 둘러앉고, 신부는 그 한가운데에 앉았습니다. 성의 꼭대기부터 밑바닥까지 노랫소리, 고함 소리, 웃음소리, 웅성대는 소리가 온통 울려 퍼졌습니다. 존경하올 발라게르 신부님께서는 들꿩 날개 한쪽에다 포크를 꽂고 자신이 지은 죄의 회한을 흘러넘치는 교황의 포도주와 맛있는 고기즙 아래 흘려보냈습니다. 이 가련한 성직자는 어찌나 많이 퍼먹고 마셨던지 그날 밤에 심각한 마비가 와서 채 뉘우칠 틈도 없이 죽게 되었습니다. 그리고 아침에는 아직도 간밤에 벌어진 잔치의 여파로 수

런거리는 하늘에 이르렀는데, 거기서 그가 어떤 대접을 받았을지는 여러분 상상에 맡기렵니다.

"내 눈앞에서 썩 사라져라, 이 못된 그리스도인 같으니! 너의 죄는 네 일생 쌓은 미덕을 다 지워 버릴 만큼 크도다…… 아! 내게 바칠 밤 미사를 그렇게 슬금 슬쩍 훔치듯 해치워 버리다니…… 좋아! 너는 그 대가로 내게 미사를 300번 바쳐야 할 것이다. 네 탓으로 너와 함께 죄를 지은 모든 사람들과 함께 성에 딸린 작은 성당에서 미사를 300번 바친 후에야 천국에 들어가리로다." 우리 모두의 주재자이신 최고의 심판관은 이렇게 말씀하셨다고 합니다.

이것이 전해 내려오는 발라게르 신부의 실화인데, 올리브의 고장인 이곳에서 구전되는 그대로 얘기한 겁니다. 지금 트랭클라주성은 없지만, 그 성당은 아직도 방투산 꼭대기, 녹색 떡갈나무 숲속에 똑바로 서 있습니다. 바람의 등쌀에 출입문은 뒤틀리고, 성당 입구는 잡초가 빽빽이 자라났으며, 색유리가 사라진 지 오래된 십자형의 높은 유리창의 창틀 자리와 제단 모서리에는 새들이 둥지를 틀었습니다. 그렇지만 해마다 성탄절이 되면 어떤 초자연적인 빛이 이 폐허를 이리저리 돌아다니고, 시골 사람들이 자정 미사와 성탄 전야 만찬에 가노라면 허공에서 타오르는, 보이지 않는 촛불이 밝혀진 유령 성당이 눈이 오건 바람이 불건 눈앞에 보이는 모양입니다. 웃으려면 웃어넘겨도 좋지만, 그곳에서 포도 농사를 짓는 가리그라는 사내는 아마도 그 가리구의 후손인가 본데, 그가 내게 확실히 한 말이, 어느 해 성탄절 저녁 얼근히 취해 트랭클라주성이 있는 쪽의 산속에서 길을 잃었는데, 이런 걸 보았다고 합니다…… 밤 11시까지는 아무것도 없더랍니다. 모든 게 고요하고, 빛도 없고 움직임도 없더라고요. 그러다 갑자기 자정 무렵이 되니 저 꼭대기 종탑에서 땡땡 종소리가 나더라는 것입니다. 족히 100리는 떨어진 곳에서 울리는 듯한 소리를 내는, 아주아주 낡아 빠진 종이었습니다. 그러자 얼마 안 있어 가리그의 눈에 오르막길에서 흔들리는 불빛이 보이고, 정체불명의 그림자들이 움직이는 것이 보였답니다. 성당 입구 현관 아래로 사람들이 걸어가며 웅얼대더랍니다.

"안녕하세요! 아르노통 법관님!"

"안녕하신가, 안녕하신가, 자네들!"

모두들 성당 안으로 들어가고 나자, 매우 용감한 이 포도밭 주인은 살금살금 다가가 깨진 창문으로 안을 들여다보았는데, 이상한 광경을 목격했답니다. 방금 전 길을 지나가던 사람들이 모두 성가대석 주변과 폐허가 된 신자석에 가지런히 앉아 있는 것이었습니다. 마치 옛날의 그 기다란 신자용 걸상이 아직도 있기나 한 것처럼 말입니다. 금실 은실로 수놓은 비단으로 머리를 장식한 아리따운 숙녀들과 머리끝에서 발끝까지 잘 차려입은 영주들, 우리 할아버지들이 입었던 것 같은 꽃무늬 재킷을 걸친 농부들, 모두가 늙고 시들고 먼지투성이에 지친 모습이더랍니다. 이따금씩 이 성당의 단골손님인 밤새들이 환한 불빛에 잠자다 깨어 얇은 거즈 천 뒤에서 빛나는 것처럼 희미하면서도 똑바로 타오르는 양초들 주위로 몰려와서는 하릴없이 빙빙 날아다니곤 했답니다. 가리그가 아주 재밌다고 생각했던 것은, 커다란 쇠테 안경을 쓴 한 인물이 높직한 검은 가발 머리를 매 순간 흔들어 대고 있는데, 앞으로 날아온 새 한 마리가 그 가발에 발이 걸렸는지 소리 없이 날개를 퍼드덕대며, 못 날아가고 그 위에 똑바로 앉아 있는 것이었답니다.

저 안쪽 깊숙한 곳엔, 몸집이 아이같이 작달막한 늙은이가 성가대석 한복판에 무릎 꿇고 앉아 딸랑 소리도 아무 소리도 나지 않는 작은 종을 있는 힘을 다해 흔들어 댔고, 그러는 동안 낡은 황금빛 제의를 걸친 사제가 제단 앞을 왔다 갔다 하며 기도문을 외우는데, 단 한 마디도 들리지 않더랍니다…… 말할 나위도 없이 그 신부는 세 번째 독송 미사를 바치고 있는 발라게르 신부였지요.

오렌지
—판타지
Les Oranges
– Fantaisie

파리에서 오렌지는 나무 밑에서 주운 낙과落果처럼 서글픈 모습을 띱니다. 비 내리고 추운 한겨울에 도착하면, 은은한 맛을 선호하는 이런 고장에서 오렌지는 그 윤기 자르르한 껍질과 과도한 향기 때문에 좀 야릇하게, 보헤미안 같아 보입니다. 안개 낀 저녁이면 행상의 작은 수레 위에 잔뜩 쌓인 오렌지가 붉은 종이로 만든 가로등의 답답한 불빛을 받으며 침울하게 보도를 따라 죽 늘어서 있습니다. 단조로우면서도 목쉰 소리가 마차 구르는 소리와 합승 마차의 덜컹이는 소리 틈바구니에서 "발렌시아 오렌지, 하나에 2수!" 하며 공허하게 울립니다.

파리 사람의 4분의 3이 볼 때, 멀리서 따 온 이 과일은 둥그런 모양새도 평범하고, 원래 달려 있던 나무에서는 약간의 초록색 꼭지 말고는 아무것도 남아 있지 않으며, 그저 달콤한 간식거리나 잼 만드는 재료로나 여겨질 뿐이지요. 얇은 포장지에 싸여 있다는 것 그리고 사람들이 축제 때 많이 찾는 과일이라는 것 때문에 더욱 그런 느낌이 드는 것 같습니다. 특히 1월이 가까워 오면 거리 곳곳에 좍 깔린 수천 개의 오렌지들, 개울의 진창에 나뒹구는 그 껍질들, 그걸 보면 엄청나게 큰 크리스마스트리가 가지마다 가짜 과일을 가득가득 달고, 파리를 굽어보며 그 가지를 흔들어 열매를 마구 흩뿌리는 것이 연상됩니다. 구석구석 그런 오렌지를 만나게 되지 않는 곳이 없습니다. 고르고 골라 예쁘게 장식한 진열장의 환한 유리창에서, 교도소와 호스피스 건물의 입구에서 파는 비스킷 꾸러미들과 잔뜩 쌓인 사과 더미 틈에서, 무도회나 일요 공연장의 입구에서요. 그러면 그 빼어난 향기는 가스 냄새, 바이올린의 깽깽 소리, 공연장의 저렴한 일반석 의자의 먼지와 뒤섞여 버립니다. 사실 오렌지라는 과일은 남프랑스에서 상자 가득 담겨 우리 앞에 바로 나타나지만 그 나무는 가지치기로 다듬어지고 모양이 변형되고, 마치 변장한 듯한 꼴이 되어 온실에서 겨울을 나고는 바깥이래야 공원에나 아주 잠깐 모습을 드러낼 따름이라, 무릇 오렌지가 열리려면 오렌지 나무가 있어야 한다는 사실을 사람들은 잊어버릴 지경이 된 겁니다.

오렌지를 제대로 알려면 오렌지의 본고장, 즉 발레아레스 군도, 사르데냐섬, 코르시카섬, 알제리, 지중해의 따스한 대기와 금색, 청색이 어우러진 공기 속에서 그걸 보아야 합니다. 블리다에서 어느 대문 앞에 있던 작은 오렌지 나무 숲이 생각나네요. 그곳의 오렌지 나무는 참 아름다웠지요! 색이 짙고 반질반질하고 윤기 나는 나뭇잎 사이로 오렌지 열매들은 색유리처럼 반짝거렸고, 선명한 꽃들을 둘러싼 광휘로 주변 분위기를 금색 광명처럼 밝혀 주었습니다. 여기저기 나무를 솎아 베어 낸 곳에는 가지 사이로 저만치 소도시의 성벽, 이슬람 사원의 첨탑, 이슬람 수행자가 거처하는 둥근 지붕의 사원이 보이고, 그 위로는 기슭만 녹색이지 꼭대기엔 흰 모피 같은 눈을 왕관처럼 이고 있는 아틀라스산맥의 웅장한 위용이 보였습니다.

거기 머물고 있던 어느 날 밤, 내가 무려 30년 동안이나 알지 못하던 어떤 현상에 의해 차고 짙은 안개와 동장군이 잠든 도시 위로 몰아닥쳐, 블리다 시가 깨어났을 때는 하얀 가루를 솔솔 뿌려 놓은 것처럼 도시의 모습이 바뀌어 있었습니다. 흰 공작새 깃털처럼 눈이 부셨지요. 무엇보다도 아름다운 것은 오렌지 나무 숲이었어요. 단단한 잎새들이 아무도 손대지 않은 눈, 옻칠한 쟁반에 올려진 셔벗처럼 똑바로 쌓인 눈을 그대로 얹고 있었으며, 눈가루가 뿌려진 오렌지 열매들은 모두 하얗고 투명한 천으로 덮인 황금처럼 찬란하게 부드러웠고, 은은히 빛났습니다. 어딘지 모르게 성당에서 열리는 축제 같은 느낌, 긴 레이스 옷 아래 붉은 사제복이 보이고, 모티프만 듬성듬성 이어 만든 레이스 천으로 덮인 제단의 금박이 보이는 듯한, 그런 느낌이었습니다……

하지만 뭐니 뭐니 해도 오렌지에 대한 최상의 추억은 바르비칼리아, 가장 더운 시간에 내가 낮잠을 자러 가곤 했던 아작시오 부근 그 큰 공원의 추억이죠. 이곳에서는 오렌지 나무들이 블리다에서보다 더 키가 크고 더 듬성듬성 심겨 큰길까지 내려와 있었으며, 도로와 공원을 나누는 것은 밝은색의 울타리와 도랑뿐이었습니다. 그다음에는 바로 바다였고요. 끝없는 푸른 바다…… 그 공원에서 난 얼마나 좋은 시간을 보냈는지요! 머리 위로 꽃이 피고 열매가 달린 오렌지 나무들에서는 그 진한 향기가 작렬했습니다. 이따금씩 무르익은 오렌지 하나가 가지에서 완전히 떨어져 나와 마치 더위에 늘어져 무거워지기라도 한 것처럼 맨땅바닥에 울림도 없이 툭 소리를 내며 내 옆으로 떨어졌습니다. 나는 그저 손을 뻗기만 하면 됐지요. 속은 붉은 자주색이 나는 훌륭한 열매였습니다. 그 오렌지들은 기막히게 맛있었고, 수평선은 참으로 아름다웠습니다! 나뭇잎 사이로 바다는 마치 깨진 유리 조각들이 공중의 안개 속에서 반짝반짝거리듯이, 눈부신 푸른 공간을 펼치고 있었습니다. 이와 함께 대기를 아주 멀리까지 뒤흔들어 놓는 파도의 움직임, 보이지 않는 배에 타고 있는 것처럼 일렁이며 박자까지 딱딱 맞추는 속삭임, 더위, 오렌지 냄새…… 아! 바르비칼리아 공원은 잠자기에 안성맞춤이었죠!

그렇지만 때로는 낮잠을 한창 달게 자고 있을 때 요란한 북소리에 소스라쳐 깨어나기도 했습니다. 언덕 기슭, 큰길가에서 북을 치려고 이쪽으로 내려오는 망할 놈의 북꾼들이었죠. 울타리 사이의 구멍으로 나는 북의 구리판과 빨간 바지 위에 덧입은 커다란 흰 앞치마를 보았습니다. 눈을 뜰 수 없이 내리쬐는 햇살과 큰길의 먼지를 좀 피해 보려고 가엾은 북꾼들이 공원 아래쪽의 울타리가 드리운 짧은 그늘 속으로 막 들어와 자리를 잡은 것이었습니다. 그리고 북을 둥둥 쳐 대고 있었지요! 날은 더웠습니다! 나는 힘껏 최면 상태에서 나 자신을 끌어내며, 바로 옆 손 닿는 곳에 주렁주렁 달린 이 아름다운 붉은 황금빛 열매 몇 알을 그들에게 장난삼아 던졌습니다. 내가 표적으로 삼았던 북소리가 뚝 그쳤습니다. 1분간 머뭇거리는 기미가 있었고, 자기 앞의 구덩이에 떨어져 뒹구는 기막힌 오렌지가 어디서 날아온 건지 볼 요량으로 한 바퀴 빙 둘러보는 시선이 있었습니다. 그러더니 그는 재빨리 그 오렌지를 주워 껍질도 안 벗기고 이빨로 베어 물더군요.

또 바르비칼리아 공원 바로 옆에 야트막하고 작은 담 하나만 사이에 둔, 꽤나 이상한 작은 뜰이 있었는데, 높은 곳에 있는 내게는 그곳이 내려다보였습니다. 거기는 부르주아식으로 구성된 작은 공간이었습니다. 오솔길은 금모래가 덮였고 그 양옆으로는 진한 녹색 회양목들이 늘어섰으며 출입문에는 삼나무 두 그루가 서 있어 겉모양새는 마치 마르세유의 시골집 같기만 했지요. 그늘이라고는 단 한 줄도 없었고요. 안쪽에는 흰 돌로 지은 건물이 보였고 그 건물 아랫부분에 지하 납골당의 채광창들이 지표면 높이로 나 있었습니다. 처음에 나는 그 건물이 별장으로 쓰이는 시골집인 줄 알았지요. 그러나 좀 더 잘 보니 지붕 위의 십자가, 멀리서 보아 그 내용은 모르겠지만 돌에 새겨진 글귀, 이런 것들로 미루어 코르시카의 가족묘라는 것을 알 수 있었습니다. 아작시오 주위에는 정원 한가운데 단독으로 우뚝 세워진 이런 작은 추모용 소성당들이 많이 있습니다. 가족들은 일요일이면 고인을 찾아 이곳으로 옵니다. 이렇게 이해하니 죽음이라는 것도 공동묘지의 혼란 속에서보다는 한결 덜 을씨년스럽군요. 정적을 깨는 것은 다정한 발소리뿐입니다.

내가 있는 곳에서 보니, 사람 좋아 보이는 웬 노인이 가만가만 오솔길로 바지런히 걸어 다니는 모습이 눈에 띄었습니다. 그는 하루 종일 가지를 쳐 내고 삽질을 하고 물도 주고 세심하게 정성을 기울여 시든 꽃들을 따 내고 있었습니다. 그러다 해 질 녘이면 세상을 떠난 집안 사람들이 잠든 소성당으로 들어가곤 했습니다. 그는 삽과 갈퀴와 커다란 물뿌리개 등을 잘 정돈했는데, 이 모든 일을 묘지의 정원사답게 고요하고 차분하게 해내는 것이었습니다. 스스로는 잘 의식 못 할지라도 이 꿋꿋한 노인은 어느 정도 명상하듯이 이 일을 하고 있었습니다. 소리를 일체 죽이고, 묘소의 문은 다시 잘 닫아 놓고, 마치 누군가의 잠을 깨울세라 조심하듯이 번번이 신중하게요. 환히 빛나는 커다란 침묵 속에서 이 작은 정원을 돌보는 작업은 새 한 마리에게조차 방해가 되지 않았고, 묘소 주변은 전혀 음산한 구석이 없었습니다. 단지 그 뜰 덕분에 바다는 더욱 드넓고 하늘은 더욱 높아 보였으며, 끝없는 이 낮잠은 주위에, 너무 생기 넘쳐 정신없고 성가신 자연의 틈바구니에서 영원한 안식의 느낌을 자아내고 있었습니다……

주막집 두 채

Les Deux Auberges

님에서 돌아오는 길, 7월의 어느 오후였습니다. 몹시도 더운 날씨였지요. 시야에 잡히지 않을 만큼 멀리까지, 폭염 속의 하얀 길엔 올리브 나무들이 서 있는 정원과 키 작은 떡갈나무 사이로, 하늘을 온통 가득 채운 퍽퍽한 은빛의 커다란 태양 아래 먼지만 풀풀 날리고 있었습니다. 그림자 한 점 없고, 바람 한 줄기 불지 않았습니다. 뜨거운 태양의 작렬하는 떨림과 날카롭게 울어 대는 매미 소리뿐이었는데, 매미 소리는 귀가 먹먹할 만큼 급하고 열광적이었습니다. 마치 이 빛나고 무한한 떨림의 음향 자체 같았지요…… 두 시간 전부터 사막처럼 황량한 이곳을 걷고 있는 내 앞에 갑자기, 큰길의 먼지를 뚫고 한 무리의 하얀 집들이 모습을 드러냈습니다. '생뱅상 역참'이라고 불리는 곳으로, 농가 대여섯 채와 붉은 지붕이 덮인 기다란 헛간들, 말라빠진 무화과나무 덤불 속에 놓인, 짐승에게 물 먹이는 통이 빈 채로 있었습니다. 그리고 맨 끝에 커다란 주막집 두 채가 길 하나를 사이에 두고 마주 보고 있었습니다.

이 두 주막집 부근엔 마음을 사로잡는 뭔가가 깃들어 있었습니다. 한편은 커다란 새 건물로, 활기 가득하고 북적거리며, 문이란 문은 다 열려 있었습니다. 바로 앞에는 합승 마차가 서 있고, 마구馬具에서 풀려난 말들이 헉헉 단김을 내뿜고, 승객들은 마차에서 내려 담장이 드리운 짧은 그늘 속에 선 채로 얼른 한잔 마시고 있었습니다. 그 집 뜰은 노새며 수레로 발 디딜 틈도 없고, 수레꾼들은 더위가 조금 식을 때까지 헛간 아래 누워 있었습니다. 건물 안에는 고함 소리, 욕설, 식탁을 주먹으로 내리치는 소리, 유리컵 부딪치는 소리, 딱딱 당구 치는 요란한 소리, 레모네이드 병뚜껑 따는 소리 그리고 이 모든 소란을 제압하는 쾌활하고 쨍하는 소리가 있었으니, 유리창이 바르르 떨리도록 노래하는 음성이었습니다.

이쁜 마르고통
아침에 일어나
은빗을 들고
물가로 갔다네……*

……맞은편 주막집은 이와 반대로, 조용하고 마치 버려진 집 같았

* 프랑스의 옛 민요 〈마르고통이 물에 들어간다〉가 변형된 노래로 볼 수 있다.

지요. 현관문 아래는 잡초가 자라고, 창의 덧문은 깨졌고, 문에는 작은 호랑가시나무 가지가 잔뜩 녹슬어 낡은 가발처럼 데룽데룽 달려 있고, 입구 계단엔 큰길의 돌멩이들이 깔려 있었고요…… 이 모든 게 어찌나 가련하고 불쌍하던지, 가던 길을 멈추고 그 집에서 한잔 마시는 게 정말이지 적선을 베푸는 일처럼 여겨질 지경이었습니다.

들어가면서 보니 인적 없고 을씨년스러운 기다란 방이 하나 있었는데, 커튼도 없는 커다란 창 세 개로 들어오는 눈부신 햇빛이 그 방을 더욱 처연하고 황량하게 만들었습니다. 먼지 끼어 희끄무레한 유리컵들이 나뒹구는 탁자들은 다리 길이가 안 맞아 뒤뚱거리고, 당구대는 네 포켓 구멍이 쪽박처럼 입을 벌린 채 낡아 가고 있었습니다. 노란 긴 의자 하나, 낡아 빠진 계산대, 이런 것들이 비위생적이고 무거운 더위 속에 잠들어 있었습니다. 그리고 파리 떼! 파리 떼! 세상에 그렇게 많은 파리 떼는 처음 보았지 뭡니까. 천장에, 유리창에, 컵에, 몇 마리씩 딱 붙어 앉은 파리 떼…… 문을 여니, 마치 벌집에 들어간 것처럼 붕붕거리고, 비빅 하며 날개를 떨어 대는 소리가 났지요.

방 저쪽 십자형 유리창이 난 곳에, 한 여자가 창에 기대어 골똘히 밖을 내다보며 서 있었습니다. 나는 두 번이나 그녀를 불렀죠.

"여보세요! 아주머니!"

그녀가 천천히 내 쪽을 돌아보았고, 나는 시골 여인의 가여운 얼굴, 주름지고 패고 흙빛인, 우리 고장에선 할머니들이 머리에 쓰곤 하는 적갈색 레이스로 된 긴 수염*을 두른 그 얼굴을 볼 수 있었습니다. 그

* 여기서는 여자들이 머리를 가리는 머리쓰개의 가장자리에 둘러진 레이스 장식이나 천으로 된 띠를 말한다.

렸지만 이 여인은 할머니가 아니었습니다. 다만 눈물 때문에 옴팡 시들어 버린 것이었지요.

"뭘 드릴까요?" 그녀가 눈물을 닦으며 내게 물었습니다.

"잠시 앉아 뭘 좀 마셨으면 하는데요……"

그녀는 많이 놀라서 그 자리에서 움직이지도 않은 채, 마치 알아듣지 못하겠다는 듯이 나를 쳐다보았습니다.

"그러니까 여긴, 주막집 아닌가요?"

그녀는 한숨을 후 내쉬었습니다.

"아니긴요…… 주막집 맞아요. 주막이라면 주막이죠…… 그런데 왜 다른 집, 주막집같이 생긴 저 건넛집에 가시지 않는 거죠? 저 집이 훨씬 더 분위기 좋은데……"

"저에겐 저 집 분위기가 지나치게 좋은걸요…… 저는 여기가 더 좋습니다."

그러고는 대답도 기다리지 않고 탁자 앞에 자리를 잡았습니다.

내 말이 농담이 아니라는 걸 확실히 알게 되자 주인 여자는 이 서랍 저 서랍 열고, 술병들을 달그락거리고, 컵들을 닦고, 파리를 쫓으며 매우 분주하게 오가기 시작했습니다…… 마치 접대해야 할 이 나그네가 온 게 무슨 대단한 사건이라도 되는 듯했습니다. 때때로 이 불행한 여인은 움직임을 멈추고, 이 접대를 끝까지 해낼 수 있을지 생각하며 절망스러운 듯이 머리를 싸쥐었습니다.

그러더니 저 끝에 있는 방으로 갔습니다. 그녀가 커다란 열쇠들을 이리저리 돌려 보며, 문 잠그는 구멍을 마구 닦달하고, 빵 상자를 뒤지고, 한숨을 내쉬고, 먼지를 털고, 접시를 닦는 소리가 들렸습니다. 가다가다 땅이 꺼지게 내쉬는 한숨 소리, 채 틀어막지 못한 흐느낌 소리도 들렸지요……

이런 지 15분이 지나, 내 앞에 건포도 한 접시, 돌덩이만큼이나 딱딱한 보케르의 오래된 빵 한 덩이, 신 포도주 한 병이 놓였습니다.

"자, 여기 있습니다." 그 이상한 존재는 이렇게 말하더니 곧바로 돌아서서 창문 앞, 아까 있던 자리에 다시 가서 섰지요.

술을 마시면서 나는 그의 입에서 얘기를 끌어내려고 애써 보았습니다.

"사람들이 이 집에 자주 안 오지요? 가엾은 아주머니?"

"오! 안 와요, 아저씨…… 아무도 생전 안 온답니다…… 이 고장에 우리뿐이었을 때는 달랐어요. 검둥오리*들이 날아들 때면 사냥꾼들이 끼니때마다 식사하러 오고, 1년 내내 마차들이 왔답니다…… 하지만 저 집 사람들이 여기 와서 자리 잡은 다음부터는 모든 걸 잃어버렸죠…… 사람들은 건넛집에 가는 걸 더 좋아해요. 우리 집은 너무 쓸쓸하다고 생각들을 하죠. 사실 저희 집이 그리 사람들 마음에 들 만한 집은 아니에요. 저도 예쁘지 않고, 항상 열이 나는 데다, 저희 집 딸 둘은 죽었죠…… 반대로 저 집은, 항상 웃음소리가 나죠. 주인은 아를 여자인데, 레이스로 모양 낸 미인이고 목에는 금목걸이를 세 겹이나 두르고 있답니다. 마차 모는 마부가 그 여자 애인인데, 마차 손님들을 그 집으로 데려가죠. 게다가 방 치우는 하녀로는 애교 많은 여자들이 잔뜩 있지요…… 그러니 단골로들 가지요. 저 집엔 브주스, 르데상, 종키에르의 젊은이들이 다 몰려든답니다. 마부들도 일부러 돌아서라도 저

* 오리과의 철새들. 극지방에서 와서 11월에서 4월까지 프랑스 연안에 머무른다.

주막집을 들러 가고요. ……저는 하루 종일 여기 서 있죠. 손님 하나 없이."

그녀는 넋 나간 듯 무감한 목소리로 말하면서, 계속 이마를 유리창에 대고 있었습니다. 틀림없이 건너편 주막집엔 그녀가 골똘히 주목하는 뭔가가 있는 모양이었습니다……

갑자기 큰길 저편에서, 큰 소란이 일었습니다. 마차가 먼지 속에 흔들렸습니다. 채찍으로 말 때리는 소리, 역마차 끄는 마부가 시끄럽게 떠드는 소리, 아가씨들이 문으로 달려 나오며 크게 외치는 소리가 들렸습니다.

"아디우시아스……! 아디우시아스……!" 그리고 방금 들린 엄청나게 큰 목소리 위로 더 큰 소리가 들렸습니다.

자기 은빛을 갖고
물가로 갔다오.
거기서 기사 셋이
오는 걸 봤다오.

……이 목소리가 들리자 주막 주인 여자는 온몸을 부르르 떨더니 내게로 돌아서며 말했습니다.

"들리세요? 저 목소리가 제 남편이에요. 노래 참 잘하죠?" 그녀가 나지막하게 말했습니다.

나는 화들짝 놀라서 그녀를 바라보았지요.

"뭐라고요? 아주머니 남편분이시라고요! ……그럼 남편분도 저 집에 가신단 말입니까?"

그러자 그녀는 속상한 표정으로, 하지만 매우 부드럽게 말했습니다.

"어쩌겠어요? 남자들이란 저런 걸요. 우는 꼴을 보기 싫어하지요. 그런데 저는 딸들이 죽은 뒤로 항상 울죠…… 게다가 늘 사람 하나 없는 이 커다란 집은 너무 쓸쓸하죠…… 그래서 가엾은 내 남편 조제는 너무 지루할 때면 건넛집에 술을 마시러 가요. 그리고 목청이 좋으니까, 아를 여자가 저 사람에게 노래하라고 시키죠. 쉿! 저 사람 또 노래하네요."

그리고 벌벌 떨면서, 두 손을 앞으로 내밀고 눈물이 줄줄 흘러 한층 더 못생겨 보이는 얼굴로 창문 앞에, 마치 황홀경에 빠진 사람처럼 서서 남편 조제가 아를 여인을 위해 부르는 노랫소리에 귀를 기울이고 있었습니다.

첫 번째 기사가 그녀에게 말했다오.

"안녕, 귀여운 예쁜이!"

밀리아나에서
—여행 단상
À Miliana
—Notes de voyage

이번에는, 여러분을 한나절 동안 알제리의 어느 작고 예쁜 마을, 풍차 방앗간에서 200~300리나 떨어진 마을로 데려가 드릴 겁니다…… 그러면 북소리와 매미 소리에서 분위기가 좀 전환될 테죠…… 비가 올 것 같군요, 하늘은 잿빛이고 자카르산의 봉우리는 안개에 싸였습니다. 을씨년스러운 일요일…… 내 작은 호텔 방에서 아랍의 성채가 내다보이도록 문을 열어 놓고 나는 담배를 피워 물며 긴장을 풀어 보려는 중입니다…… 호텔 소장 도서 전부를 마음대로 볼 수 있습니다. 아주 상세한 교육사教育史부터 폴 드 콕*의 소설 몇 편까지, 그 사이에서 나는 일부가 누락된 몽테뉴 책 한 권을 찾아냅니다…… 그 책을

* 폴 드 콕(1793~1871). 유쾌한 문체의 풍속 소설로 당대 크게 인기를 누렸다.

아무 데나 펴서 라보에티*의 죽음에 관한 그의 감탄스러운 편지를 다시 읽었습니다…… 그 어느 때보다 더 몽상적이고 어두운 상태로 여기 앉아 있습니다…… 벌써 비가 몇 방울 떨어집니다. 십자형 유리창 가장자리에 비가 방울방울 떨어지면서, 지난해 비 온 뒤로 거기 켜켜이 쌓인 먼지 속에 커다란 별이 하나씩 그려집니다…… 읽던 책을 손에서 툭 떨구며, 나는 그 우울한 별을 바라보느라 긴 시간을 보냅니다……

마을의 시계탑이 뎅뎅 2시를 알립니다— 내가 앉은 이곳에서 옛 이슬람 성인의 묘소, 그 얇고 흰 성벽이 보입니다. 불쌍한 묘소! 30년 전에는 그 묘소를 보고 누가 알았겠습니까. 언젠가 그 묘소는 가슴 한복판에 마을의 두터운 시계판을 품게 될 것이며, 일요일마다 뎅뎅 2시를 치면서 밀리아나의 여러 성당에 저녁 종을 울리라는 신호를 보내게 될 거라는 걸요…… 딩! 동! 종소리들이 울리기 시작합니다! ……오래 그렇게 울려 댈 겁니다…… 이 방은 정말이지 을씨년스럽군요, 이른바 '철학적 사유'라는 아침나절의 커다란 거미들이 사방 구석구석에 거미줄을 치고 있으니…… 자, 밖으로 나갑시다.

큰 광장에 도착합니다. 비 좀 온다고 겁먹지 않는 제3연대**의 군악대가 대장을 중심으로 막 도열했습니다. 연대 건물의 여러 창문 중 하나에 사령관이 아가씨들에 둘러싸여 모습을 나타냅니다. 광장에선 군수가 치안판사의 팔을 잡고 종횡으로 걸어 다니고 있군요. 거의 벌거벗다시피 한 예닐곱 명의 아랍 아이들이 그악스럽게 깍깍 소리를 지

* 라보에티(1530~1563). 프랑스의 인본주의 작가이자 시인.
** 당시 프랑스 군의 편제 단위로, 알제리 점령 전쟁에 참여했던 군대.

르며 한구석에서 공을 굴리며 놀고 있습니다. 저만치서 누더기를 걸친 유대인 늙은이가, 전날 쬐던 한 줄기 햇빛을 두고 간 양 다시 쬐러 왔으나 더 이상 그 햇빛을 찾을 수 없다는 사실에 화들짝 놀랍니다……

"하나, 둘, 셋, 출발!" 군악대는 탈렉시*의 오래된 마주르카, 지난겨울 내 창 밑에서 손풍금이 연주했던 그 곡을 울려 댑니다. 예전에는 이 마주르카가 지겹더니만 오늘은 눈물이 나도록 감동스럽습니다.

오! 제3연대의 군악대는 얼마나 행복할까요! 16분 음표를 뚫어지게 응시하며 리듬과 떠들썩한 소리에 취해서, 그들은 박자 세는 것 말고는 여념이 없습니다. 그들의 영혼, 온 영혼이 이 손바닥만 하고 네모반듯한 종이 속에 들어가, 구리로 된 두 이빨 사이 악기 끝에서 떨고 있습니다. "하나, 둘, 셋, 시작!" 이 씩씩한 사람들에겐 이게 다입니다. 이 나라 곡조들을 연주하고 있지만 그것 때문에 결코 향수병에 빠지지 않습니다…… 오호라! 음악 쪽 성향이 아닌 나에겐, 이 음악은 괴롭군요. 그래서 그 자리를 멀리 피해 버립니다……

이 흐리터분한 일요일 오후를 어디서 보내면 좋을까요? 그래요! 시도마르네 가게가 열려 있지요…… 시도마르네 가게에 들어가 봅시다.

가게를 소유하긴 했지만 시도마르는 결코 일개 가게의 주인이 아닙니다. 그는 왕자 혈통으로, 옛날 술탄 직속의 터키 군대에 교살당한 알제 태수太守의 아들입니다…… 아버지가 죽자 시도마르는 애지중지하던 어머니와 함께 밀리아나로 피신해 와 여기서 몇 년간 산토

* 아드리앵 탈렉시(1801~1881). 프랑스의 음악가로, 작곡가와 음악 교사로 활동하면서 피아노 연습곡, 오페레타, 춤곡 등을 썼다.

끼, 꿩, 말, 아내들에 둘러싸여 아주 서늘하고 아름다운, 오렌지 나무와 분수가 가득한 궁전에서 철학자이자 대영주로 살았답니다. 프랑스인들이 쳐들어 왔습니다. 처음에는 우리의 적이었고 압델카데르*와 한편이었던 그들은 마침내 아미르**와 불화하더니 아미르를 무찔렀습니다. 아미르는 복수를 하려고 시도마르가 없을 때 밀리아나에 들어와 그의 어머니를 커다란 함 뚜껑 아래 놓고서 목을 눌러 죽여 버렸습니다…… 시도마르의 분노는 하늘을 찔렀습니다. 당장 그는 프랑스 편에 서서 싸우기 시작했고, 아미르에 맞선 우리의 전쟁이 계속되는 한 시도마르보다 더 빼어나거나 더 포악한 병사는 없었습니다. 전쟁이 끝나자, 시도마르는 밀리아나에 돌아왔습니다. 그러나 아직도 압델카데르 얘기가 나오면 그는 얼굴이 창백해지고 두 눈에 불을 켭니다.

시도마르는 예순 살입니다. 나이가 있고 얼굴이 좀 얽었지만 여전히 잘생겼습니다. 커다란 눈썹, 여자 같은 눈길, 매력적인 미소, 왕자 같은 풍모. 전쟁으로 쫄딱 망했어도 과거의 풍족했던 재산에서 셰리프*** 평원의 농장 하나와 밀리아나의 집 한 채는 남아 있어 그 집에서 눈앞에 보며 슬하에 키운 세 아들과 함께 넉넉하게 살고 있습니다. 원주민 족장들은 그를 깍듯이 숭배합니다. 토론할 일이 생기면 기꺼이 그를 심판관으로 모시고, 거의 언제나 그의 판결은 그대로 법이나 마찬가지로 받아들입니다. 그는 거의 외출하지 않습니다. 매일 오후면 집에 붙은, 길 쪽으로 난 가게에 나와 있습니다. 가겟방의 가구는 호화롭지 않습니다. 석회 칠 된 하얀 벽, 둥그런 나무 걸상 하나, 쿠션 몇 개, 기

* Abd el-Kader(1808~1883). 프랑스 점령군에 대항해 아랍 반군을 이끈 인물.
** 이슬람교 국가에서 수장을 뜻하는 말.
*** 알제리에서 가장 긴 강으로, 밀리아나에서 지중해로 흐르며 넓고 비옥한 평원을 이룬다.

다란 파이프들, 화로 두 개…… 시도마르가 사람들 의견을 듣고 판결을 내리는 곳이 바로 여깁니다. 말하자면 가게의 솔로몬 왕이랄까요.

오늘은 일요일, 얘기하러 온 사람들이 많군요. 열두 명쯤 되는 부족장들이 뷔르누*를 걸치고 쭈그린 채 빙 둘러앉아 있습니다. 그들은 제가끔 커다란 담배 파이프 하나와 섬세하게 선조 세공된 반숙 계란 담는 그릇에 올린 작은 커피 잔을 옆에 두었습니다. 내가 들어가니, 아무도 움직이지 않습니다…… 시도마르는 자기 자리에서 나를 향해 한껏 다정한 미소를 보내며 손짓으로 자기 옆에 와서 커다란 노란색 비단 쿠션에 앉으라고 부릅니다. 그러더니 한 손가락을 입술에 대고 잘 들어 보라는 시늉을 합니다.

얘기인즉 이렇습니다. 베니죽죽 부족**의 족장이 땅 한 뙈기를 두고 밀리아나의 어느 유대인과 뭔가 분란이 있었는데, 쌍방은 분쟁 상황을 시도마르 앞에 고하고 그의 판결에 따르기로 합의가 되었습니다. 당장 그날로 약속이 잡히고 증인들도 부르고 했는데, 갑자기 이 유대인이 마음이 변해 증인도 없이 혼자 와서는 말하기를, 시도마르보다는 프랑스인들을 관할하는 치안판사에게 사건을 의뢰하는 편이 낫겠다는 겁니다…… 내가 그곳에 들어갔을 때 상황은 여기까지였습니다.

그 유대인—흙빛 턱수염을 기르고 밤색 조끼에 파란 양말을 신고 벨벳 천으로 된 챙 모자를 쓴 늙은 남자—은 코를 하늘로 치켜든 채 애원하는 듯이 두 눈을 뒤룩뒤룩 굴리더니 시도마르의 가죽 신발에 입을 맞추며 머리를 숙이고 무릎을 꿇고 두 손을 모았습니다…… 나

* 아랍인들이 입는 두건이 달리고 소매가 없는 겉옷.
** 밀리아나 지역에 정착하여 사는 베르베르족의 명칭.

는 아랍어를 알아듣지 못하지만 그 유대인의 손짓 발짓이며 순간순간 자꾸만 튀어나오는 "치안반사"*라는 말로 미루어 보아, 그의 그럴듯한 언설의 내용이 모두 짐작되었습니다.

"우리는 시도마르 님을 의심치 않아요. 시도마르 님은 현명하십니다. 시도마르님은 올바르십니다…… 그래도 우리 일은 '치안반사'가 더 잘 처리할 겁니다."

좌중은 분노하여, 아랍인답게—실제로 거기 앉은 사람들은 아랍인들이죠—냉정하게 있습니다…… 시도마르—가히 빈정거림의 대가라 할 만한 인물—는 쿠션 위에 쭉 뻗고 누워, 눈은 흠뻑 젖은 채 입술엔 호박 물부리 담뱃대를 물고 그 말에 귀를 기울이며 빙긋 웃습니다. 갑자기, 그가 한창 그럴듯하게 언변을 늘어놓고 있는 한중간에 힘찬 '카람바!'**라는 소리가 터져 나와 말을 딱 끊었습니다. 그와 동시에 족장의 증인으로 그 자리에 온 스페인 출신 소작인이 여태 앉았던 자리를 박차고 이 이스가리옷***에게 다가가 온갖 나라말로, 가지각색의 저주를 바구니 한가득 그의 머리 위에 쏟아부었습니다.(무엇보다도 그가 내뱉은 프랑스어 단어 몇 개는 너무나 상스러워 여기서 차마 되풀이하지도 못하겠네요……), 시도마르의 아들은 프랑스어를 알아듣기 때문에, 아버지 있는 데서 그런 말을 들으니 얼굴이 벌게져 방에서 나갔습니다(아랍 특유의 교육에 담긴 이런 특징을 유념할 것). 청중은 여전히 무심하고 시도마르는 여전히 미소 짓고 있습니다. 유대인은 일어서서 두려움에 덜덜 떨며 그러나 두려울수록 더욱더, 아까 하던 '치

* '치안판사juge de paix'라는 말을 아랍어식으로 'zouge de paix'라고 발음했다.
** 이슬람교의 지방관을 통칭하나, 두목, 보스 등을 의미하는 구어로 쓰이기도 한다.
*** '이스가리옷의 유다'에서 온 말로 여기서는 유대인을 지칭하는 것으로 짐작된다.

안반사, 치안반사' 소리를 끊임없이 더듬더듬 내뱉으며 뒷걸음질 쳐서 문까지 갑니다. 그가 나갑니다. 스페인 남자는 화가 잔뜩 나서 그의 뒤를 얼른 쫓아나가 길에서 그를 따라잡고는 두 번이나 "철썩! 철썩!" 그의 면상을 정통으로 후려갈깁니다. 이스가리옷은 무릎을 꿇고 양팔을 십자가처럼 벌린 채 땅바닥에 넘어집니다. 스페인 남자가 조금 머쓱해하며 가게로 다시 들어옵니다…… 그가 다시 들어오자마자 유대인은 일어나서 주위를 둘러싼 각색의 군중을 음험한 눈길로 훑어봅니다. 거기엔 온갖 피부색을 지닌 사람들이 다 있습니다. 몰타 사람, 마옹섬 사람, 흑인, 아랍인, 이들은 모두 유대인에 대한 증오로 똘똘 뭉쳤고, 유대인 한 놈을 누군가 막 대하는 꼴을 보게 되어 즐거워하고 있습니다. 이스가리옷은 잠시 망설이다가 아랍인이 걸친 뷔르누 자락을 와락 움켜쥐며 "당신 봤지, 아흐메드, 당신은 봤지…… 여기 있었잖아. 기독교도가 날 때렸어…… 당신이 증인이 될 수 있잖아…… 그럼…… 그럼…… 당신이 증인이 될 수 있어."

그 아랍인은 뷔르누를 벗어 버리고 유대인을 밀어냅니다…… 난 아무것도 모르고, 아무것도 못 보았다며…… 바로 그 순간 고개를 돌렸다고 합니다……

"그래도 넌 봤지, 카두르, 넌 봤어…… 기독교도 놈이 날 때리는 거 봤지……" 불행한 이스가리옷이 바르바리산 무화과 껍질을 벗기고 있는 뚱뚱한 흑인에게 말합니다.

흑인은 경멸의 표시로 침을 퉤 뱉고 멀어져 갑니다…… 자긴 아무것도 못 봤다며…… 납작모자 아래로 숯처럼 까만 두 눈을 심술궂게 번득이는 이 키 작은 몰타 사람도, 역시 아무것도 못 봤답니다…… 석류가 담긴 바구니를 머리에 인 채 웃으며 슬쩍 내빼는 벽돌색 피부의 마옹섬 여자도 아무것도 못 봤다고 합니다.

유대인이 소리치고, 애걸하고, 날뛰어 봤자 소용이 없습니다…… 증인이 없는 겁니다! 누구도, 아무것도 못 보았답니다…… 다행히 그 순간 같은 유대교인 두 사람이 못 들은 척하고 담장에 바싹 붙어 지나갑니다. 그 유대인은 두 사람에게 알립니다.

"어서, 어서, 내 형제들! 얼른 대리인한테 알려 주시오! 치안반사한테 빨리 좀 가 줘요! ……당신들은 봤지요…… 저 사람이 이 늙은이를 치는 걸 봤지요!"

그들이 그걸 과연 봤는지! ……난 봤다고 믿습니다.

……시도마르의 가게는 몹시 웅성거립니다…… 커피 끓이는 사람은 커피 잔을 채우고 파이프 담배에 다시 불을 붙입니다. 사람들은 서로 얘기를 나누고, 이를 활짝 드러내며 웃습니다. 유대인 놈 골탕 먹이는 꼴을 보는 건 참 재밌단 말이야! 하고 웅성대는 소리와 자욱한 연기 속에 나는 살그머니 문 쪽으로 갑니다. 나는 그 이스가리옷과 종교가 같은 사람들이 자기네 형제에게 가해진 모욕을 어찌 받아들였는지 알아보러 유대인 동네 쪽으로 조금 다가가서 서성여 보자는 마음이 듭니다.

"오늘 저녁 먹으러 와요, 무시우*!"

사람 좋은 시도마르가 내게 소리칩니다……

나는 그러마고, 고맙다고 말합니다. 자, 이제 밖으로 나왔습니다.

유대인 동네에서는 다들 서성대고 있습니다. 이 일이 벌써 쫙 퍼져 난리가 났습니다. 술집에 사람이 아무도 없습니다. 수예점 주인,

* 프랑스어로 남성에 대한 존칭인 '므시외Monsieur'를 아랍식으로 발음한 것.

양복점 주인, 마구 제조인들…… 유대인들 전체가 길바닥에 나와 있습니다…… 남자들—벨벳 모자를 쓰고, 청색 모직 양말을 신은 사람들—이 떼 지어 시끄럽게 떠들며 손짓 발짓들을 하고 있습니다…… 여자들은 얼굴이 창백하고 퉁퉁 붓고, 금빛 가슴받이가 달린 긴 원피스를 입고 목제 우상처럼 뻣뻣한 모습으로, 검은 머리띠를 두른 채 뭐라 뭐라 재잘대며 이 무리에서 저 무리로 옮겨 다닙니다…… 내가 도착했을 때, 군중 사이에서 커다란 움직임이 일었습니다…… 그 유대인—사건의 주인공—은 여러 증인들의 부축을 받고 모자 쓴 머리들의 줄과 줄 사이로 빗발 같은 재촉을 받으며 지나갑니다.

"형제여, 복수해. 우리를 위해서도 유대 민족을 위해서도 복수하라고. 두려워할 것 없어. 당신에겐 당신이 법이니까."

콩 냄새와 낡은 가죽 냄새를 풍기는 끔찍한 난쟁이가 가련한 몰골로 땅이 꺼지게 한숨을 내쉬며 내게 다가옵니다. 그가 내게 말합니다.

"봤죠! 가엾은 유대인들이 어떤 취급을 받는지! 저 사람은 노인인데! 봐요, 저놈들이 사람을 반쯤 죽여 놨구먼."

아닌 게 아니라, 가엾은 그 이스가리옷은 산 사람보다는 죽은 사람에 가까워 보입니다. 내 앞으로 지나가는 걸 보니 눈은 퀭하고, 얼굴은 엉망이고, 걷는 게 아니라 몸을 질질 끌고 있습니다…… 치료를 받으려면 보상금을 많이 받아야 할 것 같습니다. 그래서 사람들은 그를 의사가 아니라 대리인에게 데려가고 있는 겁니다.

알제리에는 대리인이 메뚜기만큼이나 많습니다. 그 직업은 겉보기엔 좋은 듯하지요. 어떤 경우든 누구든 시험도 보증도 연수도 없이 손쉽게 입문할 수 있는 직업이니까요. 마치 파리에서 작가가 되듯이 알제리에서는 걸핏하면 대리인이 됩니다. 프랑스어, 스페인어, 아랍어만 좀 할 줄 알고 주머니 속에 항상 법전이 있고 무슨 일에 처하든지 이 직업에 필수라 할 대리인 기질을 보이면 되는 겁니다.

대리인의 역할은 매우 다양합니다. 순서대로 변호사, 공증인, 중개인, 전문가, 통역사, 부기 담당자, 용역 대행업자, 대서인 등의 노릇을 두루두루 하죠. 쉽게 말해 식민지의 자크 집사*인 겁니다. 다만 아르파공에게 자크 집사는 단 한 사람밖에 없었지만, 식민지엔 필요한 수보다 많은 자크가 있습니다. 밀리아나에만 해도 한 다스씩 묶어 셀 수 있을 만큼 많습니다. 보통 이런 사람들은 사무실 비용을 안 쓰려고 큰 광장에 있는 카페에서 고객을 맞이하여 압생트와 샹포로 술을 마시면서 조언—과연 조언을 하기는 할까요—을 해 주지요.

점잖은 이스가리옷이 곁을 지키는 두 증인과 함께 향하는 곳은 큰 광장의 카페입니다. 그들 뒤를 따라가지 않는 게 좋겠네요.

유대인 동네에서 나오면서 나는 아랍 사무소**로 쓰이는 집 앞을 지나갑니다. 밖에서 보면 모자처럼 보이는 거무스름한 슬레이트 지붕과 그 위로 프랑스 국기가 나부끼는 것이 얼핏 어느 마을의 읍사무소 같기도 합니다. 나는 그곳의 통역관과 아는 사이라 들어가서 함께 담배 한 대를 피웁니다. 한 대 한 대 피우다 보면 이 햇빛도 없는 일요일의 시간을 죽일 수 있겠지요!

사무소 앞뜰에는 누더기 차림의 아랍인들이 빼곡히 들어차 있습니

* 몰리에르의 희곡 「수전노」 등장인물로, 주인공 아르파공의 요리사이자 마부이다.

** 프랑스 식민지 알제리의 각 연대에는 알제리 총독이 임명한 '아랍 사무소'라는 것이 있어서, 원주민 각 부족의 족장과 관계를 유지하면서 주요 행정 업무(재판, 징세, 경찰 업무 등)를 처리했다.

다. 50명쯤이 뷔르누를 걸친 채 벽을 따라 거기가 마치 무슨 대기실인 양 쭈그리고 앉아 있습니다. 베두인족의 이 대기실에서는—지붕 없이 확 트인 곳인데도—사람 살냄새가 심하게 납니다. 빨리 지나가야지…… 사무소에 들어가 보니 통역관은, 홀딱 벗은 채 길고 더러운 이불을 들쓰고 시끄럽게 고함을 지르는 두 키다리 남자에게 잡혀 있었는데, 그들은 화가 잔뜩 나서 손짓 발짓 섞어 뭔지 모를 도난당한 염주 이야기를 하고 있습니다. 나는 한구석 돗자리에 앉아서 쳐다봅니다…… 저 통역관이 입은 제복이 멋있군. 밀리아나의 통역관은 제복을 멋들어지게도 착용하고 있네! 통역관과 옷은 서로 색깔을 맞추기라도 한 듯 잘 어울립니다. 제복은 하늘색이고 단춧구멍엔 검은 장식 끈이 달리고 금빛 단추들이 번쩍입니다. 통역관은 진한 금발 곱슬머리에, 얼굴은 혈색 좋게 발그스레합니다. 유머와 공상이 가득한 곱상한 푸른 제복의 경기병은 말이 좀 많고—할 줄 아는 언어도 많네요! 조금 회의적인 편인 그는 동양어 학교에서 르낭*을 알게 됐답니다!—운동을 아주 좋아하며 군수 부인이 베푸는 파티에도 아랍식 야영에도 익숙하고 마주르카를 누구보다도 잘 추고 쿠스쿠스도 잘 만들었지요. 한마디로 파리 사람, 이것이 내 친구 통역관의 면모로, 여자들이 좋다고 줄을 서는 것도 놀랄 일이 아니지요…… 멋쟁이 취향으로 보자면 그의 적수는 딱 한 사람, 아랍 사무실의 중사뿐입니다. 그 중사는 섬세한 천으로 지은 약식 군복을 입고 진주모 빛깔 단추가 달린 각반을 차고 다니며 주둔군 전체의 선망과 절망을 자아내는 사람이랍니

* 에르네스트 르낭(1823~1892). 프랑스의 실증주의 사상가이자 종교학자. 실제로 동양어 학교에서 강의한 적은 없고, 1862년과 1870년부터 콜레주 드 프랑스에서 히브리어를 가르친 적은 있다.

다. 아랍 사무소 근무를 면하게 되면서 여러 가지 힘든 일에서 놓여났지만 여전히 흰 장갑을 끼고 금방 손질한 곱슬곱슬한 머리로 커다란 대장臺帳을 한 팔에 끼고 길거리에 나타나지요. 사람들은 그를 보고 감탄하면서도 무서워합니다. 그는 하나의 권위입니다.

필시 그 도난당한 염주 이야기는 몹시 길어질 것 같군요. 안녕! 나는 그 얘기를 끝까지 듣지 않으렵니다.

걸어가다 보니, 아까 그 대기실 같던 뜰이 술렁댑니다. 키 크고 창백하고 자신만만하고 검은 뷔르누로 몸을 감싼 원주민 한 사람을 에워싸고 군중이 몰려듭니다. 이 사람은 8일 전에 자카르에서 표범과 맞서 싸웠답니다. 표범은 죽었지만 이 남자는 한 팔 절반을 표범에게 먹혔답니다. 아침저녁으로 그는 아랍 사무실에 와서 붕대를 새로 가는데, 그가 올 때마다 사람들은 사무소 앞뜰에서 걸음을 멈추고 그의 경험담을 듣지요. 그는 목 깊은 곳 저 속에서 우러나오는 멋진 음성으로 천천히 말을 합니다. 말하다가 이따금, 걸치고 있던 뷔르누 앞섶을 들추고 몸통에 붙은 왼팔이 피투성이 붕대에 감겨 있는 걸 보여 줍니다.

내가 길거리로 나오자마자 심한 폭풍우가 치기 시작합니다. 비, 천둥, 번개, 시로코*…… 얼른 어디든 들어가서 피해야지요. 닥치는 대로 아무 문이나 열고 들어갔는데, 하필 그곳은 무어식 뜰의 아치형 회랑에 사람들이 빽빽이 들어찬 집시 소굴 한복판이었습니다. 이 뜰은 밀리아나의 이슬람 사원과 비슷합니다. 이슬람교도 빈민층이 거처 삼아 살아가는 곳으로, '가난뱅이들의 마당'이라 불리는 곳이죠.

* 북아프리카에 부는 계절풍.

몸에 벌레가 득실거리는 커다란 그레이하운드 개들이 사나운 모습으로 내 주위에 와서 어정댑니다. 회랑의 기둥 하나에 기대어 나는 짐짓 태연한 척 애쓰며 아무에게도 말을 걸지 않고, 뜰의 채색 타일 바닥에 떨어졌다가 다시 튀어 오르는 비를 바라봅니다. 집시들은 땅바닥에 떼 지어 드러누워 있습니다. 내 근처에 미인에 가까운 한 젊은 여자가 가슴팍과 맨다리를 드러낸 채 두 손목과 발목에는 두꺼운 철제 팔찌와 발찌를 두르고서 세 음으로 구성된 희한한 곡조를 우울하게 콧소리로 흥얼대고 있습니다. 그 여자는 노래를 부르면서도 홀딱 벗어 붉은 구릿빛 살을 그대로 드러낸 아이에게 젖을 물리고, 자유로운 한 팔로는 돌로 된 유발乳鉢에 보리를 넣어 찧고 있습니다. 드센 바람에 비가 몰아쳐 이따금 여인의 두 다리와 젖먹이의 몸을 흠씬 적셨습니다. 집시 여인은 아랑곳하지 않고 몰아치는 폭풍우 속에서 보리를 찧고 젖을 먹이며 계속 노래를 부릅니다.

비바람이 좀 잦아듭니다. 잠시 비가 그친 틈을 타서 나는 재빨리 이 '기적의' 뜰을 떠나 시도마르의 저녁 식사 자리로 향합니다. 마침 저녁 먹을 때니까요…… 큰 광장을 가로지를 때 아까 본 그 늙은 유대인과 다시 마주칩니다. 그는 대리인에게 몸을 의지하고 있습니다. 증인들이 뒤에서 좋아라 하며 걷고 있고요. 주변에는 껄렁한 유대인 나부랭이들 한 무리가 겅중대며 걷고 있습니다…… 다들 얼굴이 환합니다. 대리인이 이 사건을 맡은 겁니다. 그는 재판에서 보상금 2,000프랑을 요구할 겁니다.

시도마르 집에서 거한 저녁 식사를 합니다. 식당에서는 우아한 무어식 뜰이 내다보이고 뜰에는 두세 개의 분수가 물을 졸졸 내뿜고 있습니다…… 브리스 남작*에게 추천할 만한 훌륭한 터키식 만찬. 다른 요리도 좋았지만 특히 아몬드를 넣은 닭 요리, 바닐라를 넣은 쿠스쿠스, 고기를 곁들인 거북 요리, 그리고 조금 무겁지만 맛은 최고인 '판사의 파이'라고 불리는 꿀 넣은 비스킷…… 포도주로는 샴페인만 나왔습니다. 이슬람 법은 워낙 술을 금하고 있지만, 시도마르는 조금—식사 시중드는 사람들이 등을 돌릴 때 살짝—마시지요…… 저녁 식사 후에는 집주인 방으로 자리를 옮겼는데, 그곳으로 과일 잼과 파이프와 커피가 대령되었습니다. 그 방의 가구 배치는 더할 나위 없이 단순합니다. 긴 의자 하나, 돗자리 몇 개, 제일 안쪽 깊숙한 곳에 매우 높고 커다란 침대가 있고, 그 위에 금색 테를 두른 붉은 쿠션 몇 개가 놓여 있습니다. 벽에는 하마디라는 해군 제독의 공적을 그린 터키의 옛 그림 한 점이 걸려 있고요. 터키에서는 화가들이 한 그림당 한 가지 색깔만 쓰는 것 같습니다. 이 그림에는 초록색만 썼네요. 바다, 하늘, 배, 하마디 제독이라는 인물, 모든 게 초록색입니다. 게다가 그 초록색도 기막힌 초록색이죠……!

아랍인의 관례는 식후에 일찌감치 자리에서 물러나는 겁니다. 커피를 마시고 파이프 담배도 피우고 나자, 나는 주인에게 밤 인사를 하고 그를 아내들과 있도록 놔주었습니다.

저녁 시간을 어디서 마무리할까요? 잠자리에 들기엔 너무 이르고, 집에 들어갈 시간이라는 걸 알리는 원주민 기병들의 나팔 소리도 아직 울리지 않았네요. 게다가 귀가한다 해도 시도마르의 작은 황금빛 쿠션들이 주위 사방에서 환상적인 파랑돌 춤을 추어 대어 쉬이 잠들

* 브리스 남작(1813~1876). 음식에 관한 글을 많이 썼는데, 『음식 달력』(1867), 『브리스 남작의 366가지 메뉴』(1868)가 큰 인기를 끌었다.

지 못할 테고요…… 극장 앞에 와 있군요. 잠시 들어가 보죠.

밀리아나의 극장은 옛날에 모피를 팔던 가게였는데, 어찌어찌 공연장이랍시고 간신히 모양새만 갖추었습니다. 막간에는 커다란 켕케식 양등洋燈에 기름을 채워 샹들리에 구실을 하게 만들었습니다. 1층 뒷자리는 입석이고, 오케스트라는 긴 의자에 앉게 되어 있습니다. 그나마 관람석은 밀짚으로 엮은 의자들이 있어 자존심을 지켰습니다…… 공연장 둘레에 길고 컴컴하고 마룻바닥도 깔리지 않은 복도가 있습니다…… 하나도 빠짐없이 길거리에 나앉은 것처럼 생각됩니다…… 도착하니, 벌써 연극이 시작되었네요. 정말 놀랍게도 배우들은 나쁘지 않습니다. 남자 배우들 말이죠. 그들은 열성과 활기가 있습니다. 거의 모두 아마추어들인데, 제3연대 소속 병사들이죠. 연대는 그것을 자랑스러워하며 매일 저녁 공연에 몰려와서 박수를 칩니다.

여배우들은, 오호라……! 그들은 여전히, 늘 그랬듯이 시골 소극장의 구원久遠의 여인상쯤 되며, 도도하고 과장되고 가식적입니다…… 하지만 이 여배우들 중 내 관심을 끄는 사람이 둘 있는데, 밀리아나의 유대인 여인들로, 아주 젊고 무대에는 처음 서는 새내기들입니다. 그 부모들도 극장에 와 있는데, 무척 기뻐하는 것 같습니다. 딸들이 이 장사로 수천 두로*를 벌어들일 것이라는 확신이 있는 겁니다. 백만장자 여배우였던 이스라엘 여인 라셸**의 전설이 이미 동방의 유대인들 사

* 스페인의 은화로, 1두로는 5페세타이다. 알제리에서는 당시 프랑스 동전이 통용되었으나 오랑을 중심으로 한 지방에서는 두로가 여전히 통용되었으며, '두로'라는 말은 일반적으로 돈을 지칭하는 표현으로 사용되었다.

** 엘리자베트 라셸 펠릭스(1821~1858). 프랑스의 유명한 비극 전문 배우. 이스라엘 행상의 딸로 1831년 파리에 와서 카페에서 노래를 하다가 왕립 음악원 창립자의 눈에 띄어 발탁되었다.

이에는 널리 퍼져 있습니다.

무대 위의 이 자그만 유대 여인들만큼 희극적이면서 짠한 것은 없습니다…… 두 여인은 분을 바르고 목이 깊이 파인 의상을 입고 무대 한 귀퉁이에 아주 뻣뻣하고 수줍게 서 있습니다. 그녀들은 춥고 부끄럽습니다. 가끔씩 뜻도 모르면서 한 문장씩 알아듣지도 못하게 말하는데, 말하는 동안 커다랗고 유대인스러운 두 눈은 어리벙벙한 채 객석을 바라보고 있습니다.

극장을 나옵니다…… 내 주위를 빙 둘러싼 어두운 그늘 한복판에 있자니 광장 한구석에서 외치는 소리가 들립니다…… 아마도 어떤 몰타 사람들이 칼부림을 하나 봅니다.

천천히 요새를 죽 따라 호텔로 돌아옵니다. 오렌지 나무와 측백나무의 좋은 냄새가 들판에서 훅 끼쳐 옵니다. 공기는 따사롭고, 하늘은 거의 티 한 점 없이 맑습니다…… 저기, 길 끝에 성벽의 오래된 유령, 어느 옛 사원의 잔해가 우뚝 서 있습니다. 이 벽은 성스럽습니다. 날마다 아랍 여인들이 여기 와서 봉헌물과 하이크*와 푸타** 천 조각들이며 다갈색의 기다란 머리타래에 은색 실을 이어 붙인 것들이며 뷔르누 자락 같은 것을 잔뜩 걸어 놓습니다…… 이 모든 것이 뜨뜻미지근한 밤의 숨결을 받아 가녀린 달빛 아래 나부낍니다……

* 직사각형에 희거나 흰색과 갈색 줄무늬가 있는 천의 커다란 조각. 동방에서 외투로 사용하던 천을 말한다.
** 동방의 값진 천.

메뚜기들
Les Sauterelles

알제리의 회고담 하나만 더 얘기하고 그다음엔 풍차 방앗간으로 되돌아가십시다……

사헬의 그 농가에 도착하던 날 밤, 나는 잠을 이룰 수가 없었습니다. 새로운 고장, 여행의 부산스러움, 자칼들 울부짖는 소리, 게다가 짜증나게 덮쳐 오는 더위, 마치 모기장 그물이 바람 한 점 들어올 틈 없이 막혔기라도 한 양 완벽한 숨 막힘…… 새벽에 내 방 창문을 열자 텁텁한 여름 안개가 누가 휘젓기라도 하는 듯 서서히 움직이며, 가장자리가 검고 불그스레하게 물든 채로 전쟁터의 뿌연 포연처럼 공중에 떠돌고 있었습니다. 움직이는 나뭇잎 하나 없었고, 내다보이는 아름다운 정원에는, 볕 잘 드는 비탈에 듬성듬성 심긴 단 포도주의 원료가 되는 포도나무들, 그늘진 한구석에 바람막이가 되게끔 서 있는 유럽산 과

일나무들, 작은 오렌지 나무들, 아주 작은 줄을 지어 길게 늘어선 귤나무들이 모두가 하나같이 활기 없는 모습으로, 폭풍우를 기다리는 잎새들처럼 부동자세를 하고 있었지요. 바나나 나무들도, 바람결에 쓸리며 가볍고 가느다란 머리카락을 흩날리는 연녹색 키다리 갈대들도 마치 규칙적인 깃털 장식처럼 소리 없이 곧추서 있었습니다.

나는 잠시 이 놀라운 농장 모습을, 제가끔 제철이면 다른 고장에 옮겨져서도 꽃피우고 열매를 맺는, 세상의 모든 나무들이 모여 있는 모습을 바라보았습니다. 숨 막히는 아침나절에, 보리밭과 코르크 떡갈나무들이 자라는 고원들 사이로 한 줄기 물길이 반짝이며 흘러, 바라보기만 해도 시원한 기분이 들었습니다. 이런 것들의 호사와 질서 그리고 무어식 아케이드를 갖춘 이 아름다운 농원, 새벽빛을 받아 새하얀 테라스, 그 주위로 끼리끼리 모여 있는 외양간과 헛간들을 보고 감탄하면서도, 20년 전 이 용감한 사람들이 사헬의 이 작은 골짜기에 살러 왔을 때는 길 닦는 인부들이 거처하는 형편없이 허술한 오막살이 한 채와 땅딸막한 종려나무와 유향나무들이 비죽비죽 솟아난 한 뙈기의 불모지밖에 못 봤겠구나 하는 생각이 들었습니다. 전부 앞으로 만들어 나갈 것, 새로 지어야 할 것투성이였겠죠. 시시때때로 아랍인들이 들고 일어났습니다. 밭 갈던 보습을 손에서 놓고 총을 쏘아야 했습니다. 그다음에는 역병, 안질, 열병, 흉작, 경험 부족에서 오는 암중모색, 편협하고 아직 자리 잡히지 않은 행정 당국과의 싸움. 얼마나 애를 썼을까요! 얼마나 피곤했을까요! 얼마나 끊임없이 지켜보았을까요!

지금도, 이제 힘든 시절은 끝나고 그렇게 소중한 재산을 모았는데도, 주인 내외는 이 농장에서 제일 먼저 일어나는 사람이었습니다. 이렇게 이른 아침 시간에도 이들이 1층의 커다란 부엌에서 왔다 갔다 하면서 일하는 사람들이 마실 커피를 챙기는 소리가 들렸습니다. 곧 종이 울리고 조금 있으니 일꾼들이 큰길에 줄지어 걸어갔습니다. 부르고뉴에서 온 포도밭 일꾼들, 남루한 옷을 걸치고 붉은 술 달린 챙 없는 모자를 쓴 카빌의 밭농사 일꾼들, 맨다리를 드러낸 마옹섬 출신의 토목 공사 인부들, 몰타섬 사람들, 뤼크섬 사람들, 다루기 쉽지 않은 각양각색의 사람들. 그들 각자에게 농장 주인 남자는 문 앞에서 짧고 다소 거친 음성으로 그날 할 일을 분배했습니다. 지시를 마치자 이 씩씩한 남자는 고개를 들어 걱정스러운 모습으로 하늘을 살피더니 창문에 내가 있는 것을 보자 말했습니다.

"밭일하기엔 안 좋은 날씨군요…… 시로코가 불어오네요."

아닌 게 아니라, 해가 떠오르면서 타는 듯 뜨겁고 숨 막히는 돌풍이 마치 화덕 문을 열었다가 다시 닫은 것처럼 남쪽에서 우리 쪽으로 훅훅 끼쳐 왔습니다. 몸을 어디다 두어야 할지, 어떻게 될지 아무도 모를 노릇이었지요. 아침나절이 이렇게 다 지나갔습니다. 우리는 말할 용기도 움직일 엄두도 못 내고 회랑의 돗자리에 앉아 커피를 마셨습니다. 타일 바닥의 시원함을 찾아 몸을 길게 뻗은 개들이 파김치가 된 자세로 늘어져 있었습니다. 점심을 먹고 나서 우리는 조금 기운을 차렸습니다. 잉어, 송어, 멧돼지, 고슴도치, 스타웰리산 버터, 크레시아산 포도주, 구아버, 바나나 등, 주변의 그토록 복합적인 자연과 똑 닮은 이국적인 음식들이었습니다…… 우리가 식탁에서 막 일어서려 할 때였습니다. 갑자기, 화덕처럼 달구어진 정원의 더위로부터 우리를 보호하기 위해 닫혀 있던 창문 겸 문에서 고함 소리가 났지요.

"메뚜기다! 메뚜기!"

이 소리에 집주인은 천재지변 경보라도 들은 사람처럼 새하얗게 질렸고, 우리는 허겁지겁 밖으로 나갔습니다. 10분간, 방금 그렇게 고요하던 이 집에서는 서둘러 뛰어가는 발소리, 이 소리에 파묻힌, 막 깨어나 술렁거리는 소리가 서로 분간이 되지 않으며 일어났습니다. 하인들은 문간 그늘 속에서 잠에 빠져 있다가 튀어나와 방망이, 쇠스랑, 도리깨, 닥치는 대로 손에 잡히는 온갖 철제 물건들, 구리 냄비, 찜통, 프라이팬 등을 들고 챙챙 부딪는 소리를 내면서 밖으로 뛰어나갔습니다. 양치기들은 양들을 불러 모으는 나팔을 불어 댔지요. 또 어떤 사람들은 바다의 소라고둥, 사냥 때 쓰는 뿔피리를 가지고 나갔습니다. 그러느라 어마어마하고 귀에 거슬리는 소음이 한바탕 일었는데, 그중에도 이웃 천막*에서 달려온 아랍 여인들이 새된 소리로 "유! 유! 유!" 하는 것이 가장 크게 들려왔습니다. 종종 큰 소리를 내고 공중에서 퍼드덕퍼드덕 떠는 소리를 내기만 하면 메뚜기 떼를 멀리 쫓아 버리고 그것들이 내려앉지 못하게 할 수 있는 모양이었습니다.

그런데 이 무시무시한 곤충들은 대체 어디 있었던 걸까요? 더위로 파들파들 떨리는 듯한 하늘에서, 구름 한 점이 구릿빛으로 빽빽하게, 마치 우박을 쏟아내는 구름처럼 숲의 수많은 나뭇가지들 속에서 폭풍 같은 소리를 내며 지평선으로 몰려오는 것만 같아 보였습니다. 메뚜기 떼였습니다. 메뚜기 떼는 바짝 마른 날개를 활짝 펴서 서로서로를 지탱하며 한 덩어리로 날고 있었고, 우리가 소리를 지르고 온갖 애를 써도 메뚜기 구름은 여전히 앞으로 다가와 들판에 엄청난 그림자를 드리웠습니다. 곧 그 구름은 우리 머리 위까지 왔지요. 구름의 가장자리가 일순간 쫙 찢어지며 풀어헤쳐지는 모습이 보였습니다. 우박을

* 가족이나 사회적 공동체에 하나씩 할당된 천막들이 둥글게 배치되어 있다.

동반한 소나기가 쏟아질 때 처음 몇 방울이 그렇듯이, 뚜렷하고 불그스레한 메뚜기들이 그 구름에서 떨어져 나왔습니다. 그러더니 구름장 전체에 구멍이 뚫렸고, 곤충 우박이 억수같이, 큰 소리를 내며 떨어져 내렸습니다. 밭에서 눈길 닿는 곳이란 곳은 모조리 메뚜기로 뒤덮였는데, 엄청나게 커다랗고 손가락만큼 굵직했습니다.

그러자 일대 학살이 시작되었지요. 메뚜기를 밟아 죽이는 끔찍한 소리, 밀짚이 으깨어지는 소리…… 쇠스랑, 곡괭이, 쟁기로 사람들은 이 움직움직하는 땅바닥을 마구 헤집어 댔습니다. 그런데 메뚜기는 죽이면 죽일수록 그 수가 더 많아졌습니다. 그것들은 층을 지어, 앞다리들이 서로 얽힌 채로 굼실댔습니다. 위쪽에 있는 것들은 절망에 겨워 펄쩍 튀어 오르고, 이 기이한 밭 갈기 작업을 위해 수레에 매달린 말들의 코앞에까지 뛰어올랐습니다. 농가의 개들도 메뚜기 떼를 향해 달려들어 미친 듯 밟아 댔습니다. 이때, 알제리 저격병 두 중대가 머리에 나팔을 매달고 불행한 농장주들을 도우러 나타나자, 학살의 면모가 달라졌습니다.

메뚜기들을 밟아 죽이는 대신 병사들은 화약을 길게 뿌려 불태워 죽였습니다.

죽이는 데도 지치고 고약한 냄새가 역겹기도 하여 나는 집으로 들어왔습니다. 농가 안에도 거의 바깥만큼이나 많은 메뚜기들이 있었습니다. 열린 문과 창문 틈으로, 굴뚝 구멍으로 들어온 것이지요. 목재 가구 가장자리에, 이미 쏠아 버린 커튼들 속에 메뚜기들이 돌아다니고, 아래로 뚝뚝 떨어지고, 날아다니고, 흰 벽 위로 기어올라 거대한 그림자를 만들어서 더욱더 추해 보였습니다. 게다가 여전히 그 끔찍한 냄새가 풍기더군요. 저녁때는 물도 없이 식사를 해야만 했습니다. 저수통, 양푼, 우물, 수조, 모든 게 메뚜기로 오염되었던 겁니다. 저녁때 내 침실에서는 이미 숱하게 잡아 죽였는데도 가구 밑에 그것들이 우글대는 소리가 여전히 났고, 마치 한더위에 콩깍지가 저절로 터지듯 타닥타닥 메뚜기 소리가 들렸습니다. 그날 밤에도 난 잠을 잘 수 없었습니다. 나뿐 아니라 농가 주변에 사는 사람들은 모조리 깨어 있었지요. 들판 바닥 이 끝에서 저 끝까지 불길이 빠른 속도로 화르륵 타들어갔습니다. 저격병들이 여전히 메뚜기를 죽이고 있었던 겁니다.

다음 날, 전날처럼 내 방 창문을 열었을 때, 메뚜기들은 이미 사라지고 없었습니다. 하지만 그것들이 떠나면서 뒤에 어떤 폐허를 남겼던지요! 더 이상 꽃 한 송이, 풀 한 포기 없었고 모든 게 시커멓고, 갉아먹힌 자리투성이고, 검게 타 있었습니다. 바나나 나무, 살구나무, 배나무, 귤나무들은 잎이 다 떨어져 헐벗은 가지들만으로 구분해야 할 정도였지요. 마음을 끄는 아름다움도, 나무의 생명이라 할 잎새의 한들거림도 없었습니다. 사람들이 우물, 저수통을 청소하고 있었습니다. 사방에서 농사꾼들이 메뚜기 알을 죽이려고 땅에 움푹 골을 파고, 흙덩이 하나하나를 다 뒤엎어 주의 깊게 깨부수었습니다. 수천 개의 흰 뿌리들 속에 수액이 가득 찬 기름졌던 땅이 이렇게 엉망이 되어 뒤집힌 것을 보자니 가슴이 먹먹했습니다……

고셰 신부님의 명주

L'Élixir du Révérend Père Gaucher

"이것 좀 마셔 보십시오, 우리 이웃 형제님. 쭉 마셔 보시고 어떤지 한번 말씀해 보세요."

그라브종의 본당 신부는 이렇게 말하면서 한 방울 한 방울, 마치 보석상이 진주알 세듯 세심하게 공을 들여, 초록색에 황금빛이 도는, 따뜻하고 반짝이는, 맛이 기막힌 증류주를 손가락 두 개 높이만큼 술잔에 따라 주었습니다…… 그걸 쭉 마시니 배 속에 햇살이 확 퍼지는 것 같더군요.

"고셰 신부님이 만드신 명주銘酒랍니다. 우리 프로방스의 기쁨이자 활력이라 할 수 있죠." 본당 신부가 의기양양한 표정으로 내게 말했습니다. "형제님이 사시는 풍차 방앗간에서 20리 떨어진 프레몽트레 수도원에서 만든답니다…… 이 수도원은 세상 모든 샤르트르 약주*를 합친 것만큼이나 소중하지 않습니까, 어떠신가요? ……이 묘약 같은 술에 얽힌 이야기는 또 얼마나 재미있게요! 일단 들어 보세요……"

그러면서 아주 순진하게, 악의라고는 없이, 십자가의 길 14처에 대한 작은 그림이 걸려 있고 빳빳이 풀 먹인 밝은 색깔의 예쁜 커튼이 드리워진 무척이나 해맑고 고요한 사제관 식당에서, 그 신부는 에라스뮈스나 다수시** 같은 방식으로 조금은 믿기 힘들고 불경스럽기도 한 짧은 이야기를 들려주기 시작했습니다.

20년 전, 프레몽트레 수도회 수사들—우리 프로방스 사람들은 '흰 옷의 수사들'이라 부르던 그분들—의 형편이 아주 어렵게 되었답니다. 만약 형제님이 당시에 그 수도원을 보셨다면, 마음깨나 아프셨을 겁니다.

커다란 벽, 파콤 탑, 이런 것들은 산산조각 나서 사라져 버렸지요. 잡초만 수북한 수도원 경내를 빙 둘러싼 작은 기둥들은 낡아서 갈라졌고, 성인들의 석상은 벽감壁龕 속에서 무너져 내렸고요. 똑바로 버티고 있는 유리창 하나 없었고, 문 한 짝 제대로 붙어 있는 것이 없었답니다. 수도원 안뜰과 경당에는 론강의 강바람이 카마르그 평야에서 몰아치듯 쌩쌩 불어와 성당의 촛불이 꺼지고, 창유리를 지탱하는 납살은 부서지고, 성수반의 물은 말라붙었더랍니다. 그렇지만 무엇보다도 서글픈 것은, 텅 빈 비둘기 집처럼 적막한 수도원 종탑이었죠. 글쎄 종을 살 돈이 없어 편도 나무 가지를 꺾어 만든 딱따기로 아침 종소리

* 샤르트르 수도회의 여러 분원分院에서 주조하는 각종 약초 술을 말한다.

** 샤를 쿠아포 다수시(1605~1677). 프랑스의 풍자 작가. 오비디우스의 『변신』을 패러디한 『기분 좋은 오비디우스』라는 작품을 썼다.

를 대신할 수밖에 없는 지경이었다니까요……!

가엾은 흰 옷의 수사들! 성체축일* 날 축하 행렬을 할 때면, 시트르**와 수박으로나 겨우 연명하는 수도자들이 누덕누덕 기운 케이프를 뒤집어쓴 채, 핼쑥하고 말라빠진 모습으로 처량하게 걸어가던 모습이 아직도 눈에 선합니다. 그 뒤쪽으로는 수도원장 신부님이 낡아서 금박이 벗겨진 지팡이와 벌레 먹은 모직으로 된 흰 모자를 백주에 남들 앞에 내보이기가 너무 부끄러워 고개를 푹 수그린 채로 걸어오셨지요. 재속 신도회의 부인네들은 줄지어 걸으면서 이들이 안쓰러워 눈물을 흘렸고, 깃발을 든 뚱뚱보 남자들은 가엾은 수사들을 손가락으로 가리켜 보이며 자기들끼리 작게 키득거렸습니다.

"찌르레기는 떼 지어 날아다니면 살이 빠지는 법이지"라고 하면서요.

사실 불운한 흰 옷의 수사들은 형편이 어느 정도였나 하면, 차라리 각자 세상 곳곳에 가서 흩어져 살 길을 도모하는 편이 낫지 않을까 하는 말이 자기들끼리 오갈 정도였답니다.

이렇게 심각한 문제를 가지고 수도원 참사회에서 논의 중이던 어느 날 원장 신부에게 전갈이 오기를, 고셰 수사가 드릴 말씀이 있다는 것이었습니다…… 참고로 말해 두자면, 고셰라는 이 수사는 수도원에서 소 치는 소임을 맡고 있었지요. 그러니까 수도원 경내의 땅바닥에 깔아 놓은 포석 틈새에서 뜯어 먹을 풀을 찾는 비쩍 마른 소 두 마리를 앞세우고 이 회랑 저 회랑 돌아다니며 하루하루를 보내고 있었다는 얘기죠. 열두 살 때까지는 레보 근처 시골의 정신이 좀 이상한 할멈―'베공 아주머니'라 불렸지요―이 그를 거두어 먹였고, 그다음

* 매년 삼위일체 대축일 후의 목요일.
** 속살이 하얗고 씨가 붉은 수박으로, 잼을 만드는 데 쓰인다.

에는 수도원에서 받아 주었기에, 이 박복한 소몰이 수사가 배울 수 있었던 것이라고는 겨우 소 먹이는 법 그리고 '하늘에 계신 우리 아버지'* 암송뿐이었는데, 심지어 그 기도문조차도 프로방스어로 외웠답니다. 머리는 돌대가리요, 마음은 납으로 만든 단검처럼 무디어 빠졌지요. 게다가 약간 망상에 빠진 것 같은 구석도 있었지만 독실한 그리스도 신자이며, 고행자가 입는 거친 천으로 만든 셔츠를 입고도 아무렇지 않으며 굳은 확신을 지니고—거기다가 두 팔은 어찌나 튼튼한지!—스스로 고행 수련을 하곤 했지요!

단순하고 요령부득인 그가 수도원 참사회가 열리는 방에 들어와서 한 다리를 뒤로 쭉 뺀 자세로 좌중에게 인사하는 것을 보고 수도원장, 수사 신부, 회계 담당 수사, 모두들 웃기 시작했습니다. 염소수염에, 두 눈은 약간 맛이 간 듯하고, 머리는 희끗희끗한 그의 사람 좋은 얼굴이 어딘가 출동했다 하면 늘 그런 효과가 나타나곤 했다지요. 워낙 그랬던지라 고셰 수사는 사람들이 웃어 대도 아무렇지도 않았습니다.

그는 올리브 씨로 만든 묵주를 만지작거리며 호인 같은 어조로 말했습니다. "여러 신부님들, 빈 술통이 가장 좋은 소리를 낸다는 말은 참 맞는 말입니다. 이미 이렇게 텅텅 빈 제 불쌍한 머리로도 짜내고 또 짜내다 보니 우리 모두를 곤경에서 구해 낼 방법이 찾아지는 것 같네요. 그 방법인즉 이렇습니다. 베공 아주머니 잘 아시죠. 절 어렸을 때 돌보아 주셨던 착하신 아주머니 말입니다(하느님이 그분의 영혼을 보살펴 주시기를, 못된 노인네! 그분은 술이 들어갔다 하면 아주 사악한 노래를 부르곤 했지요). 그분 말씀인데요, 신부님들, 베공 아주머니가

* 가톨릭의 가장 중요한 기도인 〈주님의 기도〉 첫 부분을 말한다.

생전에 각종 산야초를 어찌나 두루 꿰고 계셨던지, 글쎄 코르시카섬의 늙은 티티새보다도 더 잘 알았다는 것 아닙니까. 게다가 돌아가시기 전에는 저하고 같이 알피유 산중에 가서 따 온 대여섯 가지 산야초를 섞어 그 무엇과도 비할 수 없는 묘약 같은 술을 빚어 냈지요. 그 뒤로 벌써 세월이 많이 흘렀습니다. 하지만 성 아우구스티누스의 도우심과 우리 수도원장 신부님의 허락만 얻는다면, 제가 잘 찾아봐 가며 그 신비로운 술 빚는 비법을 다시 알아낼 수 있을 것 같습니다. 그렇게 되면 그 술을 병에 담아 좀 비싸게 파는 일만 남습죠. 그러면 우리 수도원 식구들의 형편이 다만 얼마라도 나아질 수 있을 겁니다. 트라피스트 수도원이나 샤르트르 대수도원의 형제 수사님들이 그랬던 것처럼 말이죠……"

그가 말을 채 끝낼 틈도 주지 않고, 수도원장은 자리에서 벌떡 일어나 그를 얼싸안았습니다. 수사 신부는 그의 두 손을 덥석 움켜잡았고요. 회계 담당 수사는 누구보다도 더 감동하여 존경의 표시로 고셰 수사의 어깨에 거는 띠의 올 풀린 술 장식이 너덜너덜 늘어진 가장자리에 입을 맞추었습니다…… 그러고 나서는 모두 제자리로 돌아가 이 일을 심층적으로 의논했지요. 그래서 당장, 수사 신부는 이런 결정을 내렸습니다. 그동안 고셰 수사가 돌보던 소들은 앞으로 트라지빌 수사에게 맡기고 고셰 수사는 술 빚는 일에만 전념케 하자고요.

고셰 수사는 베공 아주머니의 비법을 어떻게 다시 알아내게 되었을까요? 어떤 노력을 했기에? 몇 날 며칠 밤을 새워서? 그야 모르지요. 다만 확실한 것은 그로부터 반년 후엔 이미 흰 옷의 수사들이 만들어 낸 이 술이 대단한 인기 상품이 되었다는 사실입니다. 백작이 다스리는 영지였던 이 마을 전체에, 또 아를 일대의 전 지역에서, 헛간의 식료품 저장고 한구석에 뱅퀴와 피촐린식으로 담근 올리브* 단지가 놓여 있는 그 한중간쯤에 프로방스의 문장—은색 바탕에, 술 취해 황홀경에 빠진 수사를 그린 상표—으로 봉인된 갈색 토기로 된 작은 술병 하나쯤 갖춰 놓지 않은 농가가 없다 해도 과언이 아니었으니까요. 이 명주 바람이 분 덕에 프레몽트레 수도원은 급속히 부자가 되었습니다. 파콤 탑도 다시 세웠고요. 수도원장은 이제 새 모자를 썼고, 수도원 성당은 공들여 만든 멋진 색유리를 갖추게 됐지요. 그리고 종탑에 달린 섬세한 레이스 장식 속에서 갖가지 크고 작은 종들이 울리는 소리가 부활절 아침에 땡땡, 뎅그렁뎅그렁 커다랗게 멀리멀리 퍼져 갔지요.

그럼 고셰 수사는 어떻게 되었을까요? 사제 서품도 못 받고 수도원의 이런저런 잡일이나 돕던 조수에 불과하던 이 가련한—그 촌스러운 언행으로 수도원 참사회를 웃기던—수사를 이제 수도원에서 아무도 '잡역 수사'로 취급하지 않았습니다. 그 후로는 '고셰 신부님'으로만 불렸으며, 이젠 굉장한 비법을 아는 대가로서 수도원 내의 자질구레하고 잡다한 소임에서는 완전히 손 떼고 날마다 증류소에 틀어박혀 술만 만들었고, 수사 서른 명이 산에 올라 다니며 향기로운 산야초를 캐다 주곤 했지요. 이 증류소는 아무도, 심지어 수도원장 신부도 들어갈 권리가 없는 장소로, 수도원 참사회의 정원 맨 끝 구석에 자리 잡은, 지난날 소성당으로 쓰다 버린 공간이었습니다. 착한 신부들이 워낙 순박하다 보니 이곳이 뭔가 신비롭고 대단한 곳이 되어 버린 것이

* 이 음식의 요리법을 창안한 이탈리아 사람 '피촐리니'의 이름에서 따온 것으로, 올리브를 향료와 섞어 소금물에 절여 본요리 전에 나오는 전식으로 먹는다.

지요. 어쩌다 대담하고 호기심 많은 어린 수사가 담을 타고 오르는 포도덩굴에 매달려 수도원 정면의 현창 꽃 모양 원형 창문 있는 곳까지 무모하게 기어 올랐다가, 강신술사降神術師*처럼 수염이 덥수룩한 고셰 신부가 알콜 도수 측정계를 손에 들고 화덕 위에 허리를 굽히고 서 있고, 주변에 들어찬 분홍색 사암으로 된 증류 가마, 거대한 증류기, 증류기의 크리스털 나선관 등 괴상한 물건들이 색유리창을 통해 들어오는 붉은 빛을 받아 마법에 걸린 것처럼 벌겋게 불타오르는 듯한 광경을 보고 질겁을 하여 굴러떨어지듯 냅다 내려오곤 했지요.

해가 지고 하루의 삼종기도의 마지막 종소리가 울리면 이 신비로운 장소의 문이 살짝 열리고, 고셰 신부가 저녁 미사에 참석하러 성당으로 가곤 했습니다. 그가 수도원을 가로질러 걸어갈 때면 사람들이 얼마나 극진히 맞이했는지 그 광경은 정말 볼만했습니다! 그가 지나가는 길 양쪽으로 수사들이 울타리처럼 죽 늘어서서 말했습니다.

"쉿……! 저분은 비법을 알고 계신 분이야……"

회계 담당 수사가 머리를 조아려 그를 뒤따르며 말을 건넸습니다…… 이렇게 아부를 한 몸에 받는 당사자 고셰 신부는 이마의 땀을 닦으며, 챙 넓은 삼각모를 뒤로 젖혀 써서 후광 같은 효과를 내며, 주위의 오렌지 나무들이 자라는 큰 뜰과 새로 단 풍향계가 빙빙 돌아가는 푸른색 지붕이며 눈부신 흰색으로 칠해진 수도원 경내—꽃으로 장식된 우아하고 작은 기둥들 사이—를 말끔히 차려입고 평온한 얼굴로 둘씩 둘씩 짝지어 거니는 참사원들을 짐짓 윗사람이 아랫사람에 맞춰 주는 듯한 태도로 두리번두리번 둘러보면서 앞으로 나아갔습니

* 죽은 자들과 접신하여 미래의 일을 알아내는 사람.

다.

'저게 다 내 덕이지 뭐야!' 고셰 신부는 속으로 말했습니다. 이 생각을 할 때마다 으쓱하는 마음이 새록새록 올라왔습니다.

가엾은 고셰 신부는 이 일로 단단히 벌을 받게 됩니다. 들어 보시죠……

어느 날 저녁, 미사 중에 그가 유난히 부산스럽게 성당에 들어왔습니다. 그 모습을 좀 상상해 보시죠. 얼굴은 시뻘겋고, 숨이 차서 씩씩거리며, 망토에 달린 두건도 삐딱하게 쓴 채로, 어찌나 정신이 없었던지 성수반에 손을 넣어 적시면서 옷소매까지 적셔 팔꿈치까지 다 젖었답니다. 처음에는 다들 그가 미사 시간에 늦어서 당황해서 그러나 보다 했지요. 그렇지만 성당의 제단을 향해 절하는 대신 오르간과 누대樓臺를 향해 여러 번 꾸벅꾸벅 절을 하더니, 바람같이 성당을 가로질러 걸어가, 성가대석에 가서 5분간 헤매고 나서야 맨 앞의 성직자석에 자리를 잡는가 하면, 일단 자리에 앉아서는 헤벌쭉 웃으며 왼쪽 오른쪽으로 허리를 굽혀 인사를 해 대는 고셰 신부의 모습에, 평수사들이 앉은 세 줄로 된 일반석에서 놀라 웅성대는 소리가 퍼져 나갔습니다. 성무일도서聖務日禱書가 놓인 수사들의 자리마다 여기저기 수군대는 소리들이 전해졌습니다.

"우리 고셰 신부님 무슨 일이지? ……신부님 왜 저래?"

수도원장 신부가 참다못해 홀장笏杖을 두 번씩이나 대리석 바닥에 쿵쿵 부딪쳐 조용히 하라는 신호를 보냈습니다…… 저쪽, 성가대석에서는 시편을 읊조리는 성가가 여전히 울려 퍼졌지만, 수사들의 답창은 어쩐지 활기가 부족했지요……

갑자기, 〈아베 베룸〉 성가가 한창 울려 퍼지는 와중에, 고셰 신부는 앉았던 자리에서 벌렁 뒤로 나자빠지며 쩌렁쩌렁한 음성으로 노래를 불러 댔습니다.

> 파리엔 흰 옷 입은 신부 하나 있다네
> 파타탱, 파타탕, 타라뱅, 타라방……

모두들 경악을 금치 못했습니다. 다들 자리에서 일어서서 소리쳤지요.

"끌고 나가요! ……마귀가 씌었어요!"

참사회원 신부들은 성호를 그었습니다. 원장 신부는 홀장을 바닥에 마구 두드려 댔습니다. ……하지만 고셰 신부 눈에는 보이는 것이 없고, 귀에는 들리는 것이 없었지요. 마치 마귀 쫓는 의식을 당하는 사람처럼 버둥대며, 그럴수록 더 고래고래 "파타탱…… 타라방" 그 노래를 계속 불러 대는 그를 힘센 수사 두 사람이 성가대석의 작은 쪽문으로 끌고 나갈 수밖에 없었습니다.

다음 날 아침 일찍, 한심한 이 신부는 원장 신부 전용 기도실에서 무릎 꿇고 눈물을 펑펑 흘리며 "제 탓이요"라는 참회 기도를 하고 있었습니다.

"원장 신부님, 그 술이…… 그 술이 그만 저도 모르게……" 그가 가슴을 치며 말했습니다. 사람 좋은 원장 신부는 그가 그토록 뉘우치고 회개하는 것을 보자 덩달아 아주 가슴이 뭉클해졌습니다.

"자, 자, 고셰 신부님, 마음 가라앉혀요. 이 모든 일은 해 뜨면 이슬 걷

히듯 흔적도 없어질 거요…… 어쨌건, 이번 일은 고셰 신부가 생각하는 만큼 큰일은 아니었어요. 다만 노래가 좀…… 흠! 흠! 뭐랄까…… 아무튼 아까 신입 수사들이 그 노래를 듣지 않았어야 할 텐데 말이지…… 이제, 자, 어떻게 그런 일이 생기게 됐는지 자세히 좀 말해 봐요…… 그 술을 시음하다 그렇게 된 거지? 너무 많이 마신 게야…… 그럼, 그럼, 난 이해한다니까…… 화약을 발명한 슈바르츠 수사*도 그랬지. 자기가 발명한 것에 자기가 피해를 본 거지…… 이봐, 말해 봐요, 고셰 신부. 그 무서운 술을 꼭 당신 입으로 직접 시음해 봐야만 하는 거요?"

"불행히도 그렇습니다, 원장 신부님. 시험관으로 알콜 도수와 힘까지야 충분히 알 수 있지만요, 끝마무리, 부드러운 감촉, 이건 오로지 제 혀만 믿을 수 있거든요……"

"아! 알겠소…… 그런데 내 말 좀 더 들어 봐요…… 그렇게 꼭 필요해서 시음을 할 때면, 맛이 좋은 것 같은가? 술 마시는 게 기분 좋은가?"

불행한 고셰 신부가 얼굴이 새빨개지며 말했습니다.

"아! 그렇답니다. 원장 신부님. 그저께 저녁부터는 그 술에서 어떤 산야초 냄새, 어떤 향내가 나는지를 알겠더군요! ……분명 악마가 제게 이 못된 마술을 건 겁니다…… 그래서 앞으로는 시험관에 있는 것만 마시자고 굳게 결심을 했지요. 술맛이 썩 빼어나지는 않더라도, 이슬이 맺히지 않더라도** 어쩔 수 없죠 뭐……"

원장 신부가 중간에 말을 끊고 대차게 끼어들었습니다.

* 베르톨트 슈바르츠(Berthold Schwarz, ?~1384). 독일인 수사로, 오랫동안 화약을 발명한 사람으로 여겨졌으나 사실은 그가 태어나기 훨씬 전에 화약이 이미 존재했다고 한다. 다만 그는 화약의 규모와 화력을 증진하는 방법을 찾아내어 대포의 제작법을 보완했다.

** 증류주를 만들 때 온도를 높여 일정 정도에 이르면 시험관 표면에 술이 이슬처럼 맺힌다.

"그건 안 될 말! 이 술을 찾는 고객들이 불만을 가질 만한 상황을 만들면 안 되지…… 이제 무엇이 문제인지 스스로 알았으니, 신부님이 해야 할 일은 오로지 조심하는 것뿐이오…… 자, 술이 잘됐는지 맛보려면 어떡하면 되지? 열다섯에서 스무 방울, 그쯤이면 되나? 스무 방울이라 합시다…… 악마가 겨우 스무 방울로 신부님을 잡는다면, 그놈도 참 대단한 놈일 거요…… 그리고 일체의 사고를 예방하기 위해 앞으로 신부님은 성당에 오지 않아도 돼요. 저녁 미사는 증류소에서 신부님 혼자 올리면 되지…… 그럼 이젠 편안한 마음으로 가시오, 신부님. 그리고 시음할 때는 몇 방울인지 잘 세어 보시오……"

아아! 가엾은 고셰 신부가 술 방울 수를 세어 가며 마신다 해도 소용이 없었습니다…… 악마가 그를 잡고 놓아주지 않았던 거죠.

증류소에서는 희한한 미사 소리가 들리게 되었지 뭡니까!

낮에는 그래도 모든 게 괜찮았지요. 고셰 신부는 상당히 차분했습니다. 그는 불을 때어 술을 데울 풍로들을 준비하고, 증류기를 준비하고, 산야초를 정성 들여 분류했습니다. 섬세하고 희끗희끗하고 레이스처럼 끝이 들쭉날쭉하고, 향내와 햇볕에 탄 듯한 프로방스의 온갖 산야초들이었죠. 그러나 저녁이 되어 그것들을 물에 담가 우려내고 술 만들 재료를 커다란 붉은 구리 냄비에 담아 뜨뜻하게 데우면, 그때부터 가여운 고셰 신부의 수난이 시작되는 것이었습니다.

"……열일곱…… 열여덟…… 열아홉…… 스물……!"

술 방울이 대롱에서 은잔으로 똑똑 떨어졌습니다. 고셰 신부는 이 스무 방울을 단숨에 들이켰고, 이건 거의 아무런 기쁨도 없었습니다. 마시고 싶다는 마음이 드는 것은 스물한 번째 방울부터였지요. 오! 그

스물한 번째 술 방울이라니! ……그러면 유혹을 뿌리치기 위해 신부는 증류소 저쪽 끝에 가서 무릎을 꿇고 "하늘에 계신 우리 아버지"를 여러 번 외우며 기도에 깊이 빠져들었습니다. 하지만 여전히 뜨거운 술에서 온갖 향내를 풍기는 훈김이 훅훅 끼쳐 올라와 신부 주위를 맴돌면, 그는 좋건 싫건 어쨌건 술 데우는 냄비 쪽으로 되돌아가고야 말았던 겁니다. ……술은 보기 좋은 금빛이 섞인 초록색이었습니다. 그 위로 몸을 숙이고, 콧구멍을 벌름거리며, 신부는 대롱으로 가만가만 술을 저었고, 그러면 에메랄드 빛깔로 물결 지어 반짝이는 조그만 금박 같은 빛들 속에서 마치 베공 아주머니의 두 눈이 웃음 짓고 번쩍이며 그를 바라보는 것만 같았습니다.

"자! 한 방울만 더 마시지 뭐!"

그렇게 한 방울 두 방울 마시다가 불행한 이 신부는 끝내 술잔을 찰랑찰랑 한가득 채우고 마는 것이었습니다. 마시고 나면 힘이 쭉 빠져 커다란 안락의자에 무너지듯 주저앉아 아무렇게나 몸을 부려 놓고 눈꺼풀은 반쯤 감긴 채 홀짝홀짝 조금씩 자신의 죄를 맛보면서 감미로운 회한과 함께 낮은 소리로 이렇게 혼잣말을 했습니다.

"아! 난 지옥에 떨어질 거야…… 난 지옥에 떨어질 거야……"

무엇보다 끔찍한 것은, 이 악마의 술잔을 밑바닥까지 비우고 나면 그는—어떤 마술의 효험인지 모르지만—베공 아주머니가 부르던 그 음탕한 노래들을 모두 옛날 그대로 따라 부를 수 있었다는 것입니다. "아낙네 셋이 한바탕 질펀하게 노는 얘기를 한다네……"라든가 "앙드레 주인님 밑에서 일하는 양치기 아가씨가 혼자서 숲으로 간다네……"라든가, "파타탱 파타탕……" 하는 그 흰 옷 신부들의 노래라든가요.

다음 날, 고셰 신부 침실 옆방의 수사들이 짓궂은 투로 그에게 "에이! 에이! 고셰 신부님, 간밤에 주무실 때, 신부님 머리에 매미들이 잔뜩 붙어서 울어 댔나 봐요"라고 하면 얼마나 당황해서 난리가 났을지 생각해 보시라고요.

그러면 신부는 눈물을 흘리고, 절망에 빠지고, 단식을 하고, 자기 몸에 채찍질을 하는 고행을 하고, 엄한 규율을 지키겠다고 다짐하곤 했지요. 그렇지만 이 묘약과 같은 술의 마귀에 대항해서는 아무 힘도 쓸 수가 없었습니다. 매일 저녁, 똑같은 시간에 마귀 들림은 다시 시작되는 것이었지요.

그러는 동안에도 수도원에는 주문이 물밀듯이 밀려들었고, 이건 마치 축복과도 같았습니다. 님에서, 엑스에서, 아비뇽에서, 마르세유에서…… 주문이 들어왔습니다. 수도원은 차츰차츰 술 공장처럼 되어 갔지요. 술을 포장하는 수사들, 상표를 만들어 붙이는 수사들, 글씨를 쓰는 수사들, 배송하는 수사들이 각기 있었습니다. 그러느라 하느님 섬기는 일도 가다가다 뒷전이 되어, 제시간에 종탑에서 종이 울리지 않는 적도 있었답니다. 하지만 그렇다고 이 지역의 가난한 사람들이 잃은 것은 전혀 없다는 사실, 이건 내가 장담합니다……

그러던 어느 화창한 일요일 아침, 수도원 참사회에서 회계 담당 수사가 연말 결산 내역을 읽어 주고, 착한 참사회원 신부들이 눈을 반짝이고 싱글벙글 웃어 가며 그 발표에 귀를 기울이고 있을 때, 회의 중간에 고셰 신부가 후다닥 뛰어들며 소리쳤습니다.

"이제 그만…… 전 더 이상 안 하렵니다…… 예전에 제가 몰던 소들이나 다시 맡겨 주세요."

"고셰 신부님, 무슨 일입니까?" 무슨 일인지 어느 정도는 능히 짐작하고 있던 원장 신부가 물었습니다.

"원장 신부님, 무슨 일이냐고요? ……제가 지금 영원히 꺼지지 않는 지옥 불과 쇠스랑 형벌을 준비하는 중이거든요…… 제가 술을 마시고, 또 마시고, 한심한 주정뱅이처럼 마시고 있습니다……"

"아니 내가 방울 수를 세어 가면서 마시라고 했잖소."

"아! 그렇죠, 방울 수를 세라고요! 이젠 방울이 아니라 잔으로 세어야 한답니다…… 예, 신부님, 그 지경이 됐답니다. 하룻저녁에 세 병씩…… 계속 이럴 수는 없다는 걸 잘 아시잖습니까…… 그러니 술 만드는 일일랑 하고 싶은 사람이 하게 해 주십시오…… 제가 계속 이 일에 관여한다면 심판의 불에 활활 타 버릴 겁니다!"

참사회에 모인 사람들은 이제는 웃지 않았습니다.

"아니, 이 대책 없는 사람아, 그럼 우리는 파산하라고!"

회계 담당 수사가 커다란 장부책을 흔들어 대며 소리쳤습니다.

"그럼 내가 지옥에 떨어지는 게 낫단 말이오?" 그러자 원장 신부가 벌떡 일어섰습니다.

그는 성직자의 반지가 반짝반짝 빛나는 하얗고 아름다운 손을 쭉 내밀며 말했습니다.

"모든 걸 정리할 방도가 있소…… 고셰 신부, 그러니까 저녁에만 마귀가 신부님을 유혹하는 것 맞지요?"

"예, 원장 신부님, 매일 저녁마다 꼭꼭 그렇답니다…… 그러니 이제는 밤이 오는 것만 보아도 막말로 진땀이 비 오듯 쏟아진답니다. 마치 카피투의 당나귀*가 몽둥이만 봐도 겁을 내듯이 말이죠."

"좋아요! 안심하라고…… 앞으로는 매일 저녁 미사에서 우리가 신부님을 위해 성 아우구스티누스의 기도를 외울 것이오. 이 기도를 드리면 전대사全大赦**의 효력이 있다오…… 이리 하면 어떤 일이 생겨도 신부님은 보호를 받을 것이오. ……이는 죄 지음과 동시에 그 죄가 사면되는 것이오."

"오! 좋습니다! 그러면 고맙습니다, 원장 신부님!" 고셰 신부는 더 이상 간청하지 않고 종달새처럼 가벼운 걸음으로 증류소로 돌아갔습니다.

실제로 바로 이 순간부터 매일 저녁, 마지막 기도를 마칠 때면 성무일과를 지키는 수도자와 성직자는 반드시 이 기도를 하게 되었답니다.

"공동체의 이익을 위해 자신의 영혼을 희생한 우리의 가련한 고셰 신부를 위하여 주님께 기도합시다……"

성당 기도석의 그늘 속에 엎드린 이 모든 하얀 두건들 위로 기도 소리가 마치 눈 위를 불어 가는 산들바람처럼 살포시 떨며 지나가는 동안 수도원 저쪽 끝, 활활 타오르는 듯 불그레한 유리창 뒤에서는, 고셰 신부가 목청껏 부르는 노랫소리가 들려왔습니다.

파리엔 흰 옷 입은 신부 하나 있다네
파타탱, 파타탕, 타라방, 타라뱅
파리엔 흰 옷 입은 신부 하나 있어
꼬마 수녀를 춤추게 한다네
트랭, 트랭, 트랭, 뜰에서

* "그는 카피투의 당나귀와 같아서, 몽둥이가 가까이 오는 것만 보아도 달아난다"는 프로방스의 속담.
** 가톨릭 용어로 지은 죄가 전부 사해지는 것.

꼬마 수녀를 춤추게……

……여기까지 하다가 착한 본당 신부는 더럭 겁이 나는지 이야기를 뚝 그쳤습니다.

"하느님 맙소사! 혹시라도 우리 본당 여교우들이 내 얘기를 들으면 어쩌죠!"

카마르그에서

En Camargue

1

출발

성에서 큰 수런거림이 일었습니다. 방금 사냥터지기의 말을 전하러 사람이 왔는데, 절반은 프랑스어, 절반은 프로방스어로 전하는 그 이야기인즉, 벌써 해오라기, 도요새, 이런 새 떼들이 두세 번이나 요란하게 지나갔다 하고, 봄이면 이동하는 철새들도 심심찮게 볼 수 있다는 것이었습니다.

"우리와 같이 가시죠!" 나의 정다운 이웃들이 이렇게 써 보냈습니다. 그러더니만 오늘 새벽 5시에는 사냥용 총과 사냥개들과 먹을 것이 가득 찬 그들의 커다란 사륜마차가 언덕 아래로 나를 태우러 왔습니다.

우리는 아를로 향하는 큰길을 달리고 있었습니다. 올리브 나무의 바랜 듯한 녹색이 보일 듯 말 듯 희미해지고 참나무의 생생한 초록 빛깔이 너무 겨울스럽고 일부러 만들어 낸 것처럼 보이는 12월 이 아침에 보니 길이 조금 메마르고 헐벗은 느낌입니다. 축사에서 움직임이 느껴집니다. 해 뜨기도 전에 일어나는 사람들이 있어 농가들의 유리창에는 불이 켜지네요. 몽마주르 수도원의 돌로 된 윤곽 속에, 아직 잠에서 덜 깬 흰꼬리수리들이 수도원의 폐허 틈에서 날갯짓을 해 댑니다. 그래도 우리는 벌써, 도랑 따라 종종걸음 치는 염소들을 끌고 장에 가는 농사꾼 할머니들과 마주칩니다. 이 할머니들은 레보의 읍내에서 오는 길이죠. 생트로핌 성당 계단에 한 시간쯤 앉아서 산에서 딴 소소한 것들 몇 꾸러미를 팔려고 이렇게 무려 60리 길을 걸어가는 겁니다!

이제 아를의 성벽이 보입니다. 군데군데 총안銃眼이 뚫려 있는 야트막한 성벽은 마치 창으로 무장한 전사들이 자기들 키만 한 언덕 꼭대기에 모습을 드러낸 옛 판화 같습니다. 우리는 빨리 달려 이 놀랍도록 아름다운 작은 도시, 프랑스에서 가장 그림 같은 도시로 손꼽히는 이곳을 가로지릅니다. 이곳은 조각된 원형 발코니들이 좁은 길들 한복판까지 무샤라비*처럼 툭 튀어나와 있는데, 작은 문이 달린 무어식이나 아치형의 낮고 검은 오래된 집들을 보면 코 작은 기욤**과 사라센인들이 살던 시대로 되돌아간 것만 같습니다. 이때쯤엔 아직 바깥에 아무도 없습니다. 론강 기슭의 선착장만 활기를 띠고 있습니다. 카마

* 아랍 양식의 건물에서 창문 앞에 설치된 목재 창살. 이것이 있어 밖에서는 보이지 않으면서도 밖을 내다볼 수 있다.

** 툴루즈 백작인 오렌지 공 기욤(윌리엄)의 별칭. 이교도에 맞서 싸운 그의 투쟁을 기록한 서사시 「기욤의 노래」의 주인공으로, 8세기에 사라센인들을 물리친 후 생길렘르데제르 수도원을 세웠다.

르그로 운행하는 기선이 계단 아래에서 떠날 준비를 하고 김을 올리고 있습니다. 두터운 적갈색 모직 조끼를 입은 농부들과 농장 품팔이 일을 하러 가는 라로케트 마을의 처녀들이 자기들끼리 수다 떨고 웃으며 우리와 함께 갑판에 오릅니다. 아를 여인 특유의 높이 올린 머리 모양에다, 선득한 아침 공기 때문에 뒤집어쓴 긴 갈색 두건 밑으로 당돌해 보이는 예쁜 점 하나가 나 있고, 지금 앉은 자리에서 일어나 더 크게 웃거나 좀 더 심하게 장난을 쳐 보고 싶다는 속셈이 엿보이는 아가씨의 얼굴이 우아하고도 자그마하게 보입니다…… 종소리가 뎅뎅 울리고, 우리가 탄 배는 출발합니다. 론 강물, 배의 스크루, 미스트랄 이 세 가지 속도가 합쳐져서 양쪽으로 강변이 좌르륵 지나갑니다. 한쪽은 척박하고 돌투성이인 들판 크로입니다. 다른 쪽은 좀 더 푸른 땅 카마르그가 바다에 이르기까지 이어지며 키 작은 풀과 갈대 우거진 늪지대가 펼쳐집니다.

배는 가다가 이따금씩 좌안과 우안의 부교 근처에 섭니다. 중세의 아를 왕국 시대에는 좌안을 제국, 우안을 왕국이라 불렀는데,* 론강의 나이 많은 뱃사공들은 아직도 그렇게 부릅니다. 부교 하나하나를 만날 때마다, 거기엔 흰색 농가가 있고, 나무들이 다발을 이루듯 여러 그루 서 있습니다. 노동자들이 연장을 잔뜩 걸머진 채 배에서 내리고, 처녀들도 바구니를 팔에 끼고 내려 꼿꼿이 다리 위를 지나갑니다. 제국 쪽으로건 왕국 쪽으로건 사람이 내려 배는 차츰 비어 가고, 우리가 내리는 마스드지로의 부교에 다다르자 배에 남은 사람은 거의 없다시피 합니다.

* 옛날 아를 왕국은 독일 황제의 속국이었고, 론강 서안은 프랑스 왕국이었다. 그래서 론강 좌안을 '제국', 우안을 '왕국'이라 불렀다.

마스드지로는 바르벵탄 영주들의 오래된 농장인데, 우리는 일단 여기 들어가서 마중 나오기로 한 사냥터지기를 기다리기로 합니다. 천장이 높은 부엌에는 농장의 모든 남자들—밭 일꾼, 포도밭 일꾼, 어른 양치기, 어린 목동들—이 심각하고 과묵한 모습으로 식탁에 둘러앉아 천천히 아침을 먹고, 여자들은 나중에 먹을 양으로 식사 시중을 들고 있습니다. 오래지 않아 사냥터지기가 작은 마차를 타고 나타납니다. 그야말로 페니모어* 작품 속의 인물 같은 그는 뭍과 물에 사는 것들을 포획하는 사냥꾼이자 어로 감시인, 수렵 감시인이기도 한데, 이 고장 사람들은 그를 '루 루데이루(배회자)'라 부릅니다. 왜냐하면 그는 새벽안개 속이나 해 질 녘의 자욱한 안개 속에서, 늘 갈대 사이에 매복하고 있거나 작은 배를 타고 미동도 없이 늪과 운하에 쳐 놓은 통발을 지켜보는 데만 전념하기 때문이지요. 아마 이렇게 언제나 지켜보는 게 직업인지라 그토록 말이 없고 한군데만 집중하는 사람이 되었나 봅니다. 하지만 사냥용 총과 바구니를 가득 실은 작은 마차가 우리 앞에서 전진하는 동안, 그는 사냥 관련 소식, 즉 여기로 지나가는 새들의 숫자와 철새들이 잡힌 구역 등을 우리에게 알려 줍니다. 얘기를 나누면서 우리는 이 고장에 점점 깊숙이 들어갑니다.

농경지를 지나, 야생의 카마르그 한복판에 왔습니다. 목초지 사이사이로 보이지 않을 만큼 끝도 없이 펼쳐진 늪지대와 운하가 함초들 속에서 햇빛에 반짝입니다. 위성류와 갈대들이 다발을 이루어 잔잔한 바다 위에 작은 섬들처럼 떠 있습니다. 키 큰 나무는 없습니다. 벌판의 끝없이 너르고 하나로 탁 트인 모습에 방해되는 것은 아무것도 없

* 제임스 페니모어 쿠퍼(1789~1851). 미국 작가로 『모히칸족의 최후』(1826), 『초원』(1827) 등을 썼다.

습니다. 저 멀리 축사의 낮은 지붕들이 땅에 거의 딱 붙다시피 좍 펼쳐져 있습니다. 소금기 있는 땅에 자라는 초목들 속에 흩어져서, 누워 자거나 아니면 적갈색 케이프를 뒤집어쓴 양치기 주위로 몰려들어 걷고 있는 양 떼들은 이 푸른 수평선과 탁 트인 하늘이라는 무한한 공간 때문에 워낙 작아 보여, 한모양인 이 큰 선에 개입하는 요소는 되지 못합니다. 파도가 치기는 하나, 한결같은 바다에서도 그렇지만, 이 벌판에서는 고독, 무한의 느낌이 풍기는데, 이는 쉴 새 없이 또 장애물도 없이 불어제치면서 그 센 입김으로 풍경을 더욱 납작하게 또 크게 만들어 버리는 미스트랄 때문에 더욱 강하게 느껴집니다. 그 앞에서는 모든 것이 수그러들지요. 아주 조그만 풀포기도 미스트랄이 지나간 흔적을 지녀서, 그 바람을 맞아 한쪽으로 비틀어지고 언제까지나 도망만 치는 듯한 자세로 남쪽 방향으로 누워 있으니 말입니다.

2
오두막

갈대로 이은 지붕, 누런 마른 갈대로 엮어 올린 벽, 이것이 오두막입니다. 우리는 사냥 때 만나는 곳을 이렇게 부릅니다. 카마르그 특유의 집 유형으로, 높고 넓으며 창이 없는 방 하나로 이뤄져, 저녁이면 덧문을 닫는 유리창 달린 문을 통해 빛이 들어오게 되어 있습니다. 초벽을 바르고 흰 회칠을 한 큰 벽을 따라 시렁이 달려 있어, 거기에 총, 사냥망태, 늪에서 신는 장화를 놓아두지요. 저 끝 깊숙한 곳에는 돛대가 지붕을 버팀대로 삼아 세워져 있고, 그 주위로 그물 침대 대여섯 개가 나란히 걸려 있습니다. 밤에 미스트랄이 불어와 먼 바다가 가까워진 것 같고, 바람결에 바닷소리가 들리며 계속 점점 더 커지면서 집 사방이 삐걱거릴 때면 마치 배의 선실에 누워 있는 것 같답니다.

그러나 뭐니 뭐니 해도 이 오두막은 오후가 돼야 매력적이랍니다. 남쪽 겨울의 화창한 날이면 나는 위성류 뿌리 몇 덩이가 타면서 연기를 내는 높은 벽난로 곁에 혼자 앉아 있기를 좋아합니다. 미스트랄이나 트라몽탄이 세게 불면 문이 튀어 오르며 덜컹대고, 갈대는 울부짖는 듯한 소리를 내는데, 이 모든 소동이 나를 에워싸고 벌어지는 자연의 큰 흔들림의 아주 작은 반향입니다. 엄청난 대기의 흐름에 시달린 겨울 햇빛은 산산이 흩어져 그 빛살들과 합쳐지고 빛살들을 다시 퍼뜨립니다. 놀랍도록 푸른 하늘 아래 커다란 그림자들이 달립니다. 빛이, 소리가 단속적으로 다가옵니다. 그리고 바람 속에 스러지는 양 떼들의 방울 소리가 문득 들렸다가는 잊히고, 다시 후렴의 매혹과 함께 흔들리는 문 아래로 다가와 마치 노랫소리처럼 들립니다…… 기막히게 좋은 시간은 황혼 녘, 사냥꾼들이 집에 오기 조금 전입니다. 그때쯤 바람은 잠잠해집니다. 나는 잠시 밖으로 나갑니다. 커다랗고 붉은 태양이 활활 타는 듯한 모습으로 뜨겁지는 않게 평화롭게 집니다. 밤이 내리며, 지나는 길에 그 축축하기 짝이 없는 검은 날개로 우리를 쓰윽 스칩니다. 저만치 땅과 같은 높이에는 불길이 한번 확 타오른 듯한 빛이 주변 그늘 때문에 더욱 살아난 붉은 별의 광채와 함께 지나갑니다. 낮의 햇빛이 남긴 잔영 속에서 삶이 걸음을 재촉합니다. 오리들이 긴 삼각형을 그리며 아주 낮게 날아가는 걸 보니 땅에 내리고 싶은가 봅니다. 그러나 문득 칼레유 등잔* 불이 밝혀진 오두막은 그 오리들과 멀어집니다. 행렬 선두에 선 새는 목을 꼿꼿이 세운 채 다시 고도를 높이고, 뒤따르는 놈들은 야생의 함성을 내지르며 더욱 높이 날아가 버립니다.

얼마 안 가서, 마치 후둑후둑 떨어지는 빗소리처럼 엄청나게 큰 발구르는 소리가 다가옵니다. 양치기가 불러들이고 개들이 몰아대는 수천 마리 양들이 혼란스러운 발소리와 헐떡거리는 숨소리를 내며, 겁먹고 제멋대로 겅중대며 양 우리 쪽으로 다가듭니다. 곱슬곱슬한 양털과 매에 매에 소리가 일으키는 이 회오리바람이 내게 파고들며, 나를 스치고, 어리둥절하게 합니다. 여기저기서 머리들이 불쑥불쑥 튀어 오르는 양 떼의 물결에 양치기들이 제 그림자와 더불어 휩쓸려 가는 듯한, 그야말로 거친 파도입니다…… 양 떼 뒤로는 잘 알려진 발걸음, 유쾌한 음성들이 있습니다. 오두막은 가득 차고 활기를 띠고 시끌벅적합니다. 도화선에는 불이 붙어 활활 타오릅니다. 사람들은 지쳤을수록 더 많이 웃습니다. 사냥총을 구석에 던져 놓고 장화는 아무렇게나 벗어 던지고, 사냥 망태기는 비어 있고 그 옆에는 적갈색, 황금색, 녹색, 은색 깃털들이 피에 흠뻑 젖어 있는 가운데—이건 행복한 피곤에서 오는 얼떨떨한 느낌입니다—식탁이 차려지고 맛있는 장어 수프가 무럭무럭 김을 뿜고 있노라면 침묵이 깔립니다. 건강한 식욕 때문에 생겨나는 이 대단한 침묵을 깨는 건 오로지 문 앞에서 되는대로 밥그릇을 핥아 대며 개들이 사납게 그르렁대는 소리뿐입니다……

밤에 눈 뜨고 얘기하며 보내는 시간은 길지 않을 것입니다. 이미 불곁엔 눈을 떴다 감았다 껌벅거리는 사냥터지기와 나만 남았습니다. 우리는 얘기를 나눈답시고 이따금씩 서로에게 농사꾼들이 흔히 하는

* 철이나 놋쇠로 되어 벽에 매달 수 있는 손잡이가 달린 모양의 등잔.

식으로 해도 좋고 안 해도 좋은 말들이나 거의 인디언들 같은 간투사만 툭툭 던지는데, 이런 말들도 다 타 버린 도화선의 마지막 불씨처럼 짤막하고 금세 꺼져 버립니다. 마침내 사냥터지기가 일어나 들고 다니는 등불을 켜고, 그러면 나는 그의 무거운 발자국이 밤 속으로 사라지는 소리에 귀를 기울입니다……

3
에스페르를 하면서

에스페르! 매복, 즉 숨어 있는 사냥꾼의 기대를 가리키는 이 말은 얼마나 예쁜 말인지요! 모든 것이 기다리는, 바라는, 낮과 밤 사이에서 망설이는, 정해진 것 없는 이 시간을 지칭하는 말. 해 뜨기 조금 전 새벽의 매복과 해 질 녘의 저녁 매복, 나는 후자가 더 좋습니다. 특히 늪지대의 물이 이렇게 오랫동안 빛을 간직하는 이 질펀한 고장에서는 말이죠.

때때로 사람들은 **네고샹**(나예쉬엥)을 타고 매복을 합니다. 용골이 없는 아주 작은 배인데, 폭이 좁다랗고 조금만 움직여도 마구 흔들리죠. 사냥꾼은 갈대밭에 몸을 숨기고 배 바닥에 엎드려 오리 떼를 지켜봅니다. 배 앞쪽으로 보이는 거라고는 오직 자기 모자챙, 총부리, 개의 머리뿐입니다. 개는 바람에 코를 킁킁대며 모기를 덥석 물기도 하고 통통한 다리를 쭉 뻗어 배 전체를 한쪽으로 기울어뜨려 물이 들어차게도 합니다. 경험 없는 내가 이런 매복을 하는 건 너무 복잡합니다. 그러니 종종 나는 걸어서 매복 장소로 가지요. 가죽을 길게 통으로 써서 마름질한 엄청나게 큰 장화를 신고 늪지대 한복판을 절벅거리면서 말이죠. 진창에 빠질까 봐 천천히, 조심스럽게 걸어갑니다. 소금기 섞인 씁쓸한 냄새를 잔뜩 풍기는 갈대를 헤쳐 가며, 개구리들이 튀어 오르는 것도 피해 가지요……

마침내, 위성류가 우거진 작은 섬 같은 부분에 다다랐습니다. 자리 잡고 앉을 수 있는 마른 땅 한 뙈기입니다. 사냥터지기는 날 생각한답시고 엄청나게 덩치 큰 흰 털투성이인 피레네산 개와 함께 가게 했습니다. 이 개는 사냥이나 고기잡이에서 으뜸가는 개인데, 사실 나는 그 개가 있는 것만으로도 좀 겁이 났습니다. 쇠물닭 한 마리가 내 사정거리 안을 지나가자 마치 예술가가 머리를 흔들어 뒤로 넘기는 것처럼 개가 눈높이까지 내려오는 기다란 두 귀를 털렁 흔들어 뒤로 보내며 나를 쳐다보는데, 그 품이 왠지 빈정대는 듯합니다. 그러더니 멈추는 준비 자세를 하고 꼬리를 막 흔드는 게, 마치 못 참겠다는 마음을 표현하면서 이렇게 말하는 것 같습니다.

"총을 쏴…… 쏘라니까!"

나는 총을 쏘았지만, 빗나갔습니다. 그러자 개는 몸을 길게 빼면서 하품을 하더니 지치고 낙담했다는 듯이 당돌하게 기지개를 켭니다.

아, 그래요! 네, 인정합니다. 난 사냥에 소질이 없어요. 내게 매복이란, 저물어 가는 시간, 물속에 숨어들어 차츰 줄어드는 빛, 어두워진 하늘의 회색빛이 여린 은빛 색조가 될 때까지 하늘빛을 반들반들하게 만들어 가며 반짝이는 늪, 그것입니다. 나는 이 물 냄새가 좋고 갈대밭을 신비스럽게 스치는 벌레들, 사각대는 긴 잎새들의 이 작은 속삭임이 좋아요. 물고기 잡는 새답게 커다란 부리를 물 속 깊이 잠그고 르르루…… 소리 내며 숨을 쉬는 이것은 알락해오라기지요. 두루미들이 내 머리 위로 날아갑니다. 상큼한 공기 속에 그 깃털들이 스치고 솜털이 흐트러지는 소리가 들리고, 지나치게 혹사한 그 작은 뼈대가 삐걱대는 소리까지 들립니다. 그러고는 아무것도 없습니다. 밤입니다. 깊은 밤, 낮의 일부가 물 위에 남아 있는 밤……

갑자기 뒤에 누가 있는 것처럼 섬찟 하고 신경이 곤두서는 것 같은 불편한 느낌이 듭니다. 뒤를 돌아보니 아름다운 밤의 동반자, 달이 보입니다. 커다랗고 아주 둥근 달이 가만가만 떠오르는데, 처음엔 속도가 매우 잘 느껴지게 올라가고, 그러다가 지평선에서 멀어지면서 차츰 속도가 느려지지요.

이미 가까이에 첫 달빛이 뚜렷하고 그다음엔 좀 더 멀리 다른 달빛이…… 이제 늪지대 전체가 달빛을 받아 환합니다. 아무리 작은 풀포기에도 그림자가 생깁니다. 이제 매복은 끝났어요, 새들에게 우리가 다 보이니까요. 집에 들어가야 합니다. 푸르고 가볍고 먼지 같은 빛의 홍수 한가운데를 우리는 걸어갑니다. 한 걸음 한 걸음 늪과 운하를 지나며, 하늘에서 떨어진 별 더미와 물을 꿰뚫고 그 맨 밑바닥까지 가닿는 달빛을 휘저으며 갑니다.

4
적과 백

우리 오두막 아주 가까이, 오두막에서 총을 쏘면 닿을 만한 거리에, 비슷하게 생겼지만 좀 더 시골집 같은 집이 한 채 있습니다. 바로 거기서 우리 사냥터지기가 아내와 두 자식과 함께 삽니다. 딸은 남정네들 끼니를 챙겨 주고, 고기 잡는 그물도 깁습니다. 아들은 아버지를 도와 돛대를 세워 올리기도 하고 늪의 수문 여닫는 것을 살피기도 하지요. 밑의 두 아이는 아를의 외갓집에 있습니다. 그 아이들은 읽는 법을 배우고 첫영성체를 할 때까지는 거기 살 겁니다. 여기는 성당과 학교도 먼 데다 카마르그의 공기가 어린이들에겐 안 좋기 때문이죠. 사실은 여름이 와서 늪지대가 바짝 마르고 운하 바닥의 흰 개흙이 한더위에 건조해져 짝짝 갈라 터지는 때가 되면 섬은 정말이지 사람 살 곳이 못 되거든요.

한번은 8월에 야생 오리 사냥을 왔다가 이런 광경을 보았는데, 활활 타는 듯한 이 풍경의 서글프고도 가혹한 모습을 다시는 잊을 수 없답니다. 햇볕을 받은 늪에서는 엄청나게 큰 통처럼 군데군데 김이 펄펄 나는데, 그 밑바닥에는 살아 있는 것들이 남아 팔딱거리고, 도롱뇽과 거미들, 물파리들이 물기 있는 곳을 찾아서 꿈틀거립니다. 거기는 역병의 기운과 안개처럼 자욱한 악취가 무겁게 떠돌고, 수도 없이 회오리바람처럼 떠도는 모기들이 안 그래도 무거운 공기를 더욱더 텁텁하게 만들고 있었습니다. 사냥터지기의 집에서는 식구들이 다들 덜덜 떨고 있었지요. 모두들 열에 들떠 있었는데, 열병 환자들을 따뜻하게 쬐어 주는 게 아니라 활활 태우기만 하는 이 사정없는 땡볕을 받으며 석 달을 그냥 뒹굴 수밖에 없는 운명인 이 불행한 사람들의 노리끼리하고 초췌한 얼굴과 검게 테두리 진 너무나도 퀭한 눈들을 보니 연민이 들더군요. 카마르그에서 사냥터지기를 하며 산다는 건 이다지도 슬프고 고달픈 삶인지! 그래도 이 사람은 아내와 자식들이 곁에 있기라도 하지요. 여기서 20리만 더 가면 늪지대에 말치기가 사는데, 1년 내내 홀로, 그야말로 로빈슨 크루소 같이 살아갑니다. 그가 손수 만든 갈대 오두막에는 그의 손을 거치지 않은 도구가 없습니다. 버드나무 가지를 땋듯이 엮어 만든 그물 침대부터 불 피우는 곳에 모아 놓은 검은 돌 세 개, 위성류 둥치를 깎아 만든 발판 그리고 이 특이한 주거지의 문을 잠그는 흰 목재 자물쇠와 열쇠까지 말이죠.

여기 사는 사람도 적어도 그 거처만큼이나 특이합니다. 외롭게 사는, 일종의 말 없는 철학자라고나 할까요. 덥수룩하게 짙은 눈썹 아래엔 농사꾼답게 이것저것 경계하는 빛이 숨어 있기도 합니다. 그는 말들을 방목하는 곳에 있지 않으면 자기 집 문 앞에 앉아서, 말들에게 먹이는 약병에 붙은 분홍, 파랑, 노란색 작은 설명서 중 한 장을 천천히, 아이처럼 감동적일 만큼 열심히 해독합니다. 가여운 이 괴짜에겐 그것을 읽는 것 말고는 다른 심심풀이가 없고, 이 설명서들 말고는 다른 책들도 없지요. 바로 이웃해 사는데도 사냥터지기와 이 사람은 서로 보는 일이 없습니다. 이들은 심지어 우연히 마주치는 것도 피합니다. 어느 날 내가 루데이루(사냥터지기)에게 왜 그렇게 그를 싫어하느냐고 물어보았더니 그가 심각한 어조로 대답하더군요. “의견이 다르니까 그렇죠…… 그는 빨갛고, 저는 하얗거든요.”*

이처럼, 외로워서 웬만하면 서로 가까워질 만도 한 이 사막 같은 곳에서조차 이 두 야생의—둘 다 만만찮게 무식하고 순진한—남자들, 1년에 한 번 도시에 나갈까 말까 하고 금박 장식과 아이스크림이 있는 아를의 작은 카페를 보면 프톨레마이오스**의 궁전이라도 본 듯 눈이 휘둥그레지는 이 둘, 테오크리토스 시에 나오는 소몰이꾼 같은 사람

* 빨간색은 공화파, 흰색은 왕당파를 말한다.

** 기원전 323년부터 기원전 30년까지 이집트를 다스리며 알렉산드리아를 비잔틴 제국의 으뜸가는 예술 도시로 만든 그리스 왕조. 시인 테오크리토스도 이 왕조의 궁정에서 살았다.

들은 정치적 신념의 이름으로 서로를 미워할 명분을 찾았던 겁니다.

5
바카레스 호수

카마르그에서 아름다운 곳 하면 바카레스 호수지요. 종종 나는, 사냥을 집어치우고 이 염호鹽湖의 호변에 가서 앉곤 합니다. 이 호수는 사방이 땅으로 포위된 것처럼 둘러싸였고, 또 바로 그 점 때문에 유명해진, 큰 바다의 한 조각처럼 보이는 작은 바다라 하겠습니다. 보통 이런 호숫가는 메마르고 척박하여 을씨년스럽기 마련이지만, 호변이 해발보다 조금 높은 데다 여리고 부드러운 풀이 자라나 초록 일색인 바카레스 호수는 독특하고도 매력적인 식물군을 펼쳐 보입니다. 수레국화, 물가에서 자라는 클로버, 용담 그리고 어여쁜 갯질경이들이 겨울에는 파랗게, 여름에는 빨갛게 대기의 변화에 따라 색이 바뀌고 연중 끊임없이 꽃을 피워 그 다양한 색조로 무슨 계절인지를 알 수 있습니다.

해가 설핏 기우는 저녁 5시쯤 되면 시야를 가로막거나 바꿔 놓을 배 한 척 없고 돛 하나 보이지 않는 가운데 30리에 걸쳐 일망무제로 펼쳐진 이 호수의 물은 놀라운 모습을 띱니다. 질척한 땅 밑으로는 지면이 조금만 내려앉았다 하면 바로 드러날 기세로 사방에서 물이 스며드는 게 느껴지는데, 그 땅에 잡힌 주름 사이로 점점 멀리 드러나는, 늪이나 운하 같은 그런 친근한 매력이 아닙니다. 이때 이 호수에서 받는 인상은 드넓고 광활하다는 느낌입니다.

멀리서 보면, 이 반짝이는 물결들은 검둥오리, 왜가리, 해오라기, 배가 하얗고 날개가 분홍색인 홍학 떼들을 끌어들이는데, 이들이 호숫가를 따라 고기를 잡으려고 죽 늘어서 있어서 그 다채로운 색조들이 마치 고르고 긴 띠를 이루는 것만 같습니다. 그리고 따오기, 그것도 진짜 이집트산 따오기들이 이 찬란한 햇빛과 소리 없는 풍경 속에서 마치 제집처럼 편안하게 있습니다. 사실 내가 앉은 이곳에서는 찰랑찰랑하는 물소리와 호숫가에 흩어진 말들을 불러들이는 말치기의 목소리밖에 들리지 않습니다. 말들에게는 모두 울림이 큰 이름이 붙어 있네요. "시페르*…… **에스텔로**……! **에스투르넬로****……!" 말들은 각각 제 이름이 들리자 갈기를 휘날리며 달려와 말치기 손에 있는 귀리를 먹어 댑니다.

여전히 같은 호숫가의 좀 더 먼 곳에는 크게 무리 지은 소 한 떼가 말들처럼 자유롭게 풀을 뜯어 먹고 있습니다. 가끔씩 위성류 덤불 위로 구부정한 소들의 등 윤곽과 초승달 모양의 작은 뿔들이 불쑥 일어서는 것이 보입니다. 이 카마르그 황소들은 마을 투우 경기에서 뛰어다니게 할 목적으로 키운 것들입니다. 몇몇 소는 이미 프로방스와 랑그도크 지방의 모든 서커스에서 두루 이름이 나 있습니다. 옆에 있는 소 떼 속에는 무엇보다도 '로맹'이라는 이름의 무시무시한 싸움소가 한 마리 있는데, 이놈이 아를, 님, 타라스콩에서 벌어지는 투우 경기에서 얼마나 많은 사람과 말들의 배를 찢어 놓았는지 모릅니다. 그러니까 같이 있는 소들은 그를 대장으로 여기지요. 낯선 소 떼 틈에서 소들은 저희들이 지도자로 택한 늙은 황소를 둘러싸고 무리를 지어, 스스로들 위계질서를 잡습니다. 이 너른 벌판 카마르그에 무서운 폭풍

* 악마를 뜻하는 루시퍼.
** 프로방스어로 '에스텔로'는 별을 뜻하고 '에스투르넬로'는 찌르레기를 뜻한다.

이 몰아쳐 무엇으로도 그 바람의 방향을 다른 쪽으로 돌리거나 멈출 수 없을 때면, 소 떼들이 대장 소 뒤에 서로서로 바짝 붙어 서서 다들 머리를 숙인 채 소의 힘이 집결된다는 그 넓은 이마를 바람이 불어오는 쪽으로 향하고 있습니다. 우리 프로방스의 소몰이들은 이런 방식을 프로방스어로 '**비라 라 바노 오 지스클**' 즉 '바람 부는 쪽으로 뿔 돌리기'라고 합니다. 이에 순응하지 않는 소 떼에게는 불행이 닥치는 거죠! 도망치는 소 떼는 폭풍에 이어 몰아치는 비에 앞을 못 보고 반대 방향으로 돌아섰다가 어찌할 바를 모르고 흩어지고, 당황한 소들은 폭풍을 피해 보려고 론강이나 바카레스 호수나 바다로 허겁지겁 뛰어드는 것입니다.

병영의 향수

Nostalgies de caserne

그날 새벽 동이 틀 무렵, 커다랗게 울려 대는 북소리에 나는 잠에서 화들짝 깨어났습니다…… 타라락 탁 탁! 타라락 탁 탁!

이런 시간에 내가 사는 솔숲에 북소리가 나다니! ……그것 참 이상한 일이지요.

빨리빨리, 서둘러 침대에서 뛰어내려 문을 열러 달려갔죠.

아무도 없더군요! 소리는 그쳐 버렸습니다…… 촉촉이 젖은 머루 덩굴 틈으로, 마도요새 두세 마리만 날개를 퍼덕거리며 날아갔습니다…… 나무 사이로 살짝살짝 산들바람이 노래하듯 불어왔습니다. 동쪽엔 알피유산맥의 섬세한 능선 위로 금빛 먼지 같은 것이 겹겹이 쌓였고, 거기서 해가 천천히 빠져나옵니다…… 첫 햇빛이 벌써 풍차 방앗간 지붕을 스치고 있었습니다. 바로 그 순간, 눈에는 안 보이는 북이 들판의 나무 그늘 아래서 울리기 시작하는 겁니다. 타라락 탁 탁……
타라락 탁 탁!

악마는 나귀 가죽을 덮어쓰고 있다는 것! 그걸 깜빡했네요. 그런데 도대체, 북을 들고 숲속 깊은 곳까지 와서 새벽 인사를 하는 저 야만인은 누구일까요? ……아무리 바라보아도 소용없었습니다. 보이는 건 아무것도 없었으니까요…… 우거진 라벤더 덤불, 언덕 아래로 큰길까지 내리 우거진 소나무들뿐…… 어쩌면 저쪽 덤불숲에 웬 장난꾸러기 요정이라도 하나 숨어서 나를 놀리고 있는지도 모르지요…… 아마 아리엘*이거나 시종 퍽**이거나, 그런가 봅니다. 그 웃기는 녀석은 내 풍차 방앗간 앞을 지나가면서 이렇게 혼잣말을 하겠죠.

"저 파리내기, 저 안에 너무나 태평하게 계시는군. 새벽같이 그 앞에 가서 북소리나 들려주자."

그 말을 하자마자 커다란 북을 꺼내 들고는, 타라락 탁 탁! 타라락 탁 탁! ……조용히 못 하겠니, 이 못된 퍽! 너 때문에 우리 매미들 깰라.

그런데 퍽이 아니더군요.

그건 구게 프랑수아, 일명 피스톨레라고도 불리는, 31연대의 북 치는 고수敲手인데, 지금은 반년간 휴가 중입니다. 피스톨레는 이곳에서 지루하게 지내다가 향수병이 발동하여, 북을 가지고—마을에서 북만 빌려 줬다 하면—침울하게 외젠 공公의 병영***을 꿈꾸며 숲속에 들어

* 셰익스피어의 〈폭풍우〉에 등장하는 공기의 정령.
** 덴마크와 스웨덴의 민담에 나오는 짓궂은 악마로, 셰익스피어의 〈한여름 밤의 꿈〉에도 등장한다.
*** 외젠 공의 병영은 1857년~1858년에 파리의 샤토도 광장(현재의 레퓌블리크 광장)에 지어졌다.

가서는 북을 두드려 댄답니다.

오늘은 내가 사는 나지막한 초록빛 언덕 위까지 꿈꾸러 온 거죠. 그는 소나무 한 그루에 기대서서, 양다리 사이에 긴 북을 매달고 기분 좋게 전심전력을 다해 북을 치고 있습니다…… 놀란 자고새들이 발치에서 푸드덕 날아오르는 것도 모르고요. 주변에 백리향 향내가 풍기는데 그 냄새도 못 맡지요.

나뭇가지 사이로 햇빛에 바르르 떠는 가느다란 거미줄도, 북 위에서 토도독 튀는 바늘 같은 솔잎들도 안중에 없죠. 제 꿈과 제 음악에만 잔뜩 심취해, 손에 쥔 북채가 허공을 나는 것만 사랑에 빠진 듯 바라보면서, 어리바리하고 큰 그 얼굴이 북 한 번 칠 때마다 기쁨으로 활짝 피어납니다.

타라락 탁 탁! 타라락 탁 탁!

"커다란 병영은 얼마나 멋진가. 뜰에 깔린 널찍널찍한 포석들, 나란히 줄 맞추어 나 있는 창문들, 모자 쓴 병사들, 급식 때면 식기 부딪치는 달그락 소리가 가득 퍼지던 아치형 통로……!"

타라락 탁 탁! 타라락 탁 탁!

"오! 소리가 왕왕 울려 대던 계단, 하얗게 석회가 칠해진 복도, 냄새 지독하던 내무반, 반짝반짝하게 닦아 대던 요대腰帶, 빵 굽던 판, 왁스통, 회색 덮개 달린 철제 침대들, 무기 보관대에 걸려 반짝이던 소총들!"

타라락 탁 탁! 타라락 탁 탁!

"오! 국민위병대의 좋은 하루, 손가락에 끈끈하게 들러붙는 카드들, 펜으로 득득 긁어 흉해진 스페이드 여왕 카드, 내무반 야전침대 위를 굴러다니던, 책장이 다 떨어져 너덜너덜한 피고르브렁 영감*의 책!"

타라락 탁 탁! 타라락 탁 탁!

"오! 정부 부처 문간에서 보초를 서며 보낸 긴긴 밤들, 비가 들이치던 초소, 시리던 발…… 지나가면서 흙탕물을 끼얹던 대연회의 마차들……! 오! 일과 외에 덤으로 주어지던 고역들, 외출도 못 하던 나날들, 냄새 지독한 나무통들, 나무 판때기로 만든 베개들, 비 오는 아침 냉정한 기상나팔 소리, 가스등이 켜질 시간에 안개 속에서 퇴각하기, 숨을 헐떡이며 도착하면 저녁 점호!"

타라락 탁 탁! 타라락 탁 탁!

"오! 뱅센 숲, 커다란 하얀 면장갑, 성채 위의 산보…… 오! 사관학교 담장, 병사들을 상대하는 아가씨들, 마르스 살롱의 트럼펫, 싸구려 술집에서 마셔 대던 압생트 술, 딸꾹질을 해 가며 털어놓던 속얘기들, 총처럼 착 뽑아 들던 보병들의 단검, 가슴에 손을 얹고 부르던 감상적인 사랑 노래……!"

꿈을 꾸게, 꾸라고, 가엾은 사람아! 내 자네보고 꿈꾸지 말란 소리는 안 하겠네…… 그 작은 북을 과감히 두드리게. 있는 힘을 다해서. 자네 모습을 보고 우스꽝스럽다 할 권리가 내겐 없어.

자네가 몸담았던 그 병영에 향수를 품고 산다면 난, 난들 왜 나 살던 병영에 대한 향수가 없겠는가?

나의 파리는 꼭 자네의 병영처럼 여기까지 따라다닌다네. 자네는 솔숲에서 북을 치지! 난 말이야, 나는 솔숲에서 원고를 쓴다네…… 아! 우린 얼마나 착한 프로방스 사람 행세를 하고 있는 건가! 저기, 파리

* 본명은 샤를앙투안기욤 피고 드 레피누아(1753~1835). 프랑스의 작가로 자유롭고 쾌활하며, 때로는 방탕한 상상에 입각한 희곡, 시, 소설을 썼다.

의 병영에서 우리는 이 푸른 알피유산맥과 야생 라벤더 내음을 그리워했었지. 지금 여기 프로방스 한복판에서, 우리는 병영이 그리운 게야. 병영을 떠올리게 하는 것은 뭐든 소중한 거지……!

마을의 종이 아침 8시를 치는군요. 피스톨레가 북채를 손에서 놓지 않은 채 집에 들어가려고 걸음을 떼어 놓습니다…… 그가 숲 아래로 내려가며 계속 북 치는 소리가 들려옵니다…… 그러면 풀밭에 누워 향수병을 앓으며 끙끙대는 내 눈엔, 멀어져 가는 북소리에 나의 파리 전체가 소나무 사이로 스쳐 지나가는 모습이 눈에 선합니다……

아! 파리……! 파리……! 그래도 파리!

『풍차 방앗간 편지』의 구상

젊은 작가의 작품

아마도 알퐁스 도데의 가장 유명한 작품일 이 『풍차 방앗간 편지』는 처음 발표될 당시에는 거의 아무 주목도 받지 못했다. 1869년에 초판이 출간되었을 때 거의 평단 전체가 아무 반응을 보이지 않았고, 책은 겨우 2,000부 남짓 팔렸을 따름이다. 그 전해에 도데의 소설 『작은 것*Le Petit Chose*』이 출간되었을 때에 비견할 만한 무관심이었다.

이처럼 작품이 초기에 성공하지 못한 데에는 당시의 문학계 상황도 한몫을 했다. 특히 위고, 라마르틴, 발레스, 미슐레, 뒤마, 졸라 등이 무대 앞자리를 차지하거나 차지하기 시작했던 것이다. 이처럼 강력한 목소리들 틈바구니에서 도데의 달콤 쌉싸름한 판타지는 아주 미미하게 보일 수도 있다. 퐁비에유의 '풍차 방앗간 주인'은 그 당시 스물아홉 살이었다. 이미 살면서 고생과 방황과 여행, 파리 사회 등 오랜 경험을 쌓았지만 막상 내세울 것이라곤 어쭙잖은 수필들밖에 없었다. 일간지에 부정기적으로 기고하고 짧은 이야기들을 쓰는 다소 방랑형에 다소 세속적인, 개인적 연애담이나 많이 가지고 있던 알퐁스 도데는 1869년까지는 자기 소설 속 인물들의 특성을 확실히 부각시키지도, 자신의 문학적 목표를 명확히 규정하지도 못했다. 소설 『작은 것』이 출간된 후 『풍차 방앗간 편지』가 발표되었을 때 살롱에서 첫 성공을 거둔 시선집 『사랑에 빠진 여인들』에 실린 시 한 편으로 '자두의 시인'이라는 별명을 얻은 도데에게 독자들이 인정한 특성은 매혹, 판타지, 상냥하면서도 때때로 나타나는 신랄한 아이러니였다. 그가 진정한 문학 작품을 펼쳐 보일 거라고는 아무도 기대하지 않았다.

프로방스를 소재로 한 작품

그렇지만 이 시대는 분명 도데라는 작가가 형성되고 좀 더 나은 성취를 위해 자기 자신으로 되돌아가는 시기였다. 도데는 『풍차 방앗간 편지』를 낸 뒤 자기 페이스를 되찾았고 흩어져 있던 감성의 산만한 요소들을 하나로 모아들였다. 이 책은 그중 하나인, 중요한 첫 번째 단편집이다. 이 책에 그는 이전에 발표한 다양한 글들을 하나의 제목 아래 묶어 놓았다. 여기 실린 이야기들은 그가 살면서 겪은 일화들이기도 하지만, 또 실제와는 거리를 둔 몽상적 이야기가 합쳐지기도 하면서, 도데의 뿌리인 프로방스에서 빚어진 감성의 여러 측면들이 수정처럼 응결된 것이다.

그러나 『풍차 방앗간 편지』의 작가는 1857년 파리로 '올라갔'을 때 자신의 과거와 단호히 결별하고 싶었던 것 같다. 님에서 보낸 어린 시절, 아버지의 사업 실패, 리옹에서의 무미건조한 삶, 가족의 곤궁했던 삶, '복습감독' 시절의 굴욕적인 체험, 알레스에서 다녔던 중학교의 『작은 것』이라고 불리던 생활 등을 말이다. 이런 과거와 이별하고 도데는 새 출발을 하고 싶었던 것 같다. 어쨌건 떠나 살았어도 프로방스와의 인연이 완전히 끊긴 것은 아니었으나, 결정적인 첫 체험은 프레데리크 미스트랄과의 만남이었다. 그것은 1859년 봄의 일이었다. 마얀에 살던 시인 미스트랄이 시집 『미레유』로 성공을 거두고 파리에 왔을 때였다. 라마르틴은 그의 대담을 실은 월간지《친근한 문학 강의》에서 미스트랄을 이렇게 칭찬했다. "위대한 서사시인이 탄생했다! (……) 방언에서 출발하여 하나의 언어를 창조해 내는 시인, (……) 사투리를 고전적 언어로 만드는 시인이다." 파리가 인정한 이 프로방스 시인을 계속 만나 온 도데에게는 그가 훌륭한 본보기가 아닐 수 없었다. 미스트랄은 이미 5년 전부터 '펠리브리주' 운동—그 목표는 오직 프로방스의 문학적, 언어적, 문화적 '수호와 현양'이었다—을 이끌어 왔다. 그러니까 파리에서 『미레유』로 승승장구한 미스트랄은, 다른 많은 이들에게도 그랬겠지만, 도데에게는 한 언어와 하나의 지방 문화가 문학적으로 떳떳하다는 인정이었다. 그로 인해 그는 지역주의적 영감과 파리의 인정을 받아야 한다는 생각 사이에서 빚어지는 갈등을 끝낼 수 있었다.

도데와 미스트랄 사이에는 서로를 높이 평가함으로써 생겨난 굳건한 우정이 있었다. 이는 도데의 작품에 상당한 영향을 주었다. 그러나 미스트랄의 사례가 있다 해도 막상 『풍차 방앗간 편지』가 구상되고 잉태되기까지는 도데가 정말 프로방스로 돌아가는 과정이 있어야만 했다. 도데는 1861년에서 1862년에 걸쳐 처음 프로방스를 여행하면서 미스트랄을 그의 자택에서 재회하고 알세리로 간다. 그러고 나서 1863년에서 1864년 겨울에 퐁비에유 근처 샤토 드 몽토방에 머물면서 프로방스로 회귀했다. 그곳의 널따란 농토를 관리하면서 앙브루아 여사와 도데의 사촌 형제인 그 네 아들들—각기 맡은 일에 따라 영사, 공증인, 변호사, 면장이라는 별칭을 지니고 있었다—이 살고 있었는데, 특히 면장이라는 별칭의 티몰레옹 앙브루아는 죽을 때까지 도데와 다정한 관계를 유지했다. 이때의 샤토 드 몽토방 생활이 『풍차 방앗간 편지』의 실제 정감적인 모태가 되었다. 장소, 시간, 인물이 어우러져 이런 작품이 쓰인 것이다. 장소는 성이라고도 할 수 있고 프로방스 농가라고도 할 수 있는 곳, 묻혀 있던 감각들—즉물적으로 그와 매우 친근한—을 다시 살아 움직이게 하는 매혹적 풍경 쪽으로 활짝 열린 거처, 때는 밤새도록 깨어 도란도란 온갖 이야기를 나누기 좋은 겨울철이다. 인물은 감동적이면서도 재미있는 특색을 지닌 시골 사람들이다. 그중에는 사냥터지기 미티피오처럼 직접 『풍차 방앗간 편지』에 등장하게 되는 인물도 있다. 이처럼 친근하고 따스한 분위기에서 직접 들은 프로방스의 민담이 상상력을 북돋아 도데는 이 이야기들을 구상하게 된다. 그는 정말로 '방앗간 주인'이었던 적은 한 번도 없다. 풍차를 소유한 적도 없었다. 하지만 틈나는 대로 마을 주위의 풍차 방앗간들을 자주 찾아다녔다. 이 소설의 배경이 된 풍차는 진짜로 있었던 풍차가 아니라 상상 속의 풍차이다.

『풍차 방앗간 편지』의 집필과 출간

이 작품의 대부분은 파리 교외에서 쓰였다. 파리라는 상대적 '유배'의 땅에서, 상징적 이미지에 대한 정감적 고착은 더욱 필요했을 것이다. 1864년 말에 다시 퐁비에유에 머물렀고 1865년 3월에 보호자 격이던 모르니 공작이 죽은 후 도데는 파리 근교 클라마르의 단독 주택에 몇몇 친구와 함께 정착했는데, 이 중에는 1865년 초에 만난 폴 아렌도 있었다. 폴 아렌은 남프랑스인이고 도데보다 세 살 아래로 당시 방브의 고등학교 복습교사였으며 훗날 『장 데 피그』를 쓰게 되는데, 그와 힘을 합쳐 도데는 『풍차 방앗간 편지』의 첫 이야기들을 쓰게 된다. 이러한 두 사람의 협력 작업은 논쟁을 불러일으켰다. 그렇지만 도데는 그와 힘을 합쳐 작업한다는 사실을 모호하게 숨기지 않았고, 폴 아렌은 《질 블라스》에 기고한 글에서 작업에 자기가 개입한 데에 한계가 있었음을 분명히 하여 『풍차 방앗간 편지』는 본질적으로 도데의 창작물이라고 밝혔다. 이 이야기들의 원고가 없어서 두 작가가 각기 쓴 양을 어림짐작으로밖에 알 수 없지만 오늘날 보건대 이렇게 두 사람이 같이 작업한 것은 『풍차 방앗간 편지』 최종본(출간된 판본)에 실린 이야기 25편 중 12편 정도이며, 이 작품에 대해 도데의 책임이 우선이라는 점은 확실한 듯하다.

첫 출간된 『풍차 방앗간 편지』의 단편들은 한 권으로 모아 출간하기 전 세 번에 걸쳐 신문 잡지에 발표되었던 것들이다. 우선 1866년 8월 18일부터 11월 4일까지 《레벤망》에, 그다음엔 1868년 10월 16일부터 11월 17일까지 그리고 1869년 8월 22일부터 10월 2일까지 《르 피가로》에 게재되었다. 1869년 말 책 한 권으로 묶여 나왔을 때는 연재소설로 게재되었던 이야기들 중 세 편이 제외되고 새로운 글 두 편이 들어갔다. 그리고 10년 후 최종본에서는 여섯 편이 보충되었는데, 이는 모두 이전에 다른 지면에 실렸던 글들이다.

프로방스에서 받은 영감

남프랑스라는 배경

『풍차 방앗간 편지』의 초판본부터 최종본까지 13년이라는 꽤 긴 시간이 걸렸다는 사실은 이 단편집의 잡다한 성격을 설명해 준다. 이 책에서 미리 짜인 어떤 단일성을 찾아내려 하는 것은 무용한 일일 것이다. 이 책에 수록된 이야기들이 어찌나 다양한지 그리고 그 영감의 원천과 작품의 배경도 어찌나 상이한지 놀라울 정도이다. 알제리를 무대로 한 이야기가 두 편 있고, 코르시카를 배경으로 한 것이 세 편 그리고 파리에 대한 언급도 끈질기게 나온다. 프로방스는 분명 이 모든 이야기들의 서로 다른 '재료'들이 모이는 지리적 장소가 된다. 표현에 특유의 색조를 깃들게 하고 이미지에 특유의 색채를 부여하며, 전체적으로 보아 회복한 자유와 인간에 맞는 공간이라는 느낌을 주는 것이 바로 프로방스이다. 서문까지 포함한 열여섯 편의 이야기가 그렇다. 도데는 이 책의 초판본에서 여러 번에 걸쳐 문체를 고치고 손보아 가면서까지 이 작품의 남프랑스적 특징을 강조했다.

"두 개의 남프랑스가 있다. 부르주아 계층의 남프랑스, 시골 사람들의 남프랑스이다"라고 도데는 썼다. 『풍차 방앗간 편지』에서 저자의 마음을 끈 것은 이 둘 중 후자임이 잘 드러나지만, 몇 년 후 발표한 소설 『타라스콩의 타르타랭』은 전자에 대한 격렬한 아이러니의 분출이라 할 만한 작품이다. 퐁비에유로 돌아온 도데는 실제로 이 고장이 보존하고 있던 풍부함 그리고 한편으로는 당시 가속화되고 있던 경제 발전으로 이곳 문화가 받는 위협, 이 두 가지 모두에 깊은 인상을 받았다. 제2제정하의 프로방스는 격변의 땅이었다. 이처럼 심한 변화는 산업화와 철도의 출현 때문이기도 했지만, 나폴레옹 때부터 이어진 행정적 중앙집권화로 모든 것이 통일된 결과 때문이기도 했다. 게다가 학교, 행정 당국, 군대에서는 프랑스어 사용을 강요하고 프로방스 고유의 방언은 사투리로 격하시켰다. 그래서 도데는 프로방스가 지리적, 문화적, 인간적으로 정체성을 갖고 뿌리내리게 하는 일에 온 주의를 집중한다.

하지만 『풍차 방앗간 편지』에서 자연적 배경은 미스트랄의 작품에서처럼 서사적인 면이 전혀 없다. 그것은 우선 주로 사람과 가까우며 당장 손으로 만져지는 세계를 이루는, 뜻이 잘 통하는 장소이다. 더없이 큰 공간들도 이처럼 때로는 전망의 도움을 받아 축소되는 듯하다. 바카레스 호수는 "큰 바다의 한 조각처럼 보이는 작은 바다"이고, '교황의 노새'는 종탑 꼭대기에 올라가 "아비뇽 시 전체의 장관"을 내려다본다. "시장 바닥의 너절한 집들이 호두알만 하게 보이고" 그러다가 "끈에 달린 풍뎅이처럼 공중에서 네 다리로 버둥거리는" 모습으로 있게 된다. 도데가 종종 큰 그림과 전체적 시각으로 이야기를 진행하기 때문에 이처럼 무엇을 작게 축소하는 경향은 더욱 도드라져 보인다. 왜냐하면 이 작품 속에서, 세부적인 부분에 주의를 기울이는 성향도 찾아볼 수 있지만, 반면 그와 정반대로 드넓은 땅과 끝없는 하늘 등 공간을 좋아하는 취향도 있기 때문이다. 그렇지만 도데는 쉽게 그림같이 예쁜 모습만 갖고 놀듯이 작품을 쓰지는 않는다. 작품 속에는 밝은 햇빛과 향기로운 풍경도 나오지만 흐린 날씨나 눈 내리는 프로방스의 척박한 땅, 자갈투성이 벌판의 모습도 나온다. 이와 같이 마치 그가 몸담고 사는 땅과 인간 사이의 대립에서 유달리 고양高揚의 원천을 찾기나 한 것처럼 도데가 무엇보다도 앞서 보여 주고 있는 것은 바로 프로방스의 야생적이고 메마른 특성이다.

존엄하고 열정적인 등장인물들

이처럼 주로 시골을 무대로 등장하는 인물들은 종종 앙브루아 집안의 어머니를 닮았다. 『풍차 방앗간 편지』의 이야기들 속에서 기력과 용기, 존엄성, "굵은 주름이 잡히고 골이 패고, 마치 보습과 쇠스랑으로 파헤친 듯 주글주글한" 그 얼굴, 얼굴이자 풍경인 그 모습, 대지의 주름진 땅 모습이 그대로 스치고 지나간 듯한 그 얼굴이 등장인물들의 가장 강력한 원형이 된다. 그렇다 하여 도데가 미스트랄이나 훗날 아들 레옹 도데가 그랬듯이 뭔가 '프로방스라는 종족 의식'을 확실히 내세운 것도 아니다. 그의 시각은 매우 감정적이다. 그런데 바로 이 감정, 열정이야말로 프로방스 사람들을 가장 사로잡는 것 같다. 이는 단지 「별」에 나오는 양치기의 열정이나 「노부부」에서 보이는 손자에 대한 열정, 「보케르발 합승 마차」에 나오는 칼갈이 사내처럼 굴욕을 무릅쓰는 열정, 「아를의 여인」에 나오는 비극적 열정 등 사랑의 열정만이 아니다. 빅슈 영감이 딸에게 품은 부정父情, 미스트랄이 프로방스어에 대해 품은 문화적 열정, 혹은 코르니유 영감이 자기 풍차 방앗간과 일에 대해 품은 열정도 그것이다. 이러한 열정은 종종 존엄성에 대한 의식 그리고 자존감과도 연결되어 위대해진다. 이처럼 자기 충실성이 있기에 스갱 씨네 염소는 절망적인 악전고투를 할 수 있고 「아를의 여인」의 주인공 청년은 마지막 결단을 내릴 수 있다. 또 그런 마음에서 힘을 얻어 「세관 선원들」은 용기를 내어 살아가며, 비록 영웅적인 삶은 아닐지언정 고집과 인내심을 밑천으로 끈질기게 버텨 낸다. 이 모든 인물들은 자신의 실존보다는 좀 더 위대한 삶의 내음을 풍긴다. 그들은 삶을 받아들이고 투쟁하고 때로는 죽어 가지만, 반항하지 않으며, 그 안에 존재하는 모든 것을 향한 좀 더 큰 너그러움의 밑천을 가지고 있기에 불행 속에서 더욱 꿋꿋할 수가 있다. 스갱 씨와 보니파키우스 교황, 퀴퀴냥의 본당 신부, 고셰 신부 등이 보여 주는 웃음 띤 선의는 이렇게 설명이 된다. 그들은 자신의 한계를 알며, 삶에 대해 한없는 애틋함을 지니고 있다.

이 작품에서는 도데가 『타라스콩의 타르타랭』이나 『뉘마 루메스탕』에서 발전시키게 되는 '의미 덩어리 인물' 같은 것은 찾아볼 수 없다. 상상력, 그것이 확장되는 힘, 허풍 떨기 좋아하는 성향, 남프랑스 특유의 '신기루' 같은 것이 이 작품에 아주 없는 것은 아니지만, 설령 있다 해도 여기서 작가의 시선이 워낙 관대하여 빈정거리는 투는 배제되며 그저 익살에 그치기 마련이다. 게다가 도데는 마음 내키는 대로 인물들을 선택했다. 즉 단순하고 소박하며 종종 가진 것 없는 서민들이 '피해 입는 희생자들'의 긴 목록을 채운다. 발전의 희생자들(「코르니유 영감의 비밀」, 「주막집 두 채」), 사랑의 희생자들(「보케르발 합승마차」, 「아를의 여인」), 약육강식의 법칙에 희생된 자들(「스갱 씨네 염소」), 자기 자신의 피해자(「빅슈의 가방」, 「황금 뇌를 가진 사내의 전설」), 노화의 피해자(「노부부」), 자기 선의의 희생자(「교황의 노새」), 사회의 희생자(「세관 선원들」), 운명의 희생자(「세미양트호의 최후」) 등이다. 또한 참상을 부각시키는 경향에는 장소도 큰 역할을 한다. 이

'낙오자' 같은 풍차 방앗간을 '그 절망 때문에' 사랑한다고 말했듯이, 도데는 폐허, 버림받음, 퇴락의 모습에 끌리는 듯하다. 레보의 대공들이 살던 궁전, 트랭클라주 공들이 드나들다가 버려진 성당, 길거리 여인숙, 프레몽트레 수도원, 이런 낙후되고 낡아 빠진 장소들은 그곳이 가련하면 할수록 더욱 마음을 울리는 것이다.

감정적이며 도덕적인 시각

『풍차 방앗간 편지』에서 도데의 프로방스를 보는 시각의 한계는 바로 이처럼 일정한 심리적 유형에 무작정 끌린다는 점이다. 개인을 중심에 두다 보니 그의 시선은 사회적, 문화적, 역사적 맥락까지 감안하는 경우가 드물다. 그의 다른 작품에서도 그렇지만, 이 작품에서 도데의 시점은 거의 전부 인물 쪽을 향하고 있다. 역사상 온갖 반향들이 이 땅을 관통하던 시대, 때론 피 튀기는 대결까지 체험한 시대에, 도데는 착취당한 사람들의 해묵은 체념에 대단히 감탄한다. "저항도, 파업도 없었습니다. 그저 휴 하는 한숨뿐, 더는 아무것도……!"(「세관 선원들」) 『풍차 방앗간 편지』 초판본의 이야기들을 발표할 때는, 도데가 아직 말년처럼 보수주의자가 되기 전이다. 그는 심지어 반골적이거나 무정부주의적인 쪽에 공감하기까지 한다. 그러면서도 그는 1865년까지 입법의회 의장 모르니 공작의 비서였다. 그러다가 1870년에서 1871년에 결정적인 선회를 하게 된다. 프랑스의 패전, 고삐 풀린 광신과 파렴치한 비열함 그리고 피해자들에 대한 연민 때문에 그는 아예 정치에 등을 돌리게 된다. 이처럼 본인이 뚜렷이 자각하기 훨씬 전에도 그의 행보는 『풍차 방앗간 편지』 초판본부터 본질적으로 감정이 주를 이루었다. 프로방스에 대한 애향심에서 비롯된 야망과 미스트랄의 연방주의 사상 같은 것으로부터 멀리 떨어진 도데는 전체를 아우르는 시각을 내키지 않아 했고 사회적, 정치적 문제의식을 확실히 규정하기를 거부했다.

그렇다 하여 도데의 시각이 내밀한 인상의 세계로만 축소되는 것은 아니다. 비록 그의 시각이 역사적 차원으로의 확장은 거부했지만 도덕적이나 철학적인 부분에서는 그 확장을 찾아볼 수 있다. 도데는 어찌 보면 19세기 한복판을 살았던, 위대한 고전들의 계승자라 하겠다. 그는 고전을 많이 읽었고 인간에 대해 고전이 지닌 보편주의적이고 도덕적인 시각을 공유했다. 예를 들어 「시인 미스트랄」에서 그는 서슴없이 이 펠리브리주 운동의 선구자를 몽테뉴의 반열에 함께 묶는다. 그의 지역주의는 특정 지역 옹호를 목표로 하지 않으며, 그는 끊임없이 인간 조건에 대한 일반적 성찰 쪽으로 마음을 연다. 그러기에 그의 인물들은 대부분 나이가 지긋하고 삶에서 실존의 철학 같은 것을 이끌어 낼 만큼의 세월을 살아 낸 사람들인 것이다. 『풍차 방앗간 편지』는 이런 차원에서 뭔가를 보여 주겠다는 것을 목적으로 삼는 경우가 많으며, 단편들이 교훈적 우화의 성격을 띠는 경우가 많다는 것도 명백해 보인다. 적어도 세 편(「왕세자의 죽음」, 「빅슈의 손가방」, 「황금 뇌를 가진 사내의 전설」)에서 이는 공공연히 드러난다. 뿐만 아니라 다른 단편들에 은근히 암시되는 도덕적 주장 속에서도 나타난다. 자유에는 그만한 대가가 따른다는 것(「스갱 씨네 염소」), 마음을 나쁘게 쓰면 벌을 받는다는 것(「교황의 노새」), 식탐(「세 번의 독송 미사」)이나 허영(「고셰 신부의 명주」)도 마찬가지로 벌을 받는다는 것 등이다. 속담이나 세간에서 흔히 쓰는 표현법을 잘 사용할 뿐만 아니라 격언 형태의 문장을 즐겨 쓰는데, 그런 문장을 글 곳곳에 넣고 때로는 이야기를 마무리 짓는 결론으로 사용하는 도데의 취향도 위와 맥을 같이한다. 「코르니유 영감의 비밀」에 나오는 "어쩌겠어요! ……세상만사 끝이 있는 법", 이 말이 이런 것을 요약할 수 있겠다. 『풍차 방앗간 편지』의 도덕적 범위는 이처럼 일체의 영웅주의와는 멀리 거리를 두고, 신중하며 체념적이지만 씁쓸하지는 않은 스토이시즘으로 이루어져 있다. 그 토대는 실존을 명철하게 받아들이는 것이다. 이를 보면 도데가 몽테뉴를 좋아하는 것을 재삼 확인할 수 있다. "내가 매일 아침 욕조에 들고 가는 기막힌 몽테뉴 책, 그것이 철학의 마지막 단어요."*

이야기꾼의 재주

편지의 내밀함 대對 출몰하는 파리

『풍차 방앗간 편지』에서 풍겨 나오는 것은 짐짓 환멸 어린 듯한 지혜지만, 거기 담긴 정서가 신선하고 문체가 생생하여 놀라운 생명력을 지니게 된다. 이에는 '편지'라는 형식을 택한 것도 분명 큰 몫을 했다. 허구의 편지글이라는 장르는 물론 처음에 신문 잡지에 연재하는 글에 적합한 장르였다. 이 장르는 특히 도데의 문학적 기질과 잘 맞았다. 작가가 독자와 내밀한 관계라고 가정하고 이를 토대로 하는 짤막한 편지글에서 도데는 자신에게 적합한 형식을 찾은 것이다. 그는 이미 「파리에 대한 편지」와 「마을에서 보낸 편지」에서 이 형식을 시도했었다. 그리고 나중에 「부재자에게 보내는 편지」에서 또 이 형식을 쓰

* 〈J. 알라르에게 보낸 편지〉, 1883.

게 된다. 이렇게 '편지'를 통해 그는 독자와 즉각적 공감을 나누는 관계를 맺으며, 이는 소원하고 냉랭한 관계—이런 관계의 강박 관념은 소설 『작은 것』에서 끈질기게 보인다—에 대한 두려움과 대칭을 이룬다. 『풍차 방앗간 편지』에서 작가와 독자가 서로 이렇게 잘 통하는 관계라는 것은 파리 대 프로방스의 대립 그리고 도시 대 풍차의 대립을 역전시킨다. 첫 편지에 해당하는 「자리 잡기」에서 파리는 프로방스의 행복에다 온전한 충만함을 부여해 주는, '전경을 돋보이게 하는 밑그림' 같은 역할을 한다. 이 '시끄럽고 거무칙칙한 파리'는 이야기들이 펼쳐지면서 주기적으로 다시 나타난다. 그리하여 프로방스에까지 '서글픔이 묻어난 흙탕물'을 튀겨 보낸다. 파리는 또, 19세기 특유의 신화에 따르면 자신의 먹잇감들을 유혹한 뒤 삼켜 버리는 괴물 같은 도시이다. 그 예가 빅슈 영감이다. 파리로 돌아간 도데가 티몰레옹 앙브루아에게 보낸 편지에 다음과 같이 쓴 것처럼, 그가 혹시라도 닮을까 봐 저어하던 바로 그 꼴을 한, 불행하고 씁쓸하고 냉소적인 출세주의자 말이다. "이제 난 다시 회의적이고 빈정대기 잘하는, 성미 고약한 파리 사람이 되었소이다."* 그렇지만 이 단편집은 마지막 '편지'인 「병영의 항수」로 북소리를 듣고 남녘의 꿈에서 깨어나는 것으로 마무리된다. "아! 파리……! 파리……! 그래도 파리!" 매혹과 한숨이 뒤섞인 이 탄성은 프로방스의 유혹과 파리의 유혹 사이에서 시달리는 『풍차 방앗간 편지』 전체에 밴 긴장을 잘 집약한다. 소설 『작은 것』에서 도데는 이미 주인공에게 이런 말을 하게 한다. "파리를 보러 가자!" 도데-라스티냐크일까?** 『풍차 방앗간 편지』에서 파리에 끌리는 마음이 본질적

* 1864년에 보낸 편지.

** 발자크 소설의 주인공.

으로는 문학판에서 인정받기를 꿈꾸며 혼탁한 언론계에 매혹되는 젊은 작가의 마음이라는 것을 생각할 때, 꼭 그렇게 갖다 붙일 수만은 없겠다. 책에는 수록되지 않은 첫 '편지'는 이 점에서 특히 시사하는 바가 많다. 도데는 여기서 밀가루의 흰색과 잉크의 검정색의 대립을 부각시키고, 자기가 프로방스에서 누리던 행복이 "종이가 아직 덜 말라 축축하고 좋은 냄새를 풍기는" 파리 일간지가 도착하자 갑자기 깨지는 것을 보여 주었다. 비록 두 가지가 중첩되었지만 이는 중대한 고백이다. 퐁비에유의 풍차 방앗간 주인은 파리를 완전히 잊은 적이 결코 없었던 것이다.

놀라운 다양성

이러한 파리와 프로방스 사이의 긴장은 '편지'라는 장르가 허용하는 전망과 배경의 다양성을 가장 잘 보여 주는 예이다. 『풍차 방앗간 편지』의 매력은 상당 부분 이러한 다양성에 기인한다. 이렇게도 걸림없이 펼쳐진 너른 배경에서 도데는 여러 상반되는 원천을 가진 이야기들을 전개할 수가 있었다. 개인적인 추억, 역사적인 사실, 전해 오는 이야기들, 때로는 프로방스 지방의 이야기를 바탕으로 그가 직접 번역하거나 번안한 것, 혹은 오로지 그의 상상 속에서 지어낸 환상 같은 이야기들, 이런 것들을. 그는 자신의 창작에 도움이 될 만한 것은 모두 끌어들였다. 자신의 체험, 브주스에서 보낸 어린 시절의 추억, 샤토 드 몽토방에서 밤샘하며 들은 이야기들, 미스트랄과의 교분, 『프로방스 연감』에서 조사한 내용 등 말이다. 그리고 이런 다양한 영감의 원천을 놀랄 만큼 다양한 각도의 문학적 기록을 참조하여 확장해 가면서 작업했다. 증언과 민담이 함께하고, 역사적인 연대기가 순수한 상상과 잘 어울리고, 신기한 전설이 극적 사건과 서로 넘나들고, 중세의 우화시가 전원시와, 사실주의가 몽환극과 섞인다. 도데는 심지어 죽 이어지는 이야기들을 배치할 때에 더없이 대조적으로 보이는 순서를 택하는 경우가 많았는데, 그렇게 함으로써 이러한 균열을 강조하기까지 했다.

그러나 '편지'라는 장르가 아무리 자유롭게 확장 가능한 것이라 할지라도 도데는 종종 그 한계를 넘어 글로 쓰인 표현이 갈 수 있는 데까지, 즉 구전되는 이야기의 영역까지 갔다. 『풍차 방앗간 편지』에서 지배적인 문체적 특징은 그래서 생겨난 것이다. 도데는 가히 이 분야의 왕이라 할 만했다. 어린 시절 브주스에서 '길러 준 아버지'라 할 장 트랭키에로부터 그리고 나중에는 샤토 드 몽토방에서 들은 프로방스의 옛이야기를 밑천 삼아서 그는 자연스럽게 이미 남프랑스에 강하게 뿌리 내린 구전 민담의 전통을 자기 것으로 한 듯하다. 그 자신이 남의 마음을 홀딱 뺏는 수다쟁이이자 명석한 이야기꾼으로서 즉흥적으로 이야기를 지어내는 재주로 파리의 살롱에 모인 사람들을 매혹시켰다. 프랑수아 코페는 이렇게 기억한다. "날개라도 단 것처럼 어찌나 빠르게 말을 하던지 거기에 비하면 메리메의 글 한 쪽도 엄청나게 길어 보였을 것이다!"* 도데가 『풍차 방앗간 편지』에서 보여 주는 거의 본능적인 이야기꾼으로서의 풍모는 이로써 더욱 잘 설명이 된다. 단 몇 문장으로 설정되는 배경, 아주 기능적이면서도 암시하는 바가 많은 것으로 규정되는 인물들, 몇 마디 대꾸일 뿐인데 실제 표현된 것보다 훨씬 많은 것을 이해하게 하는 빠른 대화들. 도데의 솜씨는 극적인 간

* 《주간 논평》(1898).

결함에 있다. 구전 민담이 그러하듯, 도데는 종종 이야기를 병치된 빠른 시퀀스들로 분절한다. 그는 줄줄이 이어져 천천히 극적 효과를 상승시키는 구성을 싫어했으며, 하나의 이야기나 일화에다 마무리 짓는 강력한 이미지를 간간이 배치하거나 또는 독자가 말줄임표를 보고서 미처 글로 쓰이지 않은 것도 능히 미루어 짐작하게 함으로써 시점을 다양화하는 걸 선호했다.

남프랑스 사람다운 입담

"사람 좋은 남프랑스인은 자기 감정을 남들과 나눌 때에만 그 감정을 온전히 누린다." 훗날 도데는 이렇게 쓴다. 그렇기 때문에 이 작품에서는 화자가 종종 끼어들어 인물의 행동을 이야기하기도 하지만, 그것에 토를 달고, 반응하고, 판단하고, 평가도 한다. 또 독자를 이야기에 연루시키며 혹은 독자를 증인으로 잡으며 관심을 끈다. 여기에 꾀가 곁들여진다. 잘못된 내용을 바로잡는 척하기도 하고, 이야기의 흐름을 잠시 끊기도 하면서 화자는 때로 주의를 기울이며—기대도 하면서—듣는 사람을 갖고 논다. 특히 도데는 적절히 구어체를 씀으로써 이야기를 즉흥으로 지어낸 듯한 느낌이 들게 한다. 가끔씩은 문장의 통사 구조를 살짝 틀리게 한다든가, 문장 구성을 일부러 서투르게 하고, 거듭 채근하는 식으로 표현하기도 하며, 감탄사나 의성어, 의태어를 쓰는 것부터 또 어떤 문장은 그 리듬이 문장이 묘사하는 행동과 그대로 맞추어지는 것까지, 입말 표현 특유의 말투와 일치하지 않는 것이 없다. 더구나 도데는 거기에 남프랑스어의 특색까지 가미하니 이런 환상은 더 강해진다. 솔직히 말해 이 작품에서 그의 만용이 아주 대단한 것만은 아니며, 이보다 몇 년 전 조르주 상드가 전원 소설들을 쓸 때 제기됐던 심각한 문제—정말 그 지방에서 쓰이는 말인지—는 도데에게 전혀 문제가 되지 않았던 것 같다. "4분의 3 이상이 라틴어이고, 옛날에는 왕비들도 가끔 썼던 이 아름다운 프로방스 말"이라고 찬양했지만, 도데가 문어文語로써 이런 프로방스 말을 잘 구사한 적은 한 번도 없다. 도데가 프로방스어로 번역한 「스갱 씨네 염소」는 미스트랄이 여러 군데 수정한 뒤에야 『프로방스 연감』에 실렸다. 미스트랄이 도데에게 나중에 『풍차 방앗간 편지』에 대해 편지에 쓰기를 "당신은 감탄할 만한 재능으로 이 어려운 문제—프로방스어로 프랑스어 글을 쓰는 문제—를 해결했소"*라고 했을 때, 아마도 행간에 감춰진 어떤 유감이 있었던 듯하다. 사실 『풍차 방앗간 편지』 전체에서 도데가 쓴 프로방스어나 프로방스식 표현은 기껏해야 스무 개 정도뿐이다. 원문에서는 이것이 주로 이탤릭체로 표기되어 있고, 그 의미가 금방 이해되지 않을 것 같으면 프랑스어로 번역해 놓았다. 그렇지만 남프랑스적인 '색깔'은 분명히 있다. 여기에는 인물들의 이름도 상당 부분 역할을 하지만 어떤 통사적 어법, 같은 말의 반복, 애칭 등의 축소형, 울림이 크고 함의가 큰 단어의 선택도 큰 역할을 한다.

한 작가의 '판타지'

상상력과 감수성 사이

그렇지만 『풍차 방앗간 편지』에서 관심 가질 만한 점이 고작해야 이

* 1869년 12월 12일의 편지.

야기꾼의 재능일 뿐이라고 축소해서 볼 수는 없다. 남프랑스 특유의 입담뿐만 아니라, 자신의 세계관을 말로 풀어놓는 진정한 작가의 감수성도 배어난다. 이러한 감수성을 가장 잘 규정할 수 있는 표현이 '판타지'이다. 이 말은 19세기에 가장 유행했는데, 프랑스 문학에서는 도데의 작품이 그 완성된 형태의 좋은 보기 중 하나이다. 여기서 판타지란 전적으로 현실과 상상 사이의 미묘한 균형 잡기, 미세한 흔들림에 달려 있다. 심지어 무엇보다도 화자의 상상에 의존하는 이야기에서조차 누구에게나 공통된 현실은 준거 틀로서 역할을 하고 있다. 뿐만 아니라 역으로, 특히 상상은 늘 존재한다. 그리하여 이야기에 색채와 뉘앙스를 주거나 현실을 확장하지만, 상상이 현실을 극적으로 만드는 경우는 드물다. 차라리 상상은 현실을 정지시킨다. 때로는 단순한 이미지, 또는 한 가닥 유머만으로도 사실주의에 딴지를 걸고 깜짝 놀라게 할 요소를 만들어 독자를 돌연 우리가 알아볼 수 있는 세계의 끝으로 보내 버릴 수 있다. 이 모든 이야기들을 관통하여 흐르는 상상은 행복하면서도 유랑하는 떠돌이 같다. 그 상상은 몽환적이거나 불안한 점은 전혀 없고 꿈이나 악몽의 깊은 속으로 침잠하는 경우도 거의 없다. 그것은 항상 뭔가 공기 같고 투명한 것을 간직하고 있어, 현실을 바꿔 놓는 것 이상으로 현실에 아련한 무늬를 준다.

현실과 상상 사이의 이 미묘한 균형은 전적으로 세계를 보는 관능적—까지는 아니더라도 민감한—인식에 달려 있다. 작가 바르베 도르비이는 그것을 즉각 느꼈고 이렇게 썼다. "풍차 방앗간에서 쓰인 이 편지에서 나는 무엇보다도 그 인상의 깊이에 깜짝 놀랐다." 이처럼, 여러 차례나 이야기는 화자의 감수성을 온통 흔들어 놓고 현실의 예리한 인식에서 비롯된 상상을 촉발하는 하나의 감각을 단순히 언급하는

데서 시작된다. 마찬가지로, 여기서 세계관이란 지속적으로, 마르지 않는 공감 능력의 지배를 받는다. 사물은 화자로부터 그가 그려 내는 세상으로 부단히 전이되면서 움직이고 살고 진동한다. 바로 그렇기에 『풍차 방앗간 편지』에서 감각의 범위는 그렇게 널리 퍼져 있는 것이다. 잘 들여다보면 어떤 구절은 단지 서로 뒤섞여 혼효된 감각들의 다발에 지나지 않는다. 잘 알려졌다시피 도데가 지독한 근시라는 점 때문에 청각이 그렇게 중요하기도 했겠지만, 이 작품에서든 또 그의 다른 작품들에서든 주요한 특색은 뭐니 뭐니 해도 시각이다. 움직임, 색채, 대조 기법, 풍경이 그려지는 몇몇 구절들, 이 모든 것이 그야말로 지칠 줄 모르고 세상을 맛나게도 음미하는 시선의 탐식貪食을 보여 준다. 가장 풍부한 인식이 빛에 관한 것이다. 도데는 첫 '편지'에서부터 이렇게 말한다. "프로방스의 이 모든 아름다운 정경은 오직 빛을 통해서만 살아납니다." 이처럼 빛의 변용은 그만큼의 문학적 변용이 되는 것이다. 마치 "푸르고 가벼운 (……) 홍수"처럼 확산되고 "수문으로 밀려드는 물처럼"처럼 당도한 빛은 또 "금빛 먼지"도 될 수 있고 "생생한 광채와 미세한 원무가 가득"할 수도 있다.

세계와 거칠게 '결합하고' 싶은 꿈

이처럼 『풍차 방앗간 편지』의 정서적 풍부함은 도데의 프로방스적 행복—혹은 꿈—이 어떤 성격인지를 잘 말해 준다. 감각이 이 정도로 예리하면, 인간과 세계 사이에 완전한 다공多孔 상태가 만들어지고야 마는 법이다. 자기 몸의 섬유란 섬유는 모두 동원하여 세상을 느끼고 체험한다는 것, 이것이 당연히 도데에게는 세상 속으로 녹아들고 싶은 마음, 그 무한함 속으로 확산되고 싶은 마음이다. 산 위에 올라갔던 양들이 돌아오는 단순한 장면도 이러한 종류의 행복을 체험하는 기회가 된다. "곱슬곱슬한 양털과 매에 매에 소리가 일으키는 이 회오리바람이 내게 파고들며, 나를 스치고, 어리둥절하게 합니다." 바다를 바라보는 장면도 마찬가지이다. "생각을 하는 것도, 꿈을 꾸는 것도 아니죠. 존재 전체가 몸에서 스르르 빠져나가 허공으로 올라갔다가 이리저리 흩어져 버리는 그런 상태……" 도데의 글에서 빈번히 찾아볼 수 있는 열거법마저도, 현실의 풍부함에 섞이고 싶은 마음, 현실의 다양성 속에 녹아들고 싶은 마음을 나타내고 있는 것이다.

역설적으로, 제목에 나오는 상징적인 풍차 방앗간에서부터 이러한 융합의 꿈은 응축된다. 피신처라면 어디나 그렇겠지만, 풍차 방앗간은 도데에게 세상으로부터 스스로를 보호하는 곳이다. 그러나 풍차 방앗간은 또한 도데가 자기 마음 안에 숨어들어 세상을 좀 더 잘 체험할 수 있는 곳이기도 하다. 이처럼 『풍차 방앗간 편지』에서는 방대한 교감의 망이 있어 서로 대치 가능한 여러 다른 유형의 피신처들을 이어준다. 풍차, 등대, 배, 오두막, 이처럼 닫히고 고립된 공간, 몸을 웅크리고 주변 세상을 향해 고양된 고독 속에서 가만히 들어앉을 수 있는 피신처들 말이다. 이 작품의 첫 편지에서부터 대뜸 규정하는 것이 바로 이런 행복이다. "내 풍차 방앗간에서 이렇게 잘 있는데 말이죠! 그동안 찾던 호젓한 이 구석은 너무나 좋아요. (……) 또 주위엔 얼마나 예쁜 것들이 많은지! (……) 벌써 머릿속이 느낌과 추억으로 가득하네요……"

『풍차 방앗간 편지』의 매력은 고독한 은신처에 다가와 밀려드는 세상의 이미지에서 오는 것이 아닐까? 세계와 거칠게 결합하고 싶다는 욕망은 화자의 프로방스에 정서적 충만함을 부여할 뿐만 아니라 그곳을 좀 더 깊은 향수, 언제까지나 채울 수 없는 꿈에 대한 향수로 색칠하기도 하는 것이다.

다니엘 베르제*Daniel Bergez*

아를라탕의 보물

Le Trésor d'Arlatan

카마르그에서

미스트랄이 그 뿔로 문을 두드려 댈 때
오두막에 홀로
크로의 농가 한 채처럼 달랑 혼자서만
있으면 얼마나 좋은지

그러면서 저기 저 멀리
함초 사이에 난 작은 구멍으로
지로의 늪이 반짝이는 걸 본다

들리는 거라고는 오직
뿔로 문을 두드려 대는 미스트랄뿐
그리고 가다가다 투르뒤브로의 암말들이
딸랑딸랑 울려 대는 방울 소리뿐.*

* 원문은 프로방스어로 쓰여 있다.

1

앙리 당주 씨 귀하

파리

내 사랑하는 친구, 자네 편지를 받고 이 오랜 친구 팀*은 성 요한 축일의 불꽃처럼 기쁨에 들떴다네. 그래, 자네의 말이 사실이라면, 자네가 정말로 마들렌 오제와 끝내고 싶다면, 어서 짐을 싸서 내게로 오게나. 필요한 건 여기 다 있으니. 이곳 몽마주르의 솔숲에 있다는 건 아닐세. 자네를 유혹하는 체험의 장소로는 충분히 야생적이진 않으니 말이야. 내가 받아 보는 평론 잡지들이며 일간지들에서 자네가 그 여

* 도데의 실제 친구 티몰레옹 앙브루아를 모델로 한 것으로 보인다.

신의 이름이며 쾌거를 발견할 수 있을 터인데, 그녀가 남프랑스를 좋아해서 자네가 몽마주르에 있다는 걸 짐작하고는 10년 전에 그랬듯이 아를 극장에 〈카마르그 부인〉이나 〈라 페리숄〉 같은 연극 공연을 하러 올 수도 있다는 걸 계산에 넣지 않는대도 말일세. 하늘이 맑게 개면 이곳 몽마주르까지 아를 처녀들의 노랫소리가 들려온다네. 마들렌의 음성은 더욱더 확실하게 들릴 거야, 가엾은 프랑시오*. 그러면 자네는 금방 다시 코가 꿰이는 거야. 하지만 내가 제공할 피난처는 다른 곳과 달리 외지고, 모든 것에서 멀리 떨어진 장소라네. 정기간행물도 안 오고, 예쁜 여배우 사진을 볼 수 있는 진열장도 없다네. 그럼 거기까지 가는 아주 정확한 경로를 알려 주겠네.

파리에서 기차, 밤기차로 아를에 도착해 론 강둑으로 가게. 그 새벽 시간에도 오직 그곳만은 활기가 넘친다네. 계단 아래 카마르그행 증기선이 김을 뿜고 있을 걸세. 6시면 승선을 하지. 강의 물결과 배의 스크루, 미스트랄, 이 삼중의 추진력으로 양쪽 강안江岸이 휙휙 지나가지. 왼쪽으로는 메마르고 돌투성이인 크로 벌판이, 정면으로는 그 곡창, 키 작은 풀들, 늪지대로 이루어진 끝없는 평야가 바다까지 이어진 카마르그가 있다네. 가다가다 좌현이나 우현—론강 뱃사람들 표현을 빌린다면 '제국' 쪽이나 '왕국' 쪽—으로 부교에서 배가 서면, 연장을 잔뜩 걸머진 인부들이나 팔에 바구니를 걸고 소매 없는 긴 갈색 외투를 뒤집어쓰고 한나절 외출하는 처녀들이 내린다네. 카마르그 쪽 강변으로 네 번째인가 다섯 번째 정류장에서 "마스드지로"라고 외치는 소리가 들리면 거기서 내리게.

* 프랑시오 혹은 프랑시만. 프로방스에서 북프랑스 사람을 일컫는 말.

바르벵탄의 후작들이 사용하던 이 오래된 프로방스 농가는 돌로 된 폭 넓은 긴 의자가 놓였고 마른 갈대로 만든 차양이 달렸는데, 그 앞에 샤를롱이 마차를 대고 기다릴 걸세. 샤를롱을 기억하나, 자네 손에 처음 소총을 들려 주었던 몽마주르의 늙은 사냥터지기 미티피오의 맏아들 말이야. 지금 미티피오는 주인인 나처럼 류머티즘을 앓아서 이젠 발에 각반을 차면 얼굴을 끔찍하게 찌푸릴 지경이 되었다네. 그래서 종종 자네에게 얘기한 적 있는 카마르그의 그 사냥감 많은 연못들을 지키는 일은 아들 샤를롱에게 맡겼지. 샤를롱이 기다렸다가 자네를 마차로 그 오두막까지 태워다 줄 걸세. 우리가 사냥 때 만나거나 지내던 그 오두막이네. 샤를롱은 거기에서 200~300미터 떨어진 거리에 살고 있네. 밤낮으로 자네 지시에 따를 게고, 식사는 사냥한 새고기나 생선으로 아름다운 나이스가 카마르그식으로 요리해 줄 걸세.

나이스는 지금은 샤를롱의 아내가 되었네. 크로의 농가집 딸인 그녀는 5년인가 6년 전 자네가 몽마주르에 왔을 때 자네와 춤을 춘 적이 있네. 어느 일요일인가 낙인제 때 황소 경주에서 그 멋진 갈색 머리칼을 아를 특유의 작은 머리쓰개로 누르고 주먹에는 쇠편자를 쥔 채 말을 타고 빙빙 한 바퀴 돌며 나타났는데, 그때 그녀의 모습을 보고 자네가 감탄의 함성을 질렀던 게 생각나는구먼. 아마 자네가 오면 그녀를 아주 쉽게 다시 볼 수 있을 걸세. 샤를롱 부부 말고 이웃이라곤 조금, 아니 아예 사람이라곤 한 명도 없네. 말치기 한 사람이 바카레스 호수 쪽에 살긴 하지만, 거긴 오두막에서 족히 10리쯤 떨어져 있네. 이 말치기 집에서나 나이스, 샤를롱 내외에게서나 마들렌의 이름은 전혀 들을 수 없을 게야. 그녀 얘기를 자네한테 하는 사람은 아무도 없을 게고, 그녀의 모습을 떠올리게 하는 건 아무것도 없을 거야. 나만 해도 자네가 불러야나 보러 가겠네. 이 실험은 완벽해야 하니까.

우리끼리 하는 말이지만, 자네, 난 이 고독과 망각 요법을 반쯤만 믿는다네. 예수도 사막에서 가장 격렬한 유혹과 고통을 겪지 않았던가! 그러니 거기 가 있더라도 의지와 단호함을 갖추게나. 그리고 위험이 닥쳐오는 게 느껴진다면, 폭풍우 치는 날 카마르그의 황소들처럼 하게. 소들은 서로 빽빽이 몸을 붙이고 다 같이 머리를 숙인 채 폭풍이 몰아치는 쪽을 향해 선다네. 우리 프로방스의 양치기들은 그 행동을 프로방스어로 **'비라 라 바노 오 지스클로'**라고 부르지. '비바람 치는 곳을 향해 뿔을 돌린다'는 뜻이라네. 자네도 이렇게 하기 바라네.

팀 드 로즈레

알림. 오두막에는 모든 것이 부족하다네. 배를 타고 여행 떠나는 로빈슨 크루소처럼, 가지고 갈 후추 한 봉지도 거기선 대단한 물건이지. 양초, 설탕, 홍차, 커피, 통조림 음식을 갖고 가게나. 이렇게 중대하고 감정적인 일에 소시민적으로 이런 세세한 것이나 알려 줘 미안하네.

2

마스드지로의 문간에 그 남자가 마차를 끌고 와서 기다리고 있었다. 당주는 칼자국이 난 데다 주름이 고랑처럼 패고 늙어 버린 그 이목구비가 미티피오의 아들이란 걸 알아보기가 적잖이 힘들었다.

"샤를롱, 그간 어디 아팠나?" 둘이서 짐을 실은 마차 뒤를 따라 남쪽 평야 지대로 접어들 때 그가 물었다.

"아프다뇨, 제가요? ……천만에요, 앙리 선생님. 다만 해마다 지독한 더위를 겪다 보면, 지금은 저렇게 은처럼 반짝이고 빛나는 이 모든 연못들과 운하들이 정말 썩은 것처럼 돼 버려서, 거기서 들오리 새끼 한 마리라도 끌어냈다 하면 집에 갈 땐 열이 펄펄 나곤 하지요. 그래서 피부가 엉망이 된답니다!"

이 말을 하면서 샤를롱은 독일 기병같이 콧수염을 기른 멋쟁이 프랑시오를 향해 뭍과 물에서 매복하느라 노래진 사냥꾼의 작은 눈을 끔벅해 보였다. "하지만 앙리 선생님, 선생님도 볼이 홀쭉해지셨는걸요…… 그래도 파리에선 이곳같이 늪지대에서 오는 열병은 없겠죠."

"왜 없겠어…… 아주 몹쓸 열병이 있지. 내가 그 열병 좀 나아 보자고 카마르그에 온 걸." 당주는 진지하게 말한 것이었다. 그랬더니 이 시골 사람도 그와 똑같이 심각한 어조로 대답했다. "그렇습죠. 이 계절에야, 우리 고장에 있는 게 젤로 건강에 좋다는 건 사실이죠."

마스드지로의 영역을 막 지나, 그들은 야생 카마르그 한복판에 이르렀다. 곧게 무한히 쭉 뻗은 황금빛 함초 평야가 간간이 연못과 운하들로 끊어졌다. 키 큰 나무라곤 한 그루도 없었다. 무리 지은 위성류와 갈대가 고요한 바다 위의 작은 섬들처럼 드문드문 올라와 있었다. 여기저기 마소를 가둬 두는 축사들이 지평선 높이로 낮게 지붕을 펼치고 있었다. 양 떼들이 흩어져 있기도 하고, 소금기 있는 땅에 자라는 풀 속에 누워 있기도 했으며, 헐렁한 양치기 옷 주변에 빽빽이 모여 걷고 있기도 했다.

이런 풍경, 남녘의 어느 화창한 겨울날의 빛에다 활기를 주려 함인지, 위쪽에서 불어오는 미스트랄이 붉고 넓적한 태양을 두드려 패 산산조각으로 빠개 놓으며, 감탄할 만큼 푸른 하늘에 긴 그림자가 마구 달려가게끔 만들었다.

"참, 자네 부인이 되었다는 그 미인 나이스는? 부인 얘긴 통 안 하는군, 샤를롱……?"

온갖 날씨에 변형되고 색이 바랜 모자를 쓴 사냥터지기가 두꺼운 눈썹을 찌푸렸다.

"그 사람도 열병 때문에 달라졌습죠. 1년 내내 열병을 달고 삽니다요…… 한겨울인데도 어제 아침에 다시 열이 확 올라 이틀째 떨기만 해요…… 덜덜덜. 아! 선생님이 몽마주르의 소 뽑기 축제에서 저녁 내내 짝지어 춤추셨던 그 인물 좋은 나이스, 자기가 예쁘다고 철석같이 믿던 그 여자, 선생님 팔에 안겨 빙빙 돌면 주위에서 '야, 저 둘이 참 잘도 어울려' 소릴 듣던 그 여자, 가엾은 제 아내는 더 이상 전혀 그때의 그 여자와 비슷하지 않습죠. 저야 그게 원망스럽지는 않죠. 덜 예쁜 그녀가 전 더 좋습지요. 송두리째 제 여자니까요."

샤를롱이 좀 화가 난다는 투로, 정말이지 진실되게 이 말을 하는 바람에, 프랑시오는 충격을 받았다. "자네 질투하는 건가, 샤를롱?" 그리고 모든 걸 인간 특유의 비참함으로 돌려야만 직성이 풀리는, 지극히 인간적인 요구를 담아서 물었다. "만약 매일 저녁 청중 앞에서 옷을 벗고 양팔, 양어깨를 다 드러내는 여배우나 가수를 아내로 두었다면 어땠겠나?"

사냥터지기의 눈동자가 번득 빛났다.

"앙리 선생님, 그건 우리 아내 된 사람들이 할 짓이 아닙니다요. 그러니 제가 무슨 말씀을 드리겠습니까. 다만 제 기억에 어느 날 저녁 아를에서 가수가 나오는 카페에 들어갔더니만, 그런 연극쟁이 여자 하나가 거기 있더군요. 나이스하고도 조금 닮았습죠. 어느 순간 그녀가 노래를 부른 다음 노래 값으로 돈을 걷더군요. 그런데 그녀가 제 거친 조끼를, 조명에 번들거리는 그 피부로 슥 스치고 지나가는 양을 보아하니, 저게 제 아내일 수도 있겠다는 생각이 마음을 뚫고 지나가더군요…… 울고 소리치고, 뭔가 말로는 표현할 수 없는 걸 하고 싶다는 생각이 한꺼번에 몰려왔지요. 저는 거기서 나올 수밖에 없었죠. 만약 그 여자가 제 아내였다면 확 목 졸라 죽이고 말았을 거예요."

잠시 침묵이 흘렀다.

당주는 무대에 서는 어떤 여자들의 얼굴값 하는 바람기에 대해 생각하면서, 〈심심풀이〉 공연 때 마들렌의 무대 뒤 분장실을 떠올렸다. 여배우는 막간에 엉터리 작가 아무 앞에서나 '나의 극작가'라고 부르며 훌렁훌렁 옷을 벗어젖혔고, 그러는 동안 그 연인은 억지로 웃으며 질투의 분노와 다 죽여 버리고 싶다는 마음만 가득한 두 손으로 분장사에게 실핀들을 건네주었다.

두 사람은 오두막에 잘 도착했다. 자리를 잡고 포도나무 밑동과 위성류로 피운 환하고 커다란 불 앞에서 시골다운 점심을 먹다 보니, 그 모든 파렴치한 일들일랑 멀찌감치 던져 버리게 되었다.

샤를롱은 시골 남자들이 으레 그러듯 늑장을 부리며 식탁에 와 앉았고, 칼끝으로 자기 몫의 카샤 치즈를 잘게 조각내는 일을 거의 마쳤다. 그러는 동안 앙리 당주는 이 특이한 사냥 집, 앞으로 요양원 같은 역할을 하게 될 이 카마르그의 전형적 가옥을 샅샅이 돌며 살펴보았다. 하나뿐인 방은 널찍하고 창문이 없었으며, 사방 벽은 누런 갈대로 둘러지고, 높은 천장 위에 지붕이 바로 덮여 있었다. 저녁이면 닫는 큰 덧문이 달린 유리문을 통해 끝없는 들판이 내다보이고 햇빛이 들어왔다. 회칠한 초벽을 따라 사방에 사냥용 장총, 사냥감을 담는 망태, 늪에서 신는 장화 등이 걸려 있었다. 칼레유, 즉 옛날식 작은 구리 등잔이 걸린 높다란 시골 벽난로 위에는 오래된 파이프와 말린 백리향 상자들 틈에, 신 프로방스 도서관에서 나온 짝이 맞지 않는 전집 몇 권, 미스트랄의 『미레유』와 『황금의 섬』, 오바넬의 『반쯤 벌어진 석류』, 앙셀므 마티외의 『파랑돌 춤』, 루마니유의 『마르그리데트』 등이 뒹굴고 있었다. 방 한가운데 그물, 진짜 그물이 바닥에 펼쳐진 채 지붕 꼭대기까지 올라붙어 지지대 역할을 하고 있었고, 한구석에는 푸른 날염 옥양목 커튼으로 가려진 커다란 요람형 침대 두 개가 벽에 나란히 붙어 있었다.

오두막과 마주 보이는 곳에, 우거진 스페인 갈대 한 무더기 뒤로 사냥터지기의 집이 살짝 보였다. 때마침 지붕에서 연기가 조금 올라왔다.

"저런, 나이스가 물을 끓이고 있네요!" 샤를롱이 이기적이고도 순진한 연민에 사로잡혀, 입 속에 음식을 잔뜩 넣은 채 후 하고 한숨을 쉬었다. 당주가 물었다. "아니 부인은 아프다며, 그럼 누가 이렇게 잘 차려 놨지?"

"어린애지 누군 누굽니까? 오늘 저녁 선생님 식사를 차려 드릴 애 말입죠."

"어떤 어린애?"

"지아라고, 나이스의 동생입죠. 우리하고 같이 얼마 동안 있겠다고 여기 왔지요. 활기차고, 싹싹하고, 벌써 좀 살림꾼 같은 게 싹수가 있답니다. 문제는 얘가 '좋은 날'—북쪽 사람들 표현으론 '첫영성체'—을 지내러 언젠가는 할아버지 할머니 댁으로 돌아가야 한다는 거죠."

앙리가 집 구경을 다 하고 밖으로 나갈 채비를 하는 걸 보고, 그가 후다닥 일어서서 주인이 명한 대로 그를 따라나설 준비를 했다. 그러나 당주는 그러길 원치 않았다.

"고맙네, 고마워, 샤를롱…… 차라리 한 시간 전부터 문 앞에서 풀만 뜯느라 지루할 자네 말이나 마구간에 집어넣게. 난 후딱 나가 볼 테니. 그럼 이따 저녁때 보세."

오두막 주위는 짧게 깎인 여린 잔디가 일망무제로 펼쳐져 있었고, 카마르그에서만 볼 수 있는 작은 겨울 꽃들이 마치 체로 쳐서 쫙 끼얹은 듯 피어 있었다. 그중에는 질경이과 식물들처럼 계절마다 색깔이 바뀌는 것들도 있었다. 미스트랄의 흔적을 간직하고 남쪽으로 누운 채 비틀려 마치 끝없이 도망치는 것처럼 보이는 관목들이 띄엄띄엄 있는, 부드럽고 물큰한 잔디 위로 한 시간을 걸어서, 이 파리 남자는 바카레스 호수 앞에 섰다. 온통 물뿐인 20리, 배 한 척, 돛 하나 없이 햇빛에 반짝이는 물결 그리고 검둥오리, 왜가리, 분홍색 날개의 홍학 떼, 때론 따오기, 정말 이집트에서 온 따오기들까지, 이 찬란한 햇빛과 이 말없는 풍경 속에 너무도 편안한 이 새 떼들을 끌어들이는, 가만가만 찰랑대는 물소리로 이루어진 20리였다. 특히 이 고독 속에서 그는 파리를 떠난 뒤 처음으로 평온하고 안전하다는 기분을 느꼈다.

아! 그 여자를 잊고 더 이상 생각 안 한다는 기쁨, 적어도 더 이상 그 생각을 안 한다는 기쁨, 더는 '5시야. 연습이 끝났어. 그녀가 곧장 극장으로 돌아올까, 아니면 그 꼴같잖은 것들을 데리고 쉬에드 카페에 들를까?' 하고 속으로 중얼거리지 않아도 된다는 기쁨이었다. 이 순간 이 모든 것이 얼마나 그에게서 멀어 보였는지, 이처럼 푸른 수평선과 열린 하늘이 만들어 내는 무한한 공간이 얼마나 안전하게 그를 보호하고 지켜 주는 듯 느껴졌던지!

해가 천천히 물 위로 내려오면서 바람이 잦아들었다. 이제 들리는 것이라고는 가벼이 물결 부서지는 소리와 "뤼시페르! ……에스텔! ……에스테렐!" 하며 호숫가에 흩어진 말 떼들을 불러 대는 말치기의 목소리뿐이었다. 제 이름이 불리는 소리를 듣고 말들이 바람에 갈기를 휘날리며 제가끔 달려서는, 말에서 내려 퍼스티언 천으로 된 조끼를 어깨에 걸치고 커다란 각반을 무릎 위까지 올라오게 찬 채 무거운 안장에 기대어 분홍색 표지의 작은 책을 읽고 있는 말치기의 우묵한 손바닥에 담긴 귀리를 먹으러 왔다. 석양 아래 날아오르는 듯한 발갈기들과 읽던 책에서 눈도 안 돌리고 가죽 탄띠에서 꺼낸 귀리를 나눠주는 말치기의 위풍당당하면서도 무심한 몸짓은 참으로 아름다웠다.

당주는 호기심이 생겨 말치기와 그가 읽고 있던 책 쪽으로 다가갔다.

"읽고 계신 것이 참 재밌나 봅니다."

반듯하고 굵직한 이목구비에 잔주름이 잔뜩 지고, 낡은 상아 같은 피부빛에다 길고 희끗희끗한 수염이 난 아시리아인 같은 얼굴이 번쩍 쳐들리더니, 아몬드처럼 반짝이는 하얀 이빨 사이로 만족스러운 어조의 걸걸하게 쉰 혀 짧은 목소리가 새어 나왔다.

"참 재미있습죠. 아닌 게 아니라 그러네요, 귀한 친구분…… 이 책 제목은…… 가만있어 보자, 좀 보자…… 이 책 제목은…… 〈반反점액질〉이라오."

이 장대한 배경에서, 영웅 같은 자세로 읽고 있던 책이 고작 그거라니! 약병 둘레에 붙은 주의사항 중 하나였던 것이다…… 〈반점액질〉이라니! ……이 파리 신사를 더욱 놀라게 하며 그가 덧붙였다.

"내겐 이런 짤막한 설명서가 잔뜩 있다오…… 투르생루이의 약제사한테서 산 거죠. 이 모두가 내 보물이라오…… '아를라탕의 보물'이라고, 온 카마르그에서 유명하지요…… 언제 한번 보러 오신다면, 내 보여 드리리다. 내가 사는 오두막은 저기, 움푹 팬 분지에 있소…… 그럼 안녕히, 귀하신 도련님."

"안녕히 가세요, 아를라탕 영감님."

저물녘의 귀로는 기가 막혔다. 오두막 쪽으로 발걸음을 재촉하던 당주의 귀에 아직도 그 말치기의 목소리가 들렸고, 이어 엄청나게 큰, 마치 후드득 떨어지는 빗소리 같은, 우두두두 발 구르는 소리가 들렸다.

양치기들이 부른 수천 마리 양들이 양치기 개들에게 쫓기어 우리로 바삐 가고 있었다. 곱슬곱슬한 양털과 매에 매에 소리가 일으키는 회오리바람이 그를 스치고 지나가며 어리둥절하게 만들었다. 양치기들이 제 그림자와 더불어 양 떼 물결에 휩쓸려 가는 듯한, 그야말로 거친 파도였다. 잠시 후 어둑해진 하늘을 삼각 편대를 이룬 오리 떼가 마치 땅에 내려앉고 싶다는 듯이 아주 낮게 날아갔다. 선두에 선 오리가 문득 목을 꼿꼿이 세운 채 야생의 함성을 내지르며 다시 고도를 높였고, 오리 떼 전체가 그 뒤를 따랐다.

그때까지는 안 보이던 오두막의 문이 막 열리고, 활활 타오르는 듯한 커다랗고 네모난 빛이 들판에 내려앉았다. 동시에 소매 없는 갈색 외투를 걸치고 작은 보닛을 쓴 길고도 여릿한 여인의 실루엣이 어둠 속에서 앙리를 스쳐 샤를롱네 집 쪽으로 갔다. 그래서 그는 그 실루엣이 옛날 몽마주르에서 함께 춤추던 여인, 나이스인 줄만 알았다.

"안녕하시오, 나이스……"

주변의 그림자 틈에서 마술처럼 스러져 버린 젊은 여인의 유일한 대답은, 가까스로 참아 누른 웃음뿐이었다.

등잔이 켜지고 벽난로의 불이 피워진 집 안에는 1인분 식탁이 차려져 있었다. 식탁보 위에는 분홍색 포도주 한 병과 희디흰 왕관 모양의 빵, 그 사이에 향초를 넣은 장어 수프가 김을 무럭무럭 내며 구수한 냄새를 풍기고 있었다. 음식을 덜어 먹으라고 놔둔 노란 토기 접시들 옆에는, 뚜껑 덮인 작은 요리들 두세 가지가 뜨거운 재 앞에서 서서히 익어 가고 있었는데, 격식 차리지 않고 "여기 저녁 차려 놨으니, 맘대로 덜어 잡수세요"라고 말하는 듯했다. 어둡고 휑한 방에 이렇게 식탁이 차려진, 인적 없고 불만 켜진 이 오두막은 신비롭기도 하고, 의외의 사건으로서 나름 매력이 있었다.

그는 아침보다 입맛이 좋아 잘 먹었다. 미스트랄의 책 한 권이 바로 옆, 식탁 위에 놓여 있었지만 그는 주위를 둘러싼 그림자의 거대한 침묵과 가끔 그 그림자를 뚫고 지나가는 소리에 몽롱하게 취해 책을 읽지 않았다. 때로 두루미들이 오두막 위를 날아가는 소리가 들렸다. 생생한 공기 속에서 깃털이 퍼덕이고, 너무 혹사하여 돛처럼 팽팽히 부푼 날개가 삐걱댔다. 이따금 서글픈 소리가 하늘 저 끝까지 부웅부웅 하고 소라고둥처럼 울리기도 했다. 그가 오두막 문을 열어 놓고 이 이상한 함성이 대체 무엇일까 궁금해하고 있는데, 커다랗고 둥근 초롱 불빛이 여기저기 비추더니 사냥터지기 샤를롱이 나타났다.

"이건, 앙리 선생님, 우리가 **'알락해오래기'**라고 부르죠. 저놈이 커다란 부리로 물고기를 잡으면 물 밑에서 이렇게 '르루……' 하고 뭘 굴리는 것 같은 소리가 난답니다. 소총을 쏴서 저놈 한 마리 잡으면 딱입지요. 나이스가 고기 찜을 하면 흙내도 별로 안 난답니다."

"자네 부인은 요리 솜씨가 아주 좋군, 샤를롱. 다만, 부인은 어째서 옛 친구인 나를 못 알아보는 거지?"

"이런 선생님, 선생님이 방금 마주친 사람은 나이스가 아니고 지아랍니다. 키가 제 언니만큼이나 되거든요. 아직 열다섯 살밖에 안 먹었는데요."

"지아가 열다섯 살? 그런데 아직도 첫영성체를 안 했다고?"

샤를롱은 대답이 없었다. 불현듯 남프랑스 특유의 바람이 한 번 일어, 그가 든 초롱이 막 꺼졌다. 두 사람은 오두막으로 들어와 불 곁에 구부정히 서서 아무 말 없이 파이프 담배를 피웠다. 그러자 샤를롱이 서글픈 목소리로 아까 하던 이야기를 다시 이었다.

"아! 그 어린 고양이 같은 아이 머릿속에서 일어나는 일이라니…… 그 애는 벌써 세 번이나 첫영성체를 할 뻔했지요. 본당 신부님께서 그 아이의 첫영성체를 내년으로 미루신답니다…… 그렇지만, 걔는 배울 건 다 배웠어요. 교리문답도 좔좔 외니까요. 게다가, 어딜 보나 괜찮은 애죠…… 어쨌든, 뭔가 안 맞는 게 있나 봅니다. 누구보다도 훌륭하신 우리 신부님께서 그러시니 말이죠…… 나이스하고 저는 어떻게 해야 할지 모르겠어요."

그는 일어서더니 사위어 가는 불 속에 나무 밑동 한 토막을 던져 넣었다. 금세 불꽃이 발그레하게 올라오니 그는 마음이 다시 차분히 가라앉는 모양이었다. 그들이 이 불미스러운 이야기의 끝을 볼 참이라는 건 틀림없었다. 첫영성체 때가 가까워 오는데, 나이스가 병이 난 뒤로 언니 집에서 꼼짝 않고 있었으니, 이것이 그 애에겐 피정인 셈이었다. 저 윗녘 몽마주르는 도시와 그 유혹에 너무 가까운 것이, 아이스크림과 금박 장식 파는 가게들이며, 레이스나 보석, 벨벳 매듭 전시장이며, 모든 게 악마가 처녀들을 딴 길로 꾀기 위해 쓰는 도구들인 반면, 카마르그에 있으면……

"오! 카마르그에 있으면야 아주 단순하지." 당주가 웃으며 끼어들었다. "지옥의 유혹과 사람을 꾀는 속임수라고는 아무개의 보물, 그 사람 이름이 뭐더라…… 아를라탕의 보물밖에 없으니 말이야."

"아를라탕을 아시나요?" 샤를롱이 놀라서 물었다.

이 고장의 영광 중 하나로 꼽히는 것에 대해 이렇게 함부로 얘기하는 프랑시오의 불경스러움을 앞에 두고 그는 말치기 아를라탕의 삶과 영예를 들려줘야겠다고 생각했다. 처음에는 황소 모는 사람이었다가, 프로방스의 모든 소 뽑기 행사에서 유명한 소 떼의 주인이 되었고, 마침내는 아를과 님의 투우장까지 제패하고…… 그러다 피로와 과로에 지쳐 병이 난 아를라탕은 좀 덜 힘들고 덜 위험한 직업인 말치기가 되어 약초로 자기 통증을 손수 치료했다고 한다. 자기가 발명한 연고로 그는 트랭크타유*에서 파라만**에 이르기까지 온 카마르그 지방에서 얼치기 치유사로, 특히 열병과 류머티즘에는 대단한 유명 인사가 되었다. 과연 그랬을까? 샤를롱은 아는 게 많지 않아 이렇다 저렇다 말할 수는 없다고 했다……

나이스의 남편은 제집으로 돌아갈 초롱불을 다시 켜며 결론을 내렸다. "제가 확실히 말할 수 있는 건, 작년 들오리 사냥 때 제가 열병에 걸렸는데요, 그 사람이 치료를 두 번 하고 직접 만든 푸르스름한 연고 한 통을 발라 고쳐 줬다는 겁니다."

"그럼 부인을 왜 그 사람에게 보내지 않지?"

"나이스가 한사코 안 가려고 하니까요. 아내는 그 사람을 도마뱀이나 쥐처럼 끔찍하게 싫어해요. 그렇다고 그가 남들 마음에 안 드는 점이 있는 것도 아닌데…… 심지어 젊었을 때는 잘생기기까지 했대요…… 제 기억에 아주 어려서 바닷가에, 자고새를 놀라 날아가게 하는 수상 창槍 경기 선수들을 보러 갔을 때, 키 큰 장정 열 명이 홀딱 벗고 검게 탄 몸에 가죽 벨트를 졸라매고 줄지어 서 있었는데, 여자들이 그 사람만 쳐다보더라니까요…… 그리고 낙인제에 그가 나타나면, 사람들 말로는, 오직 그 갈색 머리 미남 하나밖에 볼 게 없었다죠……

* 아를 시의 변방 지역.
** 론강이 바다와 만나는 지역.

도시의 숙녀들까지도 그를 따라다녔으니까요…… 그런데 나이스는 그 사람을 보러 가고 싶어 하지 않을 뿐만 아니라 그가 우리 집에 오면 숨어 버리고, 지아도 그가 사는 오두막 근처에 못 가게 하더라고요…… 거기에 대해선, 앙리 선생님, 좀 더 알아봐야 할 거라고 생각해요. 이제 남녘의 바람이 폭풍이 되어 한바탕 몰아치겠군요. 한 시간 후엔 파라만의 암소 울음소리가 들리실 겁니다."

"그 암소가 뭔가, 샤를롱?"

"바다랍니다, 앙리 선생님. 바람이 정면에서 파라만의 백사장 위로 불어오면, 바다가 하도 크게 부르짖는데, 그게 꼭 암소 울음 같아서, 소 떼를 많이 기르는 우리 고장에서는 이 소리를 그렇게 부른답니다."

아닌 게 아니라 밤새도록 파라만의 암소는 울음을 그칠 줄 몰랐다. 갈대들도 웅웅거렸고 오두막 곳곳에서 쩍쩍 갈라지는 소리가 났다. 바다는 멀리 있지만 바람은 그 소리를 부풀려서 가까이 데려왔다. 밤잠을 못 이룬 당주는 마치 배를 타고 선실에 있는 것만 같았다. 불행히도 그 선실에는 마들렌이 함께 있었다. 아침이 올 때까지 그림자 속에서 뜬눈으로 밤을 새우면서, 그는 시시각각 결별이라는 추한 사건을 다시 겪고 있었다. 문제의 오제는 여전히 무대에 올랐고, 그는 분장실의 긴 소파에 누워 커다란 화장용 거울 앞에 앉은 정부를 기다리다가, 갑자기 거울 속에 비친 미남 바리톤 아르망의 모습을, 콜드크림을 잔뜩 발라 번들거리는 그 얼굴을 보았고, 그러자 옷걸이에 걸린 수달 모피 코트로 달려가서 소매 속에서 매일 저녁 그를 기다리던 편지를 끄집어냈다. "사랑하는 아르망, 오늘은 그 사람이 자기 부모님 댁에 가서 저녁을 먹나 봐요……"

통통한 손가락에 반지를 잔뜩 낀 기둥서방에게서 빼앗은 이 편지의 내용을 당주는 훤히 외고 있었다. 그리고 지금 소치기의 간이 침상 쪽으로 돌아서서 잔인하게도 스스로에게 그것을 낭송해 주고 있었다. 그 여자를 다시 보지 않고 한마디도 남기지 않고 용감하게 그 곁을 떠난 다음에도, 그는 두려움에 가득 차 스스로 묻고 있었다. 지금처럼 밤마다 그녀가 그의 머릿속을 떠나지 않고 차지할까? 그 예쁜 미소를 지으며, 살집 좋은 관능적인 자태로, 침대로 몸을 숙이며 집 주위를 방황하는 듯 소리를 내고, 흔들리는 문 아래 신음하고, 짐짓 괴로워하는, 표현력 좋은 그 음성으로 저기 파라만의 모래밭에서 그에게 용서를 청하며 울부짖을까?

3

바다의 짭짤하고 거센 바람과 바깥의 눈부신 빛이 느닷없이 이 무거운 졸음에서, 그리고 불면의 밤을 보내고 난 아침이면 빠져들게 마련인 그 웅덩이에서 그를 끌어냈다. 오! 기막히게 아름다운 깨어남이여……! 그가 본 것은 마들렌의 분장실과 〈심심풀이〉 공연 무대 뒤와 얼마나 달랐는지……! 바로 몇 걸음 떨어진 곳, 열린 문의 문틀에 서서 키 큰 금발의 젊디젊은 아가씨가 소매 없는 풍성한 모슬린 외투를 걸치고, 아를 특유의 높다란 머리 장식, 머리 위로 삐죽 솟아올라 얼굴이 우아하고 작아 보이게 하는 그 장식을 하고서, 아직 세상 풍파에 중독되지 않고 아직 다는 윤곽이 확실히 잡히지 않은 옆얼굴을 떨어뜨린 채, 양손으로 책을 잡고 어린아이처럼 욕심껏 입술을 움직이며 책을 읽고 있었다.

'저게 제발 〈반점액질〉만 아니었으면!' 앙리는 그 전날의 실망을 떠올리며 생각했다.

그러나 침대에 누운 채로 푸른 침대 커튼 틈새로 보니, 오바넬의 『반쯤 벌어진 석류』라는 책 제목이 보였다. 정열과 절망을 다룬, 불멸의 책이었다. 단검을 맞은 멧비둘기의 노래로, 오랜 친구 팀이 젊은 시절 잘 읊조리던 것이었다. 시의 한 구절을 읽어 갈 때 어떤 외침이 그의 기억을 관통했다.

> 거울아, 거울아, 넌 그녀를 그토록 자주 보았으니
> 내게도 보여주렴…….
> 내 가슴이여, 어쩌란 말인가, 그대 어떤 배고픔에 시달리는가?
> 아! 무슨 일이기에 그대 항상 어린애처럼 울고 있는가?

소리 내어 낭송할 때마다 그는 지아(그건 분명 지아였으니까)의 조그만 갈색 손이 바르르 떨리고 그 창백한 두 볼에 작고 발그레한 불꽃이 피어나는 것을 본 것 같다는 생각이 들었다. 어쨌든 첫영성체 전날 읽는 책치고는, 특이했다!

아마도, 오바넬이 쓴 시 구절은 정숙했겠지만, 읽는 그녀는 후끈 달아올라 있었다……

> 아! 만약 내 가슴에 날개가 달렸다면……
> 그대 목으로, 그대 양어깨로,
> 활활 불타올라 날아가련만……

그리고 이 시구와 동시에 당주는 전날 밤 샤를롱과 나눈 이야기, 그렇게도 잔인하게 늦추어지는 그 '좋은 날'에 관한 사냥터지기와 아내의 불안이 떠올랐다. 가여운 작은 지아, 그럼 이번에도 또……?

마치 그가 생각을 큰 소리로 말하기라도 한 것처럼, 소녀가 그 예쁜 다갈색 얼굴을 쳐들더니, 바깥과 집 안을 두리번두리번 둘러보고는 그가 없는 벽난로 한구석에 읽던 책을 내려놓고, 문을 왈칵 잡아당기더니, 마치 숲에서 물을 마시다가 누군가에게 들켜 화들짝 놀란 산토끼처럼 날렵하게 사라져 버렸다.

이 감미로운 출현이 오전 내내 그의 머릿속을 떠나지 않아 그는 외출도 안 하고 그녀가 혹시 다시 안 오나 기다리면서 정오가 될 때까지 『미레유』의 사랑의 시와 『반쯤 벌어진 석류』에 나오는 시를 읽으며 들어앉아 있었다. 그의 앞 식탁 한복판에는 지아가 크게 다발 지어 꽂아 놓은 수생 식물들—토끼풀, 용담, 수레국화—이 든 녹색 도자기 물병이 놓여 있었다.

점심때가 됐는데도 샤를롱의 집 쪽에서는 아무 인기척이 없고, 오직 햇빛 속에 누르스름한 연기만 한 가닥 올라가고 있어서 앙리 당주는 사냥터지기 집에 가 보았다. 바나나 나무처럼 빽빽이 우거져 서걱대는 작은 사탕수수 숲에 둘러싸인 그의 살림집은, 붉은 기와 지붕에, 네 벽엔 새로 초벽이 발렸고, 문 위에는 포도 덩굴이 통처럼 얹혀 있어, 생생한 물이 가득 넘실대는 커다란 연못가에서 하얀 빛이 너울대는 눈부신 한구석 의지처가 되어 주었다. 낯선 발소리가 다가오자 나지막한 개집 문이 흔들릴 정도로 개가 미친 듯 짖어 댔다. 한 여인이 연못가에 무릎을 꿇고 앉아 맨손으로 선혈이 낭자한 큼직한 장어 한 마리의 내장을 손질하고 있다가, 고개를 들지도, 이쪽을 돌아보지도 않고, 투명하고 젊은 목소리로 개에게 외쳤다. "쉿! 미라클로…… 왜 그래……" 당주는 아침에 본 모습, 작은 머리 장식에서 삐져나온 적갈색 머리카락 한 더미, 하얀 목, 그토록 연약한 팔을 다시 본 줄만 알았다.

"그러니까 미라클로와 둘만 남았군요, 지아 아가씨?"

그가 연못가까지 가서 물었다.

"앙리 선생님, 전 지아가 아니랍니다…… 제 동생은 오늘 아침에 떠났답니다."

"아니, 나이스? ……그럼 이제 좀 괜찮아진 거예요?"

그녀는 매우 순수한 프로방스어를 썼다. 아를 여자들이 프로방스어를 쓸 때 나타나는 고양이처럼 나긋나긋하고 애교 있는 억양과 꾸민 듯 우아한 어조로 말하면서, 그녀는 짐짓 이마를 내리깔고 하던 일에 몰두한 척을 했다. 새벽 동이 트자마자 마스드지로의 한 장사꾼이 배를 타고 아를에 갈 거라고 그들에게 미리 알려 주었다고 했다. '좋은 날'이 다가오니 지아를 아를에 돌려보내야 해서 샤를롱은 처제를 그 나이의 아가씨와 동행하기 제격인, 나무랄 데 없이 사람이 바르고 좋은 양봉업자 앙뒤즈 씨에게 데려다주러 아침 일찍 떠났다는 것이다.

"아! 앙리 선생님……" 슬픔과, 그 슬픔을 말하고 싶다는 생각으로 마음이 무거워져, 그래도 한사코 옛날에 춤을 같이 추었던 남자를 바로 보지 않으려 하며 그녀가 한숨지었다. 아주 멀리서, 땅과 같은 높이에서인 듯, 탕 하고 총소리가 들렸다. 나이스는 기쁨의 함성을 질렀다. "샤를롱이에요…… 운하로 돌아오면서 오는 길에 **알락해오라기**를 사냥한 걸 거예요…… 저는 저녁 준비를 해야겠어요."

머리를 감싼 두건을 다시 눈 위로 올리며 그녀는 긴장 풀린 자세를 하고 있던 몸을 일으켰다. 그녀가 앙리 앞에서 번개처럼 저쪽으로 달려가면서, 물고기가 가득 찬 바구니를 부엌에 갖다 놓았다. 사냥터지기가 낚싯배*—긴 나무 막대의 도움으로 운행하는, 폭이 좁은 작은 배로, 연못의 운하 같이 생긴 곳을 지나와서 집 앞에다 세워 둔다—위에 똑바로 선 채 나타났다.

"죄송합니다만 앙리 선생님, 집사람이 방금 선생님께 말을 걸지 않던가요?" 샤를롱이 배를 말뚝에 매고, 사냥과 낚시질로 잡은 것들—곤들매기 한 마리와 도요새 두 마리—을 풀어 놓으며 연못가에서 장어의 핏자국과 훑어 낸 내장을 닦았다. 그러면서 처제가 앙뒤즈 씨와 함께 보나르델 선장이 운행하는 빌드리옹호를 타고 아주 잘 떠났다는 소식을 아무렇지도 않게 나이스에게 전했다. 그러고는 귀갓길에 에세트에서 열병으로 큰 탈이 날 지경이라 치료받으러 아를라탕에게 가는 말치기 두 사람을 만나 늦어졌다고 했다.

"배를 타고 지나갈 땐, 꼭 그 둘을 동시에 만나게 된다니까. 말들은 운하가에 안장까지 채운 채 똑바로 세워 놓고, 두 사람이 나란히 흙으로 만든 긴 삼지창에 매달려 서서 덜덜 떨고 있더라고. 어찌나 떨던지 말들도 덩달아 흔들리더라니까. 다행히 내게 럼주가 한 병 가득 있어서 그걸 마시고서야 가던 길을 다시 갈 수 있었지…… 아를라탕의 보물이 나머지 일은 맡아서 잘할 테고."

그 이름에 나이스가 부엌 저 안에서 펄펄 뛰는 소리가 들려왔다.

"아를라탕, 그 돌팔이,** 우우! 못된 놈……"

"하지만 누구든 고쳐 주니 말이야." 샤를롱이 옛날 부부 싸움 하던

* 네고샘. 강이나 늪지대에서 특히 사냥에 쓰이는 배. 폭이 좁아서 잘 뒤집힌다. 『풍차 방앗간 편지』 「카마르그에서」 참조.

** 돌팔이를 의미하는 charlatan은 Arlatan과 각운이 맞는다.

말투로 아내에게 대꾸하고 당주를 증인 삼으면서, "보세요. 앙리 선생님. 저렇게 나쁜 소리만 할 게 아니라, 자기도 거기 가서 치료를 받는 게 잘하는 짓 아니겠습니까요?" 하고 물었다.

"입 다물어요, 여보. 내가 골백번 말하지만, 그 불한당한테 간다거나 우리 집에 그를 들이느니 그냥 앓거나 죽는 게 낫겠수…… 난 그 사람 눈이 무서워요, 마치 뱀 눈처럼 날 찌른다니까. 이제 말은 그만하고, 여보, 앙리 선생님 잡수실 거나 얼른 갖다 드리슈."

"아니 나이스, 이왕 여기 왔으니, 여기 당신들 집에서 점심을 먹겠소."

"오! 안 돼요…… 아녜요…… 제발."

시골 여인의 공포스러운 절규가 어찌나 마음 깊은 곳에서 우러나왔던지, 당주도 더는 고집하지 않고 혼자 점심을 먹으러 자기 오두막으로 돌아갔다. 그리고 나이스가 왜 저렇게 한사코 자신의 눈길을 피하려고만 하는지 궁금하고, 무엇보다도 지아의 섬세한 얼굴, 흰 누비천으로 된 머리 장식 아래 금발과 창백한 그 얼굴을 사라지기 전에 다시 보지 못했다는 것이 꺼림칙했다.

오후에 그는 샤를롱과 함께 늪에서 사냥을 했다. 가죽을 세로로 자르지 않고 통째로 마름질해 만든 엄청나게 큰 장화를 신고 행여 늪에 빠질세라 천천히, 신중하게, 찝찔한 냄새를 가득 풍기며 개구리들이 팔짝팔짝 뛰어다니는 갈대숲을 헤쳐 가며 걷기도 했고, 때로는 폭이 좁고 상앗대도 없이 움직일 때마다 그러니까 배의 노에 해당하는 장대를 힘겹게 움직이거나 개폐문을 여닫음에 따라 좌우로 흔들리는 작은 배를 타고 가기도 했는데, 여기서 오는 기분 좋은 피로감이 그의 시무룩한 기분을 전환시켜 주었다. 저녁때까지 그는 마들렌 오제의 추억에 시달리지 않고 차분히 있을 수 있었고, 샤를롱은 수줍게, 텁수룩한 턱수염을 덜덜 떨며 이렇게 말했다.

"앙리 선생님, 저 사람한테 서운해하실 거 없습니다. 이제 나이스가 왜 선생님 앞에 나서지 않으려는지, 한사코 자기 모습을 안 보이려 하는지 알았으니까요…… 집사람은 자기가 지금은 너무 못생겨서, 선생님이 옛날에 가지셨던 자기 이미지를 망치고 싶지 않다네요. 나 원, 아를 여자들은 자기 얼굴이 그리도 중한가 보죠!"

"자네 부인이 5, 6년 전에 미인이었던 건 사실이야."

"그러믄입쇼. 미인이었지요……" 사람 좋은 샤를롱이 작고 노란 눈을 비비며 말했다. 하지만 그가 내심으로 그 잃어버린 미모에 대해 회한이 없는 게 느껴졌다. 그 미모 때문에 그는 질투심으로 너무 큰 고통을 겪었던 것이다.

한 주 내내 당주는 근육이 끊어질 듯 아프지만 신경은 안정되고 밤잠을 푹 잘 자서 정부의 추억이 단 한 번도 머릿속을 스쳐 지나가지 않는, 동물적이고도 격렬한 나날을 보냈다. 그는 오랜 친구 팀과 그의 예언을 생각하며 혼자 웃었다. 지금까지는 사막 요법이 성공한 셈이었다.

어느 날 저녁 사냥터지기가 샤르트루즈 연못에 가서 6시간 매복 사냥을 하자고 하기에, 앙리는 미리 가서 연못 한복판에서 그와 그의 개—엄청나게 큰 피레네산 적갈색 털북숭이 몰로스 개—가 딱 숨을 만한 면적의 마른 땅이 있는, 위성류가 우거진 작은 섬에 자리 잡았다. 금세 밤이 되었고, 그곳은 춥고 조용했다. 바람도 햇볕도 한꺼번에 사라졌다. 하늘을 환하게 만들던 햇빛이 어느 순간 연못 밑으로 깊숙이 내려앉아, 이제 겨우 풀 한 덤불, 늪지대 바로 위를 날아가는 암탉 한 마리를 비출 만큼만 남아 있었다. 무거운 발걸음에 물이 철벅거리는 소리가 들렸다. "샤를롱, 자넨가?" 사냥꾼 앙리가 외쳤다. 그의 부름에 발소리는 멈추었지만, 아무 대답도 없었다. 그는 다시 한 번 불러 보다가, 물 위로 움직이지 않는 그림자가 하나 보이는 것 같다는 생각이 들었고, 점점 더 어두워지는 터에 마침내는 사냥터지기에게 무슨 일이 생긴 걸까 궁금해하며 오두막으로 돌아왔다.

평소처럼, 불이 피워지고, 저녁상이 차려져 있었다. 그가 혼자 식사를 하고 불 곁에서 파이프 담배를 피우고 있는데 갑자기 문이 열렸다.

"아니, 지아, 너로구나? ……그러니까 다시 돌아온 거야?"

흥분으로 얼굴이 창백해진 그녀가 벽난로에 머리를 기대고 서 있었다.

"언니가 아파요…… 형부는 생트마리에 의사를 부르러 갔어요."

울음이 잔뜩 섞인 목소리가 떨리고 있었다. 그는 처음엔 그녀를 달래 보려 애썼다…… 두고 봐야지, 기다려야지. 아마 언니가 심하게 아픈 건 아닐 거야.

"아녜요, 많이 아파요…… 제 잘못이에요…… 이번에도 또 제 '좋은 날'을 허락받지 못했어요…… 오늘 아침 제가 본당 신부님 편지를 갖고 집에 들어오는 것을 보고, 언니는 그냥 뻗어 버렸어요."

부끄러운 일을 고백하고 나니 누가 깔아뭉개기라도 한 것처럼 기운이 빠지는지 그녀는 양팔과 긴 몸을 아무렇게나 늘어뜨리고 흐느끼며 얼굴을 두 손으로 감싼 채 벽난로의 따뜻한 돌 위에 앉았다.

"오, 세상에, 내 인생에…… 이런 일이 있을 수 있다니요, 이런 일이……" 그녀가 어린애 같고 절망적인 어조로 소리쳤다. 이제 온 동네가 자기를 더러운 여자라고, 퐁뒤가르*의 화냥년이라고 손가락질할 것이다. 하지만 자기는 결코 나쁜 짓을 한 적이 없고, 못된 말을 한 적도 없다…… "그것만큼은 주 예수님의 성면聖面을 걸고 맹세할 수 있어요……"

아이가 후다닥 외투 가슴팍 갈고리를 푸느라, 가슴에서 색이 다 바래 허얘진 푸른색의 자그마한 어깨띠를 끄집어냈다가 미친 듯이 다시 아래로 밀어 넣었다. 그리고 당황하여 아름다운 갈색 눈을 둥그렇게 뜨고 일어섰다. 울어서 눈 주위가 푸르스름했다.

"아녜요, 절대로 저는 나쁜 짓을 한 적이 없어요. 다만, 불행한 일이 하나 있답니다…… 그게 보이는 거예요…… 오! 그게…… 끔찍하다니까요…… 눈만 감으면, 심지어 눈을 떠도 그게 절 덮치죠. 금지된 것들이 따라다니면서 저를 활활 태워요…… 그래서 신부님이 제게 첫영성체를 안 시켜 주시는 거예요."

"가여운 꼬마 같으니……" 당주는 사막 같은 이곳에서 이러한 영혼의 절망을, 자신과 똑같은 절망을 만나니 마음이 흔들려 가만히 혼잣말을 했다.

"오! 그래요. 가여운 꼬마라고, 사람들은 말하겠죠…… 제가 2년 전부터 얼마나 고통받고 있는데…… 제 눈앞에서 그 끔찍한 것을 없애려고 별별짓을 다 해 봤지요…… 이젠, 끝났어요. 그게 제겐 잘 느껴져요. 더 이상 아무 희망이 없어요…… 제 눈은 바카레스 호수 밑바닥에서나 안식을 찾을 거예요."

누가 외치는 소리가 들려 그녀는 하던 말을 멈추었다. 샤를롱네 집 쪽에서 들려오는 소리였다.

"언니 곁으로 돌아가고 싶니?" 당주가 넌지시 제안했다. 소녀는 그

* Pont du Gard. 카마르그의 이웃 지방인 가르도에 있는 다리로, 로마 시대의 유적이다.

러고 싶어 하지 않았다. 의사보다 먼저 집에 도착해 언니가 여전히 죽은 사람처럼 누워 있는 모습을 보게 될까 두려운 것이었다. 게다가 몽마주르에서 할머니까지 오셨다고 했다. 나이스가 누운 침대 곁에 여러 사람들이 있는 것이었다.

지아는 멍하고도 사나운 투로 이 말을 했고, 멀리서 들려오는 웅성거림에 귀를 쫑긋 세우고 있었다. 더 이상 아무 소리도 들리지 않자 그녀는 불 곁 등잔 밑, 프로방스의 부엌에서는 아이들과 노인들의 자리로 되어 있는, 아까 앉았던 곳에 다시 앉았다. 거기서 부끄러워하고 덜덜 떨면서 그녀는 가만히 부드럽게 의사처럼 또 아버지처럼 물어보는 앙리에게 진솔하게 대답했다. 아니, 자기 눈에 보인다는 그 못된 것들은 자기가 지어낸 것이 아니고, 생각하다 찾아낸 것도 아니다, 언젠가 아주 오래전에 사람들이 보여 주었던 거다, 판화며, 색칠한 그 그림들…… 하고.

"그런데 지아, 세월이 가면서 그 모습도 차츰 지워지지 않니…… 오래전에 본 거라니 말이야…… 어떻게 된 거지?"

"아! 이게 바로 죄예요. 이것 때문에 제가 저주받았다는 거예요……"
그녀가 격노하여 그 작은 머리를 획 쳐들자, 머리 장식에서 삐져나온 총총 땋은 긴 금발이 목 언저리에서 검은 리본과 뒤엉켰다. "네, 세월이 가면서 그런 일들은 지워지죠. 그렇지만 그게 너무 지워지다 보면 또 아쉬워져요. 제 두 눈은 그걸 못 봐서 갈증 같은 걸 느끼거든요. 돌아가서 마시고 싶어지죠, 그러면…… 그러면……" 그녀는 격해져 말이 끊겼다. "지금 제가 아저씨께 무슨 말을 한 거죠, 하느님 맙소사! ……나이스 언니가 저 모양이 된 걸 보고 돌아 버렸나 봐요. 어쨌든 전 아저씨를 알지도 못하는데…… 왜 이렇게 제 부끄러운 일을 죄다 털어놓고 있는 거람? 아무한테도, 절 그렇게 좋아하는 형부한테도 말한 적 없는데……"

그는 그녀 쪽으로 몸을 굽히고 자기 눈길을 피하려는 소녀의 눈을 지그시 바라보았다.

"잘 들어, 지아. 네가 날 모르면서도 믿는 마음으로 나쁜 것을 얘기해 주는 건, 아마도 나 역시 똑같이 나쁜 것, 그러니까 내 가슴속 깊은 곳, 내 눈 저 밑바닥에 못된 장면들이 있고 무슨 수를 써서라도 그것들에서 헤어나려 하기 때문일 거야. 그래서 이렇게 멀리, 카마르그까지, 이 사막 같은 곳까지 온 거지…… 딴생각 좀 해 보려고, 잊으려고 말이야. 내가 여기 온 다음부터 제일 좋았던 게 뭔지 알아? 저기 벽난로 위를 좀 봐…… 프로방스 시인들, 사람들이 부르는 대로 하자면 **펠리브르***들이지. 어제 아침에 보니 네가 우리 집 문 앞에서 저 책 중 한 권을 뒤적이고 있더구나…… 왜 얼굴이 빨개지지? 저 펠리브르 시인들이 우리에게 들려주는 이야기들은 늘 아주 순수하고 아주 아름다워. 『미레유』 읽어 봤어?"

"아뇨, 앙리 아저씨. 나이스 언니가 예전에 못 읽게 했어요. 그뿐만 아니라, 제가 오두막에 있던 어느 날 저녁에도요…… 그날 형부는 다른 아저씨들하고 사냥 매복을 나가서, 아저씨가 말씀하시는 책이 어쩌다 제 손에 들어왔거든요…… 전 그 내용을 잘 이해는 못 했지만, 어느 순간 제가 읽고 있는 것이 너무 아름다워 보여 그 장이 온통 헷갈리고, 별 하나가 바르르 떠는 게 보였어요."

그녀는 감동하여 말을 멈추었다. 당주도 덩달아 말없이 있다가 진지

* 프로방스어로 시를 쓰는 시인을 말한다.

하게 말했다.

"네가 언젠가 『미레유』에서 봤다는 그 별이 진짜 시인들에겐 다 있단다. 종종 그런 시를 읽어야 해, 꼬마야. 그러면 눈에 빛이 가득 차서, 안 좋은 게 들어갈 자리가 없지……"

말의 등자가 딸각거리는 소리와 거친 목소리들, 이어 문을 날려 버릴 듯 세게 두드리는 소리가 이 마지막 말을 덮어 버렸다. 유리창 너머로 말 탄 남자들의 실루엣이 나타났다.

"무슨 일이오?" 헌병과 밀렵꾼들 사이에 무슨 말썽이 생겼거니 지레 짐작하고 당주가 소리쳤다.

그가 문을 열기도 전에 한 목소리가 대답했다.

"조심하십시오…… 로맹이 도망쳤습니다!"

카마르그에서 공포의 대상인 로맹은 작고 검은 황소인데, 몸집은 작지만 다부지고 사나워서 남프랑스의 모든 투우장에서 유명했다. 이 소가 등대 옆 풀밭에서 사브랑의 소 떼들 우두머리 노릇을 하고 있다가 이날 아침 못된 파리 몇 마리의 공격에 그만 성질이 버럭 나서 달아났다는 것이었다. 마침 다음 일요일에 낙인제가 공지되어 있었고, 포스터엔 명단의 선두에 등록된 이 로맹이라는 괴물을 숱한 권총들이 겨누고 있었다. 그래서 대여섯 명의 소치기들이 새벽부터 안장을 얹고 채비를 하여 주의 깊게 늪지대를 뒤지고, 오두막에서 오두막으로 다니며 혹시 황소를 못 보았는지 묻고, 사람들을 조심시키는 것이었다.

허벅지까지 오는 장화를 신고 어깨에는 삼지창을 걸친 말 탄 사람들 틈에 혼자만 서 있는, 긴 양치기 옷을 입은 남자 하나가 활활 타오르는 송진 횃불을 흔들어 대며 명령조로 말했다.

"다시 한 번 말하지만, 여섯 시간 동안 매복하느라 큰 연못 한복판에 있었다니까요."

"아를라탕 영감님, 저 말씀하시는 겁니까?" 앙리가 문간으로 가, 큰 키와 단호한 말투의, 바카레스 호숫가에 산다던 그 말치기를 알아보고 말했다. "그날 저녁, 아닌 게 아니라 그 시간쯤에 제가 매복하고 있긴 했죠."

"로맹 말이오, 친구. 원한다면 선생 얘기기도 하고 말요…… 선생은 그 황소로부터 팔을 펴서 넉 자도 안 되는 거리에 있었으니까."

당주는 웃으며 말했다. "이런! 그럼 진작 저한테 알리셨어야지요. 정말입니다. 이제야 기억이 나는군요, 제 몇 발자국 옆에, 그 갈색 형체, 꼼짝 안 하던……"

"곁에 두기엔 거기 있는 금발 아가씨가 황소보단 나을걸요?" 빼꼼 열린 문틈으로 시리아인 같은 콧수염을 들이밀며 말치기가 말했다. 그가 막 등잔불 아래 외투는 풀어헤쳐져 새하얀 피부가 드러나고, 금발 머리도 아무렇게나 흐트러진 지아를 보더니 그녀에게 음탕한 농담조로 넌지시 말을 걸었다. "그러니까 다시 집에 돌아오신 거요, 예쁜 아가씨? 로맹이 무서워 집에 못 돌아가시겠거든, 여기 있는 남정네 하나가 말안장에 앉혀 데려다주거나, 아니면 내 커다란 케이프 속에 품어 데려다줄 수도 있소."

지아는 가슴받이와 어깨띠를 바로잡으며, 조금 마음이 혼란한 듯이 자기는 아무도 필요 없다고 대답했다.

"좋아요…… 좋아…… 우리 다음에 다시 보죠." 그는 그녀에게 보호자 같은 미소를 지어 보이더니 땅바닥까지 닿도록 머리를 숙였다. "프랑시오 양반, 언젠가 당신이 몹쓸 열병이 걸린다거나, 그냥 제 보물이 흥미로워 방문하신다면, 얼마든지 환영이외다."

그러더니 긴 삼지창을 걸친 말 탄 남자들의 선두에 서서 횃불을 든 채, 렘브란트 그림에 나오는 듯한 어둑한 빛 속으로 멀어져 갔다.

소녀와 단둘이 남은 당주는 거북함을 느꼈다. 그녀에게서도 이제는 아까 같은 풀어진 태도와 모든 걸 믿고 털어놓는 자세가 사라졌다. 아마도 그 거친 남자의 웃음이 이유인 듯했다.

앙리는 말했다. "나도 나이스와 생각이 같아. 저 사람, 전혀 맘에 안 드는걸. 아를라탕이라는 사람 말이야." 오로지 로맹 생각에만 골몰한 데다 혼자 어떻게 집에 들어가나 하는 두려움에 빠진 듯 보이는 지아의 멍하고 폐쇄적인 얼굴 앞에서, 그는 집 문 앞까지 데려다주겠다고 고집했다.

고요하고 후덥지근한 데다 달이 휘영청 뜬 투명한 밤이었다. 아무리 작은 풀덤불도 그림자가 져서 혼자 길을 걷는다면 마치 바로 옆이나 뒤에서 누군가가 걸어가는 듯 때로 소스라치는 떨림이나 신경이 곤두서는 거북함에 휩싸이게 될 것 같았다. 두 사람은 아무 말 없이 나란히 서서 얼마 전부터 가루처럼 쏟아지며 일렁대는 푸른 빛 속에서 걸어가며, 멀리 저편 지평선에서 소라고둥 소리와 소 치는 사람들의 "떼! ……떼! 트르르르…… 트르르르……" 하는 소몰이 함성이 들리는 가운데, 아를라탕이 든 붉은 횃불이 이리저리 흔들리는 것을 바라보았다.

당주가 물었다.

"무섭지 않니, 꼬마야?"

"로맹이 무섭냐고요? 오! 아뇨, 아저씨." 각종 경주와 낙인제에서 전사로 단련된 카마르그 소녀가 말했다.

"그럼, 너무 걸음을 서두르지 말자꾸나. 그리고 잘 들어 보렴."

걷는 속도를 늦추고 떨리는 음성으로 그는 『반쯤 벌어진 석류』에 실린 가장 순수한 시 한 편을 프로방스어로 낭송하기 시작했다.

> 바다 건너 저 나라로
> 꿈꾸는 시간이면
> 종종 난 여행한다네……

지중해 바닷가, 그녀에게는 그토록이나 가볍고 좋은 하늘 아래에서, 시의 각운이 마치 황금 화살처럼 치솟아 오르고 또 올랐다.

"하느님 맙소사, 이렇게 아름다울 수가! 소녀가 황홀경에 빠져 소곤거렸다.

샤를롱의 집에 다다르니 즐겁고 안심되는 목소리들이 들렸다. 집 앞에는 찬란한 풍경이 펼쳐지고 있었다. 늪지대 전체에 환히 불이 밝혀진 듯, 연못과 운하엔 별이 가득하고 그 밑바닥까지 달빛이 비추고 있었다.

"잘 자거라, 꼬마 지아." 앙리는 이마가 성체처럼 신비롭고 하얗게 빛나는 소녀에게 아주 나지막이 말했다…… "내 오두막에 와서, 우리 또 시를 읽자꾸나. 우릴 구원하는 건 시인들이란다."

4

이 화창한 2월의 일요일, 생트마리드라메르에서 아브리바드, 즉 경주 겸 낙인제가 열리기로 되어 있었다. 아침 일찍부터 문 앞에서 샤를롱이 수염을 기르고 얼굴에 칼자국이 난, 두 발로는 커다란 등자를 디디고 양털 허리띠를 맨 소몰이 두 사람에게 카르타젠 술을 따라 주고, 멋진 하얀 암말 한 마리를 줄로 매어 끌고 오자, 카마르그 숫말 두 필이 잔뜩 들뜨고 흥분하는 모습이 보였다. 때마침 당주는 이날 아침 도요새 매복 사냥에서 돌아와 습관대로 집에 가다가 사냥한 것을 샤를롱 집 부엌 식탁에 던져 두고 오는 길이었다.

사냥터지기가 그에게 달려왔다. "저, 앙리 선생님, 온통 비단과 금으로 장식한 이 종마가 누구 건지 맞춰 보시죠…… 선생님께 100 아니 1,000프랑에 드립죠……"

"그 입 좀 다물라니까. 이런 몸집만 컸지 단순하고 애 같기는……"

나이스가 결혼식 때 했던 수놓인 벨벳 머리 장식을 하고 감청색 코르사주를 달고 나타났다. 그 차림새에 열병을 앓은 얼굴이 한층 더 노래 보였다. 나이스의 긴 얼굴은 초췌하고, 눈은 퀭했으며, 눈 아래로는 다크서클이 짙게 져 있었다. 아름다운 나이스가 드디어 그 앞에 모습을 드러낸 것이다. 그러나 자기 모습을 내보여서 자랑스러운 것 같지는 않았고, 높은 격자무늬 안장을 깔고 앉아 암말이 빙글 도는 데 따라 그녀의 마른 상체가 출렁이고 혼란스러운 듯 이쪽을 돌아보며 이런 말을 하는 것을 듣자니 가엾기 그지없었다.

"아, 저를 쳐다보지 마세요. 이젠 예전의 제가 아니랍니다…… 이렇게 못생겼으니 참 부끄러운 일이에요."

오 프로방스여, 오 사랑의 땅이여, 그대의 여인들처럼 미모를 잃는다는 슬픔으로 마음 상한 농가의 딸들, 시골 여인네들은 어디에 있는가?

"샤를롱은 그렇지 않대요. 말치기들도 지켜봐서 아는 사실이지만, 그는 자기 아내가 우아하고, 말안장에 올라앉는 솜씨며, 황소 한 떼를 빨간 불로 지져 표시해 가면서 소 떼를 둘러싸고 빙글빙글 말 달리는 솜씨가 일품이라고 하데요."

"그걸 못 보신다면 틀린 겁죠, 파리에서 오신 선생님. 그건 알아볼 만한 가치가 있죠…… 이랴! 가자. 지아도 제 마차에 태워 둘 다 모시고 갑죠."

"고맙지만 난 안 갈래요, 형부." 지아가 부엌에서 카르타젠 병과 술 마시고 난 유리잔들을 제자리에 넣느라 분주하게 움직이며 말했다. "고맙지만, 난 할머니랑 집에 있을래요."

"뭐라고? 낙인제에 안 간단 말이야?"

나이스가 말안장 위에서 심한 말투로 툭 던졌다.

"그럼 그냥 놔둬요. 웬 변덕이야."

지아가 여기 돌아오고 그녀의 '좋은 날'이 불발된 뒤로, 두 자매 사이에는 심한 말들과 애정 없는 시선만이 끝없이 오고 갈 뿐이었다. 아내와 처제의 불화가 유감스러운 샤를롱은 재빨리 눈치를 채고는, 앙리 선생님도 낙인제에 가지 않으니 자기들 내외가 없는 동안 처제가 그에게 손가락을 쪽쪽 빨 만큼 맛난 생선 스튜를 해 드릴 거라고 말했다. 지아가 언니 나이스만큼이나 그걸 잘 만든다고 말이다.

그 말이 떨어지자마자, 나이스는 부아가 치미는지, 타고 있던 말을 몰아 출발시켰다.

"모두들 안녕!" 벌써 저만큼 멀어진 그녀가 말했다. 머리에 맨 리본이 휘날리고, 그 뒤로 카마르그의 말들이 바람에 갈기를 날리며 긴 꼬리로 여린 풀들을 스치면서 다각다각 달려갔다.

한낮 무렵 당주는 바카레스 호숫가 잔디밭에 쭉 뻗고 앉아, 이 내륙의 작은 바다가 자잘하게 물결치다 주변에서 부서지며 물거품이 이는 소리에 귀 기울이며 걱정스럽게 묻고 또 물었다. "왜 이럴까? 왜 이리 막연한 권태가 찾아오고, 이리 가슴이 죄는 걸까? 파리가 날 조용히 놔둔 지 이제 겨우 열흘인데. 이제 난 아무 생각도 안 하고, 아무 후회도 없어. 몇 주만 더 이렇게 완벽한 니르바나를 누리면 치유됐다고 믿을 수도 있을 거야…… 지아하고 오두막 앞에서 시를 읽으며 오늘 오후를 보내고 싶었는데, 꼬마가 머리가 많이 아파서 집에 들어가야겠다고 핑계 대며 오고 싶어 하지 않아서인가?

어쨌든, 머리가 아프다는 건 아마 사실일 거야. 나와 헤어질 때 얼굴이 창백하고 시선이며 표정이 고통스러웠으니까…… 가엾은 꼬마에게 느닷없이 그 병이 도지지나 말았으면……"

그의 마음속에서 숱한 모순된 생각들이 서로 부딪치고 있었다. 그러는 사이에도 그의 앞 평지보다 조금 높은 호변에 물결들이 와 부딪으며 찰랑거렸고, 그 위에 부드러운 초록색의 독특하고 섬세한 식물들이 둥둥 떠 있었다. 돌풍 속에 길을 잃고 멀리 흩어진 야생 말 떼의 방울 소리가 가까워졌다 멀어졌다. 갑자기 푸른 갯질경이 덤불 위로 고개를 들어 보니 말치기 아를라탕이 광풍에 외투 자락이 잔뜩 부풀어 오른 채 자기 오두막집을 향해 큰 걸음으로 겅중겅중 걸어가, 집 문 앞에 도착해서 들어가기 전에 갱샤두 꼭대기로 기어오르는 것이 보였다. 갱샤두란 일종의 원시적 사다리 같이 시골에서 쓰이는 아주 높다란 전망대로, 말 떼를 지키는 데 쓰인다.

그가 사다리에서 내려오자마자 낙엽색의 긴 망토를 눈까지 푹 뒤집어쓴 여자, 말치기의 뒤를 따라 오두막으로 불쑥 들어갔던 한 여자가 한구석으로 휙 돌아갔다. 워낙 빨리 지나간 데다 외투를 뒤집어쓰고 있기는 했지만, 뭔지 모를 날렵한 젊은이 특유의 맵시로 당주는 그녀가 누구인지 알 것 같았다. "지아……? 저 미치광이 영감 집에? 아, 안돼…… 거기서 뭘 하려고……? 그런데, 누가 알아?"

그는 아를라탕이 불 곁에 있던 그들을 불쑥 찾아왔던 그날 밤, 그의 냉소적인 눈길을 받은 꼬마가 바르르 떨던 것과, 혹시 지아와 한때 평원의 미남이었다는 이 사내 사이에 무슨 일이라도 있는 것이 아닌가 하는 의심이 잠시 머릿속을 스쳤던 것을 떠올렸다. 진실을 알아보는 데는 풀밭을 200, 300보만 걸어가 그 집을 덮치면 될 일이었다……

처음에 문을 똑똑 두드리자 아무 대답이 없었다. 그가 다시 두드리니, 아를라탕이 맨머리에 녹색 무명 섞인 마직 셔츠에다 무거운 장화

차림으로 문을 열러 나왔다. 그는 똑바로 서서 아주 자랑스럽다는 듯 미소를 지었는데, 찾아온 방문객에 대한 놀라움 같은 것은 조금도 없어 보였다.

"들어오쇼, 귀헌 친구……" 쉰 목소리가 목구멍에서 울려 나오는 동안, 길게 째진 두 눈이 번들거리고, 거기에서 이런 말이 뚜렷이 읽혔다. "다 뒤져 보고 다 들쑤셔도 되오. 당신이 찾는 건 더 이상 여기 없다오."

"그러니까 낙인제에 안 가신 겁니까? 아를라탕 영감님?"

앙리는 한눈으로 재빨리 훑어보고 단칸방에 자기와 그 단둘이만 있다는 걸 알고는 좀 실망해서 물었다.

말치기가 어깨를 으쓱 추켜올렸다가 내렸다.

"아! 낙인제라면…… 너무나 많이 봤지." 그가 굵직한 구리 못이 박힌 궤짝 하나를 장화 신은 발길로 한 번 걷어차자, 궤짝이 방 한복판, 두 개의 나무발판 사이로 나뒹굴었다. 그는 버드나무 둥치를 잘라 만든 투박한 걸상 하나를 들더니 또 하나의 걸상을 크고 과장된 몸짓으로 당주에게 권했다. 아마 광막한 카마르그에서 살다 보니 그런 몸짓이 습관이 된 것 같았다.

"이 집 지붕부터 벽까지, 눈에 보이는 건 전부 내가 직접 만들었다오. 지금 선생이 앉아 있는 나무 걸상, 저기 구석에 버들고리를 엮어 만든 저 침대, 새 송진으로 만든 이 촛대들, 검은 돌 세 개로 만든 이 벽난로, 약용 식물을 으깨는 데 쓰는 절굿공이까지, 문의 잠금장치와 똑같은 흰 나무로 만든 열쇠까지, 이 모든 게 내가 만든 작품이라오."

그는 궤짝으로 향한 당주의 시선을 좇았다.

"하지만 이 궤짝은 내가 만든 게 아니오…… 이게 내가 보물이라고 부르는 거지. 하지만 귀하께서 허락한다면 그 얘긴 다음에 하기로 하죠…… 지금은 한가하질 않으니까…… 아! 친구, 낙인제 얘길 했죠…… 이 궤짝 속에는 낙인제에서 딴 메달들, 시청에서 받은 자격증들, 제일 유명한 황소들에게서 벗겨 낸 휘장들, 그런 게 있지. 마지막으로 받은 건, 자 여기 있소, 다음 일요일이면 꼭 10년이 되는 그날, 아를 투우 경기장에서 스페인 황소 한 놈을 해치우고 받은 거라오. 족히 수백 명의 배를 갈랐다는 광분한 시뻘겋고 덩치 큰 황소였지. 아! 나쁜 놈. 난 그놈에게 보고 싶은 만큼, 랑드식, 또 프로방스식으로 투우용 쇠갈고리를 들고, 또 멀리 떨어져서, 모든 걸 보여 줬지. 긴 장대를 들고 높이뛰기로 그놈을 타 넘고, 가로세로로 그리고 옆구리를 그냥 콱! 갈고리 네 개가 원을 그리며 허공을 갈랐지. 그 황소의 이름은 뮈쥘만이었다오."

이야기를 하면서 말치기는 일어서서 연극배우 같은 몸짓으로 자기 이야기를 더욱 강조했다. 계속 앉아서 자기가 내심 생각한 의문에만 빠져 있던 당주는 그와의 이 대담을 연장하느라 애를 썼다.

"이상하죠, 아를라탕 영감님. 제가 만나 본 소 떼 모는 사람들은 모두 이마나 뺨에 소뿔에 맞은 자국이 있던데요. 영감님은 아무것도 없으신가요?"

아를라탕이 다시 벌떡 일어섰다.

"얼굴에는 아무것도 없다오, 젊은이. 하지만 내가 만약 이 몸을 당신에게 보여 준다면…… 이 오른쪽 옆구리에 뮈쥘만이라는 황소가 남겨 놓은 추억이 있지, 넓게 찢어진 자국…… 당신 같은 파리 출신 여자가 꿰매 주었다니까…… 그날 밤."

그가 잘난 척 두 눈을 찡긋하며 덧붙였다.

당주는 소스라쳤다.

"파리 여자라고요?"

"게다가 예쁘고…… 유명하고…… 그래도 나랑 이 초원에서 이틀을 같이 보냈지."

마들렌 오제의 연인은 물어보고 싶었다. "혹시 그 여자, 가수였나요?" 하지만 부끄러워 그러지 못했다.

아를라탕이 초탈한 어조로 말을 이었다.

"게다가, 그녀 사진이 여기, 보물 속에 있단 말이지. 멋진 여인이 허리께까지 홀딱 벗고 있는 사진. 금화 반 피스톨을 낼 마음이 있다면, 내 언제 한번 보여 주지. 다른 그림들도 많이 있다오. 하지만 지금은, 내가 녹색 연고를 준비해야 하는 참이라 귀하에게 양해를 구하오…… 생트마리드라메르의 의사 에스캉바르 선생 말대로라면 '불법 의약품'을 내가 만들고 있다는 거 알지요? ……자, 그럼 또 봅시다. 친애하는 동지." 그리고 그는 미소 지으며 문을 안쪽으로 닫았다.

밖에 나와 보니, 하루가 끝나 가는 시간이었다. 미스트랄이 그 경쾌한 세레나데로 온 초원을 스쳐 가며 인사하고, 그 힘센 바람을 받아 더 넓고 납작해진 듯한, 거칠 것 없는 이 무한한 초원에서 말의 꼬리와 갈기를 흔들고, 종마를 히힝 울리고 말방울을 땡땡 울렸다. 바카레스 호수가 일망무제로 반짝였다. 커다란 왜가리들이 녹색 하늘을 얇은 상형문자처럼 군데군데 자르며 날았다. 배가 하얗고 날개가 분홍색인 홍학들이 물고기를 잡으려고 호반에 나란히 줄지어 서서, 그 다양한 색깔들을 똑같은 폭으로 길게 띠처럼 펼치고 있었다. 그러나 시간과 풍경이 만들어 낸 이 모든 마법도, 오직 소몰이의 궤짝 속에 든 자기 정부의 사진, 그것 한 가지만 생각하고 한 가지만 보며 집으로 돌아가는 이 불행한 청년에게서는 사그라져 버렸다. 그는 한순간도 혹시 그것이 마들렌이 아닐까 의심하지 않을 수가 없었다.

물론 엉터리 투우사에게 반해서 어쩔 줄 몰라 하는 파리 여자들은 드물지 않다. 하지만 바로 그 시기에, 하필 그 여가수가 여기 와서 머물렀다는 것, 아무리 여자들이 흔히 그런다지만 냉소적이면서 느닷없는 그 변덕…… 방금 그가 이유를 찾고 있었던 그 막연한 슬픔까지…… 아니! 그에게 있어, 그런 의심은 있을 수 없는 일 같았다. 그녀는 또 한 번 그의 어깨에 기대어 울면서 "그건 당신을 알기 전의 일이야, 나의 앙리"라고 말할 것이다. 잘생긴 아르망 또한 앙리를 알기 전의 일이라고 했지. 사귀기 전, 사귀는 동안 그리고 사귄 후에도. 아! 나쁜 여자 같으니…… 그런데도 그는 이 오지 중의 오지에서, 그녀의 못된 그 열병을 피해 와서 이 열정에서 치유된 줄 믿고 있었다니…… 그러니, 이 조야한 남자네 집에 들어간다 한들 무슨 소용 있을까? 그런데, 이왕 이렇게까지 한 바에야 왜 끝까지 파고들어 증거를, 그 여자 이름을, 그 사진을 가져오지 못하는 건가? 무슨 어리석은 자존심에 그렇게 못 한단 말인가? 그렇지만 자신이 결국 그렇게 하고야 말리라는 걸, 이렇게 의혹에 짓눌리며 살 수는 없다는 걸 그는 잘 알고 있었다. 이처럼 천박한 질투심이 왈칵 치미는, 위태하고, 조바심 나고, 환영과 망상이 찾아드는 밤을 그는 알고 있었다. 하지만 카마르그 이 구석까지, 이 사막 한복판까지 겨우 그걸 찾아서 온 것이라니!

"……저기 앙리 선생님 오시네." 몇 걸음 떨어진 그림자 속에서 한 사람의 음성이 들렸다.

그가 집에 도착하니, 낙인제에서 돌아온 샤를롱 부부가 조바심을 내며 기다리고 있었다. 당주는 집 안으로 들어가면서 그들이 이렇게나 자기를 반기는 데 놀랐다. 특히 나이스는 아직도 축제에 가느라 치장했던 차림새 그대로, 아를식 머리 장식에 금색 수를 놓느라 시달려 홀쭉해진 가엾은 얼굴로, 방의 이 끝에서 저 끝으로 재정신이 아닌 듯 왔다 갔다 했고, 그의 바로 맞은편에서는 커다란 나무 그루터기 덩어리를 집어 넣어 지핀 불 아래, 샤를롱이 무릎을 꿇고 불빛을 받고 있었다.

"어서요, 앙리 선생님……" 그녀의 말소리가 마치 긴 경주를 하고 난 뒤처럼 숨 가빴다. "어서 말씀 좀 해 보세요. 제 동생이 오늘 오후 내내 선생님 곁에서 책을 읽었다는 게 사실인가요?"

처음에 그는 무슨 말인지 못 알아들었다. 이제 꼬마 지아와 그 모든 이야기, 그런 건 그의 생각에서 너무나 멀어져 있었던 것이다! 하지만 이내 그는 정신을 차렸고, 이 선한 사람들의 걱정을 앞에 두고, 특히 소녀와 자신에게 애원하던 그 큰 눈망울을 떠올리고 보니, 모두가 안심하려면 이 말부터 시작해야 한다는 걸 내심으로 알겠기에 망설이지 않고 거짓말을 했다.

"그럼요, 나이스. 당신 동생과 제 오두막에서 오후를 보냈죠……"

"그것 봐, 이 사람아……" 샤를롱이 더없이 즐거워하며 소리쳤다. 반쯤은 안심이 된 나이스가 또 물었다.

"그럼 한참 밖엔 안 나가신 거죠?"

"아! 안 나갔죠…… 그런데 왜 그런 걸 물어보는 거죠?"

"집사람은 그 이유를 말 안 할 겁니다." 샤를롱이 기뻐서 꼭대기까지 불이 붙을 위험을 무릅쓰고, 계속 벽난로에 포도나무 가지를 채워 넣으며 말했다. "하지만 저는, 할 수 없죠! 참을 수가 없어요. 너무나 만족스럽거든요…… 보름 전, 처제가 다시 우리 집에 온 다음부터, 서로 그렇게도 아끼던 우리 집은 지옥이 됐어요. 낮에는 여자들끼리 서로 시끄럽게 다투죠, 나이스와 할머니 말입죠, 항상 처제를 첫영성체 건으로 울리니 말입니다. 그리고 마지막으로 여쭙는데, 마메트 할머니가 처제를 야단치는 이유, 그 애가 일요일 오후 내내 어디 있었다면서 야단치는 건지 아세요? 아를라탕 집에 있었다고 그러시는 거예요…… 아를라탕 집에 있는 지아라니, 생각 좀 해 보세요…… 대체 뭘 하러 갔겠어요? 그 갈색 머리 미남은 더 이상 종달새 털을 뽑지 않은 지, 소치기를 그만두고 약 짓는 일에만 전념한 지 오래됐다고요…… 그래도 나이스는 화가 잔뜩 나서 지난번처럼 처제한테 한바탕 해 대려고 하고 있었습죠…… 다행히 선생님이 좋은 말씀을 해 주시니 진정이 됐습니다요…… 어때, 나이스?"

여전히 불 앞에 쭈그리고 앉은 샤를롱이 그녀의 감청색 가슴받이를 가만히 잡아끌었다. 그러나 나이스는 한밤중에 문 앞에서 시원한 물 한 그릇과 빵을 핥으며 멍멍 짖어 대는 미라클로에게나 남편에게나 마찬가지로 관심을 주지 않고, 굵은 눈물방울이 떨어지려는 것을 억지로 참으며 말했다.

"아! 앙리 선생님, 동생 때문에 제가 얼마나 괴로운지 아시나요…… 걔는 이제 부모가 없어요. 마메트 할머니는 더 이상 그 애 일에 상관도 안 하시죠. 그리고 맏언니인 저는 멀리 살고 있죠…… 게다가 전 그 애를 어떻게 다뤄야 할지 모르겠어요. 전 샤를롱과 제가 낳은 딸처럼 동생을 사랑하는데, 걔는 저를 무서워만 하고, 저는 걔 마음이 어떤지, 무엇 때문에 시무룩한지 도통 알 수가 없어요. 아! 그 애가 여기 제 곁에 몇 시간 동안 말도 안 하고 마치 마음속을 들여다보는 것처럼 저러고 있을 때는, 무슨 생각을 하는지 좀 알 수만 있다면 쇠로 된 회반죽 속에 그 애를 빻아 넣기라도 하겠어요! 가엾은 것, 그 공상이 병적인 게지요. 나쁜 짓은 할 수 있는 애가 아녜요. 적어도 전 그렇게 생각해요. 본당 신부님도 그렇게 믿으시고요."

"그럼, 신부님이 그 애한테 '좋은 날'을 지내게 하셨어야지." 샤를롱이 일어서며 말했다.

"아유, 실없는 사람, 지난번엔 걔가 원치 않았다는 걸 잘 알면서 그래요…… 그 애 자신이 첫영성체를 할 자격이 안 된다고 생각한 거예요." 나이스는 계속 말을 잇다 앙리를 쳐다보았다. "제 가엾은 동생은 병이 있어요. 사람들은 그 병을 가리켜…… 신부님이 뭐라고 하시더라? ……아! 세심증요."

샤를롱이 즐거이 끼어들어 말을 막았다.

"그게 무슨 병이든 간에, 처제가 아를라탕 집에 가지 않았다는 걸 이제 알았으니, 집에 들어가면 우리 꼭 껴안고 예전처럼 모두 사이좋게 살면서 나를 기쁘게 해 줄 거지. 가난한 집에 식구들끼리 사이까지 안 좋으면 너무 슬프잖아."

불은 밝게 타오르고, 앙리의 식탁은 차려졌다. 샤를롱은 사랑하는 못생긴 아내의 허리를 감고 프로방스 전역에 잘 알려진 파랑돌 가락을 흥얼거리며 자기네 집으로 돌아갔다.

> 드 리마뉴 부인은
> 종이 말들도 춤추게 한다네.

샤를롱은 저녁때쯤 돌아왔고, 이번에는 지아와 함께였다.

앙리는 불을 피운 한구석, 등잔 밑에서 책을 읽으며 묻는 말에 대충대충 한마디로 대답할 만큼 독서에 몰두해 있었다.

어느 순간, 샤를롱은 공동 우물, 그러니까 오두막과 자기 집 사이에 있는 오래된 도르래 달린 우물에 물을 길으러 가고, 지아와 당주 단둘만 남게 되었다. 그녀는 두세 번이나 책 곁으로 오더니, 갑자기 도저히 더는 못 참겠다는 듯한 몸짓으로 그의 손을 잡아 격하게 자기 입으로 가져갔다. 젊은이는 이 입술의 부드러움과 이 진솔한 감사에 마음이 애틋해졌다. 그는 있는 용기를 다 짜내 그녀의 손을 뿌리치고 엄격한 어조로 말했다.

"얘야, 너 때문에 큰 거짓말을 했단다. 그렇지만 다시는 그러지 마라. 두 번 다시 거짓말은 안 할 테니까……"

그녀는 아주 겸손하게 그의 앞에 서서 아무 대답도 못 했다. 사냥터지기 뒤로 활짝 열린 문으로 어둠 속에 우물 도르래 사슬이 삐걱대고 물이 철벅거렸다. 당주는 말을 이었다.

"그 사람 집엔 뭐 하러 갔니? 너 거기 있다가 내가 도착하니 바로 나왔잖아. 뭘 하러 간 거야? 네 언니가 분명히 못 가게 했다며."

커다란 검은 두 눈이 무섭게, 유감스럽다는 듯, 혹시라도 그 부엉이 같은 영감이 그녀에게 구애하는 남자, 환심 사는 남자라도 되려고 고개를 들이민 거나 아닌지 물었을 때의 한 가닥 분노의 빛이 그 눈길을 꿰뚫어 흔들렸을 뿐, 그를 뚫어지게 꼼짝 않고 응시했다. "아뇨, 그건 있을 수 없는 일 아닌가요? 아저씨는 대체 무엇 때문에 시퍼런 연고나 파는 그 사람 집에 가신 거지요? 제게 말하고 싶지 않으시죠? ……좋아요! 전 알아요…… 짐작했거든요."

소녀는 너무 덜덜 떠는 바람에, 그가 앉아 있던 의자에 기대야 할 정도였다. 그는 들고 있던 책을 떨어뜨리고 아주 가까이서 나직하게 말했다.

"그 병이 또 도진 거니? 그런 게 또 보이기 시작하는 거야? ……그렇지, 말해 봐, 지아. 말해 봐, 나와 같은 열병, 같은 비참함을 공유하는 동생아…… 너무나 절망에 빠져 어느 날 밤 별들이 보이지 않고, 펠리브르 시인들의 음악이 더 이상 네 가슴까지 와 닿지 않으니 그에게 널 고쳐 달라고 부탁하러 간 거지…… 안 그래? 내 말이 전부 사실이지?"

이때까지는 지아가 고개를 푹 숙이고 소리 죽여 울며 성호를 그었다. "그거예요…… 그게……" 그러나 부쩍 연민이 치솟으면서 너무나 알기 힘든 상처를 받은 이 어린아이의 영혼을 건강하게 하고 싶다는, 삶으로 다시 불러오고 싶다는 마음만 가득한 그가 이해하지 못하고 이해할 수도 없는 걱정스럽고 놀란 표정을 하고 있던 그녀가, 앙리의 마지막 말에는 눈물에 흠뻑 젖어 푸르스름해진 눈동자를 위로 치켜떴다. 그녀에게 불을 쬐어 주면서 앙리는 자신의 마음이 위로받고, "절망하지 마, 꼬마야. 이건 모두 그저 하나의 시련이고 언젠가는 지나갈 위기일 뿐이야"라고 외쳤을 때 사실 그가 격려하고 있는 건 다름 아닌 그 자신의 절망이었기에, 그러고 싶다는 마음은 더욱 간절해졌다.

하지만 불행히도, 샤를롱이 돌아왔다가 처제와 함께 도로 나간 뒤, 이제 앙리는 정부인 마들렌 생각뿐이었고, 극심한 고통이 다시 시작되었다. 그는 책을 읽으려 해 보았고, 아침에 지아가 나타나 중단되었던 그 감탄스러운 노래가 실린 오바넬의 시를 다시 펴 들었다. "그녀가 떠나고 어머니가 돌아가신 뒤로……" 그러나 마지막 구절 "오! 양우리, 낙엽 위에서 잠들면 얼마나 좋은가! —양 떼들 틈에서 꿈도 없이 잠들면"에 이르자…… 책장은 떨리고 글자들이 뒤죽박죽이 되었다. 그래서 지아처럼 행간에서 별이 보이기는커녕, 그의 눈앞에 나타난 건 아를라탕의 구유 속에, 또 소 떼의 역한 냄새 속에, 연극 무대에서 입는 누더기 같은 의상을 질질 끌고 〈심심풀이〉에 출연한 마들렌 오제였다. 그 소치기와 함께 초원 한복판에서 이틀을 뒹굴었다니, 소 떼 냄새가 날 만도 하지……! 오! 목동과 벗하여 들에 나가리, 온종일 쭉 뻗어 누워 야생 박하의 좋은 내음을 맡으리……

그는 화가 나서, 이럴 바엔 아예 책을 덮고 자는 게 낫겠구나 하고 혼잣말을 했다. 그러나 침대는 우리로 하여금 마음껏 상상의 나래를 펴게도 하고, 한껏 게으르게도 한다. 뻗어 눕자마자 그는 다시 의심에 사로잡혔다. 그 축제 날 아를 투우 경기장에 있었던 다른 지방 여자는 쌔고 쌨을 것이다. 왜 하필 그녀일까? 아를라탕은 그 여자가 배우라고는 말하지 않았다…… 조금 전에 쌓아 올린 모든 증거들 중에는 지금 하나도 맞아떨어지는 게 없었다. 그러나 잠깐 지나면, 다시 찾아온 온갖 의혹들이 그의 머릿속에서, 핏줄 속에서, 소문이 되고 사방팔방 하늘에서 한꺼번에 날아든 까마귀 떼의 검은 날갯짓이 되는 것이었다. 그녀야, 그건 그녀야. 그러면 싸늘한 식은땀이 비 오듯 쏟아졌다.

이렇게 열에 들뜬 최면 상태에서 밤이 지나갔는데, 무엇보다 더 고통스러운 이 생각, 즉 "증거는 가까운 곳에 있어. 한걸음만 가면 잡을 수 있어"라는 생각 때문에 이 병증은 더욱 악화되었다. 너무나도 날카롭고 찌르는 듯한 고통에, 그는 두세 번이나 침대에서 "가야지"라고 혼잣말을 하며 굴러떨어져, 문을 살짝 열고 밖을 내다보았고, 하늘 아래 조금도 빛이 보이지 않자 다시 방으로 들어와 어둠과 번민 속에 앉은 채 뜬눈으로 지새웠다.

그러나 아침이 밝아 오자, 간밤에 제대로 잠을 못 잔 그는 불면 상태에서 환각에 취해 피로에 전 비몽사몽 상태가 되었다…… 그건 카마르그였다. 그러나 새끼 물오리 잡는 철, 연못 물이 바싹 말라붙고 운하의 하얀 바닥이 한더위에 쩍쩍 갈라지는 여름의 카마르그였다. 점점 저 멀리까지 연못들이 엄청나게 큰 욕조처럼 김을 펄펄 내고, 그 밑바닥에는 팔딱거리는 생명의 잔재들, 도마뱀들과 거미들, 습기 있는 곳을 찾는 물파리들이 꿈틀대고 있었다. 이 모든 것 위로 역병의 기운, 모기들이 둥글게 날아다녀 더욱 텁텁해지고 악취로 이뤄진 무거운 안개 같은 것이 끼어 있었다. 이 광대하고도 을씨년스러운 풍경 속에 유일한 등장인물인 마들렌 오제는 나이스처럼 머리 장식을 하고 노란 두 뺨이 움푹 팬 채, 열병 환자들을 따뜻하게 덥혀 주지는 않으면서 태워 버리기만 할 듯이 내리쬐는 인정사정없는 쨍쨍한 햇볕 아래 바닷가에서 울부짖으며 덜덜 떨고 있었다.

철새들이 깍깍거리며 지나가는 바람에 그는 소스라쳐 악몽에서 깨어났다. 새 떼는 이제 비행의 마지막 단계인 듯, 나지막이 날면서 바카레스 호수 쪽으로 가고 있었다. 앙리는 이것을 좋은 핑계로 삼아 가죽 가방, 사냥한 새를 담을 망태기, 소총을 챙겨 아를라탕이 사는 초원 쪽으로 매복을 하러 갔다.

5

"들어와요…… 열쇠는 문 위에 있소."

당주는 나무 열쇠를 돌려 문을 열고 연기 자욱한 어두운 오두막집 안으로 더듬더듬 두어 걸음 들어서다가 앞이 안 보이고 숨이 콱 막히는 바람에 그만 멈추어 섰다.

"바람이 불죠. 강풍이군요."

아직도 침대에서 이불이며 누더기 옷들을 겹겹이 덮고 누워 끙끙 앓고 있는 말치기의 음성이 들렸다. "아니, 선생이군. 내 소중한 친구…… 거기 단자를 조심해요…… 총은 바구니에 기대 놓고. 파라만의 암소 울부짖는 소리가 들리죠? 그 녀석 오늘 아침 일찍 일어난 게로군…… 그와 함께 내 류머티즘도…… 아야……! 아야! 내 동지, 선생도 간밤에 잘 잔 것 같진 않군. 얼굴이 시체처럼 새하얘 갖고 말이

오…… 나처럼 늙고 싶거들랑, 이리 와요!"

그는 매우 고통스러워하며 일어나서, 천장이랍시고 만들어 놓은 곳과 같은 높이에 있는 머리 위에서 직접 만든 푸르스름한 연고가 가득 담긴 양철 상자 뚜껑을 끄집어내더니, 그 위에다 관능적으로 두세 번 크게, 거품이 끼고 피가 섞인 병든 사자의 혀를 이리저리 돌렸다. 그가 움직일 때마다 효모와 뜨듯한 지푸라기 냄새가 풍겼다.

당주는 침대에서 어느 정도 떨어져 선 채로, 미안하지만 딱히 그럴 마음은 없다고 말했다.

"그럴 줄 알았소, 그럴 줄 알았다니까." 다시 이불을 덮고 아를라탕이 중얼거렸다…… "당신이 여기 온 건 내 약 때문이 아니지."

그는 마치 불어오는 돌풍이 이 집을 둘러싸고 그의 몸을 지나가면서 근육을 비틀고 짓이긴 양, 똑바로 누워 꼼짝 않고 말도 없이, 굵직한 그 이목구비가 통증으로 노쇠해지고 경련을 일으키는 듯 가만히 있었다. 지붕을 이은 이엉이 삐걱이고, 지붕 꼭대기를 지키는 전통적인 나무 십자가도 신음을 했으며, 주위 사방 초원에서는 주인도 없는데 바다의 거친 바람이 불자 놀란 말 떼들이 방울을 딸랑딸랑 울리며 따가닥따가닥 달리는 소리가 났다.

"그 여자 사진 보러 왔지? 안 그래?" 그가 당주에게 말했다…… "여기까지 홀딱 벗은 파리 여자 말이오…… 당신이 그 여자 사진에 관심 있어 하는 게 그때 바로 보이더라니……"

그가 털이 북슬북슬하고 흰 소뿔 자국과 고랑처럼 깊이 팬 상처들이 난 벽돌색 팔 한쪽을 쭉 뻗었다.

"동지, 명령은 아니오만, 저 구석에 있는 황금색 못이 박힌 저 궤짝 좀…… 저걸 통째로 나한테 가져다주면…… 분명 당신이 찾는 걸 그 안에서 찾을 수 있을 게요."

'이 바보 같은 자는 대체 내가 뭘 찾고 있다고 생각하는 거지?' 침대 가에 서 있던 당주는 궤짝으로 다가가 둥근 천장 모양의 엄청나게 큰 뚜껑을 열며 생각했다. 금방 그는 약초꾼의 가게가 열리는 환상을 보았다. 말린 꽃, 죽은 식물들, 장뇌와 알콜 속에 보존된 나비와 매미 박제들, 연고, 영약靈藥, 은박지, 조개껍질 몇 개, 진주모와 산호 몇 조각. 이것이 토착민들이 짐승을 잡기 위해 놓는 덫 같은 물건, '반점액질' 이 사내가 '자기 보물'이라 부르는 도둑 까치둥지 같은 물건 속에서 제일 먼저 본 것이었다. 재고를 확인하는 사람처럼 그리고 구두쇠같이 놀라 휘둥그레진 눈으로 안을 굽어보면서 그는 촉촉한 입술을 달싹여 더듬더듬 말했다.

"이 안에 내 약들이 다 있지. 사람 살리는 풀도 있고, 또 사람 죽이는 풀도 있고……!"

욕심 많은 그의 콧구멍이 이 병에서 저 병으로 옮겨 다니며 킁킁 냄새를 맡고 오래오래 그 냄새에 취하기도 했다. 그러다가 고객의 열에 달뜬 조바심이 기껍다는 듯이, 그는 메달들이 담긴 한쪽 구석에 오래 멈추었다. 그곳은 투우사로서의 그의 성공을 기념하는 곳으로, 그 성공은 한없이 많은 휘장들—색이 바래고 황금 칠이 거무칙칙하게 변한—이 말해 주고 있었는데, 하나하나마다 다 그에 얽힌 이야기들이 있고 영광스런 입담이 따라다녔다.

이 메달은 로맹과 싸워서 받은 건데, 지금 도망친 그 로맹이 아니고 로맹이라는 다른 황소를 말하는 거지. 소 떼 중에는 다른 로맹도 있으니까. 옆구리에 피를 묻힌 이 커다란 암소 로맹은 뮈젤만을 떠오르게 하고, 문제의 그 미인이 소유했던 황소도 생각나게 하는 놈이지.

쳐다만 봐도 훈훈한 사람이었지, 그 파리 여자. "생각 좀 해 봐요. 경주가 있던 날 밤, 광장에 둥그렇게 나를 축하하는 큰 연회가 열렸지. 만찬 후에 참석한 인사들이 온통 거울과 불빛으로 번쩍거리는 금빛 살롱에서 나를 둥글게 에워싸고 담배를 피우는데, 어떤 숙녀가 내게 오는 거야. 보기 좋은 어깨에다 다이아몬드 장식을 번쩍번쩍 단 웬 미인이. 그녀가 곧바로 내게 눈길을 꽂더니만 사람들 앞에서 이렇게 내 쪽으로 다가오더군.

'소치기, 미남이라는 소리 안 들어 봤어요?'

아! 웃기는 여자야. 그런 식으로 남자에게 감히 말을 걸다니…… 얼굴이 빨개지는 걸 느끼며 나도 대꾸했지.

'당신은요, 그러는 당신은 노는 여자라는 소리 안 들어 봤어요?'"

당주는 얼굴이 창백해지는 걸 느꼈다. 그 당돌한 여자는 자신의 정부 마들렌과 너무나 닮았던 것이다.

"그래서 그녀가 당신을 원망하지 않던가요?" 그가 물었다.

"날 원망했냐고, 젊은이? 기다려 봐요……" 그가 끙끙거리며 일어섰다. 올이 굵은 셔츠 밑으로 늙은 투우사답게 털이 북슬북슬한 잿빛 가슴팍이 보였다. "저 상자 두 개 좀 집어 주시겠소? 초록색 상자하고 다른 것 하나."

그가 이 두 상자들을 보여 주는데, 마치 신상품을 파는 백화점에서 세상 끝의 먼 곳까지 그것들을 부치는 것 같았다. 더럽혀지고, 부서지고, 각종 우편 도장이 엄청나게 많이 찍힌 이 두 상자는, 너무 낡아서 제 모양을 유지하는 것만도 기적이라 할 만했다. 첫 번째 상자에서 여배우, 무용수들, 수영복, 진열장에 전시된 목이 깊이 팬 드레스들이 그의 앞에 있는 이불 위로 와르르 쏟아졌다. 그는 사진 한 장을 집어 들더니 오랫동안 바라보았다. 당주는 거리가 너무 멀어 그 여인의 얼굴을 볼 수가 없었다. 그러나 양털로 짠 셔츠를 입은 '반점액질' 사내는, 손톱이 거뭇거뭇한 작달막한 손에 작은 엽서를 들고서 행여 상세한 것 하나라도 놓칠세라 계속 보고 있었다. 자기 정부의 우아하고 세련된 속옷을 떠올리자, 이 두 존재가 한때 서로 이어졌다는 것이 괴상하고 있을 수 없는 일 같게만 여겨졌다.

"이것 좀 보시오, 친구……" 왕년의 소치기가 그에게 사진을 건네며 말했다. 그건 분명 마들렌 오제였다. 10년 전, 한창 아름답고 영광의 절정에 있던 때였다. 카마르그 여인처럼 차려입은 마들렌의 자태가, 그 어떤 배역을 맡았을 때나 그 어떤 배역 의상을 차려 입었을 때보다도 매력적이었다. 그 밑에는 아무도 모르는 사람이 없을 듯한, 그녀의 변덕스럽고 물렁해 보이는 긴 글씨로 한 줄, 이 기막히게 잘생기고 이흠 없는 가슴팍을 지닌 투우사에게 공공연히 바치는 찬사가 서명과 함께 쓰여 있었다.

카마르그에서 가장 잘생긴 사내에게,

그의 카마르고*

종이가 노래지고 더러워진 탓이었을까? 역한 약품 냄새 때문이었을까? 처음에 그는 구역질이 나기만 했다. 스스로 그토록 괴로워했다고 생각했던, 지레 긴장하고 있던 그였건만! 막상 사진이 앞에 놓이니 이보다 더 가능한 의혹이란 있을 수 없었고, 그는 어느새 이 고통 없는

* 카마르그 여인을 뜻한다.

상태를 즐겨 음미하고 있었다.

"이 사진 얼마면 사시려오?" 그가 무심한 어조로 물었다.

"10피스톨, 100프랑에 살게요!"

10피스톨이라고! 카마르그 남자가 이 말에 이불을 덮은 채 기뻐 날뛰었다.

"여자 몸치곤 근사하죠, 잉?" 그가 혀를 쩟쩟 차고 한쪽 눈을 호색한답게 두룩두룩 굴렸다. "하지만 그 값이면, 훨씬 더 좋은 걸 드릴 수도 있는데…… 그러믄요, 그러믄요, 좀 보시라니까."

그는 다른 상자에서 사진들을 꺼내어 제노바나 마르세유 부두에서 작은 상像을 파는 좌판 위에 뒹굴던 몇 가지 싸구려 채색화들을 조심스럽게 침대 위에 늘어놓았다…… 다프니스와 클로에, 레다의 백조, 원죄를 범하기 이전의 아담과 이브, 보란 듯이 포즈를 잡고 있는, 특히 채색과 인체 크기로 말미암아 불순한 의도가 엿보이는 나체 사진들……

오! 그 억양, 힘주어 '야한 사진'이라는 말을 할 때의 그 입놀림이라니. 그런데 이 잡동사니 쓰레기들 틈에 마들렌이 있다니.

"아주 예쁘네요, 아를라탕 영감님." 멍하니 건성으로 작은 사진들을 모두 보며, 그걸 집은 손가락이 오그라드는 걸 느끼며 당주가 중얼거렸다…… "하지만 제게 필요한 건 바로 이 여자 사진이에요…… 더 이상 얘기하지 맙시다." 촌사람은 10피스톨이라는 돈에 눈이 휘둥그레져서 계속 주장했다. "우선 이 여자분은 옷을 반만 벗고 있지만, 다른 여자들은…… 게다가 엽서 아래쪽에 친필로 이름을 적고 글까지 썼으니. 이 카마르그 옷차림의 여자가 어쩌면 아직 살아 있어서 말썽이 생길지도 모르지." 바깥에서 회오리바람 속에 갑자기 햇빛이 들어와 두 사람 다 고개를 번쩍 쳐들었다. 문이 덜 닫혔던 모양인지 덜컹하고 활짝 열렸다. 낮게 내려앉은 하늘과 도망치는 듯한 구름, 황야에 흩어져 여기저기 위성류 덤불 너머로 등줄기만 눈에 띄는 말들, 흰 말갈기가 이루는 거품 같은 것이 보였다. 좀 더 멀리, 출렁이는 바카레스 호수 위로는 비늘을 번쩍이며 구름 같이 모인 새 떼들이 하늘을 빙빙 날다가 수면에 뛰어들어, 물고기를 잡고, 바람 속에 날개를 퍼덕였다.

"열쇠를 안에다 둬요. 이제는 내 집에서도 편안히 못 있겠군."

그러나 당주는 짤막하게 말했다. "그럴 필요 없어요. 전 갑니다. 영감님이 원치 않으시니."

아를라탕은 화가 나서 얼굴이 하얘졌다.

"귀헌 친구, 자, 생각 좀 잘 해 봐요."

"잘 생각한 거라니까요…… 저도 이 사진을 갖고 싶어 하고, 영감님도 갖고 싶어 하시니…… 여기 그 고통을 감안해 20프랑 드리죠. 그럼 안녕히 계세요. 영감님."

결국 그가 짐처럼 지고 다녔던, 죽도록 역겹다는 이 느낌은, 이 모든 사진들을 합한 것만도 그 값어치가 못하단 말이었나? 계속 그 사진들을 보다 보니, 그 느낌이 좀 덜해지는 것 같기도 했다. 여신 마들렌의 집에 이 젊은 날의 기념물을 보내는 손쉬운 반격을 감행했어야 하나? 하지만 그렇게 한다면 지금까지 한 일이 말짱 헛수고요, 자신이 그녀를 떠나 이런 시골에 와 있다는 걸 드러낼 뿐일 터였다. 오가는 편지들, 눈물바람, 그 끝에는 아마도 영원히 반복될 재범再犯. 아니, 안 돼, 그냥 너의 카마르그 사내랑 있어, 이 여자야. 푸르스름한 연고들 사이에 끼어 야한 사진으로나 푹푹 썩어 가라고……

당주가 몇 시간쯤 더 사냥을 할 셈으로 바카레스 호수 쪽으로 걸으며 이런 생각을 하고 있는데, 그가 다가감에 따라 옆으로 펼쳐진 초원에서 몇 마리씩 무리 지어 있던 말들이 우르르 흩어졌다. 지아가 큰 빵이 가득 담긴 바구니를 옆에 놓고 물보라에 축축이 젖은 잔디에 앉아서, 앞에 있는 말들에게 기계적으로 빵 조각을 툭툭 던져 주고 있었다. 맨 목을 드러내고 외투 갈고리는 풀어헤쳐지고, 버드나무로 만든 노란 나막신은 두 발이 반쯤 비어져 나와 있었고, 추위에 입술이 새하얬다. 그리고 한 손으로 머리 장식에서 삐져나온 머리카락을 다시 집어넣으려는 몸짓을 하고 또 하는 게 어딘가 방황하는 듯한 인상을 주었다. 앙리가 부르자 그녀가 고개만 들어 쳐다보았다.

"지아, 거기서 뭐 하니?"

"아무것도요…… 모르겠어요……"

"뭐라고? 네가 뭘 하는지도 모른다고? 집에서 이렇게 멀리 떨어진 데서…… 이 빵은 다 뭐야?"

"샤르트루즈에 빵 사러 심부름 갔다 오는 길이에요."

"샤르트루즈? ……그럼 집에 돌아가기에 먼 거리가 절대 아닌데."

당주의 시선은 그녀 주위를 두루 훑어보다가 아를라탕네 집 지붕의 이엉을 발견했다. 그는 금방 알아차렸다.

"거짓말하지 마. 너 저 집에서 오는 거지?"

"저 집에서요……" 그녀가 격하게 대답했다. "아저씨가 어젯밤에 말해 주신 것 모두, 밤에 제가 한 기도도 전부 아무 소용없었어요. 아무 소용도…… 샤르트루즈에서 오는데 어떤 못된 힘이 절 사로잡아, 그 사람 집으로 데려가는 거예요. 그 누군지도 모르는 사람. 열쇠가 문 위에 있기에, 문을 열었죠. 하지만 사람 소리가 들려서, 들킬까 봐 여기까지 도망쳐 온 거예요."

그녀는 일어서서 빵 바구니를 한 팔에 걸쳤다. 그가 물었다.

"어디 가니?"

"집에 돌아가요. 언니가 걱정할 거예요……"

잠시 망설이더니 그녀가 물었다. "언니한테 절 봤다고 얘기하실 건가요?"

"아니…… 네가 나한테 약속만 해 준다면……"

그녀는 불쌍하리만큼 유감스럽고 지친 눈길을 해 보였다.

"절더러 뭘 약속하라고요? 제가 약속이나 할 수 있나요? 알기나 하나요? 제가 더 이상 제가 아닌, 어떤 불꽃이 저를 꿰뚫어 확 낚아채 가는 그런 순간이 있어요…… 아저씨가 계신 다음부터는 좋았어요. 거기에 저항할 힘을 느꼈거든요…… 하지만 한 시간 뒤에 아저씬 멀리 계실 테고, 아무것도 날 말릴 수 없어요. 아저씨는 그렇게 믿으시는 모양이지만, 내가 아를라탕에게 구하러 간 건, 날 치료해 줄 약이 아녜요. 독약, 그 활활 타는 듯한 맛이지요. 결국 제 눈 때문에 병이 나요. 그게 보고 싶어서요. 그 사람은 내게 그걸 보여 주고, 전 스스로 저주받을 짓을 하죠…… 아! 좋아요, 제일 좋은 건 나이스 언니에게 모두 털어놓고, 그러면 언니가 날 때려죽여 버리고, 그래서 내가 다시는 여기 안 오게 되는 거죠……"

그녀가 이런 말을 하는 동안 당주는 소치기네 얼기설기한 침대 위에 죽 늘어놓은 그 추하고 저급한 채색화들을 떠올렸고, 여자가 되어가는 이 소녀의 열에 들뜬 아름다운 눈에서 을씨년스럽게 살아난 사악한 그것들을 다시 보았다.

"아니, 지아." 그가 연민에 가득 차서 말했다. "아니야, 언니는 아무것도 모를 거야…… 알면 너무 마음 아플 테니까…… 다만, 동네로 돌아가야지. 될 수 있는 대로 빨리……"

그녀가 공포에 질려 소리 질렀다.

"우리 동네로요! 세상에, 성모 마리아님…… 그러면 모든 게 끝장이에요…… 사람들은 절 보고 손가락질할 테고, '좋은 날'이 자꾸 미뤄진다면서 절 뒤쫓아 다닐 거예요…… 그래도 아저씨 말씀이 맞아요, 앙리 아저씨. 가는 수밖에 없어요…… 그게 그래도 낫죠."

똑바로 서서, 마른 몸에 커다란 바구니를 옆에 끼고 황금빛 먼지 같은 머리카락을 조그만 머리 장식 주변에 말아 붙이고, 옆에서 "가야죠…… 가야죠" 하고 거듭 뇌까리며 힘찬 동작으로, 그녀가 바람을 맞으면서 앞으로 나아갔다. 날씬한 두 다리에 치마가 둥글게 감겼다.

6

팀 드 로즈레 귀하
몽마주르

몇 날 며칠을 걱정하고 수색한 끝에, 우리는 그 가엾은 소녀를 찾았다네. 비가 오나 바람이 부나 우리를 그 신비한 물결 속에 지켜 주고 어르고 흔들었던 바카레스 호숫가에서 그 아이를 찾았다네. 그 아이가 사라진 첫날은 샤를롱 부부도 그리 놀라지 않았네. 그 애가 워낙 괴짜에, 병적이고 광기 있는 신들린 듯한 상상력을 지녀서, 지금이 중세였다면 마귀를 몰아내야 한다고 했을 만큼 악령 들린 소녀인 데다, 또 나이스는 아무것도 모르고 계속 싸움만 걸어서 그 애가 평소 언니를 무서워했던 터라, 그날도 늘상 그렇듯이 싸움 끝에 지아가 아무도 몰래 저희 동네로 갔겠거니 한 거지. 그러니 몽마주르에서 아무도 그 애를 본 사람이 없다는 걸 알았을 때 사람들이 얼마나 놀랐을지 생각 좀 해 보게나. 주변 모든 농가에서 애를 찾아 나섰지. 소 떼를 치는 모든 곳에서는 소치기들이 와서 긴 삼지창으로 연못이며 운하를 샅샅이 뒤졌고 말이야.

아! 선한 사람들! 시골의 모든 하층민들, 어른 아이 할 것 없이 양치는 사람들, 얼굴에 칼자국이 나고 구릿빛 얼굴 피부가 모자처럼 딱딱한 소치기들, 이 모든 보잘것없는 사람들이 같은 고장 사람의 절망 앞에서 잠잘 시간을, 가엾어하는 마음을 아낌없이 내주며 자기가 피곤한 것도 제쳐 두고 얼마나 너그럽고 착하고 형제같이 굴던지…… 게다가 그 사흘 동안 지독한 폭풍우까지 왔다네! 돌풍, 번개, 우박…… 바다와 바카레스 호수는 잔뜩 성이 났고, 소 떼는 당황해서 강풍을 피하거나 발만 동동 구르며 우두머리 소 뒤에서 머리를 숙이고 바람 부는 쪽으로 뿔을 돌리고—카마르그 사람들 표현대로라면 말이야*—있었지. 이 아이의 자살을 허락한 신들의 불공정함에 발끈하여 들고일어선 이 모든 야생의 자연은 이교도적으로 아름다웠다네! 그 소녀는 분명 자살한 거니까 말일세, 불행한 소녀, 그것도 어떤 이상하고도 잔인한 강박적 망상에서 벗어나려다 죽은 건지 자네가 알았다면……

사흘째 날 아침, 샤를롱과 내가 연못가를 수색하고 있는데 야생마 한 떼가 우리 앞에 나타나더니 연못가를 따라 길게 줄지어 멈춰 서더군. 말들이 우리 가엾은 지아를, 여린 풀 위에 몸을 쭉 펴고 누워 소금과 진흙이 묻어 무거워진 커다란 외투를 수의처럼 몸에 꽁꽁 휘감고

* 이 소설 서두부 팀의 편지와 『풍차 방앗간 편지』 중 「카마르그에서」 '5. 바카레스 호수' 참조.

있는 그 모습을 본 게야. 누구 손도 닿은 흔적 없는 새하얀 예쁜 얼굴은 눈을 반만 뜨고 있었는데, 얼굴에선 여전히 생시처럼 유감스럽다는 듯한 표정이 읽혔고, 물속에 오래 있다 보니 평소 울 때처럼 낯색이 새파래졌더군. 오! 새파랗더라니까…… "큰 호수에 작은 풋사과 두 알"이라고 샤를롱이 흐느끼며 말하더군.

친구, 카마르그에 오래 산 자네는, 아를라탕의 보물이라고 들어 본 적이 있지. 꼬마 지아는 그걸 보고 싶어 했기 때문에 죽은 거라네. 그리고 나, 나는 반대로 그 보물을 보고 치유와 생명을 찾은 것이길 바란다네. 몇 주 있으면 그걸 알게 될 걸세. 게다가 아를라탕이 해 준 말이 내게 그걸 미리 알려 주었다네.

"내 보물 속에는 사람 구하는 풀과 사람 죽이는 풀이 있지."

이 아를라탕의 보물은 우리의 상상력과 닮지 않았을까? 다양한 걸로 이뤄져 있고, 밑바닥까지 탐구하기엔 너무나 위험한 상상력 말일세. 사람은 그것 때문에 죽을 수도 있고 살 수도 있지.

그럼 곧 보세, 내 오랜 친구 팀, 잘 있게. 무거운 마음으로 자네에게 인사를 보내네.

앙리 당주

알퐁스 도데의 『아를라탕의 보물』과 자기이해의 여정*

알퐁스 도데의 단편에서 가장 거슬리는 결함은 종종 그 작품들을 부르주아적인 교훈으로 바꿔 버리는, 냉정하게 '한 수 가르치려는 태도'이다. 부부간의 정절, 직업윤리같이 특유의 도덕주의적이고 기존 질서를 엄호하는 다양한 주제를 다루고는 있지만, 그가 가장 즐겨 하는 설교는 가정이라는 울타리를 벗어나 (종종 시골에서) 파리로 떠나온 젊은이들에 관한 것이다. 고향을 떠나 파리에 온 젊은이는 자칫하면 산만한 삶으로 이끌 가식적인 예술가들과 악랄한 가짜 지성인들을 접하게 된다. 더 큰 위협은 부정不貞한 성적 매력으로 젊은이를 오롯한 열망에서 딴 길로 빠뜨릴, 이른바 '낙오된' 여자들이다. 그 자신이

* 《프렌치 리뷰》 vol, LIII, No. 5 1980. 4월호에 게재.

보헤미안들의 세계와 만나서 깨우침을 얻었기 때문인지, 도데는 오직 결혼, 가정, 질서정연한 생활이라는 견고한 중산층의 가치만이 수도를 오염시킨 '실패자' 패거리로부터 청년을 보호할 수 있다고 믿었다. 확실히 그는 자신이 1867년에 쥘리아 알라르와 결혼한 덕에 이러한 숙명에서 구원받았다고 느꼈다. 순진한 이들이 사악한 도시에서 끊임없는 위험에 처해 있다는 확신 때문에 도데는 심하게 과도한 멜로드라마조의 단편소설을 창작하게 되었다. 다니엘 에세트, 데지레 들로벨, 잭 등은 이르마 보렐, 시도니 셰브만큼이나 순수한 미덕의 소유자이며, 아모리 다르장송*은 공공연한 악이다. 심지어 그가 쓴 가장 섬세한 소설인 『사포』에서조차, 남을 타락시키는 여인을 기본적으로 괜찮은 사람으로 그리고 있어 이렇게 도덕적 교훈을 주려는 의도는 겉으로 드러난다. '스무 살이 된 내 아들들에게'라는 이 소설의 헌사는 바로 이 점과 부합된다.

부르주아적 교훈을 남발하는 이런 경향은 도데가 말년에 남긴 특히 잊혀도 좋을 작품들, 『느베르의 미인』(1886)과 『작은 본당』(1895)에서도 계속된다. 정말 도데는 노골적이고 부르주아적인, 남을 가르치기 좋아하는 태도—거기다 감상성까지 동반한—를 극복하지 못하고 저자로서 짐짓 객관적인 척하는 경지를 어느 정도 달성한 것 같아 보인다. 1896년 커다란 신체적 고통 속에서—사실 그는 매독으로 천천히 죽어 가고 있었다—그는 『아를라탕의 보물』이라는 제목의, 주목할 만한 단편을 썼다.

* 각각 도데 작품의 등장인물들이다. 다니엘 에세트와 이르마 보렐은 『작은 것』에서 주인공과 주인공의 첫사랑 상대인 여배우이며, 데지레 들로벨과 시도니 셰브는 『젊은 프로몽과 손위의 리슬러』의 등장인물들이고, 잭과 아모리 다르장통은 「잭」의 주인공인데, 여기서 아모리 다르장송이라고 오기되어 있다(옮긴이).

이 단편은 거의 아무 주목을 받지 못했다. 도데의 아들 레옹이 이 작품을 걸작*이라고 생각한 것은 사실이고, 좀 더 최근 들어서는 머레이 삭스 교수가 "희귀한 힘을 보여 주는 작품"이며 "도데가 쓴 작품 중 가장 좋은 창작물"**이라고까지 높이 칭찬했다. 그러나 레옹 도데도 머레이 삭스도 이 소설을 자세하게 비평적으로 분석하지는 않았다.

『아를라탕의 보물』은 도데의 많은 소설처럼 그 자신의 삶에서 일어난 사건에서 출발하여 구상되었다. 이 이야기를 쓰기 30년 전에 도데는 파리에 가 있었는데, 작가로서의 실패감과 전체적으로 자기 삶에 방향도 의미도 없다는 생각으로 힘들어했다. 게다가 근 몇 년간 정부인 마리 리외와도 참으로 고통스럽고 불만스러운 관계를 유지하고 있었다. 정말이지 도데는 마리 리외와의 경험 때문에 평판 나쁜 여자들과 엮이지 않으려고 훈훈한 청년들에게 이끌린 것이었다. 당시 도데는 개인적이고 직업적인 이유로 파리를 벗어나고 싶다는 열망을 품고 있었다. 그래서 그는 님 부근에 있는 자기 오두막에 몇 달 가 있으라는 오랜 친구 티몰레옹 앙브루아의 초대를 받아들였다. 여기서 도데는 다시 힘을 내어 자신감을 회복하고 소설 『작은 것』의 초고를 쓸 수 있었다. 세월이 흘러도 도데와 티몰레옹 앙브루아의 우정은 그대로였고, 1896년에 팀이 죽었을 때 그의 죽음에 자극받아 도데는 예전에 프로방스 지방에서 겪은 일들을 『아를라탕의 보물』이라는 소설로 만들었다.***

일화를 소설로 변환시키는 과정에서 많은 변화가 있었다. 주인공 앙

* 레옹 도데, 『아버지 생전에』(파리, 그라세, 1940.) 285쪽.

** 『알퐁스 도데의 역정』(매사추세츠주 케임브리지, 하버드 대학교 출판부, 1965.) 164쪽.

*** 이 작품 탄생에 관한 자세한 이야기는 자크 앙리 보르네크가 편집한 알퐁스 도데 소설 『작은 것: 한 아이의 이야기』(파리, 파스켈, 1947)를 볼 것. 도데는 자기 자신의 체험을 가져다 썼을 뿐만 아니라 『풍차 방앗간 편지』 중 「카마르그에서」의 묘사 부분도 차용했다.

리 당주는 파리 사람이지만, 작가는 아니다. 앙리는 님 부근이 아니라 카마르그 지역으로 피신하며, 그가 파리를 떠나는 이유는 오직 한 가지다. 다른 남자들과 문란한 관계로 그를 괴롭혀 온 여배우 마들렌 오제에 혹하는 마음을 극복하려는 것이다. 도데는 이야기에 살을 붙이려고 다른 인물들도 만들어 냈다. 그러나 자신의 경험에서 가장 기본이 되는 측면만은 변함없이 그대로 놓아 두었다. 그 측면이란, 완전한 자기이해에 이르고자 노력함으로써 인생을 재검토하는 행위였다. 사실 『아를라탕의 보물』에 진실한 의미를 부여하는 것은, 프랑스에서 실증적 합리주의가 문제시되던 1890년대에 도데도 오로지 우리 본성의 합리적인 쪽에만 의지해서는 참된 자기이해를 얻을 수 없다는 입장을 취하고 있었다는 점이다. 차라리 우리가 참된 개성을 얻으려면 합리적 사고 과정 뒤에 반쯤 숨은 강력한 감정들을 다루는 법을 배워야 한다는 주장이 이 소설에 담겨 있다.

처음 파리를 떠나 남프랑스로 갈 때 앙리는 자신이 불행하다는 것은 알지만, 그 상황에 어떻게 대처해야 할지는 모른다. 오직 수도 파리에서 달아나고, 독하게 의지를 발휘하여 마들렌 오제에 대한 열정을 잊자는 생각뿐이다. 팀 드 로즈레(소설 속에서 도데는 자기의 진짜 친구였던 팀 앙브루아의 이름 '팀'을 그대로 쓰고 있다)는 앙리에게, 고독만이 반드시 가장 현명한 방법은 아니라고 경고한다. "우리끼리 하는 말이지만, 자네"라고 그는 말한다. "난 이 고독과 망각 요법을 반쯤만 믿는다네." 그러나 안이한 낙관주의에 완전히 빠진 앙리는 팀의 사냥용 오두막으로 간다. 거기서 바로 옆에 사는 시골 가정의 돌봄을 받는다. 그곳엔 앙리가 몇 년 전에 알았고, 지금은 샤를롱이라는 그 지방 사람과 결혼한 젊은 여인 나이스가 있다. 나이스의 어린 동생 지아는 언니 부부와 함께 지내면서, 앙리의 오두막에 건너와 그의 식사를 준비해 준다. 독자는 재빨리, 이 순박한 사람들의 존재가 단지 토속적인 지방색 이상의 무슨 의미가 있다는 것, 그들에게 중요한 역할이 있다는 것을 눈치채게 된다. 왜냐하면 처음부터 이 두 여성의 행동에서 뭔가 알쏭달쏭한 것이 느껴지기 때문이다. 나이스가 열병을 심하게 앓다 말다 한다는 것을, 그 열병 때문에 얼굴도 못생겨지고 카마르그에 다시 온 앙리를 반기러 앞에 나서기를 피한다는 것을 우리는 안다. 지아로 말하자면, 이 아이는 정말 문제 많은 사춘기 소녀로, 형부 샤를롱은 처음에는 그 문제—여기 처음 온 앙리에게는 말할 수 없는 문제—에 주의를 기울였다. 앙리는 자기 감정의 밑바닥을 흐르는 물결에는 무감각하고, 오직 기분 좋은 주변 환경만 인식한다. 카마르그에 도착하자마자 그는 햇빛 속에 산책을 나간다. 바카레스 호수에서 그는 예쁜 새들과 "찬란한 햇빛"을 보고 감탄한다. 평화를 느끼는 그의 감각은 즉각적이다. "특히 이 고독 속에서 그는 파리를 떠난 뒤 처음으로 평온하고 안전하다는 기분을 느꼈다." 그리고 "이처럼 푸른 수평선과 열린 하늘이 만들어 내는 무한한 공간이 얼마나 안전하게 그를 보호하고 지켜 주는 듯 느껴졌던지!" 찬란한 햇빛과 활짝 열린 푸른 하늘은 그냥 풍경 묘사를 하느라 어쩌다 쓰인 것들이 아니다. 소설에서는 흔히 그렇듯이 그것들은 상징적인 차원에서도 작용한다. 빛과 공기는 전통적으로 남성적인 것, 이성, 합리적 기능들과 연결된다. 여기서 그것들은 앙리 자신의 정신세계 '위쪽에 있는' 혹은 의식적인 부분을 은유한다.

그러나 도데는 카마르그의 햇빛 비치는 밝은 곳에만 자신을 가둬두지 않는다. 그는 한때 자기가 품었던 꿈에 대해 쓴 적이 있다. 꿈에서 그는 카마르그의 한 오두막에 있었고, 오두막 문은 석양이 지는 쪽으로 반쯤 열려 있었다. 모든 것이 평온했다. "우리는 먹었고, 분위기는 아주 좋았다." 그러다 갑자기 그는 "공기 중에서 엄청난 불편감, 막연한 공포를 느낀다. 우리는 서로를 바라보았다…… 아무 말 없이, 서로들 딱 붙어 앉은 채로. 저녁이 오고 있었고, 우리는 오두막 주위에 저녁이 알게 모르게 어정거리는 걸 느꼈다."* 이 꿈에서 반쯤 열린 문을 통과하여 간다는 것이 그저 닫힌 곳에서 열린 곳으로 가는 것뿐만 아니라 심리학적으로 말하자면 합리적인 것의 영역에서 좀 더 신비로운 미지의 영역으로 들어가는 것임을 독자는 감지한다. 이 점에서 카마르그 곳곳에 널려 있는 많은 연못들은 특별한 의미를 띤다. 도데 자신이 물이 많이 고인 곳에 이상하게도 매력을 느꼈다. 다른 꿈에서 그는 "나뭇잎새들로 온통 그늘진 작은 늪…… 사랑하는 얼굴도 눈물 젖은 얼굴도 이 늪만큼 내게 애틋했던 적은 한 번도 없다…… 참 이상하지 않은가!"라고 썼다. 고인 물은 전통적으로 여성적인 것, 특히 여성의 성적인 면과 연결된다. 아마 도데는 이 글을 썼을 당시에는 그 내용을 진정으로 이해하지 못했으나 『아를라탕의 보물』을 쓸 무렵에는 이 신비로운 물웅덩이들을 좀 더 명확히 이해한 듯하다. 샤를롱은 앙리에게 콕 집어 말하기를, 겨울에는 이 연못들이 "젤로 건강에 좋"지만 여름 더위가 몰려오면 "지금은 저렇게 은처럼 반짝이고 빛나는 이 모든 연못들과 운하들이 정말 썩은 것처럼 돼 버려서…… 집에 갈 땐 열이 펄펄 나곤 하지요"라고 한다. 샤를롱은 단지 묘사를 하고 있을 뿐이지만, 그 뒤로 우리는 사랑이나 여자들(이 둘은 뚜렷이 구분되지 않는

* 「삶에 대한 노트」 도데 전집(*Ne Varietur edition, Œvres complètes illsutrées*, 전 20권, 파리, Libairie de Paris, 1929~31) XVI, 74쪽. 이러한 단상들은 어느 정도 시간을 두고 쓰인 것이다. 날짜가 붙어 있지 않으므로 이를 쓴 연대는 미상이다.

다)의 신비스럽고 매력적인 표면 밑으로 열에 들뜬 듯 병적인 에로티시즘의 추한 밑바닥을 발견할지도 모른다고 은근히 암시하는 저자의 존재를 느낄 수 있다.

카마르그의 신비로움은 연못에만 국한된 것이 아니다. 밤이 되면서 모든 공간이 신비롭고 놀랍게 변해 버리는데, 이는 어두움, 앙리 자신의 존재의 감정적인 면의 은유이다. 처음에 앙리는 밤을 거의 인식하지도 못한다(이는 마치 그가 자기 자신의 무의식을 알아차리지 못하는 것이나 같다). 그러나 왜가리 떼가 머리 위로 날아가며 공중에 "깃털 퍼덕이는 소리"를 남긴다. 그런 다음에는 알락해오라기가 "하늘 저 끝까지 부웅부웅 하고 꾸륵꾸륵 울리는 서글픈 소리"를 낸다. "문을 활짝 열어 놓고 (앙리는) 이 이상한 함성이 대체 무엇일까 궁금해한다". 밤이 내는 소리는 점점 더 끈질기게 들려온다. 갑자기 바람 한 자락이 불어와 등잔불이 꺼진다. 마치 이성 자체가 감정의 힘에 의해 꺼진 듯하고, 이 바람은 불다가 급기야는 폭풍이 된다. 현지 주민들은 이 바람을 '파라만의 암소'라고 부르는데, 그건 바람이 파라만 해변 쪽에서 불어오면서 마치 소가 우는 소리처럼 들리기 때문이다. 이제 바다는 바람과 연결되고 함께 무엇이든 할 수 있고 억누를 길 없는 이 자연의 힘들은 정말 두려우며, 둘 다 금방, 성적인 것이 인간 정신 속에 갖는 힘과 연결된다.

아닌 게 아니라 밤새도록 파라만의 암소는 울음을 그칠 줄 몰랐다. 갈대들도 웅웅거렸고 오두막 곳곳에서 쩍쩍 갈라지는 소리가 났다. 바다는 멀리 있지만, 바람은 그 소리를 부풀려서 가까이 데려왔다. 밤잠을 못 이룬 당주는 마치 배를 타고 선실에 있는 것만 같았다. 불행히도 그 선실에는 마들렌이 함께 있었다. 아침이 올 때까지 그림자 속에서 뜬눈으로 밤을 새우면서…… 그는 두려움에 가득 차 스스로 묻고 있었다. 지금처럼 밤마다 그녀가 그의 머릿속을 떠나지 않고 차지할까? 그 예쁜 미소를 시으며, 살집 좋은 관능적인 자태로, 침대로 몸을 숙이며 집 주위를 방황하는 듯 소리를 내고, 흔들리는 문 아래 신음하고, 짐짓 괴로워하는, 표현력 좋은 그 음성으로 저기 파라만의 모래밭에서 그에게 용서를 청하며 울부짖을까?

밤에 이런 체험을 하고 나서 앙리는 좀 더 조심스러워지는 듯하다. 다음 날 다시 외출할 때 그는 "행여 늪에 빠질세라" 신중한 걸음걸이로 걷는다. 그는 카마르그의 아름다운 연못들의 밑바닥처럼 자기의 열정에도 "바닥"이 있음을 느낀다. 이 이야기의 앞부분에서 일찌감치 샤를롱이 아주 현실적인, 이 연못들 때문에 생기는 의학적 열병 이야기를 했었고 글자 그대로 'fièvre(열병)'라는 말을 사용한 것과 대응관계에 있는 것이 성적인 열정의 '불건전한 열병'이다. 물웅덩이들과 의학적 열병과 심리적 고통은 하나의 현실로 이어져 왔다.

숨겨진 감정의 힘이 가장 극적으로 구체화되는 곳은 검은 황소에 관한 일화다. 어느 날 밤 혼자 외출한 앙리의 귀에 "무거운 발걸음에 물이 철벅거리는 소리"가 들린다. 그는 어둠 속에서 움직이는 형체를 짐작은 할 수 있지만 자기가 얼마나 파멸에 가까이 있는지는—마치 오랫동안 자신의 성생활에서 이를 깨닫지 못했듯이—전혀 모르고 있다. 나중에야 그는 야생 황소가 가둔 곳에서 도망쳤으며 여기저기 돌아다니는 중이라는 걸 알게 된다. 무의식적인 어두운 힘은 사람이 그 존재를 알지 못할 때 가장 위험할 수 있다.

그러나 이 이야기 속에서 성적인 것에 동요되는 인물이 앙리 하나는 아니다. 두 여성—나이스와 지아—도 고통을 느낀다. 앙리는 나이스를 약 6년 전에 알았고, 심지어 그녀와 춤을 추면서 하루 저녁을 꼴딱 다 보낸 적도 있다. 지금은 샤를롱과 결혼했지만 그녀의 끊임없는 열병은 이 삶이 뭔가 잘못되었음을 보여 준다. 배경이 되는 계절은 겨울이고 겨울은 건강하다 추정되는 계절이긴 하지만, 앙리가 카마르그에 도착하면서 바로 그녀의 열병이 재발하는 것이 우연만은 아니다. 도데는 이 점을 겉으로 드러내지는 않는다. "모든 걸 다 말해 버리는 시시한 작가들" 중 하나가 되고 싶지 않다는 그의 바람의 좋은 예이다. 그러나 이야기 속에서 열병과 열정은 나이스가 앙리에 대한 억눌린 열정으로 고통받아 왔음을 강하게 암시한다. 그녀의 남편은 아내에게 선물로 백마 한 마리를 갖다 준다. 백마는 어찌 보면 밤중에 아무 데나 헤매는 검은 황소와 균형을 맞추기 위해 쓰인 순수성의 상징이지만, 나이스는 그것으로 정화되지 않는다. 그녀는 할 수 있는 한 앙리에게서 몸을 숨기고 자신의 갈망을 부정하려 하지만, 그러한 억압의 시도들은 아무런 해결책이 되지 못한다. 열병은 그 어느 때보다 더 강하게 불타오르는 것이다.

열다섯 살짜리 동생 지아에 관한 일 역시 잘 풀려 가지 않는다. 나이스와 샤를롱은 왜 동네 신부가 지아를 첫영성체에 받아들이지 않는지를 이해할 수 없고, 깊이 동요하고 있다. 지아는 가족에게 무엇이 문제인지 설명하기를 거부하지만, 자기 말고 앙리 역시 성적 욕망의 또 다른 피해자임을 느끼고 파리에서 온 젊은 그에게 속을 털어놓는다. 자기는 야한 사진들의 기억을 지울 수 없었노라고. 그리고 자꾸만 그런 사진들을 다시 보게 되었노라고 덧붙인다. 이제 우리를 소설 제목과 핵심이라 할 '아를라탕의 보물'로 이끌어 가는 것은 바로 이 외설적 사진 모음이다.

아를라탕은 한낱 카마르그의 늙은 소치기에 지나지 않으며, 그의 '보물'이란 오래된 골동품들, 약초들, 특별히 제조한 연고 그리고 지아의 머릿속을 그렇게도 떠나지 않는다는 야한 사진들이 가득 든 궤짝이다. 그러나 아를라탕과 그 보물은 단지 실감 나는 지방색 그 이상이다. 그것들은 한편으로 이성적, 과학적 사고, 다른 한편으로 감정적이고 자극적인 느낌을 과연 도데가 어떻게 보는지, 그 태도를 명확히 밝히는 데 도움이 된다.

아를라탕은 이 지방에서 치유자로 이름이 나 있으며, 자신의 명성에 깊은 인상을 받고 무지한 자의 과학적 자부심으로 가득 차서 파리의 약국들에서 보내 온 다양한 의약품과 의학적 설명서들을 가지고 있다. 사실 앙리가 처음 그를 만났을 때도 아를라탕은 그중 하나인 〈반점액질〉이라 적힌 설명서를 읽고 있었다. 이 특별한 설명서는 이야기에서 직접적인 의미가 있다. '점액질'이란 몸에서 나온 질척하고 끈끈한 배설물이다. 자신이 역겨운 성관계라고 느낀 것에서부터 도망쳐 온 앙리에겐 이것이 이상하게도 적절한—아이러니컬하긴 하지만—선택이며, 이는 매독으로 죽어 가는 저자 도데에게도 그러하다. 그러나 아를라탕의 과학적 지식이란 현실에서는 존재하지 않는다. 사실상 아를라탕은 심지어 자기 자신마저도 고칠 수 없는 '돌팔이'이다. 당주는 그의 오두막에서 통증에 괴로워 어쩔 줄 몰라 하는 그를 만나지만, 그가 나름 특별히 만들었다는 연고는 전혀 도움이 되지 않는 것을 본다. 아를라탕은 자신이 류머티즘으로 괴로운 거라고 믿지만, 그가 여러 해 전 잘생기고 인기 있는 투우사였을 때 절도 없는 삶을 살았고 잠시 바로 그 마들렌 오제—현재 앙리의 절망의 원인인 여자—의 연인이었다는 것을 알고 나서는, 아를라탕의 병이 혹시 성병은 아닐지 의심이 가는 것이 사실이다. 특히 그가 〈반점액질〉이라는 설명서에 그렇게나 관심을 가지는 것으로 보아 더욱 그렇다. 도데는 독자의 의심을 그냥 놓아두지만, 고통과 성의 이러한 연결은 아를라탕의 경우에 분명 성립하며, 또 나이스, 지아, 앙리를 다룰 때는 이 같은 연결을 더 강화한다. 결론은 확실하다. 성적인 것이 원인이 되는 고통은 그것이 신체적인 것이든 감정적인 것이든, 합리적, 과학적으로 접근해서는 해결책이 없다는 것이다. 치유는 역설적으로 이 옛 소치기의 야한 사진 꾸러미에서 온다. 아를라탕과 대화를 하고 나서 앙리는 사진들 중 하나가 혹시 마들렌 오제 바로 그녀의 반라半裸 사진이 아닐지 의심하게 되고, 그 의심을 직접 확인할 때까지는 쉴 수도 없고 잠시도 마음의 평화를 찾을 수 없다는 것을 알게 된다. 이 범상치 않은 우연 덕분에 앙리는 정말로 자신의 성적 문제에, 파리를 떠남으로써 그랬듯이 도피하지 않고 정면으로 부딪치게 된다. 문제에 대한 이런 기본적 접근은 이미 이야기 시작 부분에서 팀 드 로즈레가 했던 조언, 만약 앙리가 자신을 덮쳐 오는 "위험"(즉 정열)을 느낀다면 "폭풍우 치는 날 카마르그의 황소들처럼 하게. 소들은 서로 빽빽이 몸을 붙이고 다 같이 머리를 숙인 채 폭풍이 몰아치는 쪽을 향해 선다네…… 자네도 이렇게 하기 바라네"라며 그에게 제안한 것에도 담겨 있다. 앙리는 마침내, 문제에서 벗어나는 유일한 방법은 문제와 부딪쳐 정면 돌파하는 것뿐이라는 진실과 마주쳐 혼잣말을 한다. "끝까지 가 보지 못할 게 뭔가?"라고. 그는 열에 들뜬 밤을 지내고, 아침이 오자 카마르그가 악몽 같은 특징을 갖게 되는 그 환각 같은 "피곤한 비몽사몽 상태"에 빠져든다.

그건 카마르그였다. 그러나 새끼 물오리 잡는 철, 연못 물이 바싹 말라 붙고 운하의 하얀 바닥이 한더위에 쩍쩍 갈라지는 여름의 카마르그였다. 점점 저 멀리까지 연못들은 엄청나게 큰 욕조처럼 김을 필필 내고, 그 밑바닥에는 팔딱거리는 생명의 잔재들, 도마뱀들과 거미들, 습기 있는 곳을 찾는 물파리들이 꿈틀대고 있었다. 이 모든 것 위로 역병의 기운, 모기들이 둥글게 날아다녀 더욱 텁텁해지고 악취로 이뤄진 무거운 안개 같은 것이 끼어 있었다. 이 광대하고도 을씨년스러운 풍경 속에 유일한 등장인물인 마들렌 오제는 나이스처럼 머리 장식을 하고 노란 두 뺨이 움푹 팬 채, 열병 환자들을 따뜻하게 덥혀 주지는 않으면서 태워 버리기만 할 듯이 내리쬐는 인정사정없는 쨍쨍한 햇볕 아래 바닷가에서 울부짖으며 덜덜 떨고 있었다.

이 안에 모든 것이 있다. 예전에는 밝음과 이성의 상징이었지만 이제는 열기와 끓어오르는 열정이라는 전체적인 분위기에 가세하는 태양 그리고 여자, 즉 '악녀'는 단지 신체적인 존재로써만이 아니라 한때 매력적인 연못이었던 이곳의 밑바닥에서 지금 보이는 카마르그의, 역병이 일어날 만한 대기와 끈끈한 진흙으로 표상된다. 이야기의 아주 초입부터 주인공의 정신 상태(이성적인 쪽과 감정적인 쪽 둘 다)가 바깥으로 투사되어 카마르그에 들어갔던 것이다. 여기서는 이 과정이 반대 방향으로 되어 있다. 카마르그는 다시 앙리의 상상 속으로 흡수된다. 그리하여 외적인 자연과 내적인 감정들이 하나의 전체로 혼융된다.

앙리는 오두막 위로 날아 바카레스 호수 쪽을 향하는 새 떼 때문에 악몽에서 깨어난다. 새들이 몸으로 하는 여행의 종말에 가까워 가듯이 앙리의 심리적 여행도 그 끝이 가까워 온다. 앙리는 깨어나 아를라탕의 어두운, 거의 불빛 없는 오두막으로 가서 그 "보물"을 본다. 왕년의 소치기 아를라탕은 앙리가 분명히 약초며 각종 약품의 표본을 보러 온 것이 아니라 마들렌의 사진이 정말 있나 보려고 왔을 거라고 비꼬듯 말한다. 아닌 게 아니라 그건 마들렌의 사진이고, 다른 수많은 사진 틈에 있는 그 사진을 보자 앙리는 너무도 반발심이 든 나머지 늘 따라다니던 그 생각에서 치유가 된다(이번에는 정말 치유이다). 그의 내부에서 이러한 심리적 변화가 일어나자마자 갑자기 아를라탕의 오두막 문이 바람에 열리고 "바깥에서 회오리바람 속에 갑자기 햇빛이 들어(온다)." 하늘엔 아직도 구름이 자욱이 끼어 있지만, 구름은 마치 "도망치는 듯"하다. 앙리는 자유롭게 바람을 맞으며 달리는 야생마들과 새들이 물 위로 날아가면서 반짝이는 깃털들을 볼 수 있다. 강박관념의 어두운 세계가 산산이 부서져 나갈 때, 황홀한 해방감이 온다.

그러나 『아를라탕의 보물』은 독자에게 단순한 해피엔딩을 주지는 않는다. 앙리는 사진을 봄으로써 치유되었지만, 지아는 그렇지 못하다. 지아는 필사적으로 굴복하지 않으려 시도했지만 날마다 더 그 사진의 매혹에 빠져든다. "끝까지" 가는 것에는 위험도 없지 않다. 아를라탕 자신의 말처럼, 그의 보물 속에는 사람을 구하는 풀과 사람을 죽이는 풀이 있다. 지아는 죄의식이 엄습하여 자살한다. 그녀의 시신은 며칠 후 카마르그의 그 신비로운 연못들 중 하나에서 발견된다.

지아의 죽음과 카마르그의 풍경에 부과된 부정적 가치—진흙투성이 연못들, 무서운 폭풍, 어정거리며 돌아다니는 황소 등—는 도데가 특히 인간 무의식의 부정적 측면들을 알아차리고 있었음을 보여 준다. 이 점에서 그는 역시 그 시대 사람답다. 19세기 말은, 비록 실증주의를 표방하기는 했지만 우리 존재의 어둡고 감춰진 부분이 있음을 잘 알았고 그것을 매우 두려워했던 시대이다. 그 시대의 표준적 사고에 따르면, 무의식이란 독방에 사슬을 채워 가둬 두어야 할 야수와 같다. 충분히 무시하고 먹이를 주지 않으면, 또 충분한 '사육'과 문명의 층들이 작은 출입문 꼭대기에 쌓일 수만 있다면 그 야수는 결국 죽을 것이며 우리는 모두 편히 숨 쉴 수 있을 거라고 사람들은 믿었다. 로버트 루이스 스티븐슨이 쓴 「지킬 박사와 하이드 씨의 기이한 사례」는 우리 존재의 표면 아래서 몰래 눈을 번득이는 사악한 괴물을 해방시킬 때 어떤 광기가 벌어지는지를 보여 주며, 『인간 짐승』에서 에밀 졸라는 문명이 세운 이성적 방파제를 휩쓸어 버릴 수 있는 격세유전의 성적 광기를 극적으로 보여 준다. 그러나 도데는 참된 예술가의 통찰력으로 한계가 있는 이런 견해를 한 걸음 뛰어넘어, 무의식은 긍정적 힘이 될 수도 부정적 힘이 될 수도 있음을 암시한다. 그는 이야기 초입에서 카마르그가 폭풍우 치고 불건강한 열병이나 키우는 끈적한 진흙으로 가득 찬 연못들이 있는 곳일 뿐만 아니라, 즐길 거리가 풍부하여 "연못들엔 사냥감투성이"이고 전 영역이 황무지이기는커녕 풍성한 소출이 있는 "삼각주 평야 지대"라고 밝히고 있으며, 소와 양들과 야생마들은 이 지역의 부와 풍성함을 확실히 보여 준다. 이처럼 카마르그를, 또 은유적으로는 우리 무의식을 보는 긍정적 견해는 줄거리 속에서 부정적 측면으로 완전히 발전하지는 않았지만, 우리의 감추어진 감정들이 생명을 살리거나(앙리) 죽이는(지아) 기제가 될 수 있음을 도데가 인식했다는 것은 그 시대의 전통적 견해를 뛰어넘는 일이다. 그는 아를라탕의 보물로 상징되는 인간 무의식이 양가적임을 주장하면서 소설을 끝맺는다. "이 아를라탕의 보물은 우리의 상상력과 닮지 않았을까? 다양한 결로 이뤄져 있고, 밑바닥까지 탐구하기엔 너무나 위험한 상상력 말일세. 사람은 그것 때문에 죽을 수도 있고 살 수도 있지."

이러한 결론에서 끌어낼 수 있는 추론은, 앙리로 하여금 비참하고 굴종적인 삶을 살게 한 마들렌 오제에 관한 한 객관적인 것이 전혀 없다는 사실이다. 아주 현실적인 의미에서는 그 자신의 기상천외한 생각이 그녀를 파괴적인 '악녀'로 창조했고 이제 상상을 다른 차원으로 옮겨 놓으니 그가 구원받은 것이다. 만약 그가 어떤 굴레에 묶여 있었다면, 그 굴레는 그가 스스로 만든 것이다. 그는 마들렌 오제가 지배자요 그는 피해자인 세계를 만들었던 것이다. 이 세상이 존재하는 한 그는 갇힌 포로일 것이나, 감정적 견해의 변화는 언제든 그 세상을 지워버릴 수 있다. 상상력은 마치 아를라탕의 약초처럼 사람을 죽일 수도 치유할 수도 있는 것이다.

앙리가 비이성적인 것을 점점 더 인식해 가는 과정과 긴밀하게 관련된 것이 그의 언어적인, 혹은 말을 어떻게 하는가 하는 현상이다. 이는 이야기에 너무도 중요하여 심지어 줄거리의 시점에까지 영향을 미친다. 『아를라탕의 보물』은 중심되는 네 개 장이 3인칭으로, 앙리의 시점에서 카마르그 체류 시에 벌어지는 사건들을 이야기하고 있다. 이러한 소설의 주요 부분에 대칭으로 괄호를 치고 있다 할 수 있는 것이 앞뒤의 편지 두 통이다. 두 편지는 이 소설의 프롤로그와 에필로그 역할을 한다(먼저 것은 앙리가 파리를 떠나기 전에, 나중 것은 그가 파리로 돌아간 뒤에 쓰였다). 그러나 한 가지 점에서 이 두 편지는 이상하게도 대칭성이 부족하다. 에필로그는 앙리가 썼지만, 프롤로그는 친구인 팀 드 로즈레가 앙리에게 썼다. 그러니까 이야기가 시작될 때는 앙리 자신의 생각과 언어가 우리에게 나타나지 않고 대신 앙리가 그

전에 파리에서 보낸 편지에 대한 팀의 반응만 있는 것이다.

어째서 도데는 이 이야기를 시작하면서 앙리의 말을 피하고 대신 그에 대한 다른 사람의 반응만 보여 준 것일까? 이 질문에 접근하려면 이야기 시작 부분, 앙리의 감정이 말로 표현되어 있는 부분을 평가해 보아야 한다. 처음에 우리는 (간접적으로, 팀의 편지를 통해서만) 좋은 교육을 받았고 말을 유창하게 잘하는 젊은이인 그를 본다. 하지만 소설에는 은연중에 앙리가 오직 파리의 경박한 생활에 어울리는 피상적인 방식으로만 논리정연하다는 의미가 담겨 있다. 위트와 이성에 대한 의존이 포함된 파리식 대화는 정신세계의 좀 더 어둡고 구석진 곳을 탐구하는 데는 비효율적이다. 사실 그것은 자기탐구에 장애물이 될 수도 있다. 수도 파리의 피상적 말씨에서 멀리 떨어져 사는 팀은 앙리가 원래 보냈을 편지를 받자마자, 상대방이 쓰는 말이 그의 현 상황에 대한 현실적 통찰을 거의 혹은 전혀 보여 주지 못한다는 걸 깨닫는다. 파리에서 도망쳐 아를 근처에서 얼마간 시간을 보내며 마들렌을 잊으려 한다는 앙리의 결심이 담긴 편지를 읽었을 때 그는 신속히 반응한다. 편지의 두 번째 문장을 보면 그는 의미심장한 관찰을 하고 있다. "자네의 말이 사실이라면," 앙리가 비록 말은 세게 하지만 아직은 모든 면에서 그 여배우를 잊을 준비가 되지 않았음을 감지하고 있는 것이다. 확실히 도데가 이야기를 펼치며 강조하고 싶었던 것은, 그저 훌쩍 떠나서 의지력을 발휘하기만 하면 자신의 열정을 정복할 수 있을 것이라는 앙리의 생각이 아니라, 차라리 그가 자기 자신을 거의 이해하지 못하고 있으며 그의 언어는 너무 이성적이고 행동 쪽으로 경도되어 자기 자신에 대한 진실에 이를 수가 없다는 팀의 경고이다("자네의 말이 사실이라면"). 그래서 프롤로그는 앙리가 아니라 팀에 의해 쓰인 것이다.

언어라는 주제는 다음에 이어지는 장들에서 좀 더 발전한다. 비록 앙리가 이젠 파리의 극장과 카페들에서 이루어지는 세속적이고 피상적인 수다를 떨 수 없는 상황이기는 하지만, 카마르그의 고독 속에서도 언어는 주요한 관심사가 된다. 이 경우엔 언어라는 것이 좀 더 복잡미묘한 형식이기는 하지만 말이다. 앙리는 자신이 들어가 사는 사냥꾼 오두막에서 근대 프로방스 시인들의 대표적 작품들(미스트랄의 『미레유』와 『황금의 섬』, 오바넬의 『반쯤 벌어진 석류』, 마티외의 『파랑돌 춤』, 루마니유의 『마르그리데트』)을 발견한다.

앙리는 이 작품들을 몇 년 전 남프랑스에 왔을 때에 알았고, 지금은 다시 그것들을 읽으며 큰 기쁨을 맛본다. 그러나 이 시들에서 단지 기쁨을 맛보는 것 이상으로, 파리 연극계의 쉬운 언어 구사와는 달리 더욱 풍부하고 밀도 높은 서정시는 그 자신과 지아를 둘 다 공통으로 지닌 성적 강박관념에서 치유해 준다는 것이 앙리의 믿음이다. 앙리는 지아에게, 자기들 두 사람은 이런 시인들의 시를 읽어야 한다고 한다. 왜냐하면 "우릴 구원하는 건 이런 시인들"이니까. 피상적으로 보면 이런 생각은 말이 되는 것 같다. 서정시는 비이성적인 것을 표현하고 상상력을 해방시킨다는 생각 말이다. 그러나 앙리는 근본적인 오류를 범하고 있다. 이런 시인들이 도덕적 순수를 표현한다고 가정하고, 그는 '순수' 문학을 읽음으로써 그와 지아가 도덕적 질병을 정복하려 한다는 상상을 한다. 지아는 『미레유』를 읽으면서 "별 하나가 바르르 떠는 것"을 보았다고 했는데, 앙리는 이상주의자처럼, 모든 위대한 시인들에게서 이 별을 볼 수 있다고 대답하고, 눈에 빛을 가득 채우면 저속한 생각이 들어갈 자리가 없다고 지아에게 확실히 말한다. 불행히도 앙리가 모르고 있는 건 시가 도덕을 창조하는 것은 아니라는 점이다. 시의 기능은 감정을 해방시키는 것인데, 만약 그 감정들이 부정한 감정들이라면 그 경우 시는 시인의 의도가 어떠하든 간에 독자의 정신세계에 부정한 모습들을 떠오르게 할 것이기 때문이다. 지아는 이런 시들이 겉으로는 순결하지만 "아! 만약 내 가슴에 날개가 달렸다면/그대 목으로, 그대 양어깨로/활활 불타올라 날아가련만……"* 같은 구절들은 오로지 자기의 성적 욕망을 강화할 뿐임을 알게 된다. 앙리도 그 시들이 오직 위로를 줄 뿐임을 발견한다. 그는 오바넬이 쓴 시 한 편을 읽는데, 거기서 외로운 목동은 양 떼를 몰고 들판으로 나간다. 그때 화자가 서정적으로 "오! 목동과 벗하여 들에 나가리/온종일 쭉 뻗어 누워 야생 박하의 좋은 내음을 맡으리……"라고 영탄조로 읊을 때, 앙리는 소치기 아를라탕이 몇 년 전 주말 며칠을 마들렌과 함께 보냈던 일을 즉시 떠올리고 화가 나서 책을 덮어 버린다.

물론 시적 언어의 실패는 시 자체에 있는 것이 아니라 앙리가 시에 비합리적인 요구를 하기 때문에 생겨나는 것이다. 앙리는 오바넬의 또 다른 시 구절을 읽는다. "내 가슴이여, 어쩌란 말인가, 그대 어떤 배고픔에 시달리는가? 아! 무슨 일이기에 그대 항상 어린애처럼 울고 있는가?" 여기서 파리 출신 젊은이 앙리보다 현명한 시인은 감정(가슴)이 의식적 마음 너머에 있는 뭔가를 갈구할 때, 이 갈구는 아이의 비이성적인 세계와 연결되어 빈번히 말로써가 아니라 눈물로써 스스로를 드러낸다고 지적한다. 우리는 샤를롱과 나이스가 때때로 울기 일보 직전 상태까지 가고, 지아는 앙리가 보는 앞에서 터놓고 흐느낀다

* 도데는 프로방스어로 쓰인 이 시들을 소설 속에서 프랑스어로 번역해 놓았다.

는 것에 주목한다. 그러나 앙리는 너무 꽉 닫혀 있어 자기 고통을 홀가분하게 털어놓거나 눈물을 통한 자기이해를 찾을 수가 없다.

그러나 『아를라탕의 보물』에서 가장 빈번히 나타나는 비언어적 소통의 형식은 이야기 내내 어떤 라이트모티프처럼 나오는 불안의 함성, 'cri(고함)'이다. 한번은 샤를롱이 연극을 보러 가서 구경꾼들이 자기 아내를 닮은 여배우에게 추파를 던지는 것을 보고 질투심에 사로잡혀 큰 충격을 받는다. 그는 말하기를 그냥 울고 싶었을 뿐 아니라 (흐느끼는 사람) 내놓고 울어 버리고 싶은(소리 지르고 싶은) 마음이었다고 하며, 나이스는 앙리를 보고 뒷걸음질 치고 그와 함께 저녁을 먹는 걸 거부할 때 그야말로 '공포의 함성'을 내뱉는다. 이처럼 말로 표현되지는 않지만 많은 것을 표현하는 인간의 함성은 카마르그 지방 위를 날아가는 새들이 우짖으며 내는 수많은 야생의 소리에 의해 더욱 강화된다. 이 논문 앞부분에 인용된 알락해오라기가 구슬피 우짖는 소리가 유일한 예는 아니다. 이를 가장 잘 보여 주는 예는 앙리가 악몽을 꾸며 엎치락뒤치락하고 있을 때 나온다. "철새들이 깍깍거리며 지나가는 바람에 그는 소스라쳐 악몽에서 깨어났다. 새 떼는 이제 비행의 마지막 단계인 듯, 나지막이 날면서 바카레스 호수 쪽으로 가고 있었다." 이 구절이 암시하는 바는 명확하다. 인간의 함성 뒤에 숨은 진실을 앙리가 배울 수만 있다면, 그때는 그도 자신의 여행이나 '여정'의 끝에 거의 다다른 셈일 것이다. 그러나 그는 아직도 그의 심리적 여행에서 한 발 더 내디뎌야 한다. 야생 새들의 우짖음 소리, 갈대의 우우 소리, 한밤중에 마룻바닥 나무가 삐걱대는 소리, 무의미하다고 추정되지만 사실은 뭔가를 보여 주는, 인간 고통의 상징 역할을 하는 이 모든 자연의 목소리를 넘어선 곳에 궁극적 침묵의 세계가 있는 것이다.

침묵이란 보통 소통 아닌 것의 극한을 보여 준다고 생각되는데, 정말로 침묵은 때로 『아를라탕의 보물』에서 이런 식으로 작용하는 것이 사실이다. 처음 앙리가 카마르그에 오고 샤를롱이 앙리에게 자기 아내나 지아의 문제를 말하기를 거부할 때, 우리 앞에 있는 것은 회피이지 진실이 아니다. 나이스가 소통을 안팎으로 다 막아 버리는 고집스런 침묵 속으로 도망치는 경우도 마찬가지다. 다른 사람들이 좀 더 긍정적으로 사용하려 하는 어떤 침묵도 나이스는 질투하기까지 한다. 동생 지아 얘기를 하면서 나이스는 이렇게 하소연한다. "아! 그 애가 여기 제 곁에 몇 시간 동안 말도 안 하고 마치 마음속을 들여다보는 것처럼 저러고 있을 때는, 무슨 생각을 하는지 좀 알 수만 있다면 쇠로 된 회반죽 속에 그 애를 빻아 넣기라도 하겠어요!" 그러나 침묵은 정말로 사람이 자기의 내적 존재의 핵심까지 파고 들어가게끔 허락할 수 있다. 도데보다 반세기 이상 앞서 알프레드 드 뮈세가 「5월의 밤」에 썼던 것처럼 "입은 침묵을 지킨다/가슴이 말하는 걸 듣기 위해". 물론 지아가 내면에 귀를 기울일 때, 그녀가 항상 자기 귀에 "들리는" 것을 말로써 외면화할 수 있는 것은 아니며, 바로 그 이유로 도데는 그녀가 소통하지 못하는 것을 독자와 소통하기 위해 많은 풍경 묘사를 사용하는 것이다. 예를 들어 지아가 아주 조용히 있는 어떤 순간에 우리는 앙리의 오두막 바깥 밤중의 고요 속에서 "우물 도르래의 사슬이 삐걱대고 물이 철벅거리는" 소리를 들을 수 있다. 우물이라는 은유를 통해 도데는 지아가 가진 스스로의 성에 대한 어두컴컴한 인식을 암시한다.

침묵은 또한 앙리에게도 영향을 끼친다. 카마르그에 도착하자마자 그는 오두막 주변의 "말 없는 풍경"과 "그림자의 거대한 침묵"에 매우 놀란다. 처음엔 고요함의 가치를 제대로 평가하지도 않지만, 곧 그 긍정적 미덕을 체험한다. 어둠 속에서 가까이에 있는 도망친 황소의 무거운 발걸음 소리가 들리는 일화에서는 그의 주변 모든 것이 침묵뿐이다. 마치 사람은 아무런 시끄러운 소리에도 마음을 뺏기지 않을 때 내적 감정을 가장 잘 알아차릴 수 있다는 것을 보여 주듯이 말이다. 마찬가지로, 그로 하여금 문제를 정면 돌파하여 치료법을 얻게 하는 것은 이 세계가 존재하지 않는 것 같은 체험이다. 그리고 그가 밤에 자다 깨면 주변의 침묵이 그로 하여금 내면으로 들어가 그 "핏줄 속에서, 소문이 되고 사방팔방 하늘에서 한꺼번에 날아든 까마귀 떼의 검은 날갯짓" 소리를 듣게 한다. 말이 없다는 것이 앙리에겐 내적 어둠에, 자기이해에 꼭 필요한 준비물처럼 대면할 기회를 준 것이다.

샤를롱과 나이스는 자기 탐구에서 결코 앞으로 나아가지 못한다. 부분적으로, 그들에게 언어란 부정적이기만 한 것인 채 남아 있기 때문이다. 두 사람은 지아가 첫영성체를 거부당하는 일로 인해 끊임없이 다투는데, 이런 유의 언어는—그들이 서먹하게 침묵하는 시기에도 마찬가지다—오로지 둘을 서로에게서, 또 그들의 내적 자아로부터 분리시키는 역할만 할 뿐이기 때문이다. 지아로 말하자면, 그녀가 불운한 것은 내면으로 돌아서서 얻은 자기에 대한 앎이 그 자체로 그녀를 치유하기에는 불충분하기 때문이며, 그녀가 자신의 상상 속으로 내려가면 파멸하기 때문이다. 오직 앙리만이 다행히도 이 체험을 성공적으로 겪어 내며, 새로운 통찰과 함께 마침내 예전의 유창한 말솜씨와는 너무나도 다른, 진정한 말솜씨가 찾아온다. 앙리에게 들어맞는 것은 우리 모두에게도 들어맞는다. 즉 우리가 마침내 자신에 관한 기본적 감정의 진실을 발견하면, 그때는 의식이라는 '위쪽' 세상으로, 이성과 정합적 언어의 세계로 돌아와서 감정 가진 존재로서 이러한 발견들을 명료한 표현으로 드러내야 한다. 왜냐하면 우리는 이성적이기도 감정적이기도 한 존재이기 때문이다. 게다가 우리가 발견하는 진실이란 종종 너무도 단순한 것임이 드러나서, 왜 진작 이걸 보지 못 했을까 하고 갸우뚱하게 된다. 그러니까 소설 맨 끝의 앙리가 팀에게 보내는 편지에서 아를라탕의 보물은 우리들의 상상력과 같아서 삶의 원천이 될 수도 죽음의 원천이 될 수도 있다고 말할 때, 도데는 이때만큼은 사물을 단순화하고 한 수 가르치려 드는 본인의 성향대로 한 것이 아니다. 그는 앙리로 하여금 자기발견 과정을 완성하게 한다. 그것이 단순하게 들린다면 오직 그 이유는 단 하나, 위대한 진실은 보통 단순하기 때문이다. 이리하여 이야기가 끝날 때쯤 앙리는 처음에는 부족했던 성숙함을 얻게 된 것이다.

주인공의 성숙함이라는 결론에 대해 마지막으로 한마디를 덧붙여야겠다. 저자의 말년에 쓰인 작품들이 한창 힘 있을 때 창작한 작품들에 질적으로는 필적하지 못하는 경우가 왕왕 있는데, 전반적으로 이는 도데에게도 적용된다. 그러기에 더욱더 만족스러운 것은 마지막의 문학적 선언 같은 이 소설에서 도데가 그의 창조력을 분명히 하고 평생 경험—자신이 성취한 성숙함에 대한 숙고—의 핵심을 포착했다는 점이다. 그렇지만 도데가 남긴 이 마지막 단편의 통찰과 기법이 이전 작품들에 전혀 없다는 건 아니다. 수많은 귀띔과 단상들과 부분적 창작이 『아를라탕의 보물』에 나오는, 할 말을 여한 없이 다 한 모습을 예고해 준다. 잘 알려진 도데의 단편 「스갱 씨네 염소」는 이것의 좋은 예가 될 수 있다. 그것을 저급한 순응주의에 손을 들어 주는, 독립과 자유에 역행하는 설교로 읽는다면—너무도 자주 그러한데—이 소설을 잘못 읽는 것이다. 화자는 독립적으로 남아 있지 말고 신문사 정규직을 받아들이라고 작가에게 스갱 씨네 염소 이야기를 들려준다. 그는 겉으로는 친구에게 신중한 행동을 권하는 것 같지만, 사실 비판하고 있다. 그는 안전하고 질서정연한 세계를 떠나 설령 커다란 위험을 무릅써야 할지라도 불확실한 밤의 자유 속으로 들어가고 싶어 하는 염소의 갈망을 이해하고 심지어 동의까지 한다. 그녀가 겪은 고통을 다 당한다 할지라도 또 위험을 무릅쓰고라도 자신을 이해하고자 했던 지아가 되는 것이, 그러지 않는 나이스가 되는 것보다 낫다는 것이다. 도데를 『아를라탕의 보물』에 비추어 다시 읽어 보면 그가 그저 부르주아 옹호론자에 지나지 않았던 것이 아님이 명확해진다. 도데의 작품은 신선하게 재평가되어도 좋을 것이다.

텍사스 오스틴 대학교
리처드 B. 그랜트

내 마음의 풍차

이렇게 햇살 좋은 가을날에, 그 풍차를 그려 본다. '도데의 풍차'로 알려져 사람들의 발길이 끊이지 않는 그곳. 내가 서 있는 발아래로는 남프랑스의 정적에 싸인 들판 풍경과 멀리 알피유산맥의 부드러운 능선이 펼쳐지고 백리향 풀이 향기롭게 우거져 있고 한낮의 햇살이 뜨겁게 내리쬔다. 벌레 소리만 주욱 통주저음처럼 깔리는 그 정적을 어떻게 표현할 수 있을까.

그곳을 처음 찾아갔을 때(1983)는 미스트랄이 쌩쌩 부는 추운 날이었다. 그때는 2월 중순이었고 아직 풍차가 관광지로 개발되기도 전이었다. 그러나 날 환영해 주고 그곳을 구경시켜 주려고 일부러 아를의 안내인을 연결해 하늘색 점퍼까지 빌려다 주었던 랑그도크 지방 사람 미셸은 벌써 몇 해 전에 먼저 생을 마치고 새로운 여행을 떠났지만, 그곳은 내 가슴에 그날과 다름없이 남아 있다. 그 우정의 온기가 그대로 남아 있듯이.

그다음에 풍차를 찾은 것은 시간을 훌쩍 뛰어넘어 2011년 한여름이었다. 당시 나는 아를의 번역가 센터에 머물고 있었다.

그 한적한 여름날엔 매미가 울었고 풍차 밑에 서서 바라보는 알피유의 능선은 똑같았다. 고요한, 마치 아무도 없는 듯한 퐁비에유 마을은 졸음에 겨워하고 있었다.

대학교 2학년 때 신아사 판의 해설 붙은 역본(오현우 선생님 역으로 기억한다)으로 『풍차 방앗간 편지』를 읽은 이후로, 프로방스는 내 마음의 고향 같은 곳이었다. 왠지 그 이유는 모르겠다. 2011년엔 뜨거운 여름 햇볕을 받으며 레보(이 단편집에도 많이 등장하는 곳) 등 프로방스 여러 곳을 누비고 다닐 보배로운 기회도 있었다. 또 가 보고 싶지만, 못 가본대도 상관없다. 이 풍차는 언제나 내 마음속에서 빙빙 돌아가고 있으니까.

> 햇빛에 반짝거리는 아름다운 솔숲이 내 앞으로 쏟아져 내리듯 펼쳐져 언덕 기슭까지 이어집니다.
>
> 지평선에는 알피유산맥의 섬세한 능선들이 선명하게 보입니다…… 아무 소리도 나지 않고…… 기껏해야 점점 더 멀리 피리 소리, 라벤더 틈에서 마도요새 우짖는 소리, 길가에는 노새 방울 짤랑대는 소리…… 프로방스의 이 모든 아름다운 정경은 오직 빛을 통해서만 살아납니다.
>
> 마을엔 인적이 없고, 모두들 밭에 나가 있더군요. 뽀얀 먼지가 날리는

마을 광장의 느릅나무에서는 매미들이 맴맴 울어 대고 있었습니다.

그 풍차 덕분에 멀리 움직이지 않고도 프로방스를 있는 그대로 느낄 수 있었다.

자세하고도 타당성 있는 작품 분석은 다니엘 베르제의 멋진 해설과 리처드 그랜트의 훌륭한 논문 번역으로 대신하겠다. 내 마음의 프로방스, 그곳에는 언제나 알퐁스 도데의 풍차가 돌아가고(비록 현실의 풍차는 진작 멈추었고 그 뒤 이 고장의 주요한 관광물로 바뀌었지만) 매미 소리가 들리고 백리향 냄새가 풍기고 도데의 풍차가 불러일으키는 그만의 바람이 있다. 바람 그것은 바람風이자 바람願이다. 내 마음의 풍차는 그곳에 서서 항상 프로방스의 바람을 맞으며, 여름엔 뜨거운 햇볕 아래, 겨울엔 몰아치는 계절풍 아래 묵묵히 돌아간다. 어쩌면 여기 실린 이야기들은 그 풍차에서 화자가 들려주는 이야기들이면서, 풍차 자신이 들려주는 얘기들일 수도 있다.

『아를라탕의 보물』(1897)은 아마도 국내 초역일 것이다. 도데가 세상을 떠나던 해인, 그의 나이 57세에 발표한 이 작품은 그의 단편소설 중에서도 특유의 세계와 사상이 잘 담겨 있는 숨은 걸작이라 판단하여, 인터넷상에 누구나 볼 수 있게 공개된 Fayard Frères Editeurs의 판본을 원본으로 하여 번역하였고, 그 소설을 잘 설명한 논문도 번역하여 여기 함께 실었다. 『아를라탕의 보물』은 매우 프로방스적이고 사실적인 삽화들이 곁들여진, 다른 판본도 있다. 독자들이 이 소설을 잘 감상하고 도데 세계의 본령을 느끼는 데에 모쪼록 도움이 되었으면 한다. 『풍차 방앗간 편지』의 원본으로는 Gallimard(Folio classique)의

2011년 판 『Lettres de mon moulin』을 사용했다. 다니엘 베르제의 해설은 여기에 실린 것이다.

긴 번역 기간을 기다려 주시고 편집에 애쓰신 현대문학 편집부 여러분께 감사드린다.

알퐁스 도데 연보

1840 남프랑스의 도시 님에서 태어났다. 아버지는 비단 제조업을 하는 뱅상 도데이고, 어머니는 아들린 레노이다. 도데 위로 1832년생 앙리와 1837년생 에르네스트 두 형이 있다.

1844 약 2년간 님 근처 브주스의 장 트랭키에 집에서 살며 프로방스어와 민담을 처음 접했다.

1845 1849년까지 님의 가톨릭 수도원 부설 학교에 다녔다.

1850 1857년까지 앙페르 중고등학교에서 공부하며 글을 쓰고 시를 발표했다.

1857	알레스의 중학교에서 복습감독으로 일하다가 몇 달 만에 쫓겨나고, 그해 11월에 형이 있는 파리로 갔다.
1858	마리 리외와 사귀게 되고, 훗날 이 경험으로 소설 『사포*Sapho*』를 쓴다. 시집 『사랑에 빠진 여인들*Les Amoureuses*』을 펴냈다.
1859	『미레유』를 소개하러 파리에 온 시인 프레데리크 미스트랄과 처음 만났다.
1860	입법의회 의장이자 국가의 제2인자 모르니 공작의 비서가 되었다.
1861	마리 리외와 암스테르담 거리에서 동거를 시작했다. 병이 중해져 요양차 남프랑스로 떠났다. 이때 미스트랄의 집을 방문했고, 사촌과 알제리에 갔다가 마르세유로 돌아간다.
1862	치료차 코르시카에 가서 상기네르 군도의 등대에 잠시 머물렀다.
1864	남프랑스 퐁비에유 마을에 머물며 샤토 드 몽토방의 사촌 앙브루아 집에서 지냈다. 이때 『풍차 방앗간 편지』를 구상한다.
1865	친구 폴 아렌과 함께 클라마르에 머물며 『풍차 방앗간 편지』 초판본 원고를 썼다.
1866	《레벤망》지에 『풍차 방앗간 편지』 중 12편이 연재되었다.

1867 줄리아 알라르와 결혼했다. 11월에 맏아들 레옹 도데가 태어났다.

1868 드라베유 부근의 작은 마을 샹프로제에 처음으로 거주하게 되었다. 소설 『작은 것』을 펴냈다.

1869 『풍차 방앗간 편지』가 책으로 출간되었는데, 종래의 세 편이 삭제되고 새로운 두 편을 넣은 형태였다.

1870 프랑스-프로이센 전쟁에 국민병으로 입대했다.

1871 4월 25일 파리 코뮌이 선포되자 파리를 떠나 샹프로제로 갔다.

1872 「아를의 여인*L'Arlésienne*」과 『타라스콩의 타르타랭*Tartarin de Tarascon*』을 발표했다.

1873 『월요 이야기*Contes du lundi*』를 출간했다.

1874 『예술가의 아내들*Les femmes d'artistes*』을 출간했다.

1876 소설 『자크*Jack*』를 출간하여 큰 호평을 받았다.

1879 척수에 불치병이 생겼음을 알게 되었다. 이 병의 진행을 자세히 분석한 글이 사후 『고통*La Doulou*』이라는 제목으로 출간된다. 이야

기 여섯 편이 추가된 『풍차 방앗간 편지』 최종본이 르메르 출판사에서 출간되었다.

1884 『사포』가 출간되었다.

1887 샹프로제의 집을 매입했다. 많은 문인들이 이곳을 드나들었는데, 친구 에드몽 드 공쿠르도 1896년 이 집에서 죽었다.

1891 맏아들 레옹 도데가 빅토르 위고의 손녀인 잔 위고와 결혼했다. 이 며느리는 훗날 반공화주의 단체, 악시옹 프랑세즈를 주도하게 된다.

1895 레옹 도데와 잔 위고가 이혼했다. 도데 부부는 이해부터 마르셀 프루스트와 알고 지내게 된다. 『작은 본당*La petite Paroisse*』을 출간했다.

1896 도데의 친구 폴 아렌이 53세로 죽었다. 『페도르*La Fédor*』가 출간되었다.

1897 『아를라탕의 보물*Le Trésor d'Arlatan*』을 출간했다. 도데 일가는 마지막으로 위니베르시테 거리로 이사했다. 가을에 드레퓌스 사건이 터지고 도데는 반反드레퓌스에 확신을 표했다. 12월 16일 파리에 있는 집(위니베르시테 거리 41번지)에서 57세로 급사했다. 성 클로틸드 성당에서 장례 미사가 거행되었으며, 에밀 졸라가 추도사를 하고 페르라셰즈 묘지에 묻혔다.

세계문학 단편선을 펴내며

세상의 모든 이야기는 단편으로 시작되었다. 성서와 그리스 신화를 비롯해 인류의 많은 신화와 설화는 단편의 형식으로 사물의 기원, 제도와 금기의 탄생, 운명이라는 이름의 삶의 보편적 형식을 설명했다.

〈세계문학 단편선〉은 모든 산문의 형식 중 가장 응축적이고 예술성이 높은 단편소설에 포커스를 맞추어 세계문학을 바라보는 새로운 관점을 제시하고자 한다. 단편소설을 언급할 때 빼놓을 수 없는 작가들의 작품들은 물론이고, 한두 편의 장편소설로만 우리에게 알려진 세계적 작가들이 남긴 주옥같은 단편들을 통해 대가의 진면모를 총체적으로 바라볼 수 있게 할 것이다. 또한 우리에게 문학의 변방으로 여겨져 왔던 나라들의 대표적 단편 작가들도 활발히 소개할 것이며 이미 순문학과의 경계가 불분명해진 장르문학의 형성과 발전에 크게 기여한 작가들의 작품 역시 새롭게 조명해 나갈 것이다.

에드거 앨런 포는 문학작품은 독자가 앉은자리에서 다 읽을 수 있을 정도로 짧아야 한다고 했다. 바쁜 일상의 삶을 사는 현대인들에게 〈세계문학 단편선〉은 삶과 사회, 나아가 세계를 바라볼 수 있게 하는 더할 나위 없이 좋은 친구가 될 것이라 확신한다.

21세기인 현재에 이르기까지 단편소설은 그리스 신화가 그러했듯이 삶의 불변하는 조건들을 응축된 예술적 형식으로 꾸준히 생산해 왔다. 그리고 새로운 문학적 기법과 실험적 시도를 통해 단편소설은 현재도 계속 진화, 확장되고 있다. 작가의 치열한 예술적 열정이 가장 뜨겁게 반영된 다양한 개성으로 빛나는 정교한 단편들을 통해 문학의 진정한 존재 이유를 독자들이 느낄 수 있기를 소망하며 이번 〈세계문학 단편선〉을 펴낸다.

현대문학 편집부

세계문학 단편선

01
단편소설이라는 장르에 새로운 바람을 불어넣은
20세기 문학계 최고의 스타
어니스트 헤밍웨이
킬리만자로의 눈 외 31편
하창수 옮김 | 548면 | 값 15,000원

02
문학의 존재 이유, 그리고 문학의 숭고함을 역설하는
20세기 세계문학의 거인
윌리엄 포크너
에밀리에게 바치는 한 송이 장미 외 11편
하창수 옮김 | 460면 | 값 14,000원

03
독일 문화가 제시할 수 있는 최고의 경지를 보여 준
세계문학의 대표자
토마스 만
베네치아에서의 죽음 외 11편
박종대 옮김 | 432면 | 값 14,000원

04
탐정소설을 문학으로 승화시킨
하드보일드 학파의 창시자
대실 해밋
중국 여인들의 죽음 외 8편
변용란 옮김 | 620면 | 값 16,000원

05
'광란의 20년대'를 배경으로 한
포복절도할 브로드웨이 단편들
데이먼 러니언
세라 브라운 양 이야기 외 24편
권영주 옮김 | 440면 | 값 14,000원

06
SF의 창시자이자 SF 최고의 작가로 첫손에 꼽히는
낙관적 과학 정신의 대변자
허버트 조지 웰스
눈먼 자들의 나라 외 32편
최용준 옮김 | 656면 | 값 16,000원

07
에드거 앨런 포를 계승한
20세기 공포문학의 제왕
하워드 필립스 러브크래프트
크툴루의 부름 외 12편
김지현 옮김 | 380면 | 값 12,000원

08
현대 단편소설의 문법을 완성시킨
단편소설의 대명사
오 헨리
휘멘의 지침서 외 55편
고정아 옮김 | 652면 | 값 16,000원

09
근대 단편소설의 창시자이자
세계 단편소설 역사에 우뚝 솟은 거대한 봉우리
기 드 모파상
비곗덩어리 외 62편
최정수 옮김 | 808면 | 값 17,000원

10
앨프리드 히치콕의 영원한 뮤즈,
20세기 서스펜스의 여제
대프니 듀 모리에
지금 쳐다보지 마 외 8편
이상원 옮김 | 380면 | 값 12,000원

11
터키 현대 단편소설사에 전환점을 찍은
스스로가 새로운 문학의 뿌리가 된 선구자
사이트 파이크 아바스야느크
세상을 사고 싶은 남자 외 38편
이난아 옮김 | 424면 | 값 13,000원

12
영원불멸의 역설가, 그로테스크의 천재
20세기 문학사의 가장 독창적이고 예언적인 목소리
플래너리 오코너
오르는 것은 모두 한데 모인다 외 30편
고정아 옮김 | 756면 | 값 17,000원

13
현대 공포소설의 방법론을 확립한
20세기 최초의 공포소설가

몬터규 로즈 제임스
호각을 불면 내가 찾아가겠네, 그대여 외 32편
조호근 옮김 | 676면 | 값 16,000원

14
영국 단편소설의 전통을 세운
최고의 이야기꾼, 언어의 창조자

로버트 루이스 스티븐슨
지킬 박사와 하이드 씨의 기이한 사례 외 7편
이종인 옮김 | 504면 | 값 14,000원

15
현대 단편소설의 계보를 잇는 이야기의 대가
인간 생활의 가장 기민한 관찰자

윌리엄 트레버
그 시절의 연인들 외 22편
이선혜 옮김 | 616면 | 값 16,000원

16
인간의 무의식을 날카롭게 통찰한
미국 문학사상 가장 대중적인 작가

잭 런던
들길을 가는 사내에게 건배 외 24편
고정아 옮김 | 552면 | 값 15,000원

17
문명의 아이러니를 신화적 상상력으로 풍자한
고독한 상징주의자

허먼 멜빌
선원, 빌리 버드 외 6편
김훈 옮김 | 476면 | 값 14,000원

18
지구의 한 작은 점에서 영원한 우주를 꿈꾼
환상문학계의 음유시인

레이 브래드버리
태양의 황금 사과 외 31편
조호근 옮김 | 556면 | 값 15,000원

19
우울한 대공황 시절 '월터 미티 신드롬'을 일으킨
20세기 미국 최고의 유머 작가

제임스 서버
윈십 부부의 결별 외 35편
오세원 옮김 | 384면 | 값 12,000원

20
차별과 억압에 블루스로 저항하며
흑인 문학의 새로운 전통을 수립한 민중의 작가

랭스턴 휴스
내가 연주하는 블루스 외 40편
오세원 옮김 | 440면 | 값 14,000원

21
개인적인 체험을 바탕으로
인류 구원과 공생을 역설하는 세계적 작가

오에 겐자부로
사육 외 22편
박승애 옮김 | 776면 | 값 18,000원

22
탐정소설을 오락물에서 문학의 자리로 끌어올린
하드보일드 문체의 마스터

레이먼드 챈들러
밀고자 외 8편
승영조 옮김 | 600면 | 값 16,000원

23
부조리와 위선으로 가득 찬 인간에 대한 풍자와 위트로
반전을 선사하는 단편의 거장

사키
스레드니 바슈타르 외 70편
김석희 옮김 | 608면 | 값 16,000원

24
'20세기'라는 장르의 거장,
실존의 역설과 변이에 대한 최고의 기록자

그레이엄 그린
정원 아래서 외 52편
서창렬 옮김 | 964면 | 값 20,000원

25
병리학적인 현대 문명의 예언자,
문체와 형식의 우아한 선지자
제임스 그레이엄 밸러드
시간의 목소리 외 24편
조호근 옮김 | 724면 | 값 17,000원

26
원시적 상상력으로 힘차게 박동 치는 삶을
독창적인 언어로 창조해 낸 천재 이야기꾼
조지프 러디어드 키플링
왕이 되려 한 남자 외 24편
이종인 옮김 | 704면 | 값 17,000원

27
미국 재즈 시대의 유능한 이야기꾼,
영원한 젊음의 표상
프랜시스 스콧 피츠제럴드 1
벤저민 버튼에게 일어난 기이한 현상 외 13편
하창수 옮김 | 640면 | 값 16,000원

28
20세기 초 미국 '잃어버린 세대'의 대변자,
사랑과 상실, 인생의 허무를 노래한 낭만적 이상주의자
프랜시스 스콧 피츠제럴드 2
바빌론에 다시 갔다 외 15편
하창수 옮김 | 576면 | 값 15,000원

29
풍자와 유머, 인간미 넘치는 서정으로
야생적인 자연 풍광과 정감 어린 인물을 그린 인상주의자
알퐁스 도데
아를의 여인 외 24편
임희근 옮김 | 356면 | 값 13,000원

30
아름답게 직조된 이야기에 시대의 어둠과
개인의 불행을 담아낸 미국 단편소설의 여왕
캐서린 앤 포터
오랜 죽음의 운명 외 19편
김지현 옮김 | 864면 | 값 19,000원

31
무한한 의식의 세계를 언어로 형상화한
모더니즘 문학의 선구
헨리 제임스
나사의 회전 외 7편
이종인 옮김 | 660면 | 값 16,000원

32
백인 남성이 지배하는 시대에 펜으로 맞선
탈식민주의와 페미니즘 문학의 선구자
진 리스
한잠 자고 나면 괜찮을 거예요, 부인 외 50편
정소영 옮김 | 600면 | 값 16,000원

33
상류사회의 허식을 우아하게 비트는
영국 유머의 표상
펠럼 그렌빌 우드하우스
편집자는 후회한다 외 38편
김승욱 옮김 | 1,172면 | 값 23,000원

34
미국 남부 사회의 풍경에 유머와 신화적 상상력을 더해
비극적 서사로 승화시킨 탁월한 이야기꾼
유도라 웰티
내가 우체국에서 사는 이유 외 31편
정소영 옮김 | 844면 | 값 19,000원

35
경이로운 상상의 세계를 발명한
라틴아메리카 환상문학의 심장
아돌포 비오이 카사레스
눈의 위증 외 13편
송병선 옮김 | 492면 | 값 15,000원

36
일상의 공포를 엔터테인먼트 영역으로 확장시킨
20세기 호러 문학의 위대한 선구자
리처드 매시슨
2만 피트 상공의 악몽 외 32편
최필원 옮김 | 644면 | 값 17,000원

37

끝나지 않은 불안의 꿈을 극도의 예민함으로 현실에 투영한,
시대를 앞선 실존주의 문학의 선구자

프란츠 카프카

변신 외 77편

박병덕 옮김 | 840면 | 값 19,000원

38

광활한 우주의 끝, 고독과 슬픔의 별에서도
인류의 잠재력과 선한 의지를 믿었던 위대한 낙관주의자

시어도어 스터전

황금 나선 외 12편

박중서 옮김 | 792면 | 값 19,000원

39

독보적인 스토리텔링으로 빅토리아 시대를
사로잡은 영국적 미스터리의 시초

윌키 콜린스

꿈속의 여인 외 9편

박산호 옮김 | 564면 | 값 16,000원

40

현존하는 거의 모든 SF 장르의 도서관
우주의 불가해 속 인간 존재를 탐험했던 미래의 철학자

스타니스와프 렘

미래학 학회 외 14편

이지원·정보라 옮김 | 660면 | 값 17,000원

알퐁스 도데

초판 1쇄 펴낸날 2017년 11월 21일
초판 2쇄 펴낸날 2022년 1월 31일

지은이 알퐁스 도데
옮긴이 임희근
펴낸이 김영정

펴낸곳 (주)현대문학
등록번호 제1-452호
주소 06532 서울시 서초구 신반포로 321(잠원동, 미래엔)
전화 02-2017-0280
팩스 02-516-5433
홈페이지 www.hdmh.co.kr

ISBN 978-89-7275-811-2 04860
세트 978-89-7275-672-9